Die Kay-Scarpetta-Romane
von Patricia Cornwell

Post Mortem
Flucht
Das fünfte Paar
Phantom
Body Farm
Die Tote ohne Namen
Schuld
Verderben
Brandherd
Blinder Passagier
Das Revier
Dämonen
Staub
Defekt
Totenbuch
Scarpetta

Patricia Cornwell

PHANTOM

Ein Kay-Scarpetta-Roman

Aus dem Amerikanischen
von Georgia Sommerfeld

| Hoffmann und Campe |

Die Originalausgabe erschien 1993 unter dem Titel
Cruel and Unusual im Verlag Charles Scribner's Sons, New York.
Die deutsche Ausgabe erschien 1994 unter dem Titel
Vergebliche Entwarnung. Für die vorliegende Edition
wurde der Text neu durchgesehen.

2. Auflage 2010

www.hoca.de
Satz: Pinkuin Satz und Datentechnik, Berlin
Gesetzt aus der Minion Pro
Druck und Bindung: GGP Media GmbH, Pößneck
Printed in Germany
ISBN 978-3-455-40164-6

HOFFMANN
UND CAMPE

Ein Unternehmen der
GANSKE VERLAGSGRUPPE

Der einzigartigen Dr. Marcella Fierro,
die Scarpetta so viel gelehrt hat.

Prolog

Gedanken des zum Tode Verurteilten in der Strafanstalt Spring Street

Noch zwei Wochen bis Weihnachten. Noch vier Tage bis zum Nichts. Ich liege auf meinem Eisenbett, schaue meine nackten, schmutzigen Füße an und die weiße Toilette, deren Sitz fehlt, und es macht mir nichts mehr aus, wenn Kakerlaken durch meine Zelle krabbeln. Ich beobachte sie, so wie sie mich beobachten.

Ich schließe die Augen und atme langsam ein und aus.

Ich erinnere mich, wie ich an heißen Tagen Heu zusammenrechte – für einen Lohn, der nicht mit dem der Weißen zu vergleichen war. Ich träume davon, in einer Pfanne Erdnüsse zu rösten, und von reifen Tomaten, in die ich wie in Äpfel beiße. Ich sehe mich, wie ich am Steuer des Pick-ups sitze und mir der Schweiß über das Gesicht läuft – an einem Ort, der mir keine Zukunft bietet und den ich zu verlassen geschworen habe.

Ich kann nicht aufs Klo gehen, mir die Nase putzen oder rauchen, ohne dass die Wachen es aufzeichnen. Es gibt keine Uhr hier. Ich weiß nie, wie das Wetter ist. Ich öffne die Augen und sehe die kahlen Wände, die jetzt meine Welt sind. Was für Gedanken soll ein Mann kurz vor seinem Tod haben?

In mir ist ein trauriges, trauriges Lied. Ich kenne den Text nicht. Ich kann mich nicht erinnern. Sie sagen, es passierte im September, als der Himmel aussah wie das Ei einer Wanderdrossel und die Blätter in Flammen standen und zu Boden fielen. Sie sagen, ein wildes Tier geht in der Stadt um. Jetzt gibt es ein schlagendes Herz weniger.

Mich zu töten bedeutet nicht, das Tier zu töten. Die Dunkelheit ist sein Freund, Fleisch und Blut sind sein Festmahl. Wenn du glaubst, die Gefahr ist vorüber, dann irrst du dich. Sei auf der Hut, Bruder!

Eine Sünde führt zur anderen.

Ronnie Joe Waddell

1

An jenem Montag, an dem Ronnie Joe Waddells »Gedanken« in meiner Handtasche steckten, sah ich kein Tageslicht. Es war noch dunkel gewesen, als ich morgens zur Arbeit fuhr, und es war schon wieder dunkel, als ich mich abends auf den Heimweg machte. Regentropfen blitzten im Scheinwerferlicht, und die Nacht war neblig und bitterkalt.

Während ich in meinem Wohnzimmerkamin Feuer machte, stellte ich mir Felder vor, auf denen Tomaten reiften, und einen jungen Schwarzen in der stickigen Fahrerkabine eines Pick-up. Ob er schon damals Mordgedanken hatte? Waddells »Gedanken« waren im *Richmond Times-Dispatch* abgedruckt worden, und ich hatte den Zeitungsausschnitt ins Büro mitgenommen, um ihn seiner ständig wachsenden Akte beizufügen, doch vor lauter Arbeit vergaß ich es, und so blieb der Ausschnitt in meiner Handtasche. Ich hatte ihn beim Frühstück gelesen und wieder einmal verblüfft vor dem Phänomen gestanden, dass in einem Menschen gleichzeitig Poesie und Grausamkeit wohnen können. Zudem war die Ausdrucksweise für einen so einfachen Mann höchst ungewöhnlich.

In den nächsten Stunden füllte ich Überweisungsformulare aus und schrieb Weihnachtskarten, während leise der Fernseher lief. Wie alle anderen Bürger Virginias konnte auch ich nur aus den Medien erfahren, ob im Zusammenhang mit einer Hinrichtung alle Appelle fehlgeschlagen waren oder der Gouverneur eine Begnadigung aussprach. Die Nachrichten würden darüber entscheiden, ob ich zu Bett gehen durfte oder zum Leichenschauhaus fahren musste.

Es war kurz vor zehn, als das Telefon klingelte. Ich erwartete meinen Stellvertreter oder einen anderen Angehörigen meines

Stabes am anderen Ende der Leitung, der wie ich abrufbereit dasaß.

»Hallo«, sagte eine mir unbekannte männliche Stimme. »Ich möchte Kay Scarpetta sprechen, Chief Medical Examiner Dr. Scarpetta.«

»Am Apparat«, sagte ich.

»Oh, sehr gut. Hier spricht Detective Joe Trent vom Henrico County. Ich habe Ihre Nummer aus dem Telefonbuch. Tut mir leid, Sie zu Hause zu stören.« Er klang angespannt. »Wir haben hier einen Fall, bei dem wir Ihre Hilfe brauchen.«

»Worum geht's denn?« Hoffentlich muss ich nicht aus dem Haus, dachte ich und schaute auf den Bildschirm.

»Heute Abend wurde ein Dreizehnjähriger nach dem Verlassen eines Supermarkts auf der Northside entführt. Ihm wurde in den Kopf geschossen, vielleicht wurde er auch missbraucht.«

»Wo ist die Leiche?«

»Der Junge wurde hinter einem leer stehenden Lebensmittelgeschäft an der Patterson Avenue gefunden. Er ist nicht tot, aber bewusstlos. Die Ärzte wissen nicht, ob er durchkommen wird. Es ist mir klar, dass Sie nicht zuständig sind, er lebt ja noch, aber er hat ein paar wirklich merkwürdige Verletzungen. Sie sehen doch tagein, tagaus alles Mögliche, und da dachte ich, dass Sie vielleicht eine Idee hätten, wo diese Wunden herrühren könnten. Mir ist so was noch nie untergekommen.«

»Beschreiben Sie sie mir!«, bat ich.

»Es geht um zwei Stellen: eine an der Innenseite des rechten Oberschenkels, fast am Ansatz, und die andere an der rechten Schulter. Es fehlen ganze Fleischstücke – rausgeschnitten. Und an den Wundrändern sind Kratzer und Schnitte. Das Opfer liegt hier im Krankenhaus.«

»Haben Sie das entfernte Gewebe gefunden?« Mein Gedächtnis raste auf der Suche nach ähnlichen Fällen.

»Bisher nicht. Aber es sind noch Kollegen dort, die das Gelände absuchen. Allerdings ist es auch möglich, dass die Tat in einem Wagen verübt wurde.«

»In wessen Wagen?«

»In dem des Täters. Der Fundort liegt gut vier Meilen von dem Supermarkt entfernt, in dem der Junge zuletzt gesehen wurde. Ich denke, er stieg zu jemandem ins Auto, wurde vielleicht dazu gezwungen.«

»Haben Sie die Verletzungen fotografiert, bevor die Ärzte mit der Behandlung begannen?«

»Ja. Aber die Ärzte konnten nicht viel machen. Weil so viel Haut fehlt, werden sie welche transplantieren müssen.«

Demnach waren die Wunden nur gereinigt und eine Antibiotikainfusion gelegt worden. Hätten sie sie genäht, wäre eine Begutachtung meinerseits nicht sehr ergiebig gewesen. »Gut, ich werde mir den Jungen ansehen.«

»Großartig! Und wann?«

»Morgen. Je eher, desto besser.«

»Um acht? Ich warte vor der Klinik auf Sie.«

»Okay.«

Als der Nachrichtensprecher auf dem Bildschirm erschien, griff ich zur Fernbedienung und machte den Ton lauter: »… Eugenia? Können Sie uns sagen, ob der Gouverneur sich schon geäußert hat?«

Das Staatsgefängnis von Virginia, an einem felsigen Uferstück des James River am Rande der Innenstadt gelegen, kam ins Bild. Zweihundert Jahre lang hatten dort die Schwerverbrecher gesessen. Jetzt stand seine Schließung bevor. Gegner und Befürworter der Todesstrafe hatten sich mit entsprechend beschrifteten Plakaten vor dem Eingang versammelt. Ihre Gesichter leuchteten im Scheinwerferlicht kalkweiß. Ein Schauder überlief mich, als ich sah, dass einige Leute lachten.

Die Kamera schwenkte auf eine hübsche junge Reporterin in

einem roten Mantel. »Wie Sie wissen, Bill«, sagte sie, »wurde gestern eine Direktleitung zwischen dem Büro von Gouverneur Norring und dem Staatsgefängnis eingerichtet. Bislang ist sie ungenutzt geblieben, und das spricht Bände. Würde er eine Begnadigung aussprechen wollen, hätte er es bereits getan.«

»Und wie ist die Stimmung bei Ihnen?«

»Bis jetzt ist alles ruhig. Ich schätze, dass mehrere hundert Menschen hier sind, aber es sieht nicht so aus, als wollten sie Ärger machen. Und auch im Gefängnis ist kein Aufruhr zu erwarten, bis auf ein paar Dutzend Insassen sind ja schon alle in die neue Vollzugsanstalt in Greensville verlegt worden.«

Ich schaltete den Fernseher ab und fuhr kurz danach los. Müdigkeit durchströmte mich wie ein Betäubungsmittel. Ich fühlte mich niedergeschlagen und benommen. Ich hasse Hinrichtungen. Ich hasse es, darauf zu warten, dass jemand stirbt, und ich mein Skalpell in Fleisch senken muss, das noch so warm ist wie meines. Bei einem Chief Medical Examiner könnte man meinen, dass all das Schreckliche, das er im Lauf der Jahre gesehen hat, zu einer Abstumpfung führt, und doch erfüllt es mich immer wieder mit Entsetzen, wozu Menschen fähig sind. Ich verabscheue Klischees, aber ich muss zugeben, dass einige durchaus zutreffen. Eines lautet: Es gibt keine Gerechtigkeit auf der Welt. Nichts wird jemals wiedergutmachen, was Ronnie Joe Waddell getan hat. Er wartete bereits seit neun Jahren auf seine Hinrichtung. Ich hatte sein Opfer nicht auf den Tisch bekommen, denn die Frau war ermordet worden, bevor ich zum Chief Medical Examiner des Staates Virginia berufen wurde und nach Richmond zog. Doch hatte ich mich eingehend mit dem Fall befasst, kannte jedes grauenhafte Detail.

Am Morgen des 4. September vor zehn Jahren meldete Robyn Naismith sich bei Channel 8, wo sie als Moderatorin arbeitete, krank. Sie verließ ihr Haus nur kurz, um sich Grippemedikamente zu besorgen. Am nächsten Tag wurde ihre Leiche nackt und misshandelt im Wohnzimmer gefunden, in sitzender Stellung an den Fernseher gelehnt. Ein blutiger Daumenabdruck, am Medizinschränkchen im Bad hinterlassen, wurde später als der Ronnie Joe Waddells identifiziert.

Als ich auf den Parkplatz einbog, standen bereits mehrere Wagen dort: Fielding, mein Stellvertreter, war da, mein Verwaltungsmann Ben Stevens und meine Assistentin Susan Story. Die Hoftür stand offen, bleiches Licht fiel auf den Asphalt nach draußen. Ein Polizist saß rauchend in seinem Dienstwagen. Als er mich einparken sah, stieg er aus und kam zu mir. Er war ein hochgewachsener, hagerer Mann mit einer weißen Haarmähne. Obwohl ich schon oft mit ihm gesprochen hatte, fiel mir im Moment sein Name nicht ein.

»Können wir die Tür zum Hof offen lassen?«, fragte ich ihn.

»Vorerst bestimmt, Dr. Scarpetta«, sagte er und zog den Reißverschluss seines Nylonanoraks bis zum Kinn hoch.

»Meinen Sie, dass es Randale geben wird?«

»Wir sind für alles gerüstet, Ma'am. Sobald der Wagen sich vor dem Gefängnis in Bewegung setzt, werden wir hier Aufstellung nehmen. Offenbar sind viele mit der Hinrichtung nicht einverstanden. Sie haben sicher von der Petition gelesen, die dem Gouverneur übergeben wurde, und heute habe ich gehört, dass sogar in Kalifornien einige Zartbesaitete in den Hungerstreik getreten sind.«

Ich schaute über den Parkplatz zur Main Street hinüber. Ein Wagen fuhr mit hoher Geschwindigkeit vorbei. Die Reifen zischten über den nassen Asphalt. Unter den Straßenlaternen trieben verschwommene Lichtinseln im Dunst.

»Wenn Sie mich fragen«, fuhr der Officer fort, »ich würde wegen Waddell nicht mal auf meine Kaffeepause verzichten.«

Er legte schützend die Hand um die Flamme seines Feuerzeugs und zündete sich eine Zigarette an. »Nicht nach dem, was er mit dieser Naismith angestellt hat. Ich habe sie oft im

Fernsehen gesehen. Mir persönlich sind ja weiße Frauen lieber, aber sie war eine echte Augenweide.«

Ich hatte vor zwei Monaten das Rauchen aufgegeben, und es machte mich immer noch kribbelig, wenn jemand in meiner Gegenwart rauchte.

»Mann, das muss jetzt fast zehn Jahre her sein«, redete er weiter. »War das ein Wirbel damals! Es war einer der schlimmsten Fälle, die wir hier je hatten. Sie sah aus, als hätte ein Grizzly sie in die Mangel genommen …«

»Ich geh rein«, unterbrach ich seinen Redefluss. »Lassen Sie es mich wissen, wenn sie kommen!«

»Klar, Ma'am. Ich werde über Funk benachrichtigt, wenn sie losfahren, und dann sage ich Ihnen gleich Bescheid.« Er verzog sich wieder in seinen Wagen.

Neonröhren beleuchteten die kahlen, weißen Wände des Leichenschauhauses. Der Geruch von Raumspray hing in der Luft. Ich ging an dem kleinen Büro vorbei, wo die Bestattungsinstitute die eingelieferten Leichen registrierten, passierte den Röntgenraum und die Stahltüren, hinter denen der große Kühlraum lag. Der Autopsieraum war hell erleuchtet, die Stahltische glänzten in dem harten Licht. Susan schärfte gerade ein langes Messer, und Fielding etikettierte Röhrchen für Blutproben. Beide sahen so müde und lustlos aus, wie ich mich fühlte.

»Ben sitzt oben in der Bibliothek vor dem Fernseher«, sagte Fielding zu mir. »Er gibt Laut, wenn sich was tut.«

»Wie groß ist die Wahrscheinlichkeit, dass der Kerl Aids hatte?«, fragte Susan, als sei Waddell schon tot.

»Ich weiß es nicht. Wir werden zwei Paar Handschuhe übereinanderziehen und die übliche Vorsicht walten lassen.«

»Ich hoffe, sie sagen es uns, wenn er infiziert war«, insistierte Susan. »Man kann sich nie darauf verlassen, dass sie es tun – denen ist das egal, schließlich müssen sie ihn nicht obduzieren.«

Susan war in letzter Zeit überängstlich. Sie fürchtete die Röntgenstrahlen und Chemikalien, die zu unserer täglichen Arbeit gehören, und alle möglichen Krankheiten. Ich hatte Verständnis dafür, denn sie war seit kurzem schwanger.

Ich ging in den Umkleideraum und schlüpfte in einen grünen Chirurgenkittel, zog eine Plastikschürze an, stülpte Booties über meine Schuhe und nahm zwei Pakete Handschuhe aus dem Schrank. Dann inspizierte ich den Instrumentenwagen neben Tisch drei. Alles war mit Waddells Namen, dem heutigen Datum und der Autopsienummer versehen. Die gekennzeichneten Behältnisse würden in den Müll wandern, falls Gouverneur Norring das Todesurteil in letzter Minute noch aufheben sollte. Ronnie Waddell würde aus der Kartei des Leichenschauhauses gelöscht und seine Autopsienummer auf den Nächstkommenden übertragen werden.

Um elf kam Ben Stevens herunter und schüttelte den Kopf. Gemeinsam fixierten wir die Uhr an der Wand. Niemand sprach. Die Minuten tickten dahin.

Und dann ging plötzlich die Tür auf, und der Polizist, der mich auf dem Parkplatz begrüßt hatte, erschien mit einem Funkgerät in der Hand. »Um fünf nach elf wurde er für tot erklärt«, berichtete er. »Sie werden in einer Viertelstunde mit ihm hier sein.«

Der Krankenwagen gab Warnsignale, als er rückwärts in den Hof fuhr. Die Hecktüren öffneten sich, und heraus sprangen so viele Gefängnisbeamte, dass man glauben konnte, sie hätten einen Tobsüchtigen in Schach halten müssen. Vier von ihnen zogen die Bahre heraus, auf der Ronnie Joe Waddells Leiche lag. Wir traten zur Seite. Im Flur setzten sie die Bahre zu Boden, ohne sich die Mühe zu machen, die Beine auszuklappen. Sie schoben sie wie einen Räderschlitten vor sich her. Das Tuch, in das der festgeschnallte Tote gewickelt war, hatte Blutflecken.

»Nasenbluten«, sagte einer der Männer, noch ehe ich fragen konnte.

Ich sah, dass seine Handschuhe blutig waren. »Sie hatten Nasenbluten?«

»Nein. Waddell.«

Ich war verblüfft. »Im Krankenwagen?« Als er in die Ambulanz geschoben wurde, hätte Waddell keinen Blutdruck mehr haben dürfen.

Der Beamte hatte mir seine Aufmerksamkeit bereits entzogen und antwortete nicht. Ich würde warten müssen. Ich ließ die Leiche auf die Rollbahre heben, die auf der Waage bereitstand. Geschäftige Hände lösten die Haltegurte und öffneten das Laken. Die Türen des Autopsieraumes schlossen sich leise, als die Gefängnisbeamten ebenso grußlos verschwanden, wie sie gekommen waren.

Waddell war seit genau zweiundzwanzig Minuten tot. Ich roch seinen Schweiß und das versengte Fleisch. Das rechte Hosenbein war bis über das Knie hochgeschoben, die Brandstellen an der Wade hatte man mit Mullkompressen bedeckt. Er war ein großer, kräftiger Mann. Die Zeitungen hatten ihn als »sanften Riesen« bezeichnet, als den »romantischen Ronnie mit dem seelenvollen Blick«, doch hatten ihm diese großen Hände, die starken Schultern und muskulösen Arme dazu gedient, einem Menschen den Garaus zu machen.

Ich öffnete die Klettverschlüsse seines hellblauen Jeanshemdes und durchforstete, als ich ihn auszog, seine Taschen – eine für gewöhnlich fruchtlose Prozedur, da Todeskandidaten nichts auf den elektrischen Stuhl mitnehmen dürfen. Entsprechend überrascht war ich, als ich ein Kuvert in der Gesäßtasche der Hose fand. Es war zugeklebt, und in großen Druckbuchstaben stand darauf:

STRENG VERTRAULICH: BITTE MIT MIR BEGRABEN!

»Machen Sie eine Kopie von dem Umschlag und dem, was

immer er enthält, und legen Sie die Originale zu seinen persönlichen Dingen!« Ich gab Fielding den Fund. Er klemmte das Kuvert unter das Autopsieprotokollformular in sein Clipboard und murmelte: »Mein Gott, der hat ja mehr Muskeln als ich!«

»Kaum zu glauben, was?«, verspottete Susan meinen bodybuildenden Stellvertreter.

Wir schafften es zu dritt nur mit Mühe, den Toten mit dem Gesicht nach unten auf den Autopsietisch umzubetten. Er wog einhundertsechzehn Kilo. Seine Füße ragten über den Tisch hinaus. Ich vermaß gerade die Brandstellen an seinem Bein, als der Summer der Tür zum Hof ertönte. Susan ging nachsehen und kam gleich darauf mit Lieutenant Pete Marino zurück. Sein Trenchcoat stand offen, und das Gürtelende schleifte über den Fliesenboden.

Ich diktierte Fielding die Maße der Verbrennung auf der Rückseite der Wade und setzte hinzu: »Die Haut ist trocken, zusammengezogen und blasig.«

Marino zündete sich eine Zigarette an. »Es gibt Theater wegen der Blutung«, sagte er.

»Seine Rektaltemperatur beträgt vierzig Grad«, las Susan vom Thermometer ab. »Um dreiundzwanzig Uhr neunundvierzig.«

»Wissen Sie, warum er blutete?«, fragte Marino mich.

»Einer der Gefängnisbeamten sagte, Waddell habe Nasenbluten gehabt. Los, alle mit anfassen, wir müssen ihn umdrehen!«

»Haben Sie die Stelle an der Innenseite des linken Arms gesehen?« Susan zeigte mir eine Abschürfung.

Ich untersuchte sie unter Zuhilfenahme einer starken Lampe und einer Lupe. »Stammt vielleicht von einem der Gurte.«

»Am rechten Arm ist noch eine.«

Ich sah mir auch diese Stelle an. Dann drehten wir den Leichnam um, und als das geschafft war, schoben wir einen Holzklotz unter seine Schultern. Kopf und Gesicht waren nachlässig rasiert worden. Ich nahm den Y-Einschnitt vor.

Susan sah sich die Zunge an. »Da könnten ein paar Verletzungen sein«, meinte sie.

»Schneiden Sie sie raus«, sagte ich und steckte das Thermometer in die Leber.

»Grundgütiger!«, murmelte Marino und schüttelte sich.

»Jetzt gleich?« Susan hielt das Skalpell schnittbereit.

»Nein. Fotografieren Sie zuerst die Brandstellen am Kopf. Wir müssen sie vermessen. Dann können Sie die Zunge entfernen.«

»Mist!«, schimpfte Susan. »Es ist kein Film da!«

»Tut mir leid«, sagte Fielding, »ich habe vergessen, Bescheid zu sagen, dass keiner mehr da ist. Aber abgesehen davon ist es Ihre Aufgabe, sich regelmäßig zu vergewissern, ob noch Filme in der Schublade sind.«

Susan würdigte ihn keiner Antwort, machte sich ans Vermessen, diktierte ihm die Ergebnisse und widmete sich dann der Zunge. Marino wandte sich schaudernd ab.

»Die Lebertemperatur beträgt vierzig Komma fünf Grad«, gab ich Fielding zu Protokoll und warf einen Blick auf die Uhr an der Wand. Waddell war inzwischen seit einer Stunde tot, aber kaum abgekühlt. Die Hinrichtung durch den elektrischen Stuhl heizt den Körper stark auf. Die Gehirntemperatur von schmächtigeren Männern, die ich auf dem Tisch gehabt hatte, betrug bis zu dreiundvierzig Komma drei Grad. Waddells rechte Wade war heiß unter meiner Hand, der Muskel total verkrampft.

»Eine Verletzung am Zungenrand«, meldete sich Susan.

»Hat er sich vielleicht auf die Zunge gebissen und deshalb geblutet?«, fragte Marino.

Nach einem prüfenden Blick verneinte ich das.

»Wie gesagt, sie machen Theater wegen des Bluts.«

Ich unterbrach meine Arbeit, als mir etwas einfiel: »Sie waren als Zeuge dabei, nicht wahr?«

»Ja, ich hatte Ihnen doch gesagt, dass ich mich gemeldet habe.«

Alle Augen richteten sich auf ihn.

»Da draußen braut sich was zusammen«, sagte er. »Es ist wohl besser, wenn niemand den Laden hier allein verlässt.«

»Was braut sich zusammen?«, fragte Susan ängstlich.

»Schon heute früh versammelten sich religiöse Spinner vor dem Spring-Street-Gefängnis. Irgendwie erfuhren sie dann von der Bluterei, und als der Krankenwagen losfuhr, setzten sie sich in geschlossener Formation hierher in Bewegung.«

»Haben Sie gesehen, wie die Blutung anfing?«, wandte Fielding sich an ihn.

»Das habe ich. Er kriegte zweimal Saft. Beim ersten Mal gab er ein lautes Zischen von sich – wie ein Heizkörper, aus dem Dampf entweicht –, und dann lief Blut unter seiner Maske raus. Ich habe gehört, dass der Stuhl nicht richtig funktioniert haben soll.«

Susan schaltete die Strykersäge an, und niemand wollte es mit dem Lärm der Maschine aufnehmen, deren Zähne sich durch die Schädeldecke fraßen. Ich setzte die Untersuchung der inneren Organe fort. Das Herz einschließlich der Koronargefäße war in hervorragendem Zustand. Erst als die Säge verstummte, konnte ich wieder diktieren.

»Haben Sie das Gewicht?«, fragte Fielding.

»Das Herz wiegt vierhundertsechsundachtzig Gramm, und der linke obere Lappen ist an einer Stelle mit dem Aortenbogen verwachsen.« Nun legte ich den Magen auf das Schneidbrett. »Er ist fast röhrenförmig.«

»Was?« Fielding trat näher heran. »Das ist ja eigenartig. Ein Riese wie der braucht doch mindestens viertausend Kalorien am Tag.«

»Die hat er aber nicht bekommen«, sagte ich. »Zumindest nicht kurz vor der Hinrichtung. Der Magen ist vollkommen leer und sauber.«

»Sie meinen, er hat seine Henkersmahlzeit nicht gegessen?«, fragte Marino.

»Offenbar nicht.«

»Ist Ihnen das schon öfter untergekommen?«

»Nein, höchst selten.«

Um ein Uhr waren wir fertig und folgten den Leuten vom Bestattungsinstitut in den Hof, wo der Leichenwagen wartete. Rote und blaue Lichter blitzten in der Dunkelheit, Funksprüche schwirrten blechern durch die feuchtkalte Luft, Motoren brummten, und hinter dem Maschendrahtzaun, der den Parkplatz umgab, leuchtete ein Flammenring: Eine Mauer aus Männern, Frauen und Kindern stand dort, und der flackernde Schein ihrer Kerzen malte verzerrte Schatten auf ihre Gesichter. Die Angestellten des Bestattungsinstituts schoben Waddell eiligst in den Leichenwagen und knallten die Hecktüren zu. Jemand gab ein Kommando, und dann hagelte es Kerzen. Sie verloschen im Flug und landeten mit einem hölzernen Geräusch auf dem Asphalt.

»Verdammte Idioten!«, rief Marino.

Begleitet vom Aufflackern der Blitzlichter verließ der Leichenwagen den Hof. Ich sah einen Aufnahmewagen von Channel 8 am Straßenrand stehen. Uniformierte Beamte traten an den Zaun und forderten die Demonstranten auf, sich zu entfernen.

»Wir wollen keinen Ärger hier«, sagte ein Officer. »Falls ihr also die Nacht nicht hinter Gittern verbringen wollt …«

»Metzger!«, kreischte eine Frau. Andere nahmen den Schlachtruf auf, Hände griffen in den Zaun und rüttelten an ihm. Marino begleitete mich zu meinem Wagen. Die einzelnen

Schreie ordneten sich zu einem rhythmischen Sprechgesang: »Metzger! Metzger! Metzger!«

Ich zog den Autoschlüssel aus der Tasche, der zweimal herunterfiel, bevor ich endlich ins Schloss traf.

»Ich fahre hinter Ihnen her«, sagte Marino.

Obwohl ich die Heizung im Wagen voll aufgedreht hatte, wurde mir nicht warm. Zweimal vergewisserte ich mich, dass Türen und Fenster geschlossen waren. Die Kälte, die ich spürte, hatte jedoch nichts mit der Temperatur zu tun.

Wir tranken Scotch, weil ich keinen Bourbon mehr hatte.

»Ich verstehe nicht, wie man dieses Zeug freiwillig trinken kann«, sagte Marino taktlos.

»Schauen Sie doch nach, vielleicht finden Sie was anderes.«

»Nein, ich steh das jetzt durch.«

Ich wusste nicht recht, wie ich das Thema anschneiden sollte, und Marino war offensichtlich nicht gewillt, es mir leichtzumachen. Sein Gesicht war gerötet, an seiner kahl werdenden Stirn klebten graue Strähnen, und er rauchte eine Zigarette nach der anderen.

»Haben Sie schon mal eine Hinrichtung miterlebt?«, wagte ich einen Vorstoß.

»Bin nie scharf drauf gewesen.«

»Aber diesmal haben Sie sich freiwillig gemeldet.«

»Wenn ich ein bisschen Zitrone und Soda zu diesem Gesöff haben könnte, wäre es nicht mehr ganz so übel.«

»Wenn Sie darauf bestehen, einen guten Scotch zu ruinieren …« Ich stand auf.

Er ließ das Glas über den Küchentisch in meine Richtung schlittern, und ich nahm es mit zum Kühlschrank. »Ich habe Limonensaft, aber keine Zitronen«, teilte ich ihm nach einer Inspektion der Vorräte mit.

»Der tut's auch.«

Ich ließ Limonensaft in sein Glas tröpfeln und füllte es mit Schweppes auf.

Er nippte an der merkwürdigen Mischung und sagte: »Vielleicht haben Sie es vergessen, aber der Naismith-Fall unterstand damals mir. Mir und Sonny Jones.«

»Da war ich noch nicht hier.«

»Stimmt. Komisch, es kommt mir vor, als wären Sie schon immer hier gewesen. Aber Sie wissen, was passiert ist, oder?«

Als Robyn Naismith umgebracht wurde, war ich stellvertretender Chief Medical Examiner in Dade County, Florida, aber ich hatte den Fall in den Medien verfolgt und später auf einer Fachtagung Dias von der Leiche gesehen. Die ehemalige Miss Virginia war eine aufsehenerregende Schönheit mit einer herrlichen Altstimme gewesen, redegewandt und charismatisch. Sie wurde nur siebenundzwanzig Jahre alt.

Die Verteidigung behauptete, Ronnie Waddell habe nur etwas stehlen wollen. Es sei Miss Naismiths Pech gewesen, dass sie ihn bei ihrer Rückkehr aus dem Drugstore überraschte. Waddell habe niemals ferngesehen und nicht einmal ihren Namen gekannt. Er sei so high gewesen, dass er nicht wusste, was er tat. Die Geschworenen lehnten den Unzurechnungsfähigkeitsantrag jedoch ab und forderten die Todesstrafe.

»Bis Waddell gefasst wurde, hatte die Öffentlichkeit die Polizei ganz schön unter Druck gesetzt«, erinnerte ich mich.

»Das kann man wohl sagen.« Marino nickte. »Wir hatten diesen fabelhaften Daumenabdruck und Zahnspuren. Drei von unseren Jungs wälzten von morgens bis nachts einschlägiges Material, und ich weiß nicht, wie viel Zeit *ich* in die verdammte Geschichte steckte. Und dann schnappen wir den Kerl, weil er mit einer abgelaufenen Zulassungsplakette in North Carolina rumfährt!« Seine Miene verfinsterte sich. »Natürlich war Jones nicht dabei. Ein Jammer, dass er nicht mehr erleben konnte, wie Waddell seine Belohnung bekam.«

»Sie geben Waddell die Schuld an Sonnys Tod?«

»Allerdings.«

»Sie beide waren eng befreundet, nicht wahr?«

»Wir waren Kollegen beim Morddezernat, wir gingen zusammen fischen, und wir waren in derselben Bowlingmannschaft.«

»Ich kann mir vorstellen, dass sein Tod Sie hart getroffen hat.«

»Dieser Fall schaffte ihn: immer nur arbeiten, kein Schlaf, nie zu Hause, die Sache mit seiner Frau … Er sagte immer wieder, er könne nicht mehr – und dann steckte er sich eines Tages den Pistolenlauf in den Mund.«

»Eine schlimme Geschichte«, sagte ich sanft, »aber ich bezweifle, dass Waddell dafür verantwortlich war.«

»Ich sehe es aber so, und deshalb hatte ich eine Rechnung mit ihm zu begleichen.«

»Und? Ist sie nun beglichen, nachdem Sie ihn sterben sahen?«

Marino starrte schweigend ins Leere. Seine Kiefermuskeln spielten. Schließlich trank er sein Glas aus und zog an seiner Zigarette.

»Darf ich Ihnen noch einen Drink machen?«, fragte ich.

»Ja, warum nicht?«

Ich fabrizierte wieder die spezielle Mischung und musste an die Ungerechtigkeiten und Verluste denken, die Marino erlitten hatte. Er war im falschen Teil von New Jersey als armer Leute Kind ungeliebt aufgewachsen und hegte ein tiefes Misstrauen gegen jeden Menschen, der es besser getroffen hatte als er. Vor kurzem hatte ihn nach fünfundzwanzig Jahren Ehe seine Frau verlassen. Er hatte einen Sohn, über den er niemals sprach. Ungeachtet seiner nachweislich ausgezeichneten Arbeit stand er mit seinem Beruf ständig auf Kriegsfuß. Das Schicksal hatte einen mühsamen Weg für ihn vorgesehen, und ich fürchtete, dass er am Ende nicht Weisheit und Frieden zu finden hoffte, sondern Vergeltung und Wiedergutmachung. Marino war immer über irgendetwas wütend.

»Lassen Sie mich Ihnen eine Frage stellen, Doc«, sagte er, als ich das Glas vor ihn hinstellte. »Was würden Sie empfinden, wenn man die Mistkerle fasste, die an Marks Tod schuld sind?« Er musste mir ansehen, dass ich darüber nicht nachdenken wollte, aber er ließ nicht locker. »Hätten Sie nicht den Wunsch, die Typen hängen zu sehen? Würden Sie sich nicht freiwillig zu dem Erschießungskommando melden, um selbst abzudrücken?«

Mark starb, als vor der Londoner Victoria Station in einem Papierkorb eine Bombe explodierte. Den Hass, der mit der Trauer einherging, hatte ich nur in den Griff bekommen können, indem ich mir klarmachte, dass ich keine Chance hatte, Rache zu üben.

»Eine Terroristengruppe bestrafen zu wollen ist ein unrealistischer Wunsch, und deshalb befasse ich mich nicht damit.«

Marino sah mich böse an. »Das ist mal wieder eine von Ihren berühmten beschissenen Antworten! Wenn Sie könnten, würden Sie die Kerle unentgeltlich obduzieren – bei lebendigem Leibe – und sich viel Zeit dabei lassen. Habe ich Ihnen je erzählt, was aus Robyn Naismiths Familie wurde?«

Ich schüttelte den Kopf und griff nach meinem Glas.

»Ihr Vater war Arzt im Norden von Virginia. Ein feiner Mensch. Etwa ein halbes Jahr nach dem Prozess stellte man Krebs bei ihm fest, und ein paar Monate später war er tot. Die Mutter zog nach Texas, hatte einen Autounfall und verbringt den Rest ihrer Tage im Rollstuhl. Waddell hat nicht nur Robyn umgebracht, er hat auch ihre Eltern auf dem Gewissen.«

Ich sah davon ab, ihn darauf hinzuweisen, dass er mit dieser Behauptung weit übers Ziel hinausschoss; er hätte es sicherlich als Verteidigung des Mörders aufgefasst. Ich dachte an Waddell, der auf einer Farm aufgewachsen war, und Bilder aus seinen abgedruckten »Gedanken« erschienen vor meinem geistigen Auge. Ich stellte ihn mir vor, wie er auf der Verandatreppe saß und in eine Tomate biss, die nach Sonne schmeckte. Was mochte ihm in den letzten Sekunden seines Lebens durch den Kopf gegangen sein? Ob er gebetet hatte?

Marino drückte mit unnötiger Heftigkeit seine Zigarette aus. »Ich mach mich auf den Weg.«

»Kennen Sie Detective Trent in Henrico County?«, fragte ich.

»Ja. War früher bei K9 und wurde nach seiner Beförderung zum Sergeant vor ein paar Monaten zur Detective Division versetzt. Ein nervöser Typ, aber okay.«

»Er rief an wegen eines Jungen …«

»Eddie Heath?«, unterbrach er mich.

»Ich kenne den Namen nicht.«

»Ein dreizehnjähriger Weißer. Wir arbeiten daran. Lucky's liegt in meinem Zuständigkeitsbereich.«

»Lucky's?«

»Der Supermarkt, wo er zuletzt lebend gesehen wurde, hinter der Chamberlayne Avenue, auf der Northside. Was wollte Trent?« Marino runzelte die Stirn. »Hat er erfahren, dass Eddie es nicht schaffen wird, und im Voraus eine Verabredung mit Ihnen getroffen?«

»Er sagte, der Junge habe ungewöhnliche Verletzungen, und bat mich, sie mir anzusehen.«

»Mann, ich hasse es, wenn Kinder dran glauben müssen.« Marino stieß seinen Stuhl zurück und rieb sich die Schläfen. »Was für ein Scheißjob! Jedes Mal, wenn man einen Killer aus dem Weg geräumt hat, kommt der nächste daher.«

Als Marino gegangen war, setzte ich mich im Wohnzimmer an den Kamin und sah dem Holz zu, wie es verbrannte. Eine dumpfe Traurigkeit legte sich auf mich wie ein schwarzes Tuch. Marks Tod hatte eine Narbe auf meiner Seele hinterlassen. Als er noch lebte, war mir gar nicht bewusst gewesen, was für einen großen Raum die Liebe zu ihm in meinem Denken und Fühlen einnahm.

Das letzte Mal trafen wir uns vor seinem Abflug nach London zu einem eiligen Mittagessen in der Innenstadt, bevor er zum Dulles Airport hinausfuhr. Immer wieder schauten wir in dieser halben Stunde auf die Uhr, denn wir hatten uns die Zeit mühsam abgezwackt und konnten sie deshalb überhaupt nicht genießen. Gewitterwolken ballten sich zusammen, und als wir auf die Straße traten, fielen die ersten dicken Regentropfen. Mark hatte sich beim Rasieren geschnitten, und wenn ich mir später sein Gesicht ins Gedächtnis rief, sah ich immer diese kleine Wunde an seinem Kinn – und brach jedes Mal in Tränen aus.

Er starb im Februar, als der Golfkrieg zu Ende ging. Um wenigstens einem Teil der Erinnerung zu entfliehen, verkaufte ich mein Haus und zog in ein anderes Viertel, doch ich erreichte mit diesem Gewaltakt lediglich, dass ich mich entwurzelt fühlte. Das neue Haus einzurichten und den Garten umzugestalten machte mir keine Freude, aber es lenkte mich wenigstens ab. Ich packte meine sehr begrenzte Freizeit randvoll mit Aktivitäten, und wenn ich nachts wieder einmal völlig überdreht wach lag, sah ich Mark lächelnd den Kopf schütteln.

»Was würdest du tun?«, fragte ich ihn dann aufgebracht. »Sag, was würdest du tun, an meiner Stelle, wenn du noch hier wärst?«

Ich stand auf, spülte in der Küche die Gläser aus und ging ins Arbeitszimmer, um den Anrufbeantworter abzuhören. Mehrere Reporter hatten angerufen, meine Mutter und meine Nichte Lucy. Drei weitere Anrufer hatten wortlos wieder aufgelegt. Ich hätte gern eine Geheimnummer gehabt, doch das ging nicht:

Die Polizei, Staatsanwälte und die landesweit etwa vierhundert Leichenbeschauer mussten mich auch nach Dienstschluss erreichen können. Aber wenigstens besaß ich ein Gerät, das die Anrufer identifizierte, indem es die Telefonnummer eines jeden auf einem Display anzeigte. Somit konnten obszöne Anmachen oder Drohanrufe zurückverfolgt werden. Ich schaltete dieses Gerät ein und überflog die Nummern, die der Reihe nach auf dem Display erschienen. Dreimal dieselbe! Sie war mir bereits vertraut: Im Lauf der letzten Woche war sie mehrmals aufgetaucht, und nie hatte sich der Anrufer gemeldet. Als ich den Anschluss gewählt hatte, um festzustellen, wer abnahm, schrillte ein Ton an mein Ohr, der nach einem Faxgerät oder einem Computermodem klang. Aus irgendeinem Grund hatte der oder die Unbekannte heute Abend zwischen zwanzig nach zehn und elf dreimal bei mir angerufen, während ich im Leichenschauhaus auf Waddell wartete. Ich verstand es nicht und fand es beunruhigend. Wenn ein technischer Defekt vorlag und ein computergesteuertes Gespräch stets bei mir landete, hätte das doch inzwischen jemandem auffallen müssen. Während der wenigen Stunden, die von der Nacht noch verblieben, wachte ich immer wieder auf. Jedes Geräusch ließ meinen Puls hochschnellen, und die roten Lichter der Alarmanlage an der Wand gegenüber meinem Bett schienen mich drohend anzustarren. Sobald ich wieder einschlief, quälten mich wirre Träume. Um halb sechs hatte ich genug und stand auf.

Es war noch dunkel und fast verkehrsstill, als ich ins Büro fuhr. Wie sich herausstellte, war ich die Erste. Der Hof war noch mit Kerzen übersät. Ich fuhr in den ersten Stock hinauf, machte Kaffee und ging die Unterlagen durch, die Fielding mir hingelegt hatte. Besonders neugierig war ich auf den Inhalt des Kuverts aus Waddells Gesäßtasche. Ich erwartete ein Gedicht, vielleicht weitere »Gedanken« oder einen Brief von einem Priester und war entsprechend verblüfft, dass das, was Waddell als »streng vertraulich« bezeichnet hatte und mit ins Grab nehmen wollte, lediglich Quittungen waren: fünf von Mautstellen und drei von Restaurants – einschließlich einer für ein Brathähnchenmenü bei Shoney's vor zwei Wochen.

2

Trotz des Barts und der Stirnglatze sah Detective Trent sehr jung aus. Weiße Fäden durchzogen das blonde Haar. Er war groß und schlank, sein mit einem Gürtel zusammengehaltener Trenchcoat wirkte wie frisch gestärkt, und die Schuhe glänzten. Er blinzelte etwas nervös, als wir uns vor dem Henrico Doctor's Emergency Center begrüßten.

»Wenn es Ihnen recht ist, sprechen wir erst mal hier draußen ein paar Worte«, sagte er. »Hier sind wir ungestört.« Fröstelnd schlang ich die Arme um meinen Oberkörper, während nicht weit von uns mit ohrenbetäubendem Lärm ein Hubschrauber von dem grasbewachsenen Startplatz abhob. Der Mond stand als schmale Sichel am schiefergrauen Himmel, die parkenden Autos waren schmutzig von Streusalz und Winterregen. Der Wind biss mir ins Gesicht, aber es war nicht die Kälte, die mich an diesem trostlosen Morgen frieren ließ: Mir graute vor dem, was mir bevorstand.

»Wenn Sie den Jungen sehen, werden Sie verstehen, weshalb ich Sie hergebeten habe«, sagte der Detective, als das Rotorengeräusch wieder eine Verständigung möglich machte.

»Was wissen Sie über ihn?«, fragte ich.

»Ich habe mit seinen Familienangehörigen gesprochen und mit einigen anderen Leuten, die ihn kennen. Soviel ich daraus entnehmen konnte, ist Eddie Heath ein ganz durchschnittlicher Junge: Er liebt Sport, trägt Zeitungen aus und hatte noch nie Probleme mit der Polizei. Sein Vater arbeitet bei einer Telefongesellschaft, und die Mutter schneidert. Offenbar brauchte sie gestern Abend eine Dose Pilzcremesuppe für den Auflauf, den es zum Abendessen geben sollte, weshalb sie Eddie zu Lucky's Convenience Store schickte.«

»Wie weit ist der Supermarkt von ihrem Haus entfernt?«, wollte ich wissen.

»Nur ein paar Blocks. Eddie ist schon oft dort gewesen; die Kassiererinnen kennen ihn mit Namen.«

»Wann wurde er zuletzt gesehen?«

»Gegen siebzehn Uhr dreißig. Er war nur kurz im Laden.«

»Da war es schon dunkel.«

»Ja, stimmt.« Trent schaute dem Hubschrauber nach, der sich in der Ferne wie eine weiße Libelle gegen den tristen Himmel abhob. »Gegen zwanzig Uhr dreißig überprüfte ein Streifenbeamter routinemäßig die Rückseiten der Gebäude an der Patterson Avenue und fand den Jungen dort, an einen Müllcontainer gelehnt.«

»Haben Sie Fotos?«

»Nein, Ma'am. Als der Beamte feststellte, dass der Junge noch lebt, holte er schnellstens Hilfe. Aber er hat uns eine ziemlich genaue Beschreibung gegeben: Der Junge war nackt und saß mit ausgestreckten Beinen und gesenktem Kopf da, die Arme hingen seitwärts herab. Neben ihm lag eine kleine Papiertüte, die die besagte Pilzcremesuppe und einen Knusperriegel enthielt. Die Temperatur betrug minus zwei Grad.«

Ein Krankenwagen hielt vor der Notaufnahme, und die Sanitäter zogen eine Trage heraus, auf der ein alter Mann festgeschnallt war. Mit metallischem Klicken klappten die Beine nach unten, und die Männer schoben den Patienten eiligst in das Gebäude. Wir folgten ihnen, bevor die automatischen Glastüren sich wieder schließen konnten. Der Korridor war gleißend hell, es roch steril. Auf Stühlen entlang der Wand saßen Verletzte, die darauf warteten, dass einer der Ärzte Zeit für sie hatte. Tag und Nacht riss hier die Arbeit nicht ab.

»Wo ist seine Kleidung?«, fragte ich. »Wurde eine Kugel gefunden?«

Wir hatten inzwischen den Lift erreicht.

»Seine Sachen liegen in meinem Kofferraum, ich bringe sie gleich anschließend ins Labor. Die Kugel steckt noch in seinem Kopf.«

Die pädiatrische Intensivstation lag am Ende eines gebohnerten Flurs. Auf den Glasscheiben in der hölzernen Flügeltür klebten Dinosaurier-Sticker. Dahinter leuchteten Regenbogen an den himmelblauen Wänden. Acht Zimmer waren im Halbkreis um die Wachstation gruppiert, die mit drei jungen Schwestern besetzt war. Eine saß am Computer, die zweite telefonierte. Die dritte, eine schlanke Brünette, sagte, als Trent den Grund unseres Besuchs erklärt hatte: »Ich bin die Oberschwester. Der behandelnde Arzt ist noch nicht da.«

»Wir wollen nur einen Blick auf seine Verletzungen werfen, dazu brauchen wir ihn nicht. Es wird nicht lange dauern«, erwiderte Trent. »Sind die Eltern noch drin?«

»Ja, sie waren die ganze Nacht hier.« Die Oberschwester führte uns zu Eddies Zimmer, ging hinein und zog die Tür hinter sich zu, ohne sie jedoch zu schließen.

»Nur ein paar Minuten«, hörte ich sie sagen. »Solange die Untersuchung dauert.«

»Was für ein Spezialist ist es denn diesmal?«, fragte der Vater mit unsicherer Stimme.

»Eine Ärztin, die viel über Verletzungen weiß. Sie ist so etwas wie eine Polizeiärztin.« Welch taktvolle Umschreibung für meinen Beruf.

Nach einer Pause sagte der Vater: »Aha. Es geht um Hinweise auf den Täter, ja?«

»Genau. Wie wär's mit einem Kaffee, oder möchten Sie vielleicht etwas essen?«

Eddies Eltern kamen aus dem Zimmer, beide beträchtlich übergewichtig und mit müdem, verzweifeltem Blick, einfache Leute, deren Welt einzustürzen drohte. Als sie mich flehend ansahen, hätte ich ihnen gern etwas gesagt, das ihre Angst mildern würde, doch die tröstenden Worte blieben mir im Hals stecken. Mit hängenden Schultern gingen sie davon.

Eddie Heaths Kopf war verbunden. Er wurde künstlich beatmet und erhielt verschiedene Tropfinfusionen. Sein Gesicht war milchweiß, die zarten Lider schimmerten bläulich. Die rotblonden Brauen ließen auf seine Haarfarbe schließen. Er wirkte viel jünger als dreizehn. Seine Unterarme waren dünn, sein Körper zeichnete sich klein und schmächtig unter der Decke ab. Nur die überproportional großen Hände, in denen die Infusionsnadeln steckten, entsprachen seinem Alter.

»Dr. Scarpetta muss seine rechte Schulter und den rechten Oberschenkel sehen«, erklärte Trent der Schwester mit gedämpfter Stimme.

Sie holte zwei Paar Handschuhe – eines für sich und eines für mich –, und wir zogen sie an. Der Junge war nackt. In den Hautfalten und unter den Fingernägeln saß Schmutz. Patienten, deren Zustand kritisch ist, werden nicht gründlich gewaschen. Trent verkrampfte sich merklich, als die Schwester die Kompressen von den Wunden entfernte. »Großer Gott!«, murmelte er. »Das sieht ja noch schlimmer aus als gestern Abend. Mein Gott!« Er schüttelte den Kopf und trat einen Schritt zurück.

Wenn mir jemand gesagt hätte, der Junge sei von einem Hai angegriffen worden, hätte ich es geglaubt. Wären da nicht die Wundränder gewesen: Sie zeigten eindeutig, dass das Fleisch aus der Schulter und der Innenseite des Schenkels mit einer glatten Klinge – einem Rasiermesser etwa – herausgeschnitten worden war. Ich öffnete meine Instrumententasche, holte ein Lineal heraus und vermaß die Verletzungen, ohne sie zu berühren. Dann machte ich Fotos.

»Sehen Sie die Kratzer und Schnitte an den Rändern?« Trent war wieder ans Bett getreten und deutete darauf. »Es sieht aus, als habe der Täter ein Muster in die Haut geritzt und das Ganze dann entfernt.«

»Haben Sie am Anus Verletzungen festgestellt?«, fragte ich die Schwester.

»Beim Messen der Rektaltemperatur sind mir keine aufgefallen, und beim Intubieren wurde auch in Mund und Rachen nichts Ungewöhnliches festgestellt«, nahm sie die Beantwortung meiner nächsten Frage vorweg.

»Vielleicht befanden sich Tätowierungen an den fraglichen Stellen«, überlegte ich laut. »Oder Muttermale oder Narben.«

»Ich gehe die Eltern fragen«, erbot sich Trent. Schweißperlen glänzten auf seiner Stirn.

»Sie werden in der Cafeteria sein«, vermutete ich.

»Ich finde sie schon.« Er verschwand.

Ich wandte mich an die Schwester: »Was sagen die Ärzte?«

»Der Zustand des Jungen ist kritisch, und er spricht auf keine Therapiemaßnahme an«, konstatierte sie nüchtern.

»Darf ich sehen, wo die Kugel eindrang?«

Sie lockerte den Rand des Kopfverbandes und schob ihn nach oben, bis das kleine Loch mit dem versengten Rand sichtbar wurde. Der Schusskanal verlief von der rechten Schläfe nach vorn.

»Durch den Stirnlappen?«, fragte ich.

»Ja.«

»Wurde ein Angiogramm gemacht?«

»Aufgrund der Schwellung ist das Gehirn nicht durchblutet. Es besteht keine elektroenzephalitische Aktivität, und als wir kaltes Wasser in die Ohren laufen ließen, wurde keine kalorische Aktivität ausgelöst. Das Gehirn reagierte nicht« Mit gleichgültiger Stimme berichtete sie von weiteren Versuchen, Hirndruck zu erzeugen.

Ich forschte nun nach Verletzungen, die darauf hindeuteten, dass er sich gewehrt hatte. Als ich vorsichtig, um nicht an die Infusionsnadeln zu kommen, seine rechte Hand untersuchte, schlossen sich seine Finger plötzlich um meine. Eine solche

Reflexbewegung ist bei Hirntoten nichts Ungewöhnliches und kommt der eines Babys gleich, das einen hingehaltenen Finger festhält. Reflexe funktionieren, ohne einen Denkprozess vorauszusetzen.

In den vielen Stunden, die ich früher in Notoperationsräumen und auf Intensivstationen zubringen musste, hatte ich die Erfahrung gemacht, dass es leichterfiel, Patienten gegenüber neutral zu bleiben, die bereits bewusstlos eingeliefert waren. Doch obwohl dieser Junge hier nie mehr aufwachen würde und das, was seine Persönlichkeit ausmachte, zerstört war, rührte er an mein Herz. Ich legte seine Hand behutsam auf die Decke und drängte die Tränen zurück.

Die Schwester rückte den Verband an seinen Platz, legte frische Kompressen auf die Wunden und deckte den Jungen wieder zu. Ich zog die Handschuhe aus und ließ sie gerade in den Mülleimer fallen, als Trent zurückkam.

»Keine Tätowierungen«, berichtete er atemlos, als sei er von der Cafeteria herübergesprintet. »Keine Muttermale und auch keine Narben.«

Wir bedankten uns bei der Oberschwester und verließen das Emergency Center. Die Sonne spähte zwischen dunklen Wolken hindurch, der Wind trieb winzige Schneeflocken vor sich her, und viele Autos auf der belebten Forest Avenue waren weihnachtlich geschmückt.

»Wie es aussieht, wird der Junge sterben«, sagte ich zu Trent, der neben mir vor dem Eingang stand.

»Wenn ich das gewusst hätte, hätte ich Sie nicht behelligt. Verdammt, ist das kalt!«

»Sie haben genau das Richtige getan. In ein paar Tagen sehen die Wunden ganz anders aus.«

»Angeblich soll es den ganzen Dezember so bleiben: eisig und viel Schnee. Haben Sie Kinder?«

»Nein. Eine Nichte.«

»Ich habe zwei Jungs. Einer ist dreizehn.«

Ich zog meine Autoschlüssel aus der Tasche. »Ich stehe gleich da hinten«, sagte ich.

Trent begleitete mich. Ich sah, dass er meinen grauen Mercedes mit einem so bewundernden Blick betrachtete, als habe er eine schöne Frau vor sich. Dann wandte er sich wieder mir zu.

»Was sagen Sie zu den Verletzungen? Haben Sie so was schon mal gesehen?«

»Es besteht die Möglichkeit, dass wir es mit einem Täter zu tun haben, der zum Kannibalismus neigt«, antwortete ich.

Ich fuhr ins Büro zurück, goss den flüssigen Teer, der sich in der Kaffeekanne abgesetzt hatte, in einen Becher, sah die Post durch und war gerade dabei, einen Stapel Laborberichte abzuzeichnen, als meine Sekretärin Rose hereinkam und einen Zeitungsausschnitt zu denen legte, die sich bereits auf meinem Schreibtisch befanden.

»Sie sehen müde aus«, stellte sie fest. »Am Kaffee sah ich, dass Sie morgens schon mal hier waren. Wo sind Sie denn gewesen?«

»In Henrico County. Ein Junge, der wahrscheinlich auf meinem Tisch landen wird.«

»Eddie Heath?«

Ich starrte sie verblüfft an. »Woher wissen Sie das?«

»Er steht in der Zeitung.«

Ich bemerkte, dass sie eine neue Brille trug, die ihr aristokratisches Gesicht weniger streng erscheinen ließ. »Ihre Brille gefällt mir«, sagte ich. »Besser als diese Benjamin-Franklin-Fassung. Was steht denn über ihn in der Zeitung?«

»Nicht viel. Nur, dass er hinter einem leer stehenden Lebensmittelgeschäft an der Patterson gefunden wurde und dass man auf ihn geschossen hat. Wenn mein Sohn noch so jung wäre, ich ließe ihn unter keinen Umständen Zeitungen austragen.«

»Eddie war nicht beim Zeitungsaustragen, als er entführt wurde.«

»Egal. Ich würde es nicht erlauben – nicht heutzutage! Lassen Sie mich mal überlegen …« Sie legte den Finger an die Nase. »Fielding ist unten und macht eine Autopsie, und Susan ist unterwegs, um einige Gehirne zwecks Begutachtung zur Medizinischen Fakultät der Universität zu bringen. Ansonsten habe ich nichts Wichtiges zu berichten, außer dass der Computer vorhin den Geist aufgegeben hat.«

»Und funktioniert er wieder?«

»Margaret arbeitet daran. Sie müsste es bald geschafft haben.«

»Gut. Sie soll dann gleich etwas für mich raussuchen – unter den Stichworten ›schneiden‹, ›verstümmeln‹, ›Kannibalismus‹ und ›Bisswunden‹. Ja, auch noch unter ›herausgeschnitten‹, ›Haut‹ und ›Fleisch‹. Und für alle Fälle soll sie ferner unter ›Gliedmaßenabtrennung‹ und ›Zerstückelung‹ nachsehen, obwohl das den Kern der Sache nicht treffen dürfte.«

»Für welches Gebiet und für welchen Zeitraum?« Rose blickte von ihren Notizen auf.

»Fürs ganze Staatsgebiet, in den letzten fünf Jahren. Mich interessieren besonders Kinder, aber wir wollen uns nicht auf sie beschränken. Und bitten Sie Margaret, sich auch an die Trauma Registry zu wenden. Ich sprach vor kurzem auf einer Tagung mit dem Direktor, und er gab sich sehr kooperationsbereit.«

»Also auch Fälle, in denen das Opfer überlebt hat?«

»Wenn möglich, ja, Rose. Wir dürfen keine Möglichkeit ungenutzt lassen, Fälle zu finden, die dem von Eddie Heath ähneln.«

»Ich sage Margaret gleich Bescheid.« Rose verschwand.

Ich begann, die Artikel durchzusehen, die sie mir aus verschiedenen Frühausgaben ausgeschnitten hatte. Es ging hauptsächlich und ausführlich um Ronnie Waddells angebliche Blutung »aus Augen, Nase und Mund«. Die örtliche Sektion von Amnesty International vertrat die Ansicht, dass diese Hinrichtung »genauso unmenschlich« gewesen sei »wie jeder x-beliebige Mord«. Ein Sprecher der American Civil Liberties Union sagte, der elektrische Stuhl habe »möglicherweise nicht richtig funktioniert«, wodurch Waddell habe »schrecklich leiden müssen«. Er verglich den Fall mit jener Hinrichtung in Florida, bei der zum ersten Mal synthetischer Schwamm benutzt wurde, wodurch die Haare des Delinquenten Feuer fingen.

Ich heftete die Zeitungsausschnitte in Waddells Akte und fragte mich, welche Kaninchen sein Anwalt, Nicholas Grueman, wohl diesmal aus dem Hut ziehen würde. Unsere Zusammenstöße waren schon zur Gewohnheit geworden. Mit wahrer Wonne stellte er meine berufliche Kompetenz in Frage und schaffte es immer wieder, dass ich mir unfähig vorkam. Dabei hatte er noch nie durchblicken lassen, dass er sich daran erinnerte, dass ich in Georgetown eine seiner Studentinnen gewesen war. Dies erboste mich am meisten. Er war schuld, dass ich mein Jurastudium im ersten Jahr verabscheute, dass ich meine einzige Zwei schrieb und in der *Law Review* nicht erwähnt wurde. Ich hatte Nicholas Grueman nie vergessen und konnte mir nicht vorstellen, dass er mich vergessen hatte.

Nicholas Grueman meldete sich am Donnerstag, kurz nachdem ich erfahren hatte, dass Eddie Heath gestorben war.

»Kay Scarpetta?«, kam seine Stimme durch den Draht.

»Ja.« Ich schloss die Augen. An dem Druck hinter ihnen erkannte ich, dass sich mit hoher Geschwindigkeit ein Sturmtief näherte.

»Ich habe mir Mr. Waddells vorläufigen Autopsiebericht angesehen und nun einige Fragen an Sie.«

Ich schwieg.

»Ich spreche von Ronnie Joe Waddell.«

»Womit kann ich Ihnen dienen?«

»Fangen wir mit dem ›fast röhrenförmigen Magen‹ an. Eine recht anschauliche Beschreibung. Ist das Ihre persönliche Ausdrucksweise oder ein offizieller Terminus? Gehe ich recht in der Annahme, dass daraus zu schließen ist, dass Waddell nichts gegessen hatte?«

»Ich kann nicht sagen, seit wann, aber sein Magen war leer und sauber.«

»Befand er sich vielleicht im Hungerstreik?«

»Mir ist nichts dergleichen bekannt.« Ich schaute zu der Uhr an der Wand hinauf, und das Licht stach mir schmerzhaft in die Augen. Ich hörte Grueman umblättern.

»Es heißt hier, dass Sie mehrere Abschürfungen feststellten – an den ›Innenseiten‹ der Oberarme«, sagte Grueman.

»Das ist richtig.«

»Und wo da?«

»Über dem *fossa cubitalis.*«

Pause. »Soso, über dem *fossa cubitalis*«, wiederholte er, und ich konnte ihn am Telefon grinsen sehen. »Nun, dann schauen wir mal. Ich habe jetzt meine Handfläche nach oben gedreht und blicke auf die Stelle, an der sich der Arm biegen lässt. Es ist doch richtig, dass dies der *fossa cubitalis* ist, nicht wahr? Ihre ›Innenseite des Oberarms‹ ist demnach der Teil, den ich in dieser Haltung sehe. Ist das korrekt?«

»Exakt.«

»Das wäre also abgeklärt. Und worauf führen Sie diese Verletzungen zurück?«

»Sie könnten von Fesseln herrühren.«

»Fesseln? Meinen Sie die Gurte des elektrischen Stuhls?«

»Das wäre eine Möglichkeit.«

»Heißt das, dass Sie es nicht mit Sicherheit wissen, Dr. Scarpetta?«

»Es gibt nur sehr wenige Dinge im Leben, die man mit Sicherheit weiß, Mr. Grueman.«

»Es könnte demnach auch sein, dass die Abschürfungen von etwas anderem verursacht wurden, beispielsweise von menschlichen Händen?«

»Nein, die Abschürfungen, die ich fand, deuten nicht auf menschliche Hände hin.«

»Aber sie lassen auf den elektrischen Stuhl schließen, auf die Gurte, mit denen der Delinquent an ihn gefesselt wird?«

»Meiner Meinung nach, ja.«

»Ihrer Meinung nach, Dr. Scarpetta?«

»Ich habe den elektrischen Stuhl nicht untersucht«, erwiderte ich scharf.

Darauf folgte eine lange Pause – eine Taktik, die er schon früher im Hörsaal angewandt hatte, um die dumme Antwort eines Studenten im Raum stehen zu lassen. Ich sah ihn wieder vor mir, wie er mit den Händen auf dem Rücken und ausdruckslosem Gesicht dastand, während ich keinen klaren Gedanken mehr fassen konnte. Und auch jetzt, zwanzig Jahre danach, als Chief Medical Examiner des Staates Virginia und im Besitz von so vielen Diplomen, dass ich eine Wand meines Büros damit hätte tapezieren können, fühlte ich mich erniedrigt und von ohnmächtiger Wut gepeinigt.

Als Grueman das Gespräch mit einem schroffen »Auf Wiederhören!« beendete, kam Susan herein.

»Eddie Heath ist gebracht worden.« Sie war bereits in Straßenkleidung. »Die Autopsie hat doch sicher bis morgen Zeit.«

»Nein.« Ich schüttelte den Kopf. »Das hat sie nicht.«

Auf dem Stahltisch sah der Junge noch kleiner aus als in seinem Klinikbett. Man hatte ihn nackt gebracht, alle Infusionsnadeln, der Katheter und die Kompressen waren noch an Ort und Stelle. Er brauchte diese Dinge nicht mehr, aber ich: für die

Bestandsaufnahme. Fast eine Stunde lang notierte ich Verletzungen, die von Behandlungsmaßnahmen herrührten, während Susan Fotos machte und Telefongespräche entgegennahm.

Die Türen des Autopsieraumes waren abgeschlossen, und ich hörte, wie draußen immer wieder Leute durch den Flur zum Parkplatz eilten. Es war Feierabend.

Die Wunden an Eddies Schulter und Oberschenkel waren trocken und leuchteten dunkelrot.

»Mein Gott!« Susan starrte sie an. »Mein Gott, was muss das für ein Mensch sein, der so was tut! Schauen Sie sich die kleinen Schnitte an den Rändern an! Es sieht aus, als habe jemand die Haut kreuz und quer eingeritzt und dann das ganze Stück rausgenommen.«

»Das ist genau das, was ich annehme.«

»Sie glauben, jemand hat ein Muster reingeritzt?«

»Ich glaube, jemand hat versucht, etwas zu beseitigen, und als das nicht funktionierte, entfernte er Haut und Fleisch.«

»Und was wollte er beseitigen?«

»Ich weiß es nicht«, antwortete ich. »Der Junge hatte keine Tätowierungen, Narben oder Muttermale an diesen Stellen, und deshalb nehme ich an, dass ihm etwas zugefügt wurde, das anschließend entfernt werden musste, weil es einen Hinweis auf den Täter hätte geben können.«

»So was wie Zahnspuren?«

»Ja.«

Der Körper war noch nicht ganz ausgekühlt, als ich die Stellen zu säubern begann, die im Krankenhaus übersehen worden sein konnten oder aus Vorsichtsgründen unberücksichtigt geblieben waren. Ich überprüfte die Achselhöhlen, die Gesäßfalten, den Nabel, schaute in und hinter die Ohren, schnitt Schnipsel von den Fingernägeln, die ich in sterile Tütchen fallen ließ, und durchsuchte die Haare nach Fasern und anderen Fremdkörpern.

»Suchen Sie was Bestimmtes?«, fragte Susan schließlich. Ich spürte ihre Anspannung.

»Getrocknete Samenflüssigkeit, zum Beispiel.«

»In der Achselhöhle?«

»Dort, in jeder Hautfalte, in jeder Körperöffnung – überall.«

»Für gewöhnlich suchen Sie an diesen Stellen aber nicht.«

»Dies ist ja auch kein gewöhnlicher Fall.«

Ich machte mich daran, jeden Quadratzentimeter der Leiche mit der Lupe zu untersuchen. Als ich zu den Handgelenken kam, drehte ich die Hände so oft hin und her und studierte sie so lange, dass Susan fragte: »Ist da was?«

Ich zog die Diagramme auf meinem Clipboard zu Rate und verglich jede Therapieverletzung mit denen, die ich aufgezeichnet hatte. »Wo sind seine Unterlagen?«, fragte ich.

»Da drüben.« Susan holte sie vom Tisch. »Was ist denn los?«

»Einen Moment noch«, vertröstete ich sie. Ich ging die Berichte durch. Besonders aufmerksam las ich den der Krankenwagenbesatzung. Nirgends wurde erwähnt, dass Eddies Hände gefesselt waren. Ich versuchte, mich zu erinnern, was Detective Trent gesagt hatte, als er mir beschrieb, wo und in welcher Haltung der Junge gefunden worden war. Hatte er nicht gesagt, die Arme hätten seitlich herabgehangen?

Susans Ungeduld wuchs. »Haben Sie was entdeckt?«

»Sie müssen durch die Lupe schauen. Da! An den Unterseiten der Handgelenke, besonders hier am linken, links vom Handwurzelknochen! Erkennen Sie die Gummierungsreste, die Spuren eines Klebebandes? Sieht aus wie verschmierte Schmutzflecke.«

Susan starrte, die Schulter gegen meine gedrückt, angestrengt durch das Vergrößerungsglas. »Ja, jetzt seh ich's! Da kleben ein paar Fasern dran.«

»Und die Haut ist glatt«, fuhr ich fort. »An diesen Stellen sind weniger Körperhaare.«

»Weil sie beim Entfernen des Klebebands ausgerissen wurden!«

»Genau. Wir werden Haare vom Handgelenk als Muster nehmen. Die Gummierungsreste und die Fasern können dann mit dem Klebeband verglichen werden, mit dem er gefesselt war – falls man es je findet. Und wenn, kann man feststellen, von welcher Rolle es stammt.«

Susan richtete sich auf und schaute mich überrascht an: »Sie glauben nicht, dass das Reste der Klebebänder sind, mit denen die Infusionsnadeln befestigt waren?«

»Sie haben doch gesehen, wo die Nadeln steckten, als er gebracht wurde! Die Rückstände an diesen Stellen haben nichts damit zu tun.«

Susan wurde rot. »Stimmt«, gab sie kleinlaut zu.

»Machen wir Fotos!«, sagte ich. »Und dann nehme ich die Kleberreste ab und gebe sie der Spurenauswertung.«

»Der Junge lehnte an einem Müllcontainer. Das muss ja ein Albtraum für die Leute von der Spurenauswertung sein«, meinte Susan.

»Das hängt davon ab, ob die Kleberreste an den Handgelenken in Kontakt mit dem Boden waren.« Ich begann die Rückstände mit einem Skalpell abzuschaben.

»Ich glaube kaum, dass die dort staubgesaugt haben«, sagte Susan.

»Das glaube ich auch nicht. Aber ich hoffe, dass wir wenigstens die zusammengefegten Reste kriegen, wenn wir ganz lieb darum bitten.«

Ich examinierte Eddies dünne Unterarme und Handgelenke weiter, wobei ich vor allem nach Quetschungen und Abschürfungen suchte, die ich vorher vielleicht übersehen hatte. Ich fand keine mehr.

»An den Knöcheln kann ich keine Stellen finden, an denen Haare fehlen, auch keine Kleberreste«, sagte Susan vom anderen

Ende des Tisches her. »Verletzungen auch nicht. Wie es scheint, sind seine Füße nicht gefesselt gewesen, nur die Hände.«

Meine Untersuchungsergebnisse irritierten mich: Eddie hatte sich offenbar nicht gegen seinen Angreifer gewehrt und auch nicht versucht, sich seiner Fesseln zu entledigen oder sie wenigstens zu lockern. Ich wandte meine Aufmerksamkeit den Mundrändern, der Zunge und dem Rachen zu: Nichts deutete darauf hin, dass er geknebelt gewesen war. Ich stellte mir vor, wie er dort in der bitteren Kälte gesessen hatte, nackt an den Müllcontainer gelehnt, die Papiertüte neben sich.

»Eddie hat sich nicht gegen seine Fesseln gewehrt«, teilte ich Susan meine Erkenntnis mit.

Sie sah mich nachdenklich an und sagte dann: »Meinen Sie, der Täter hat ihm erst in den Kopf geschossen und ihn dann gefesselt?«

»Ja, das meine ich.«

»Aber das ergibt keinen Sinn.«

»Ich sehe auch keinen, aber wir haben es hier nicht mit einem normalen Fall zu tun. Wer weiß, was in einem kranken Hirn vorgeht.« Der dumpfe Druck hinter meinen Augen wurde noch stärker.

Susan hob das aufgerollte Kabel aus der Wandhalterung und schloss die Strykersäge an. Sie steckte neue Klingen in die Skalpelle und überprüfte die Messer auf dem Instrumentenwagen. Dann verschwand sie im Röntgenraum und kam mit Eddies Aufnahmen zurück, die sie an die Lichtkästen klipste. Sie hastete hin und her, und dann tat sie etwas, das sie noch nie getan hatte: Sie prallte gegen den Instrumentenwagen und stieß zwei Behälter mit Formalin zu Boden, wo sie zerschellten. Sie sprang zurück, versuchte mit wedelnden Armen die Dämpfe zu verscheuchen und hätte beinahe den Halt verloren.

»Haben Sie was ins Gesicht bekommen?« Ich packte sie am Arm und zog sie zum Umkleideraum.

»Ich glaube nicht. Nein. O Gott! Aber an den Beinen. Und am Arm, fürchte ich, auch.«

»Sind Sie sicher, dass nichts in die Augen oder den Mund gekommen ist?« Ich half ihr aus dem grünen Kittel.

»Ja, da bin ich ganz sicher.«

Ich drehte das Wasser in der Dusche auf. Dann ließ ich sie allein, staffierte mich mit Maske, Schutzbrille und dicken Gummihandschuhen aus und saugte die Chemikalie mit Formalinkissen auf, die wir für solche Notfälle von den Behörden gestellt bekommen. Dann fegte ich die Scherben zusammen und verschloss alles in dickwandigen Plastikbeuteln. Anschließend spritzte ich den Boden mit dem Schlauch ab, wusch mich und zog einen frischen Kittel an.

Nach einer Weile kam Susan mit hochrotem Kopf und angstvollem Blick aus der Dusche. »Es tut mir leid, Dr. Scarpetta«, sagte sie zerknirscht.

»Meine einzige Sorge ist, ob Sie in Ordnung sind.«

»Ich fühle mich schwach und ein bisschen schwindlig. Ich habe immer noch die Dämpfe in der Nase.«

»Ich mache das hier allein fertig. Gehen Sie nach Hause!«

»Ich ruhe mich vorher lieber noch etwas aus.«

Ich griff in die Tasche und zog einen Schlüssel heraus. »Hier, Sie können sich in meinem Büro oben aufs Sofa legen. Und sagen Sie mir über die Sprechanlage sofort Bescheid, falls Sie sich unwohl fühlen!«

Eine Stunde später kam sie wieder herunter, den Wintermantel bis oben zugeknöpft.

»Wie geht's?«, fragte ich.

»Ein bisschen zittrig, aber sonst okay.«

Sie schaute mir eine Zeitlang schweigend bei der Arbeit zu und sagte schließlich: »Ich habe mir was überlegt, während ich da oben lag: Ich sollte bei diesem Fall nicht als Zeugin angegeben werden.«

Ich blickte überrascht auf. Es war üblich, dass jeder, der einer Autopsie beiwohnte, im offiziellen Bericht als Zeuge aufgeführt wurde. Susans Anliegen war nicht von Wichtigkeit, aber seltsam.

»Bei der eigentlichen Autopsie war ich doch gar nicht dabei«, begründete sie ihren Wunsch. »Ich habe nur bei der äußerlichen Untersuchung assistiert. Es wird einen Riesenprozess geben, falls sie den Täter jemals erwischen, und ich fände es besser, wenn ich in den Unterlagen nicht auftauche.«

Ich nickte. »In Ordnung. Kein Problem.«

Sie legte den Schlüssel auf einen Tisch, verabschiedete sich und ging.

Marino war zu Hause, als ich ihn eine Stunde später übers Autotelefon anrief.

»Kennen Sie den Direktor der Strafanstalt Spring Street?«, fragte ich ihn.

»Frank Donahue? Ja. Wo sind Sie denn?«

»In meinem Wagen.«

»Dann kann ja die Hälfte aller Fernfahrer in Virginia am Funktelefon mithören.«

»Da werden sie nicht viel zu hören bekommen. Ich möchte Sie bitten, etwas für mich zu arrangieren.«

»Was haben Sie vor?«

»Ich muss in der Strafanstalt einiges nachsehen.«

»Beim Nachsehen in einer Strafanstalt sollten Sie sich aber vorsehen!«

»Ein Grund mehr, dass Sie mich begleiten.«

Marino hatte sich breitschlagen lassen, und so fuhren wir am Samstagnachmittag zum Staatsgefängnis. Der Himmel war bleigrau, ein eisiger Wind beutelte die Bäume am Straßenrand. Ähnlich trist sah es in meinem Innern aus.

»Wollen Sie meine Meinung hören?«, fragte Marino und fuhr, ohne meine Antwort abzuwarten, fort: »Sie lassen sich von Grueman unterbuttern.«

»Nicht im Geringsten.«

»Warum erwecken Sie dann jedes Mal, wenn es um eine Hinrichtung geht, mit der er zu tun hat, genau diesen Eindruck?«

»Wie würden Sie denn in diesem Fall vorgehen?«

Er drückte auf den Zigarettenanzünder. »Wie Sie. Ich würde mir auch den Todestrakt und den Stuhl ansehen, alles dokumentieren und Grueman anschließend sagen, dass er ein Arschloch ist. Oder noch besser, der Presse sagen, dass er ein Arschloch ist.«

In einer der Zeitungen war Grueman zitiert worden: Waddell sei nicht ausreichend ernährt worden, und die Leiche habe Abschürfungen aufgewiesen, deren Herkunft ich nicht hätte eindeutig erklären können.

»Hat er schon Verrückte verteidigt, als Sie bei ihm Jura studierten?« Der Wagen begann sich mit Zigarettenrauch zu füllen.

»Nein«, antwortete ich. »Vor einigen Jahren wurde er gebeten, die Criminal Justice Clinic von Georgetown zu leiten, und damals begann er, unentgeltlich Todeskandidaten zu vertreten.«

»Bei dem Guten muss doch eine Schraube locker sein.«

»Er ist ein erbitterter Gegner der Todesstrafe und machte bisher jeden Fall, den er übernahm, zur Sensation. Waddell ganz besonders.«

»Saint Nick, der Schutzpatron der Schwerverbrecher! Ist er nicht ein Schatz?«, spottete Marino. »Warum schicken Sie ihm keine Farbfotos von Eddie Heath und fragen ihn, ob er mit den Eltern reden will? Mal sehen, wie er zu dem Schwein steht, das so etwas anstellt.«

»Gruemans Meinung wird nichts ändern.«

»Hat er Kinder? Eine Frau? Irgendjemanden, an dem ihm was liegt?«

»Das spielt keine Rolle. Aber wenn wir schon dabei sind – gibt's was Neues im Fall Heath?«

»Nein. Die in Henrico kommen auch nicht weiter. Wir haben nur die Kleidung und das Projektil. Aber vielleicht bringt uns das Material weiter, das Sie ins Labor geschickt haben.«

»Was ist mit VICAP?«, fragte ich, womit ich mich auf das Violent Criminal Apprehension Program bezog, bei dem Marino und der FBI-Profiler Benton Wesley auf regionaler Ebene zusammenarbeiteten.

»Trent ist dabei, die Formulare auszufüllen, und wird sie in den nächsten Tagen abschicken«, erwiderte Marino. »Und Benton habe ich gestern Abend über den Fall informiert.«

»War es dem Jungen zuzutrauen, zu einem Fremden ins Auto zu steigen?«

»Der Aussage seiner Eltern nach, nein. Entweder ist er überrumpelt worden, oder der Täter hat sich sein Vertrauen erschlichen und ihn so zum Mitfahren bewegen können.«

»Hatte Eddie Geschwister?«

»Einen Bruder und eine Schwester, beide mehr als zehn Jahre älter. Ich glaube, Eddie war ein Unfall.«

Die Strafanstalt kam in Sicht. Nach Jahren der Vernachlässigung war der Fassadenanstrich zu einem schmuddeligen Rosa verblasst. Die Fenster waren mit dicken Plastikfolien verhängt. Wir nahmen die Ausfahrt Belvedere und bogen dann links in die Spring Street ein, einen schlaglochzerfressenen Asphaltstreifen, der zwei Welten miteinander verband. Er endete ein Stück hinter dem Gefängnis bei Gambles Hill, wo sich die Hauptniederlassung der Ethyl Corporation inmitten einer makellosen Rasenfläche erhob wie ein weißes Märchenschloss am Rande eines Schuttabladeplatzes. Als wir auf dem Parkplatz aus dem Wagen stiegen, stach uns der Eisregen wie Nadeln ins

Gesicht. Ich folgte Marino, vorbei an einem Müllcontainer und einer Laderampe, auf der mehrere Katzen hockten, die uns misstrauisch musterten. Durch den Haupteingang, eine einflügelige Glastür, traten wir in einen kahlen Vorraum. Die Luft war kalt und schal. Durch ein kleines Fenster konnte man in die Anmeldung schauen. Die stämmige Frau in Wärteruniform, die an einem Schreibtisch gesessen hatte, öffnete es mit sichtlichem Widerwillen. »Sie wünschen?«

Marino zeigte ihr seine Marke und erklärte lakonisch, wir seien mit Direktor Donahue verabredet, worauf sie uns zu warten bat und das Fenster wieder schloss.

»Das ist Helen die Hunnin«, erklärte mir Marino. »Ich bin schon unzählige Male hier gewesen, aber sie tut jedes Mal wieder so, als hätte sie mich noch nie gesehen. Ich bin eben nicht ihr Typ. Sie werden sie gleich näher kennenlernen.«

Jenseits des Gittertors, das eine der Wände ersetzte, erstreckte sich ein langer, düsterer Korridor mit braunem Fliesenboden und Ziegelwänden.

»Wann werden die letzten Insassen umquartiert?«, fragte ich.

»Ende der Woche.«

»Und wer ist noch hier?«

»Ein paar echte Gentlemen, Verrückte mit Sonderstatus. Sie sind im Westflügel in Zellenblock C an ihre Betten gefesselt. Aber keine Angst, da kommen wir nicht durch – das würde ich Ihnen nie antun. Einige dieser Kerle haben seit Jahren außer Helen der Hunnin keine Frau mehr gesehen.«

Ein kräftig gebauter junger Mann in der blauen Uniform des Gefängnispersonals erschien am Ende des Korridors und kam auf uns zu. Sein Gesicht war gut geschnitten, aber hart. Er hatte ein energisches Kinn und kalte graue Augen. Ein dunkelroter Schnurrbart verdeckte die vermutlich schmale Oberlippe.

Marino erklärte ihm, wer wir waren, und fügte hinzu: »Wir sind hier, um uns den Stuhl anzusehen.«

»Ja, ich weiß. Mein Name ist Roberts, ich mache die ›Schlossführung‹ für Sie.« Schlüssel klirrten gegen die Gitterstäbe, als er die schwere Tür öffnete. »Direktor Donahue ist krank.« Das Krachen, mit dem er die Tür ins Schloss fallen ließ, hallte dröhnend von den Wänden wider. »Tut mir leid, wir müssen Sie zuerst durchsuchen. Wenn Sie dort rübergehen würden, Ma'am …«

Er hatte gerade begonnen, mit einem Scanner an Marino entlangzufahren, als eine andere Gittertür sich öffnete und Helen aus der Anmeldung trat, eine Frau, von der ich mir nicht vorstellen konnte, dass sie je lächelte. Das Namensschild an ihrem ausladenden und dennoch völlig unweiblich wirkenden Busen wies sie als GRIMES aus.

»Ihre Tasche!«, bellte sie.

Ich gab ihr meine Instrumententasche, in der sie herumkramte, dann drehte sie mich grob hin und her, tastete mich übertrieben gründlich mit den Händen ab und ließ dann ihren Scanner über meinen Körper gleiten. Ich hatte das dringende Bedürfnis nach einer Sagrotan-Dusche. Als sie fertig war, nickte sie brüsk und kehrte in ihre vergitterte Höhle zurück. Marino und ich folgten Roberts durch eine Reihe von Türen, die er jeweils auf- und hinter uns wieder zuschloss. Das Klirren von Metall gegen Metall hallte durch die kalte Luft. Roberts stellte keine Fragen und sprach nur das Nötigste. Offenbar glaubte er, dass dieses Verhalten zu seiner heutigen Aufgabe passte. Ich war nicht ganz sicher, ob er sich als Fremdenführer oder als Wachhund sah.

Wir bogen rechts um eine Ecke und betraten den ersten Zellenblock, ein riesiges, grün gestrichenes, zugiges Areal mit vier Zellenreihen, über die sich eine mit Stacheldrahtrollen gesicherte Gitterdecke spannte. Entlang der Mitte des braun gefliesten Gangs waren plastikumhüllte Matratzen aufgestapelt, Besen und Mopps standen herum. Tennisschuhe, Jeans und andere persönliche Dinge lagen auf den Fensterbrettern, und in vielen Zellen waren Fernsehapparate, Bücher und Feldkisten zurückgeblieben, als sei es den Häftlingen nicht gestattet worden, ihre gesamte Habe ins »neue Heim« mitzunehmen. Vielleicht war das auch die Erklärung für die an die Wände geschmierten Obszönitäten.

Wieder wurden Türen aufgeschlossen, und plötzlich standen wir im Hof, einem Geviert aus braunem Gras. Es gab keinen einzigen Baum. An den vier Ecken ragten Wachtürme in die eisige Luft. Die Männer, die dort Dienst taten, hatten schwere Mäntel an und Gewehre im Anschlag. Schnell und schweigend überquerten wir den Hof. Es regnete noch immer. Nachdem wir einige Stufen hinuntergestiegen waren, standen wir in einem Korridor, der zu einer besonders massiven Eisentür führte.

»Der Ostkeller«, erklärte Roberts und steckte den Schlüssel ins Schloss. »Die Endstation.«

Wir traten ein. An der Ostwand befanden sich fünf Zellen, jede mit Eisenbett, weißem Porzellanwaschbecken und ebensolcher Toilette ausgestattet. Vor den Zellen standen in der Mitte des Raumes ein großer Tisch und mehrere Stühle. Hier saßen, wenn eine der Todeszellen besetzt war, rund um die Uhr Wachen. »Waddell saß in Nummer zwei.« Roberts deutete auf einen der Käfige. »Laut Gesetz musste ein Häftling fünfzehn Tage vor seiner Hinrichtung hierhergebracht werden. In Waddells Fall war das am 28. November.«

»Wer hatte Zugang zu ihm, während er hier war?«, fragte Marino.

»Die Leute, die immer Zugang zu dieser Abteilung haben: Behördenvertreter, der Geistliche und die Mitglieder des Todesteams.«

»Des Todesteams?« Ich sah ihn fragend an.

»Es setzt sich aus Gefängniswärtern und leitenden Beamten zusammen, deren Identität geheim ist. Das Team tritt in Aktion, sobald ein Häftling hier eintrifft. Sie bewachen ihn und organisieren alles, vom Anfang bis zum Ende.«

»Hört sich nicht gerade nach einem angenehmen Job an«, meinte Marino.

»Man wird nicht dazu gezwungen – es ist eine freiwillige Entscheidung«, sagte Roberts mit der unerforschlichen Macho-attitüde eines Football-Trainers.

»Und geht Ihnen das nicht an die Nieren? Ich habe Waddell auf den elektrischen Stuhl steigen sehen ... So was geht doch an die Nieren.«

»Überhaupt nicht. Ich geh hinterher nach Hause, trinke mein Bierchen und steige ins Bett.« Er griff in die Brusttasche seines Uniformhemdes und zog eine Schachtel Zigaretten heraus. »Donahue hat gesagt, Sie wollen den gesamten Ablauf wissen, also werde ich ihn mit Ihnen durchgehen.« Er setzte sich auf die Tischkante und ließ sein Sturmfeuerzeug aufschnappen. »An dem fraglichen Tag, dem 13. Dezember, wurden Waddell zwei Stunden mit seiner Mutter genehmigt. Wir legten ihm eine Taillenkette, Fußeisen und Handschellen an und führten ihn kurz vor dreizehn Uhr in den Besucherraum. Um siebzehn Uhr traf seine Henkersmahlzeit ein. Er hatte sich ein Sirloin-Steak, Salat, eine gebackene Kartoffel und Pecannusskuchen gewünscht. Das Essen wurde im Bonanza Steak House zubereitet. Er hat das Restaurant nicht selbst ausgesucht, das ist den Delinquenten nicht gestattet. Wie üblich wurden zwei identische Mahlzeiten geordert: eine für den Häftling und eine für ein Mitglied des Todesteams. Damit soll verhindert werden, dass ein übereifriger Koch die Reise des Todeskandidaten ins glorreiche Jenseits beschleunigt, indem er das Essen zusätzlich mit einer Prise Arsen oder Ähnlichem würzt. In Waddells Fall hätte das allerdings keine Rolle gespielt, denn er rührte keinen Bissen an. Er sagte, er hätte keinen Appetit, wir sollten es ihm für den nächsten Tag aufheben.«

»Er muss geglaubt haben, dass Gouverneur Norring ihn in letzter Minute doch noch begnadigen würde«, sagte Marino.

»Ich weiß nicht, was er dachte, ich gebe Ihnen nur wieder, was er sagte. Um neunzehn Uhr dreißig kamen Beamte, um die Bestandsaufnahme seines persönlichen Eigentums zu machen: eine Armbanduhr, ein Ring, Kleidungsstücke, Bücher, Briefe und Gedichte. Um zwanzig Uhr wurde er aus seiner Zelle geholt, sein Kopf, sein Gesicht und die rechte Wade wurden rasiert. Er wurde gewogen, geduscht, für seinen letzten Gang angezogen und wieder in die Zelle gebracht. Um zweiundzwanzig Uhr fünfundvierzig las man ihm in Gegenwart des Todesteams sein Todesurteil vor.« Roberts stand auf. »Und danach wurde er ohne Handschellen in den angrenzenden Raum geführt.«

»In welcher Verfassung war er zu diesem Zeitpunkt?«, fragte Marino, als Roberts eine weitere Tür aufschloss und öffnete.

»Er zitterte vor Angst.«

Der Raum war kleiner, als ich erwartet hatte. Etwa zwei Meter vor der Rückwand stand auf dem braun lackierten Zementboden der Stuhl, ein stabiler, eckiger Thron aus dunkler, polierter Eiche. Breite Ledergurte waren an den Sprossen der hohen Rückenlehne, den beiden Vorderbeinen und den Armlehnen befestigt.

»Waddell wurde hingesetzt und als Erstes der Brustgurt angelegt«, führte Roberts seinen Bericht in gleichgültigem Ton fort. »Dann folgten die beiden Armgurte, der Bauchgurt und die Gurte für die Beine.« Er berührte jeweils flüchtig den entsprechenden Ledergurt. »Das Ganze dauerte eine Minute. Dann wurde ihm die Ledermaske aufgesetzt – ich zeige sie Ihnen gleich –, anschließend der Helm. Zu guter Letzt wurde die Beinkontaktplatte an seiner rechten Wade befestigt.«

Ich holte meine Kamera aus der Tasche, ein Lineal und Fotokopien von Waddells Körperdiagrammen.

»Exakt zwei Minuten nach dreiundzwanzig Uhr bekam er

den ersten Stromstoß: zweitausendfünfhundert Volt und sechseinhalb Ampere; zwei Ampere sind übrigens bereits tödlich.« Die auf Waddells Körperdiagramm vermerkten Verletzungen stimmten genau mit der Konstruktion des Stuhls und der Position der Gurte überein.

»Der Helm wird hier angeschlossen.« Roberts deutete auf ein Kabel, das von der Decke herunterhing und über dem Stuhl mit einer kupfernen Flügelmutter endete. Ich begann den Stuhl aus allen Blickwinkeln zu fotografieren. »Und der Beinkontakt ist mit dieser Flügelmutter hier verbunden.«

Jedes Mal, wenn das Blitzlicht aufflammte, erschrak ich: Die Umgebung machte mich zusehends nervös.

»Der Mann schloss sozusagen den Stromkreis«, sagte Roberts.

»Wann fing er an zu bluten?«, fragte ich.

»Unmittelbar nach dem ersten Stromstoß, Ma'am. Und er hörte nicht auf, bis alles vorbei war. Dann wurde der Vorhang zugezogen, und die Zeugen konnten ihn nicht mehr sehen. Drei Mitglieder des Todesteams machten sein Hemd auf, und der Doc hörte ihn mit dem Stethoskop ab, fühlte an der Halsschlagader nach dem Puls und erklärte ihn dann für tot. Waddell wurde auf eine Bahre gelegt und in die Abkühlkammer gebracht, die ich Ihnen auch noch zeigen werde.«

»Was sagen Sie zu der Behauptung, dass der Stuhl nicht ordnungsgemäß funktioniert hat?«, wollte ich wissen.

»Reiner Blödsinn! Waddell war ein übergewichtiger Riese und schon bevor er auf dem Stuhl saß, so aufgeregt, dass sein Blutdruck wahrscheinlich gar nicht mehr zu messen gewesen wäre. Nachdem er für tot erklärt worden war, kam wegen der Blutung der stellvertretende Direktor herüber, um ihn sich anzusehen. Waddells Augen waren nicht aus den Höhlen getreten, die Trommelfelle waren okay. Er hatte stinknormales Nasenbluten – wie jemand, der sich auf der Toilette zu sehr anstrengt.«

Ich gab ihm im Stillen recht: Waddells Blutung war auf einen Überdruck im Nasen-Rachen-Raum oder einen abrupten Druckanstieg in der Brust zurückzuführen. Nicholas Grueman würde wenig Freude an dem Bericht haben, den er von mir bekäme.

»Welche Tests wurden durchgeführt, um sicherzugehen, dass der Stuhl einwandfrei funktionierte?«, fragte Marino.

»Die gleichen wie sonst auch. Zuerst waren die Leute von Virginia Power dran.« Er deutete auf zwei graue Stahltüren, die hinter dem Stuhl in die Wand eingelassen waren. »Dahinter sind zwanzig Zweihundert-Watt-Glühbirnen auf Sperrholz montiert – für Tests. Diese werden in der Woche vor der Hinrichtung täglich durchgeführt, am Tag der Hinrichtung dreimal, und dann noch mal in Gegenwart der Zeugen, bevor es endgültig ernst wird.«

»Ja, daran erinnere ich mich.« Marino nickte und schaute zu der verglasten Zeugenkabine hinüber, die höchstens viereinhalb Meter vom elektrischen Stuhl entfernt war. Zwölf in drei Reihen aufgestellte schwarze Plastikstühle standen dort.

»Alles lief wie geschmiert«, sagte Roberts.

»Jedes Mal?«, fragte ich.

»So ist es.«

»Und der Schalter, wo befindet sich der?«

Er deutete auf ein Kästchen an der Wand rechts von der Zeugenkabine. »Der Strom wird hier per Schlüssel eingeschaltet, aber der Knopf, der den Stromstoß auslöst, befindet sich im Kontrollraum. Der Direktor oder ein Bevollmächtigter dreht erst den Schlüssel herum und drückt später auf den Knopf. Wollen Sie ihn sehen?«

»Ja, bitte.«

Der todbringende Auslöser befand sich in einem kleinen Raum hinter der Wand, vor der der Stuhl stand – eine Anlage mit verschiedenen Reglern, mittels derer man die Spannung bis zu dreitausend Volt hochschrauben konnte. Eine Reihe von Kontrolllämpchen zeigte an, ob alles in Ordnung war. »In Greensville funktioniert das alles computergesteuert«, sagte Roberts.

In einem Holzschrank waren der Helm, die Beinkontaktplatte und zwei dicke Verbindungskabel untergebracht, die, wie Roberts ausführte, mit den kupfernen Flügelmuttern an die Zuleitungen angeschlossen werden. »Es ist genauso einfach, als würden Sie einen Videorecorder anschließen.«

Der Helm und die Beinplatte waren aus perforiertem Kupfer. Durch die Löcher waren mit Baumwollfäden die Schwammpolster an der Innenseite fixiert. Der Helm war überraschend leicht und wies an den Verbindungen der einzelnen Platten Spuren von Grünspan auf. Ich konnte mir nicht vorstellen, mir ein solches Ding auf den Kopf setzen zu lassen. Die schwarze Maske bestand aus einem breiten Lederstreifen, der am Hinterkopf geschlossen wurde; für die Nase war ein Dreieck ausgeschnitten. Hätte ich dieses Ding im Tower von London ausgestellt gesehen, ich hätte seine Echtheit keinen Moment angezweifelt.

Wir verließen die Kammer und gingen an einem Transformator vorbei, von dem aus Leitungen zur Decke führten. Und wieder schloss Roberts eine Tür auf.

»Das ist der Abkühlraum«, erklärte er. »Wir haben Waddell hier reingeschoben und auf diesen Tisch gelegt.« Der Tisch war aus Stahl, an den Nahtstellen fraß der Rost. »Wir ließen ihn zehn Minuten lang abkühlen und legten während dieser Zeit Sandsäcke auf sein rechtes Bein. Die da.« Er deutete zum Fußende des Tisches, wo auf dem Boden Säcke aufgestapelt waren. »Jeder wiegt zehn Pfund. Durch den Stromstoß wird das Bein verzerrt, und das Gewicht der Säcke richtet die Gliedmaßen wieder aus. Wenn die Verbrennungen so schlimm sind, wie sie es bei Waddell waren, legen wir Mullkompressen auf. Nach

Ablauf der zehn Minuten haben wir ihn wieder auf die Bahre gehoben und zum Lebensmittelaufzug getragen. Wenn wir die Treppe genommen hätten, wäre mindestens ein Leistenbruch fällig gewesen – der Kerl war ja ein Koloss! Wir schleppten ihn durch den Vordereingang raus und verfrachteten ihn in die Ambulanz, wie immer, wenn unsere Schützlinge den Blitzschlag hinter sich haben.«

Schwere Türen krachten zu, Schlüssel klirrten, Schlösser klickten, während Roberts weiter seine Sprüche klopfte. Als wir aus dem Gebäude traten, atmete ich gierig die kalte Luft ein. Ich fühlte mich elend und konnte es kaum erwarten, lange unter der heißen Dusche zu stehen und frische Sachen anzuziehen.

»Leute wie Roberts stehen nur eine Stufe über den Häftlingen«, sagte Marino, als er den Motor anließ. »Manche sind sogar keinen Deut besser als die Burschen, die sie beaufsichtigen.«

Als er an einer auf Rot geschalteten Ampel anhielt, schimmerten die Regentropfen auf der Windschutzscheibe wie Blut. »Haben Sie Zeit, sich etwas anzusehen?«, fragte er.

»Wenn es wichtig ist, könnte ich mir vielleicht die Zeit nehmen.« Ich hoffte, er würde meine Unlust heraushören und mich gleich nach Hause fahren. Doch es kam anders.

»Ich möchte Eddie Heaths letzte Schritte rekonstruieren – für Sie. Vor allem sollen Sie sehen, wo der Junge gefunden wurde.«

Die Heaths wohnten östlich der Chamberlayne Avenue oder, wie Marino es ausdrückte, »auf der falschen Seite« der Straße. Ihr kleines Ziegelhaus lag nur ein paar Blocks von dem Supermarkt entfernt, zu dem Eddie gegangen war, um die Pilzcremesuppe für seine Mutter zu besorgen. Mehrere Wagen standen in der Zufahrt. Rauch stieg aus dem Kamin auf und verschmolz mit dem gleichfarbigen Himmel. Die Fliegentür wurde geöffnet, und eine alte Frau in einem viel zu großen schwarzen Mantel erschien, drehte sich kurz zu jemandem im Haus um und stieg dann vorsichtig die Stufen herunter, wobei sie sich an das Geländer klammerte, als befände sie sich auf stürmischer See. Mit leerem Blick streifte sie unseren langsam vorbeirollenden Dienstwagen, einen weißen Ford.

»In dieser Gegend wohnten früher keine Schwarzen«, sagte Marino. »Als ich nach Richmond kam, war das ein sicheres Viertel. Lauter anständige, hart arbeitende Leute, die ihren Vorgarten in Ordnung hielten und sonntags zur Kirche gingen. Die Zeiten sind vorbei. Heute würde ich meine Kinder nach Einbruch der Dunkelheit hier nicht allein rumlaufen lassen, besonders, seit zwei Meilen weiter östlich dieses Viertel mit Sozialwohnungen entstanden ist. An dem Abend, als es passierte, nahm Eddie die Abkürzung zur Azalea und bog dann nach rechts ab, wie wir es auch gerade tun. Da links neben der Tankstelle ist Lucky's.« Er deutete auf einen Supermarkt mit einem grünen Hufeisen auf der Leuchttafel. »Die Ecke dort drüben ist ein beliebter Platz für Dealer. Es ist zum Kotzen: Kaum haben wir die einen festgenommen, sind schon die nächsten da.«

»Besteht die Möglichkeit, dass Eddie mit Drogen zu tun hatte?« Zu Beginn meiner Laufbahn wäre eine solche Frage noch weit hergeholt gewesen, doch inzwischen lag sie traurigerweise nahe: Annähernd zehn Prozent der wegen Drogendelikten Verhafteten waren Jugendliche.

»Bisher deutet nichts darauf hin, und wenn mich mein Instinkt nicht trügt, wird sich in dieser Richtung auch nichts ergeben.«

Er hielt vor dem Supermarkt an, wir blieben aber im Auto sitzen. Reklameplakate klebten an den großen Fensterscheiben. Durch die Glastüren sahen wir eine lange Schlange an der Kasse stehen. Ein junger Schwarzer in Stulpenstiefeln und Ledermantel kam aus dem Laden und ging zu dem öffentlichen Fernsprecher, der neben dem Eingang hing. Ein rotgesichtiger

Mann in farbbekleckesten Jeans entfernte die Zellophanhülle von einer Zigarettenschachtel, bevor er in den Laster stieg, der vor uns parkte.

»Ich wette, hier hat er den Täter getroffen«, sagte Marino.

»Und wie ist es Ihrer Meinung nach abgelaufen?«

»Ich denke, als Eddie rauskam, hielt der Kerl ihn auf und erzählte ihm irgendeinen Mist, um sein Vertrauen zu gewinnen. Daraufhin stieg der Junge zu ihm ins Auto.«

»Meine Untersuchungsergebnisse unterstützen diese Version.« Ich nickte. »Er hatte keine Verletzungen, die darauf schließen lassen, dass er sich gewehrt hat. Im Laden, hat ihn da keiner mit jemandem reden sehen?«

»Zumindest niemand, mit dem ich gesprochen habe, aber Sie sehen ja, wie es da drin zugeht, und auf der Straße war es dunkel. Wenn jemand etwas beobachtet hat, dann wahrscheinlich ein Kunde, der gerade ankam oder zu seinem Wagen zurückging. Ich habe vor, die Medien einzuschalten. Wir müssen uns an die Öffentlichkeit wenden – vor allem an die Leute, die um die fragliche Zeit hier waren. *Crime Stoppers* wird den Fall auch bringen.«

»Man sollte doch meinen, dass ein Junge in Eddies Alter nicht so vertrauensselig ist.«

»Wenn so ein Typ es klug anstellt, kann er jedes Kind einseifen. Ich hatte in New York einen Fall, wo ein zehnjähriges Mädchen von der Mutter zum Einkaufen geschickt wurde. Als die Kleine aus dem Laden kam, fing so ein Kinderschänder sie ab und erzählte ihr, ihre Mutter sei ins Krankenhaus eingeliefert worden und der Vater schicke ihn, um sie dort hinzubringen. Sie stieg zu ihm ins Auto und endete als weiterer Fall für die Statistik.« Er sah mich an. »Na – schwarz oder weiß?«

»Wie bitte?«

»Der Täter.«

»Ich tippe auf weiß.«

Marino wartete auf eine Lücke im Verkehrsstrom. »Ich auch. Eddies Vater mag keine Schwarzen, und Eddies Einstellung dürfte entsprechend gewesen sein. Es ist also unwahrscheinlich, dass sich ein Schwarzer sein Vertrauen erschlichen hat. Außerdem: Wenn Leute einen weißen Jungen mit einem weißen Erwachsenen sehen, denken sie sich nichts.« Er bog nach rechts ab und fuhr in westlicher Richtung. »Weiter, Doc, was noch?«

Marino liebte dieses Spiel, gleichgültig, ob ich so dachte wie er oder seiner Ansicht nach völlig auf dem Holzweg war. »Ich nehme an, dass er nicht aus dem Viertel mit den Sozialwohnungen kam.«

»Wieso?«

»Die Tatwaffe war eine .22er, keine Neun- oder Zehnmillimeter und auch kein großkalibriger Revolver, wie sie von den Leuten dort bevorzugt werden, und zudem war es kein Raubüberfall.«

Der dichte Verkehr machte ein schnelles Vorwärtskommen unmöglich. Vorweihnachtstrubel. Ich gehörte zu den wenigen, die für Weihnachten keine Vorbereitungen trafen.

Der leer stehende Lebensmittelladen an der Patterson Avenue war ein hässlicher Backsteinklotz mit vernagelten Fenstern. Links schlossen sich eine Apotheke, eine Schuhreparaturwerkstatt, eine Reinigung, ein Eisenwarenladen und ein italienisches Restaurant an.

»Die Läden waren schon zu, als Eddie hierhergebracht wurde«, sagte Marino, »und das Restaurant hatte Ruhetag.«

»Wissen Sie, seit wann der Lebensmittelladen leer steht?«

»Seit etwa zwei Jahren.«

Wir bogen in eine schmale Gasse ein. Das Licht der Scheinwerfer leckte an Ziegelmauern hinauf und begann zu tanzen, als der ungepflasterte Boden uneben wurde. Hinter dem Lebensmittelladen trennte ein Maschendrahtzaun einen Streifen rissigen Asphalts von einer Baumgruppe. Zwischen den kahlen

Ästen schimmerten das Licht der Straßenbeleuchtung und das Reklameschild eines Hamburger-Restaurants hindurch. Marino hielt an. Jetzt beleuchteten die Scheinwerfer einen Müllcontainer, dessen Farbe an vielen Stellen abgeblättert war und Rostflecken Platz gemacht hatte.

Marino stemmte die Hände gegen das Lenkrad und machte einen runden Rücken. Dann massierte er angestrengt seinen Nacken.

»Ich werde alt«, stellte er missmutig fest. »Im Kofferraum ist ein Regenmantel.«

»Ziehen Sie ihn an, ich bin nicht aus Zucker.« Ich öffnete die Tür, klappte meinen Kragen hoch und zog den Kopf ein. Die Regentropfen waren so hart und kalt wie winzige Eiswürfel. Der Müllcontainer stand etwa zwanzig Meter von der Rückseite des Lebensmittelladens entfernt in der Nähe des Drahtzaunes. Er konnte nur von oben geöffnet werden.

»War der Deckel des Containers offen oder geschlossen, als die Polizei kam?«, fragte ich Marino.

»Geschlossen.« Wegen der Kapuze seines Regenmantels musste er den ganzen Körper drehen, um mich ansehen zu können. »Um da hochzukommen, braucht man eine Trittleiter, aber es gab weit und breit keine, und demzufolge war der Container leer. Wenn man den Deckel anhebt, rastet er normalerweise alle paar Zentimeter ein. Bei diesem Ding hier sind aber die Bolzen abgebrochen. Man muss den Deckel ganz hochheben und auf die andere Seite umlegen – und das schafft man nicht ohne Trittleiter.«

»Wie groß sind Sie? Eins fünfundachtzig?«

»Gutes Augenmaß. Wenn ich die Klappe so nicht aufmachen kann, dann konnte der Täter es wohl auch kaum. Hier in Henrico glauben sie, dass der Bursche den Jungen an den Container gelehnt und dann versucht hat, die Klappe zu öffnen – wie man eine Mülltüte kurz abstellt, um die Hände frei zu haben. Als er den Deckel nicht aufkriegte, packte ihn die Panik, und er haute ab.«

»Er hätte ihn zu den Bäumen schaffen können«, meinte ich. »Da ist ein Zaun.«

»Der ist doch höchstens anderthalb Meter hoch. Zumindest hätte er Eddie hinter dem Container deponieren können. So musste er doch jedem, der nach hier hinten kam, sofort auffallen.«

Der Strahl von Marinos Taschenlampe bohrte sich durch den Maschendrahtzaun. Die Regentropfen wirkten in dem Lichtkegel wie ein glitzernder Glasperlenvorhang. Ich konnte kaum noch die Finger bewegen, Wasser rann mir von den Haaren in den Kragen, mein ganzes Gesicht war taub. Wir kehrten ins Auto zurück, und Marino drehte die Heizung voll auf.

»Trent und seine Leute sind total auf die Container-Theorie fixiert«, sagte er. »Meiner Meinung nach diente das Ding dem Täter nur als Stütze für sein ›Kunstwerk‹.«

Ich starrte in den Regen hinaus.

»Ich denke nämlich, er brachte den Jungen nicht hierher, um ihn zu verstecken, sondern um sicherzugehen, dass er gefunden wurde. Die Burschen hier in Henrico wollen das einfach nicht einsehen, aber für mich ist es sonnenklar.«

Ich sah Eddie so deutlich dort drüben sitzen, als hätte ich ihn gefunden. Und plötzlich traf mich wie ein Schlag in die Magengrube die Erkenntnis. »Wann haben Sie sich zuletzt mit dem Robyn-Naismith-Fall befasst?«, fragte ich Marino.

»Ist schon eine Weile her, aber das macht nichts. Ich erinnere mich an jede Einzelheit«, antwortete er, ohne mich anzusehen. »Ich war gespannt, ob Sie drauf kommen würden. Mir fiel es gleich auf, als ich den Bericht des Polizisten las, der den Jungen fand.«

3

An diesem Abend setzte ich mich mit einem Teller Gemüsesuppe ins Wohnzimmer an den Kamin. Ich hatte das Licht gelöscht und die Vorhänge zurückgezogen, um in den Garten hinausschauen zu können. Der Eisregen war in Schnee übergegangen, der Rasen mit einer weißen Schicht überzuckert, und Rhododendronblätter wirbelten im Wind, der die Äste schüttelte.

Ich fühlte mich ausgelaugt und glaubte, wieder die aufdringlichen Hände der Grimes zu spüren und die muffige Kälte der Gefängnisflure zu riechen. Ich erinnerte mich daran, wie ich in einer Hotelbar in New Orleans bei der alljährlichen Tagung der American Academy of Forensic Sciences Dias gegen das Licht hielt – damals war der Mord an Robyn Naismith noch nicht aufgeklärt – und mit Kollegen über die Verletzungen diskutierte, während um uns herum ausgelassen der Mardi Gras gefeiert wurde.

Sie war mit Faustschlägen, Bissen und einem Messer traktiert worden. Als sie tot war, zog der Mörder sie aus. Es gab keine Hinweise darauf, dass er sie vergewaltigt hatte. Hauptsächlich schien es ihm darauf angekommen zu sein, sie zu beißen und wiederholt auf die fleischigen Regionen ihres Körpers einzustechen. Als ihre Freundin auf dem Heimweg von der Arbeit bei ihr vorbeischaute, war die Haustür nur angelehnt, und sie fand Robyns misshandelte Leiche nackt an den Fernseher gelehnt, die Arme lose an den Seiten, den Kopf nach vorn geneigt. Die Kleider lagen zusammengelegt neben ihr aufgestapelt. Sie sah aus wie eine blutige Puppe, die einer Bestie als Spielzeug gedient hatte.

Einer der Psychiater sagte beim Prozess, Waddell sei nach

der Tat von Reue überwältigt worden und habe stundenlang bei der Toten gesessen und mit ihr gesprochen. Ein von der Staatsanwaltschaft benannter Gerichtspsychologe vermutete hingegen, dass Waddell Robyn vom Fernsehen her gekannt habe und es als symbolischer Akt zu verstehen sei, dass er die Leiche an den Fernseher lehnte: Er habe sie ihrem Medium sozusagen zurückgegeben. Die Spekulationen wurden immer verstiegener.

Die groteske Präsentation der Leiche der siebenundzwanzigjährigen Moderatorin war Waddells spezielle Handschrift. Jetzt, zehn Jahre später, war ein kleiner Junge umgebracht worden, und jemand hatte sein Werk auf die gleiche Weise signiert – am Abend vor Waddells Hinrichtung.

Ich machte Kaffee, füllte ihn in eine Thermoskanne und trug sie ins Arbeitszimmer. Am Schreibtisch startete ich meinen Computer und wählte den im Büro an. Ich wollte mir die Ausdruckdaten der Datenbankabfrage ansehen, die Margaret für mich ausgeführt hatte. Der Ausdruck würde sich zwar sicherlich bei dem Papierstapel befinden, der am späten Freitagnachmittag in meinem Eingangskasten gelegen hatte, die dazugehörige Datei musste sich jedoch auch noch auf der Festplatte befinden. Beim UNIX-Prompt gab ich meinen Benutzernamen und das Passwort ein, worauf mich das blinkende Wort nachricht begrüßte: Margaret, unsere Computerspezialistin, hatte mir eine Mitteilung geschickt. Sie lautete: prüfen sie die datei fleisch! »Wie makaber«, stieß ich hervor, als könnte Margaret mich hören, wechselte zum Verzeichnis chef, in das Margaret gewöhnlich alle Dateien hineinkopierte und Ergebnisdateien hinschob, die ich brauchte. Dann rief ich die Datei auf, die Margaret FLEISCH genannt hatte.

Die Datei war ziemlich umfangreich, denn Margaret hatte alle Todesarten berücksichtigt und mit den Daten des Traumaregisters ergänzt. Es überraschte nicht, dass die meisten Fälle, die der Computer ausgegeben hatte, Autounfälle oder Verletzungen bei der Arbeit mit Maschinen waren, aber es fanden sich auch vier Morde darunter, bei denen Bisswunden erwähnt wurden. Zwei der Getöteten waren erstochen worden, die beiden anderen erdrosselt. Bei den Opfern handelte es sich um einen Mann, zwei Frauen und ein sechsjähriges Mädchen. Ich notierte mir die Nummern und Aktenzeichen der Fälle. Dann nahm ich mir Bildschirmseite für Bildschirmseite die Einträge des Traumaregisters über Opfer vor, die noch lebend ins Krankenhaus gekommen waren. Wie erwartet waren sie kärglich: Kliniken geben Informationen über Patienten nur heraus, nachdem sie die Unterlagen bis zur Unkenntlichkeit verstümmelt haben. Aus Gründen des Datenschutzes werden Namen, Sozialversicherungsnummern und andere Identifizierungsmerkmale gelöscht, und die Berichte der Krankenwagenbesatzungen, Notfallstationen, Polizeireviere und anderen Dienststellen, die mit diesen Fällen befasst waren, lagen in bis zu sechs verschiedenen Datenbanken gespeichert, die nicht miteinander vernetzt waren. Völlig hoffnungslos war die Sache, wenn irgendwo bei der Eingabe ein Fehler passiert war. Trotz dieser trüben Aussichten notierte ich mir einige Fälle, die sich als relevant erweisen könnten, und schloss die Datei wieder. Anschließend sah ich mir mein Verzeichnis an, um festzustellen, welche alten Berichte, Aufzeichnungen und Memos gelöscht werden konnten, um Platz auf der Platte zu schaffen, und dabei entdeckte ich eine Datei, mit der ich nichts anfangen konnte. Sie war nur zweiunddreißig Byte groß, der Name lautete TTY07, und sie war am vergangenen Donnerstag, dem 16. Dezember, um sechzehn Uhr sechsundzwanzig angelegt worden. Der Inhalt bestand aus einem einzigen Satz: ich kann es nicht finden.

Ich griff zum Telefon und wollte Margarets Nummer wählen, hielt dann jedoch inne. Das Verzeichnis chef und die darin befindlichen Dateien waren lesegeschützt. Solange sich nicht jemand mit meinem Benutzernamen und Passwort in dem

System anmeldete, konnte kein anderer Benutzer diese Dateien auflisten oder anschauen. Margaret und ich waren die einzigen Personen, die mein Passwort kannten. Was hatte Margaret in meinem Verzeichnis gesucht und nicht gefunden, und wem hatte sie das mitgeteilt?

Nein, dachte ich, Margaret tut so was nicht.

Doch ich war verunsichert, und da fiel mir meine Nichte Lucy ein. Vielleicht war sie mit UNIX vertraut. Ich schaute auf die Uhr: Es war nach acht. Obwohl ich ihre Hilfe brauchte, wünschte ich gleichzeitig, sie wäre ausgegangen: Es war nicht üblich für ein junges Mädchen, am Samstagabend zu Hause zu sitzen. Doch Lucy tat es.

»Hi, Tante Kay!« Sie wirkte überrascht, was mich daran erinnerte, dass ich sie schon eine ganze Zeitlang nicht angerufen hatte.

»Wie geht's meiner Lieblingsnichte?«

»Deiner einzigen Nichte. Gut, danke.«

»Was machst du denn am Samstagabend zu Hause?«

»Ich brüte über einer Facharbeit. Und was machst du am Samstagabend zu Hause?«

Im ersten Moment wusste ich nicht, was ich sagen sollte: Meine siebzehnjährige Nichte konnte mich leichter aus dem Konzept bringen als irgendjemand sonst. »Ich brüte über einem Computerproblem«, antwortete ich schließlich.

»Dann hast du genau die richtige Nummer gewählt«, sagte Lucy, die noch nie unter übertriebener Bescheidenheit gelitten hatte. »Bleib dran, ich muss nur schnell die Bücher und den anderen Kram wegräumen, damit ich an meine Tastatur komme.«

»Es ist kein PC-Problem«, sagte ich. »Ist dir das Betriebssystem UNIX ein Begriff?«

»Ich halte UNIX nicht unbedingt für ein Betriebssystem, Tante Kay. Das ist, als würde man vom Wetter sprechen, aber die Umwelt mit all ihren Komponenten, zu denen auch das Wetter gehört, meinen. Benutzt du die Version AT&T?«

»Meine Güte, Lucy, keine Ahnung!«

»Fragen wir anders: Womit arbeitest du?«

»Mit einem NCR-Mini.«

»Dann ist es AT&T.«

»Ich halte es für möglich, dass jemand mein Passwort geknackt hat.«

»Wie kommst du darauf?«

»Ich habe eine seltsame Datei in meinem Verzeichnis gefunden, Lucy. Mein Verzeichnis und meine Dateien sind lesegeschützt. Ohne mein Passwort dürfte niemand die Dateien lesen können.«

»Falsch. Wenn jemand Systemprivilegien hat, ist er der Superuser und kann überall rein.«

»Meine Spezialistin ist der einzige Superuser.«

»Das glaubst *du*! Es kann eine Menge Benutzer mit Systemprivilegien geben, die ohne dein Wissen mit der Software geliefert wurden. Das können wir leider nicht feststellen. Erzähl mir erst mal was über die seltsame Datei. Wie heißt sie, und was steht drin?«

»Sie heißt TTY07, und darin steht der Satz: ich kann es nicht finden.«

Ich hörte Tasten klicken. »Was tust du?«, fragte ich.

»Ich mache mir Notizen während unseres Gespräches. Okay, fangen wir mit dem Offensichtlichen an! Ein deutlicher Hinweis ist der Dateiname TTY07. Das ist die Bezeichnung für ein Gerät. Mit anderen Worten, TTY07 ist wahrscheinlich ein Terminal in einem eurer Büros. Möglicherweise ist es auch ein Drucker, aber ich glaube, wer immer in deinem Verzeichnis gewühlt hat, wollte eine Mitteilung an das Gerät TTY07 schicken. Aber irgendwie machte diese Person einen Fehler, und anstatt die Mitteilung zu verschicken, erzeugte sie eine Datei.«

Ich war verwirrt. »Erzeugst du nicht automatisch eine Datei, wenn du eine Notiz schreibst?«

»Nicht, wenn du die Tastatureingabe direkt schickst.«

»Wie geht das?«

»Leicht. Bist du nun im System?«

»Ja.«

»Gib mal ein: cat redirect TTYQ ...«

»Warte mal!«

»Und vergiss das mit dem Schrägstrich bei der Geräte ...«

»Lucy, langsamer!«

»Wir nehmen uns die Freiheit, den Teil dev vom Verzeichnis wegzulassen, was vermutlich diese Person auch tat.«

»Was kommt nach cat?«

»Cat redirect und die Geräte...«

»Langsamer bitte!«

»Eigentlich sollte in eurem Rechner ein 486er-Prozessor sein, Tante Kay. Warum ist der denn so langsam?«

»Es ist nicht der Rechner, der so langsam ist.«

»Entschuldige bitte«, sagte Lucy, »das habe ich vergessen.«

»Was hast du vergessen?« Dass ich ein Trottel war?

»Zurück zu deinem Problem«, fuhr sie fort »Ich nehme an, ihr habt kein Gerät mit der Bezeichnung TTYQ. Wo bist du jetzt?«

»Ich bin immer noch bei cat«, antwortete ich frustriert. »Dann kommt jetzt redirect ... Verdammt! Ist das die Taste, die nach rechts zeigt?«

»Ja. Betätige die Returntaste, und dein Bildschirmcursor springt auf den nächsten Zeilenanfang. Jetzt kannst du die Nachricht eingeben, die auf dem Bildschirm von TTYQ erscheinen soll.«

schau dem punkt nach, tippte ich ein.

»Die Returntaste, und dann gib strg+c ein!«, kommandierte Lucy. »Jetzt gib ein 1s-1 ein und leite es auf pg um, dann siehst du den Inhalt deiner Datei.«

Ich gab ls ein und sah etwas über den Bildschirm flitzen.

»Jetzt sage ich dir, was passiert ist. Jemand war in deinem Verzeichnis – dazu kommen wir noch – und hat wohl etwas in deinen Dateien gesucht, das, was er suchte, aber nicht gefunden. Daraufhin hat diese Person eine Nachricht zu dem Gerät TTY07 schicken wollen. Vielleicht war sie in Eile und hat statt cat redirect/dev/TTY07 nur cat redirect/TTY07 ohne den dev-Verzeichnispfad getippt. Auf dem TTY07-Gerät war deshalb nichts zu sehen. Mit anderen Worten: Dieser Jemand wollte eine Mitteilung zum Gerät TTY07 schicken, hat aber stattdessen eine Datei mit dem Namen TTY07 erzeugt.«

»Falls diese Person die richtigen Eingaben gemacht hätte, wäre dann auch die Datei entstanden?«

»Nein, die Tastatureingaben wären auf dem Bildschirm von TTY07 erschienen und hätten dort gestanden, bis ein Anwender sie löschte. Aber du hättest keine Spur davon in deinem Verzeichnis oder sonst wo im Rechner gefunden. Bei dieser Methode gibt es keine Datei.«

»Das heißt, wir wissen nicht, wie oft irgendjemand Nachrichten aus meinem Verzeichnis korrekt losgeschickt hat.«

»Stimmt.«

Ich kam zu meiner ursprünglichen Frage zurück: »Wie ist es überhaupt möglich, dass einer in der Lage ist, die Dateien in meinem Verzeichnis zu lesen?«

»Du bist sicher, dass niemand sonst dein Passwort kennt?«

»Nur Margaret.«

»Sie ist eure Computerspezialistin?«

»Genau.«

»Und sie hat das Passwort nicht weitergegeben?«

»Das kann ich mir nicht vorstellen.«

»Okay, es gibt Wege, mit Systemberechtigung auch ohne dein Passwort in den Rechner zu kommen«, sagte Lucy. »Das wollen wir jetzt mal probieren. Wechsele in das Verzeichnis /etc und editiere mit dem vi die Datei Group und suche darin die Gruppe root, das heißt dann r-o-o-t-g-r-p. Schau dir an, welche Benutzer da aufgelistet sind.«

Ich fing an einzugeben.

»Was siehst du?«

»Ich bin noch nicht so weit«, erwiderte ich gereizt.

Sie wiederholte die Befehle langsam.

»Drei Namen in dieser Gruppe«, sagte ich schließlich.

»Wunderbar! Schreib sie dir auf! Dann gib einen Doppelpunkt, danach q, dann bang ein und dann drücke die Returntaste. Du hast die Datei Group verlassen.«

»Bang?«, fragte ich verständnislos.

»Ausrufezeichen. Jetzt müssen wir uns die Datei passwd mit dem vi anschauen, und achte darauf, ob einer der drei vielleicht kein Passwort hat.«

»Lucy!« Ich nahm meine Finger von der Tastatur.

»Das ist ganz leicht. Im zweiten Feld siehst du das verschlüsselte Passwort, falls der Benutzer eins hat. Falls du zwei Doppelpunkte direkt hintereinander siehst, dann hat dieser Anwender kein Passwort.«

»Lucy!«

»Entschuldige, Tante Kay, bin ich schon wieder zu schnell?«

»Ich bin kein UNIX-Experte, du könntest genauso gut Kisuaheli mit mir reden.«

»Du solltest es lernen, UNIX ist irre.«

»Das kann schon sein, aber gerade jetzt habe ich keine Zeit dafür. Jemand ist in mein Verzeichnis gelangt. Dort stehen streng vertrauliche Unterlagen und Berichte. Wer suchte da was? Und warum tat er das?«

»Die erste Frage ist einfach zu beantworten, es sei denn, er meldete sich per Modem von außerhalb an.«

»Aber die Nachricht wurde an ein Gerät in unserem Büro geschickt.«

»Das schließt nicht aus, dass der Eindringling Hilfe von außen hatte, Tante Kay. Es kann ja sein, dass der Unbekannte, der im System rumschnüffelte, nichts von UNIX versteht und Unterstützung von außen brauchte, um in dein Verzeichnis zu gelangen.«

»Das klingt ja äußerst ermutigend.«

»Tut mir leid, dass ich dir nichts Beruhigenderes sagen kann, aber ich habe den Eindruck, euer Rechner ist nicht gut geschützt.«

»Wann musst du deine Facharbeit abliefern?«

»Nach den Ferien.«

»Wie weit bist du?«

»Fast fertig.«

»Und wann fangen die Ferien an?«

»Am Montag.«

»Hast du Lust, herzukommen und mir bei dieser Sache zu helfen?«

»Du machst Witze!«

»Absolut nicht! Aber erwarte keinen großen Aufwand. Mein Weihnachtsschmuck erschöpft sich in ein paar Kerzen und Blumentöpfen mit Weihnachtssternen im Fenster.«

»Kein Baum?«

»Ist das ein Problem für dich?«

»Kein großes. Schneit's bei euch?«

»Im Augenblick, ja.«

»Ich habe noch nie Schnee gesehen – nicht live, meine ich.«

»Gib mir mal deine Mutter!«, bat ich.

Dorothy, meine einzige Schwester, machte einen hektischen Eindruck, als sie ans Telefon kam. »Arbeitest du noch immer so viel, Kay? Alle Leute sind ungeheuer beeindruckt, wenn ich ihnen sage, dass wir Schwestern sind. Wie ist das Wetter in Richmond?«

»Es bestehen gute Chancen für weiße Weihnachten.«

»Ich habe noch nie weiße Weihnachten erlebt. Halt, das muss ich zurücknehmen: Einmal war ich mit Bradley beim Skifahren.«

Der Name Bradley sagte mir nichts. Die Ehemänner und Freunde meiner jüngeren Schwester kamen und gingen in so rascher Folge, dass ich den Versuch, auf dem Laufenden zu bleiben, schon vor Jahren aufgegeben hatte.

»Ich möchte Lucy gern Weihnachten hierhaben«, sagte ich.

»Kannst du nicht nach Miami kommen?«

»Nein, Dorothy, diesmal nicht. Ich stecke mitten in schwierigen Fällen und habe bis zum Heiligen Abend Gerichtstermine.«

»Ich kann mir Weihnachten ohne Lucy nicht vorstellen«, sagte sie.

»Du hast die Feiertage doch schon öfter ohne sie verbracht, wenn ich mich recht erinnere.«

»Das stimmt, aber ich war immer sehr traurig. Und jedes Mal schwor ich mir, es nie wieder zu tun.«

»Na schön, dann vielleicht ein andermal«, tat ich resigniert. Ich hasste dieses verlogene Getue, schließlich wusste ich genau, dass sie es gar nicht erwarten konnte, Lucy loszuwerden.

»Andererseits, der Ablieferungstermin für mein neues Buch sitzt mir im Nacken, und ich werde den größten Teil der Ferien am Computer verbringen müssen«, schaltete sie schnell um. »Vielleicht wäre Lucy bei dir besser aufgehoben, von mir würde sie ja nicht viel haben. Weißt du schon, dass ich jetzt einen Hollywood-Agenten habe? Er ist phantastisch, kennt jeden dort, der was zu sagen hat. Er verhandelt gerade mit Disney!«

»Das ist ja großartig. Ich bin sicher, dass sich deine Geschichten wunderbar umsetzen lassen.«

Dorothy hatte schon einige Auszeichnungen für ihre Kinderbücher bekommen. Sie war eine gute Schriftstellerin, aber als Mensch eine Niete.

»Mutter ist hier«, sagte sie. »Sie möchte kurz mit dir sprechen. Es war schön, mit dir zu reden, wir tun das viel zu selten. Sorg dafür, dass Lucy nicht nur Salat isst!«

Bevor ich etwas dazu sagen konnte, war meine Mutter am Apparat: »Das Wetter ist herrlich, Kay, und du solltest die Grapefruits sehen!«

»Tut mir leid, Mutter, ich kann wirklich nicht.«

»Habe ich das richtig mitbekommen: Du holst mir Lucy weg?«

»Du hast ja noch Dorothy.«

»Du veräppelst mich wohl! Die wird bei ihrem Fred sein. Ich kann ihn nicht ausstehen.«

Dorothy hatte sich im letzten Sommer wieder einmal scheiden lassen. Ich fragte nicht, wer Fred war.

»Er ist Iraner oder so was. Ein Muskelprotz mit Haaren in den Ohren. Weil er nicht katholisch ist, geht sie nicht mehr mit Lucy in die Kirche. Sie wird noch in der Hölle landen!«

»Mutter, sie können dich doch hören!«

»Nein, können sie nicht. Ich bin allein in der Küche – mit einem Berg Geschirr, den ich abwaschen soll. Deine Schwester behandelt mich wie einen Dienstboten, erwartet, dass ich einkaufe und koche. Es kümmert sie überhaupt nicht, dass ich eine alte Frau bin und praktisch ein Krüppel. Rede doch mal ein ernstes Wort mit Lucy!«

»Inwiefern?«

»Sie hat überhaupt keine Freunde, abgesehen von diesem merkwürdigen Mädchen. Und du solltest ihr Zimmer sehen: Es sieht aus wie die Kulisse für einen Science-Fiction-Film; alles voller Computer und Drucker und anderem technischem Kram. Es ist doch nicht normal für einen Teenager, sich unentwegt mit diesem Zeug zu beschäftigen, anstatt mit jungen Leuten in ihrem Alter auszugehen. Ich mache mir ebensolche Sorgen um sie wie früher um dich.«

»Aus mir ist doch was geworden.«

»Beruflich, ja, aber privat? Du hast viel zu viel Zeit über deinen Büchern verbracht, Katie. Das hält keine Ehe aus – wie du ja gesehen hast.«

Ich seufzte leise. »Mutter, ich möchte, dass Lucy schon morgen kommt. Ich lasse das Ticket für sie hinterlegen. Und warme Sachen können wir hier für sie besorgen.«

»Das wird nicht nötig sein. Sie kann inzwischen deine Sachen tragen. Du wirst staunen, wie sie sich verändert hat. Und wie sie sich anzieht, ohne mich je um Rat zu fragen …«

»Mom, ich muss das Flugticket bestellen«, unterbrach ich sie.

»Ich wünschte, du würdest herkommen, dann könnten wir hier alle zusammen feiern.« Ihre Stimme zitterte.

»Ich wünschte, ich könnte es«, sagte ich.

Am späten Sonntagvormittag fuhr ich durch eine Glitzerwelt zum Flugplatz. Die Sonne schien, und die Schneekristalle blitzten und blinkten. Der Wetterbericht kündigte eine neue Schneefront an, was mich jedoch nicht schreckte – im Gegenteil. Ich freute mich darauf, gemütlich mit Lucy am Kamin zu sitzen. Siebzehn! Ich konnte es gar nicht fassen: Es schien erst gestern gewesen zu sein, dass ihre großen Augen jede meiner Bewegungen verfolgten und sie mir auf wackeligen Beinchen durch das Haus ihrer Mutter nachlief und Trotz- oder Schluchzanfälle bekam, sobald sie nicht meine uneingeschränkte Aufmerksamkeit erhielt. Lucys Liebe zu mir rührte mich ebenso, wie sie mich erschreckte. Ich hatte ein so tiefes Gefühl noch nie erlebt.

In der Ankunftshalle hielt ich Ausschau nach einem Pummelchen mit langen roten Haaren und einer Zahnspange, als eine hinreißend aussehende junge Frau auf mich zukam.

»Lucy!«, rief ich, als sie mir um den Hals fiel. »Mein Gott, ich hätte dich nicht erkannt!«

Ihr Haar war zu einer Windstoßfrisur gekürzt, die ihre leuchtend grünen Augen und die hohen Wangenknochen, die bisher nicht aufgefallen waren, gut zur Geltung brachte. Kein Metall blitzte in ihrem Mund, und die klobige Brillenfassung war einer leichten aus schildpattfarbenem Kunststoff gewichen, die ihr einen intellektuellen Touch verlieh. Aber was mich am meisten überraschte, war die Veränderung ihrer Figur: Seit ich sie zuletzt gesehen hatte, war aus einem kleinen Trampel eine grazile Schönheit geworden. Die langen Beine steckten in ausgewaschenen Jeans, die mehrere Zentimeter zu kurz waren, und die nackten Füße in Turnschuhen. Unter dem weiten weißen Hemd trug sie ganz offensichtlich keinen Büstenhalter, und sie war nicht geschminkt.

»Wo ist dein Mantel?«, fragte ich, als wir zu den Gepäckbändern gingen.

»Als ich in Miami abflog, hatten wir achtundzwanzig Grad.«

»Du wirst auf dem Weg zum Auto erfrieren.«

»Das ist physisch unmöglich, es sei denn, du hast in Chicago geparkt.«

»Hast du wenigstens einen Pullover im Koffer?«

»Du redest genauso mit mir wie Grandma mit dir.«

»Ich habe jede Menge Wintersachen. Du kannst anziehen, was du willst.«

Sie hängte sich bei mir ein und schnupperte an meinen Haaren. »Du rauchst nach wie vor nicht mehr.«

»Nein, ich rauche nach wie vor nicht mehr, und ich hasse es, darauf angesprochen zu werden, denn das erinnert mich ans Rauchen.«

»Deine Haut sieht frischer aus, und du stinkst nicht nach Rauch, und du bist nicht fett geworden. Warum kommt Grandma dich eigentlich nie besuchen?« Ihre Gedankensprünge waren ebenso verblüffend wie die meiner Mutter.

»Sie weigert sich zu fliegen.«

»Dabei ist es sicherer als Autofahren. Ihre Hüfte wird immer schlimmer, Tante Kay.«

»Ich weiß. Hol du dein Gepäck, ich fahre den Wagen vor den Eingang. Aber lass mich erst schauen, welches Band für deine Maschine zuständig ist.«

»Es sind ja nur drei. Ich glaube, das kann ich allein rausfinden«, meinte sie ironisch.

Ich trat in die Sonne hinaus und atmete tief die frische Winterluft ein. Die Veränderung meiner Nichte hatte mich trotz der mütterlichen Vorwarnung unvorbereitet getroffen, da ich nicht im Traum mit einem solch tiefgreifenden Wandel gerechnet hatte, und ich wusste im Moment noch weniger als früher, wie ich mit ihr umgehen sollte. Lucy war nie leicht zu handhaben gewesen – unberechenbar und eigensinnig, mit einem scharfen Verstand, den hin und wieder kindliche Gefühle überlagerten –, aber jetzt würde ich es noch schwerer mit ihr haben, denn sie war kein Kind mehr. Ich konnte mir nicht vorstellen, dass sie auch heute noch eine Auseinandersetzung damit beendete, dass sie mir ins Gesicht schleuderte, sie hasse mich oder sei froh, mich nicht zur Mutter zu haben, bevor sie türenknallend verschwand. Ich sah sie vor mir, wie sie mich kühl musterte und dann wortlos stehen ließ.

Lucy war fasziniert von der Winterlandschaft. Es schmolz zwar alles wie eine Skulptur aus Eis, aber schon schob sich drohend eine neue Kaltfront in Form einer dunklen Wolke von Westen heran. Als wir in die Gegend kamen, in die ich nach ihrem letzten Besuch umgezogen war, betrachtete sie kritisch die vornehmen, dezent weihnachtlich geschmückten Villen. Ein wie ein Eskimo vermummter Mann führte seinen übergewichtigen Hund spazieren, und als uns ein schwarzer Jaguar überholte, hüllte uns eine Wolke aus Salzwasser ein. »Es ist Sonntag, gibt es hier keine Kinder?«, fragte Lucy in einem Ton, als sei ich schuld daran.

»Doch, ein paar schon.« Ich bog in meine Straße ein.

»Aber sie werden offenbar unter Verschluss gehalten.«

»Es ist eine ruhige Gegend.«

»Bist du deswegen hergezogen?«

»Teils.«

»Ich komme mir vor wie auf einem Friedhof. Wie war Halloween denn hier?«

»Ruhig.« Es hatte nur einmal geklingelt. Ich saß in meinem Arbeitszimmer und sah auf dem Monitor vier Kinder auf meiner Veranda stehen. Ich stand auf und wollte die Tür öffnen gehen, als ich hörte, wie das kleine, als Cheerleader kostümierte Mädchen sagte: »Kommt, lasst uns besser von her verschwinden, mir ist unheimlich!«

»Warum denn?«, fragte ihr als Spiderman verkleideter Begleiter.

»Die schneidet Leute auseinander und packt die Stücke in Gläser! Das hat mein Dad erzählt.« In wilder Hast stoben die vier davon.

Während ich in die Garage fuhr, sagte ich zu Lucy: »Wir bringen zuerst das Gepäck in dein Zimmer, und dann mache ich Feuer im Kamin und eine Kanne heiße Schokolade. Über das Mittagessen können wir anschließend nachdenken.«

»Ich trinke keine Schokolade. Hast du eine Espressomaschine?«

»Habe ich.«

»Das ist prima. Und ganz toll wäre es, wenn du koffeinfreien Kaffee hättest. Kennst du deine Nachbarn?«

»Vom Sehen. Komm! Die Tasche da nehme ich. Mein Gott, ist die schwer!«

»Grandma hat darauf bestanden, dass ich dir Grapefruits mitbringe. Sie schmecken wirklich gut, aber sie haben schrecklich viele Kerne.«

Als wir in die Halle kamen, schaute sie sich um.

»Wow – Oberlichter! Nobel, nobel. Wie nennt man diesen Baustil, abgesehen von ›reich‹?«

Vielleicht würde sie die Kommentare einstellen, wenn ich nicht darauf einging.

»Das Gästezimmer liegt dort hinten«, sagte ich. »Du kannst auch oben wohnen, aber ich dachte, es ist schöner, du bist hier unten in meiner Nähe.«

»Mir ist alles recht. Hauptsache, dein Computer ist in der Nähe.«

»Der ist im Arbeitszimmer, direkt neben deinem.«

»Ich habe mein UNIX-Handbuch und einschlägige Literatur mitgebracht.« Wir waren inzwischen im Wohnzimmer, und sie schaute durch die Fenstertüren hinaus. »Der Garten ist nicht so hübsch wie dein früherer. Du hast ja gar keine Rosen!« Sie sagte das in einem Ton, als hätte ich damit alle Menschen, die ich je gekannt habe, tief enttäuscht.

»Ich habe noch jahrelang Zeit, an der Gestaltung des Gartens zu arbeiten«, antwortete ich. »Und natürlich werde ich auch Rosen pflanzen.«

Lucy ließ den Blick langsam durch den Raum wandern, bis er schließlich auf mir ruhen blieb. »Du hast Kameras an den Türen, Bewegungsmelder, einen Zaun – fehlen nur noch Wachtürme. Das Haus ist ja die reinste Festung! Du bist nie ängstlich gewesen. Marks Tod hat dich das Fürchten gelehrt, stimmt's?«

Der Angriff traf mich mit aller Gewalt. Tränen schossen mir in die Augen. Ich trug die Reisetasche, die ich hereingebracht hatte, in die Küche – sie enthielt tatsächlich in der Hauptsache Grapefruits – und brachte sie dann ins Gästezimmer. Ich holte gerade nach, was ich vergessen hatte – mich zu vergewissern, dass genügend Kleiderbügel im Schrank waren –, als Lucy hereinkam. Sie setzte sich aufs Bett.

»Du hast ihn nie so gesehen, wie alle anderen ihn sahen.«

»Lucy, lass uns bitte das Thema wechseln!« Ich stöpselte das Telefon ein. Auch das hatte ich vergessen. Wo war ich eigentlich mit meinen Gedanken gewesen?

»Ich glaube, du bist ohne ihn besser dran.«

»Lucy, es ist Zeit, dass du Taktgefühl entwickelst. Du kannst nicht einfach sagen, was du denkst.«

»Das aus *deinem* Mund? Du hast mir doch so oft gesagt, wie sehr du Unaufrichtigkeit und Spielchen hasst!«

»Aber man sollte dabei die Gefühle anderer Menschen nicht verletzen.«

»Ach, tatsächlich?«

Ihr sarkastischer Tonfall ließ mich aufhorchen. »Lucy, habe ich deine Gefühle in irgendeiner Weise verletzt?«

»Was glaubst du, wie mir zumute war?«

»Ich weiß nicht, wovon du sprichst.«

»Weil du dich nicht wirklich für mich interessierst. Deshalb verstehst du es nicht.«

»Ich interessiere mich wirklich für dich, Lucy.«

»Davon merke ich aber nichts.«

Ich wusste nicht, was ich sagen sollte.

»Du hast mich seit seinem Tod nicht mehr besucht.« Ihre Stimme schnitt mir ins Herz. »Ich schrieb dir, aber du antwortetest nicht. Und dann riefst du mich gestern an und batest mich zu kommen, weil du meine Hilfe brauchst.«

»So hatte ich das nicht gemeint.«

»Mom ist genauso.«

Ich schloss die Augen und lehnte die Stirn gegen die kühle Fensterscheibe.

»Du erwartest zu viel von mir, Lucy – ich bin nicht perfekt.«

»Ich erwarte nicht, dass du perfekt bist. Ich dachte nur, du wärst anders.«

»Ich weiß nicht, wie ich mich gegen eine solche Bemerkung verteidigen soll.«

»Du kannst dich nicht verteidigen.«

Ich öffnete die Augen und sah ein graues Eichhörnchen auf dem Zaun entlanghüpfen. Ein paar kleine Vögel suchten im Schnee nach Futter.

»Tante Kay?«

Ich drehte mich um. Noch nie hatte ich einen so traurigen Ausdruck in ihren Augen gesehen.

»Warum sind die Männer immer wichtiger als ich?«

»Das sind sie nicht, Lucy«, flüsterte ich. »Ganz bestimmt nicht.«

Meine Nichte wollte Thunfischsalat und Café au Lait zum Mittagessen, und während ich anschließend am Kamin saß und einen Artikel für eine Fachzeitschrift überarbeitete, kramte sie sich durch meine Wintersachen. Ich versuchte, nicht daran zu denken, dass ein anderer Mensch meine Kleider anfasste, etwas anders zusammenlegte als ich oder auf einen anderen Bügel hängte. Wurde ich allmählich zu einer dieser verkrampften, unduldsamen Eigenbrötlerinnen, die ich so verabscheut hatte, als ich in Lucys Alter war?

»Was meinst du dazu?«, fragte sie, als sie um halb zwei aus meinem Schlafzimmer auftauchte. Sie trug einen meiner Jogginganzüge.

»Er steht dir gut. Hast du sonst nichts Brauchbares gefunden?«

»Doch, schon. Aber die meisten Sachen sind mir zu elegant. Kostüme in Nachtblau und Schwarz, graue Seide mit Nadelstreifen, brauner Kaschmir und strenge weiße Blusen sind nicht mein Fall. Du musst mindestens zwanzig weiße Blusen haben und ebenso viele Krawatten. Du solltest übrigens kein Braun tragen. Ich habe fast nichts Rotes entdeckt; dabei würde das zu deinen blauen Augen und den graublonden Haaren besonders gut passen.«

»Ich bin aschblond«, korrigierte ich sie.

»Asche ist grau oder weiß – schau doch in den Kamin! Wir haben nicht die gleiche Schuhgröße – aber ich würde deine italienischen Modelle sowieso nicht tragen. Wie kommst du denn zu der coolen schwarzen Lederjacke? Bist du in deiner frühen Jugend eine Motorradbraut gewesen?«

»Sie ist aus Lammleder, und du darfst sie dir gern ausleihen.«

»Besitzt du Jeans?«

»Ja, für die Gartenarbeit.«

»Früher warst du nicht so konservativ.« Ein Blick von mir hielt sie davon ab, das Thema zu vertiefen. »Wenn es dir recht ist, fahre ich in deinen Fitnessclub. Ich brauche Bewegung.«

»Wenn du Tennis spielen möchtest, werde ich versuchen, dir Ted als Partner zu besorgen. Meine Schläger sind im linken Flurschrank. Ich habe mir gerade erst einen neuen gekauft; mit dem erreicht der Ball eine Geschwindigkeit von hundertsechzig Stundenkilometern.«

»Danke, aber das reizt mich nicht. Ich hänge mich lieber an die Sprossenwand oder laufe. Warum spielst du nicht mit Ted, dann könnten wir zusammen hinfahren?«

Pflichtschuldig griff ich zum Telefonhörer und wählte die Nummer des Westwood-Clubs: Ted war bis zehn Uhr abends ausgebucht. Ich erklärte Lucy den Weg und gab ihr meine Autoschlüssel. Als sie weg war, kehrte ich zu meiner Arbeit an den Kamin zurück – und schlief ein.

Als ich aufwachte, war das Feuer heruntergebrannt. Das Windspiel vor der Fenstertür klimperte leise. Große Schneeflocken sanken langsam zu Boden. Es war so still im Haus, dass ich die Uhr an der Wand ticken hörte. Kurz nach vier. Wo blieb Lucy? Hoffentlich käme sie bald – ich wollte noch Fisch fürs Abendessen besorgen. Vielleicht war sie schon auf dem Heimweg. Ich wählte die Nummer meines Autotelefons. Keine Antwort. Um halb fünf versuchte ich es noch einmal. Um fünf rief ich im Club an. Sie konnten sie nicht finden.

»Sind Sie sicher, dass sie nicht an der Sprossenwand ist oder im Umkleideraum ... oder in der Dusche?«

»Ich habe sie viermal ausgerufen, Dr. Scarpetta«, sagte die junge Frau am Empfang. »Und ich bin selbst nachschauen gegangen. Ich werde noch mal einen Rundgang machen. Wenn ich sie finde, sage ich ihr, dass sie Sie sofort anrufen soll.«

Plötzlich kam mir ein schrecklicher Gedanke. »Wissen Sie, ob sie überhaupt angekommen ist? Es müsste so gegen zwei gewesen sein.«

»Das kann ich Ihnen leider nicht sagen. Ich bin erst seit vier Uhr hier.«

Ich probierte wieder das Autotelefon. Nichts.

Marino war weder zu Hause noch auf dem Revier. Um sechs stand ich in der Küche und starrte aus dem Fenster. Durch den dichten Schneevorhang schimmerte verschwommen das Licht der Straßenlaternen. Mein Herz klopfte bis zum Hals, während ich unruhig auf und ab ging und immer wieder meinen Autoanschluss anwählte. Um halb sieben hatte ich gerade beschlossen, eine Vermisstenmeldung zu machen, als das Telefon klingelte. Ich hetzte ins Arbeitszimmer, griff nach dem Hörer – und sah die fatale Nummer auf dem Display des Geräts, das die Anrufer identifizierte. Nach Waddells Hinrichtung hatten die Anrufe aufgehört, und ich hatte sie inzwischen völlig vergessen. Wie angewurzelt stand ich da und wartete darauf, dass wie üblich nach meinem Bandtext aufgelegt würde. Die Stimme traf mich wie ein Schlag.

»Tut mir leid, Ihnen den Abend zu verderben, Doc ...«

Ich riss den Hörer von der Gabel, räusperte mich und fragte ungläubig: »Marino?«

»Jaa«, kam es gedehnt. »Sie werden gebraucht.«

4

»Wo sind Sie?«, fragte ich, immer noch die Nummer auf dem Display anstarrend.

»Im East End. Wir haben eine Leiche hier, weiblich, weiß. Sieht auf den ersten Blick aus wie Selbstmord durch Abgase – der Wagen steht in der Garage, und ein Schlauch führt vom Auspuff ins Wageninnere –, aber es gibt da ein paar Ungereimtheiten. Und deshalb möchte ich, dass Sie herkommen.«

»Von wo rufen Sie an?«, fragte ich gespannt.

»Aus dem Haus der Toten. Ich bin gerade angekommen. Auch so eine Ungereimtheit: Die Hintertür war nicht abgeschlossen.«

Ich hörte mein Garagentor. »Gott sei Dank! Bleiben Sie am Apparat, Marino!« Eine Welle der Erleichterung überflutete mich, als die Küchentür geöffnet wurde. Tragtüten raschelten. Ich deckte die Sprechmuschel mit der Hand zu und rief: »Lucy, bist du's?«

»Nein, es ist Frosty der Schneemann. Ist das ein Wetter! Der Winter in Richmond ist wirklich ein Erlebnis!«

»Da bin ich wieder«, sagte ich zu Marino und griff nach Papier und Kugelschreiber. »Geben Sie mir den Namen und die Adresse der Toten!«

»Jennifer Deighton, zwo-eins-sieben Ewing Avenue.« Der Name sagte mir nichts. Die Ewing Avenue lag unweit des Flughafens in einer mir wenig vertrauten Gegend. Ich versprach zu kommen und legte auf. Als Lucy ins Arbeitszimmer kam, fuhr ich sie an: »Wo zum Teufel bist du gewesen?«

Ihr Lächeln erlosch. »Ich habe Besorgungen gemacht.«

»Wir reden später darüber. Ich muss weg.«

»Jetzt noch?«

»Tut mir leid, die Leute nehmen beim Sterben keine Rücksicht auf meinen Zeitplan.«

Ich holte Mantel und Handschuhe, lief zur Garage hinüber, ließ den Motor an und studierte anhand der Karte die Wegbeschreibung, die Marino mir gegeben hatte.

Als ich aufschaute, war die Garage bereits durch Abgase vernebelt. »Verdammt!«, schimpfte ich über meine Gedankenlosigkeit und betätigte hastig den automatischen Türöffner. In meinem Viertel war niemand auf der Straße, und auch auf dem Downtown Expressway herrschte kaum Verkehr. Aus dem Autoradio klang Weihnachtsmusik. Ich war verwirrt, und Furcht kroch in mir hoch: Diese Jennifer Deighton hatte wiederholt meine Nummer gewählt, oder jemand, der ihr Telefon benutzte, und jetzt war sie tot … Ich erreichte die Hochstraße, die über das Ostende der Innenstadt führte. Unter mir durchschnitten kreuz und quer Eisenbahnschienen die Erde wie böse Wunden, und die Betonparksilos waren höher als die meisten Geschäftshäuser. Das Ziegeldach der Main Street Station hatte eine dicke weiße Mütze auf, die Uhr am Turm war teilweise zugeschneit. Hinter einem Einkaufszentrum an der Grenze zu Henrico County begann die Ewing Avenue. Vor den kleinen Häusern parkten Pick-ups und betagte Limousinen. Bei Nummer zweihundertsiebzehn standen Polizeifahrzeuge in der Einfahrt und auf beiden Straßenseiten. Auch ein Krankenwagen war da.

Ich parkte hinter Marinos weißem Ford und stieg aus. Die Garage stand offen, und das Innere war hell erleuchtet. Marino hockte auf der Fahrerseite neben der hinteren Tür eines verbeulten beigen Chevrolet und musterte den Schlauch, der vom Auspuff ins Wageninnere führte.

»Die Zündung ist eingeschaltet«, sagte er statt einer Begrüßung, als ich zu ihm trat. »Der Motor starb irgendwann ab, weil das Benzin alle war.«

Die Tote saß hinter dem Steuer, der Kopf war nach vorn gesunken. Ich öffnete meine Tasche und holte ein Paar Chirurgenhandschuhe heraus. Dann bat ich einen jungen Beamten, die Fahrertür zu öffnen.

»Wir wollten gerade Fingerabdrücke von den Türgriffen nehmen«, sagte er.

»Dann warte ich.«

»Johnson, beeilen Sie sich, damit Dr. Scarpetta in den Wagen kann!« Dunkle, südländische Augen schauten mich an. »Ich bin Tom Lucero. Bei diesem Selbstmord gibt es ein paar Merkwürdigkeiten: Ich kann mir nicht vorstellen, dass ein Mensch bei dieser Kälte das Haus im Morgenrock verlässt, und es erscheint mir äußerst unwahrscheinlich, dass eine Frau, die vorhat, sich umzubringen, sich vorher die Haare eindreht.«

»Das ist in der Tat merkwürdig«, stimmte ich zu. Die Lockenwickler waren mir als Erstes aufgefallen.

Johnson von der Spurensicherung hatte die Untersuchung der Türgriffe beendet.

»Wann sind Sie hergekommen?«, fragte ich Lucero.

»Vor etwa anderthalb Stunden. Die Kühlerhaube war kalt. Das Benzin muss schon eine ganze Weile vor unserem Eintreffen ausgegangen sein.«

Ich öffnete die Fahrertür, legte einen Finger unter das Kinn der Toten und hob den Kopf an. Ich schätzte sie auf Mitte fünfzig, und ich war sicher, dass ich sie noch nie gesehen hatte. Die gebleichten Haare waren dunkel nachgewachsen. Die Frau war beträchtlich übergewichtig, doch man konnte erkennen, dass sie in jüngeren und schlankeren Jahren recht hübsch gewesen sein musste.

Als ich mir ihre Hände ansah, stach mir etwas unter ihrem rechten Zeigefingernagel ins Auge. Ich richtete den Strahl meiner Taschenlampe darauf: Ein winziges grünes Metallstück steckte im Fleisch. Weihnachtsschmuck, dachte ich. Ich nahm mir jeden Finger einzeln vor und fand mehrere goldfarbene

Fasern. Mit der Pinzette sammelte ich meine Funde und steckte sie in einen Plastikbeutel. Nachdem ich braune Papiertüten über die Hände der Toten gestülpt und mit Gummiringen an den Gelenken befestigt hatte, ging ich zur anderen Seite des Wagens und öffnete die Beifahrertür: Mit großer Mühe schaffte ich es, die Beine unter dem Lenkrad herauszuziehen. An den Sohlen der dicken Socken hingen Fasern, die so wie die unter ihren Fingernägeln aussahen. Kein Schmutz, keine Erde, kein Gras.

»Was Interessantes gefunden?«, fragte Marino.

»Waren hier irgendwo Pantoffeln oder andere Schuhe?«, erkundigte ich mich.

»Nein«, antwortete Lucero.

»Dann gibt es eine dritte Merkwürdigkeit: Ihre Socken sind sauber.«

»Scheiße!«, fluchte Marino.

»Wir müssen sie in die Stadt bringen.« Ich trat zurück.

»Ich gebe den Sanitätern Bescheid«, sagte Lucero.

Ich wandte mich an Marino. »Ich möchte mich im Haus umsehen.«

Er hatte seine Handschuhe ausgezogen und hauchte seine Hände an. »Das wollte ich Ihnen sowieso vorschlagen.«

Bevor ich die Garage verließ, schaute ich mich noch ein wenig um. Es gab nicht viel zu sehen, nur die üblichen Gartengeräte und Dinge, die nirgendwo anders Platz gefunden hatten: Körbe aus Peddigrohr, verstaubte Farbdosen und ein rostiger Holzkohlegrill, der aussah, als sei er seit Jahren nicht benutzt worden. Schlampig aufgerollt lag wie eine kopflose grüne Schlange der Schlauch in einer Ecke, von dem offensichtlich das Stück stammte, das vom Auspuff ins Wageninnere geführt worden war. Ich ging in die Hocke und nahm das lose Ende in Augenschein, ohne es zu berühren. Es sah aus, als sei das fragliche Stück mit einem Hieb, etwa dem einer Axt, abgetrennt worden. Ich richtete mich wieder auf und musterte die Werkzeuge, die an einem Brett hingen: Eine Axt war darunter, auch ein schwerer Hammer, aber beide rostig und dick mit Spinnweben überzogen.

Die Sanitäter kamen mit der Bahre und dem Leichensack, in den sie Jennifer Deighton hineinpackten, ehe sie sie durch den immer noch dicht fallenden Schnee zum Krankenwagen trugen. Ich ging mit Lucero zum Haus hinüber.

Wir betraten das Backsteingebäude durch die Hintertür, die direkt in die Küche führte. Sie sah nagelneu aus: schwarze Armaturen, weiße Schränke und Arbeitsflächen, Blumentapete in Pastelltönen. Wir hörten Stimmen, gingen einen schmalen Flur entlang und blieben in der offenen Tür eines Zimmers stehen, in dem Marino und ein Beamter der Spurensicherung Kommodenschubladen durchsuchten. Voller Staunen musterte ich den Raum: Wände, Vorhänge, Teppich, Bettwäsche und Korbmöbel – alles weiß. Auf dem zerwühlten Bett, nicht weit von den beiden an das Kopfteil gelehnten Kissen, beschwerte eine Kristallpyramide ein leeres Blatt Schreibmaschinenpapier. Auch auf der Kommode und den Beistelltischen standen Kristalle, und kleinere hingen an den Fensterrahmen. Ich konnte mir vorstellen, wie sich, wenn die Sonne hereinschien, Regenbogen über die Wände spannten und bunte Lichter über die Möbel tanzten.

»Seltsam, was?«, fragte Lucero.

Ich nickte.

Er trat zu dem Anrufbeantworter auf dem Tisch neben dem Bett. Das Lämpchen blinkte, dunkelrot glühte die Zahl achtunddreißig.

»Achtunddreißig Anrufe seit gestern Abend um acht. Ich habe in ein paar reingehört. Die Lady machte offenbar Horoskope. Da wollten Leute wissen, ob sie einen guten Tag vor sich hätten, in der Lotterie gewinnen oder nach Weihnachten ihre Kreditkarteneinkäufe bezahlen könnten.«

Marino öffnete den Deckel des Gerätes und hob die Kassette mit Hilfe seines Taschenmessers heraus. Er steckte sie in einen Plastikbeutel und verschloss ihn sorgfältig. Mich interessierten die anderen Dinge auf dem Nachttisch, und ich sah sie mir genauer an. Neben Notizblock und Kugelschreiber stand ein Glas, in dem sich etwa zwei Zentimeter hoch eine klare Flüssigkeit befand. Ich beugte mich hinunter und roch daran: Wasser. Daneben lagen zwei Taschenbücher: *Paris Trout* von Pete Dexter und *Gespräche mit Seth* von Jane Roberts. Sonst sah ich keine Bücher im Schlafraum.

»Ich würde mir die gern ansehen«, sagte ich zu Marino. »Sie könnten mir Aufschluss über Jennifer Deightons Persönlichkeit geben.«

»Ich werde sie auf Fingerabdrücke untersuchen lassen, dann können Sie sie haben. Die Spurensicherung sollte sicherheitshalber auch das Blatt Papier vom Bett mitnehmen«, wandte er sich an Lucero.

»Vielleicht hat sie ja ihren Abschiedsbrief mit unsichtbarer Tinte geschrieben«, spöttelter der.

»Kommen Sie mit!«, forderte Marino mich auf. »Ich möchte Ihnen ein paar Sachen zeigen.«

Er führte mich ins Wohnzimmer, wo in einer Ecke ein künstlicher Weihnachtsbaum stand, dessen Äste sich unter der Last des viel zu üppigen Schmucks bogen, was ihm ein trauriges Aussehen verlieh. Unter dem Baum standen Schachteln mit Konfekt, eine Flasche Schaumbad, eine Dose aromatisierter Tee und ein Einhorn aus Keramik mit leuchtend blauen Augen und einem vergoldeten Horn. Die Fasern, die ich unter Jennifer Deightons Fingernägeln und an ihren Socken gefunden hatte, stammten offenbar von dem hochflorigen goldfarbenen Wollteppichboden.

Marino zog eine kleine Taschenlampe heraus und bückte sich. »Schauen Sie!«

Ich gesellte mich zu ihm. Der Lichtstrahl fiel auf Metallflitter und ein Stückchen dünne Goldkordel.

»Ist das nicht komisch, sie hatte ihre Weihnachtsgeschenke schon aufgemacht. Das Einwickelpapier und die Grußkarten verbrannte sie in dem offenen Kamin da drüben: Er ist voller Papierasche, und ein paar Folienreste sind nicht verbrannt. Die Frau von gegenüber sagt, sie habe gestern Abend Rauch aus dem Schornstein steigen sehen. Sie hat übrigens heute die Polizei alarmiert. Ich will nachher rüber und mit ihr reden.«

»Dann fragen Sie sie doch bitte auch, ob sie etwas über etwaige Krankheiten weiß, ob Jennifer Deighton in psychiatrischer Behandlung war und so weiter. Ich wüsste auch gern den Namen ihres Hausarztes.«

»Sie können ja mitkommen und selbst fragen.«

Als ich mich weiter im Zimmer umsah, fiel mein Blick auf vier quadratische kleine Druckstellen im Teppichboden, in der Mitte des Raumes.

»Die habe ich auch bemerkt«, sagte Marino, als ich ihn darauf hinwies. »Sieht so aus, als habe jemand einen Stuhl aus dem Esszimmer hierhergebracht: Die Stühle dort haben Beine mit quadratischer Grundfläche.«

»Man sollte auch den Videorecorder überprüfen«, dachte ich laut, als mein Blick auf das Gerät fiel. »Vielleicht hat sie etwas aufgenommen, das uns Einblick in ihre Interessen gibt.«

»Eine gute Idee.«

Wir verließen den Wohnraum und durchquerten das kleine Esszimmer mit dem Eichentisch und den vier hochlehnigen Stühlen. Der Teppich auf dem Parkettboden war entweder neu oder wenig beansprucht.

»Es scheint, als habe ihr Leben sich hauptsächlich hier abgespielt«, sagte Marino und stieß die Tür zu einem kleinen Büroraum auf. Mein erster Blick fiel auf das Faxgerät, das ich daraufhin sofort untersuchte: Es war angeschlossen, aber ausgeschaltet. Ich sah mich weiter um: ein PC, eine Frankiermaschine, Stapel von Formularen und Kuverts auf einem Tisch und dem Schreibtisch, Enzyklopädien, Bücher über Parapsychologie, Astrologie, Tierkreiszeichen sowie östliche und westliche Religionen, darunter verschiedene Übersetzungen der Bibel, ferner Dutzende beschrifteter Aktenordner in den Regalen.

Ich nahm eines der Formulare von dem Stapel neben der Frankiermaschine: ein Bestellschein. Für dreihundert Dollar pro Jahr durfte man einmal täglich anrufen, und Jennifer Deighton nahm sich bis zu drei Minuten Zeit, um einem das Tageshoroskop zu stellen, »basierend auf persönlichen Details, einschließlich der Planetenkonstellation zum Zeitpunkt der Geburt«. Für zusätzliche zweihundert Dollar jährlich lieferte sie außerdem eine »wöchentliche Prognose«. Nach Zahlung der erforderlichen Summe erhielt der Kunde eine Karte mit einem Identifikations-Code, die galt, solange der jährliche Beitrag entrichtet wurde.

»Was für ein Mumpitz«, sagte Marino, der mitgelesen hatte. »Wie es aussieht, lebte sie allein.«

»Offenbar. Eine alleinstehende Frau, die einen solchen Beruf ausübt, lebt ganz schön gefährlich: In diesem Metier hat man es zweifellos mit noch mehr Verrückten zu tun als gewöhnlich.«

»Haben Sie schon nachgeschaut, wie viele Telefonanschlüsse es im Haus gibt, Marino?«

»Nein. Warum fragen Sie?«

Ich erzählte ihm von den merkwürdigen Anrufen, bei denen immer aufgelegt wurde. »Ich möchte wissen, ob Fax und Telefon denselben Anschluss haben. Wenn das zutrifft, würde dies den Ton erklären, den ich gehört habe, nachdem ich zurückgerufen hatte.«

»Herrgott noch mal!« Er riss sein tragbares Funkgerät aus der

Manteltasche. »Warum haben Sie mir das nicht schon längst erzählt?« Er hob das Gerät an die Lippen. »Sieben-zehn!«

»Weil ich es bis heute nicht für besonders bedeutend hielt.«

»Sieben-zehn«, kam die Stimme der Vermittlung krachend und knackend herein.

»Zehn-fünf, acht-einundzwanzig«, sagte Marino.

Die Vermittlung stellte die Verbindung mit der Inspektion achthunderteinundzwanzig her.

»Ich möchte, dass Sie eine Nummer anrufen«, erklärte Marino, als er den Gewünschten am Apparat hatte. »Haben Sie Ihr Funktelefon zur Hand?«

»Ja.«

Marino gab ihm Jennifer Deightons Nummer und schaltete das Faxgerät ein. Eine Reihe von Klingelzeichen, Piepsern und anderen Geräuschen ertönte.

Marino sah mich an: »Beantwortet das Ihre Frage?«

»Es beantwortet eine Frage, aber nicht die wichtigste.«

Der Name der Nachbarin, die die Polizei gerufen hatte, war Myra Clary. Ich ging mit Marino über die Straße zu dem kleinen aluminiumverkleideten Haus; ein beleuchteter Plastikweihnachtsmann stand im Vorgarten, und in den Buchsbaumpyramiden hingen Lichterketten. Marino hatte kaum auf die Klingel gedrückt, als die Tür auch schon geöffnet wurde und Mrs. Clary uns hereinbat, ohne zu fragen, wer wir waren. Wahrscheinlich hatte sie uns vom Fenster aus kommen sehen.

Sie führte uns in ein kleines Wohnzimmer, wo ihr Mann mit einer Decke über den Knien vor dem elektrischen Kaminfeuer saß und mit leerem Blick den Mann anstarrte, der auf dem Bildschirm mit verzücktem Gesicht Suppe in sich hineinlöffelte. Alles atmete Vernachlässigung. Die Möbelbezüge waren fadenscheinig und an den strapazierten Stellen speckig, die Holzflächen stumpf von zahllosen Wachsschichten, und an den

Wänden vergilbten hinter staubbedecktem Glas billige Drucke. Der Geruch unzähliger Mahlzeiten hing in der Luft.

Marino erklärte den Grund für unseren Besuch. Mrs. Clary huschte nervös hin und her, räumte Zeitschriften vom Sofa, drehte den Fernseher leiser und trug schmutzige Teller in die Küche. Ihr Mann nahm keine Notiz von ihrer Betriebsamkeit, ebenso wenig von uns. Sein Kopf auf dem dürren Hals wackelte leicht.

»Nein, vielen Dank«, lehnte Marino ab, als Mrs. Clary uns etwas zu essen und einen Drink anbot. »Setzen wir uns. Es war sicher ein aufregender Tag für Sie.«

»Sie saß im Auto, sagen sie, und atmete die Abgase ein. Schrecklich!«

»Wen meinen Sie mit ›sie‹?«, hakte Marino ein.

»Die Polizei. Nachdem ich dort angerufen hatte, hielt ich Ausschau, und als die Beamten kamen, lief ich rüber, um zu fragen, was passiert war. Von hier aus hatte es ausgesehen, als wäre die Garage voller Rauch. Ich kann nämlich das kleine Fenster von der Küche aus sehen.«

Mrs. Clary hielt es nicht in dem Ohrensessel aus, der dem Sofa gegenüberstand, auf dem Marino und ich saßen. Der Haarknoten auf ihrem Kopf hatte sich teilweise gelöst, ihr Gesicht war faltig wie ein vertrockneter Apfel, und in ihren Augen standen zugleich Furcht und Neugier.

»Sie haben ja schon mit der Polizei gesprochen.« Marino zog den Aschenbecher näher zu sich heran. »Ich möchte aber, dass Sie uns alles noch einmal erzählen, angefangen damit, wann Sie Jennifer Deighton das letzte Mal gesehen haben.«

»Das war vorgestern.«

»Also am Freitag«, vergewisserte Marino sich.

»Ja, am Freitag. Das Telefon klingelte, und ich ging in die Küche, um abzunehmen, und da sah ich sie durch das Fenster: Sie bog gerade mit dem Wagen in ihre Einfahrt ein.«

»Stellte sie den Wagen immer in die Garage?«

»Immer.«

»Und was ist mit gestern, haben Sie sie gestern gesehen?«

»Nein. Aber etwas anderes. Ich ging raus, um nach der Post zu schauen, die kommt im Winter oft sehr spät; drei, vier Uhr, und noch immer ist keine Post da. Es war kurz nach halb sechs, als ich daran dachte, noch mal in den Briefkasten zu sehen, und da bemerkte ich, dass Rauch aus Jennys Schornstein kam.«

»Sind Sie sicher?«

»O ja.« Sie nickte. »Ich dachte noch, es sei der passende Abend für ein Kaminfeuer – aber Feuermachen war immer Jimmys Aufgabe, wissen Sie. Er konnte es wirklich gut, und wenn er etwas wirklich gut konnte, dann ließ er sich das nicht nehmen. Er hat es mir nie beigebracht. Deshalb kaufte ich das elektrische Kaminfeuer, als er kein richtiges mehr machen konnte.«

Jimmy Clary schaute seine Frau an. Ich fragte mich, ob er verstand, was sie sagte.

»Ich koche gern«, fuhr sie fort. »Und in der Weihnachtszeit backe ich viel. Ich backe Zuckerkuchen und schenke sie den Nachbarn. Gestern wollte ich Jenny einen bringen. Ich rufe immer erst an: Es ist schwer zu sagen, ob jemand zu Hause ist, vor allem bei Leuten, die ihren Wagen in die Garage fahren, und wenn man den Kuchen vor die Haustür stellt, machen sich die Katzen darüber her. Also rief ich bei ihr an, hatte aber bloß diese blöde Maschine am Apparat. Ich versuchte es immer wieder, aber sie rief nicht zurück.«

»Wissen Sie, ob sie gesundheitliche Probleme hatte?«, warf ich ein.

»Zu viel Cholesterin. Weit über zweihundert, erzählte sie mir mal. Und hohen Blutdruck. Der lag bei ihr in der Familie, sagte sie.«

»Kennen Sie den Namen ihres Hausarztes?«

»Ich glaube nicht, dass sie einen hatte. Jenny schwor auf Naturmethoden. Wenn sie sich schlecht fühlte, meditierte sie.«

»Sie wissen ja allerhand über sie«, sagte Marino.

Mrs. Clary zupfte an ihrem Rock und knetete ihre Hände, wie hyperaktive Kinder es tun. »Ich bin den ganzen Tag zu Hause, außer wenn ich zum Einkaufen fahre.« Sie warf einen Blick zu ihrem Mann, der wieder auf den Bildschirm starrte. »Manchmal brachte ich ihr etwas Selbstgekochtes rüber.«

»War sie ein geselliger Mensch?«, wollte Marino wissen. »Hatte sie oft Besuch?«

»Sie machte ihre Geschäfte hauptsächlich übers Telefon. Aber manchmal sah ich auch Leute zu ihr kommen.«

»Auch jemanden, den Sie kannten?«

»Nein.«

»Haben Sie gestern Abend gesehen, dass sie Besuch hatte?«

»Nein. Als ich nach der Post schauen ging, stand kein Auto vor dem Haus.«

Jimmy Clary war eingeschlafen. Speichel rann aus seinem linken Mundwinkel.

»Sie sprachen von Jennifer Deightons ›Geschäften‹. Wissen Sie, worum es sich dabei handelte?«, fragte ich.

»Ja: Sie sagte Leuten die Zukunft voraus. Viele in unserer Straße glaubten, dass sie eine Hexe war.«

»Sie auch?«

»Ich weiß nicht recht.«

»Und wie kamen die Leute auf diese Idee?«

»Zwei Blocks weiter ist eine Methodistenkirche; man kann sie von hier aus sehen. Der Turm ist nachts angestrahlt, schon seit die Kirche vor drei Jahren fertig wurde.«

Marino nickte. »Ich habe sie auf der Herfahrt gesehen.«

»Aber was hat sie mit …«

»Jenny«, unterbrach sie ihn, »zog Anfang September hierher – und seitdem macht sie das.«

»Wer macht was?«

»Die Kirchenbeleuchtung: Sie geht an und aus. In einem Augenblick ist sie an, und wenn man dann wieder hinschaut, ist sie plötzlich aus. Kurz darauf brennt sie wieder, als wäre sie nie aus gewesen. Ich dachte, es steckte vielleicht irgendein System dahinter, und schaute auf die Uhr, aber das brachte nichts. Das Licht war eine Minute lang an, dann zwei Minuten aus, und dann wieder drei Minuten lang an …«

»Was hat die Kirchenbeleuchtung mit Jennifer Deighton zu tun?«, beendete Marino seine Frage.

»Ich sagte es ja schon: Es fing kurz nachdem sie hergezogen war an, ein paar Wochen vor Jimmys Schlaganfall. Ich weiß es noch wie heute. Es war ein kühler Abend, und er machte Feuer im Kamin. Ich war in der Küche beim Abwaschen. Der Kirchturm war wie immer beleuchtet. Jimmy kam rein, um sich einen Drink zu holen, und ich sagte zu ihm, dass in der Bibel steht, man soll sich am Heiligen Geist berauschen und nicht am Wein. Er antwortete: ›Ich trinke keinen Wein, ich trinke Bourbon, und in der Bibel steht nirgends was gegen Bourbon.‹ Und während er noch dastand, ging die Kirchenbeleuchtung aus. Es war, als hätte die Kirche sich in Luft aufgelöst. Ich sagte: ›Da hast du's, das ist ein Zeichen! Jetzt siehst du, was Gott von dir und deinem Bourbon hält.‹ Er murmelte, dass ich spinne, aber er rührte nie mehr einen Tropfen an. Jeden Abend stand er in der Küche und schaute durch das Fenster über dem Spülbecken zur Kirche rüber. Das Licht ging an … und aus … und an … Ich ließ ihn in dem Glauben, dass das Gottes Werk ist, mir war jedes Mittel recht, um ihn vom Trinken abzuhalten. Bevor Miss Deighton gegenüber einzog, hat das Licht das nie gemacht.«

»Wann haben Sie es zum letzten Mal beobachtet?«, fragte ich.

»Gestern. Heute habe ich noch nicht darauf geachtet.«

»Sie meinen also, dass Miss Deighton die Kirchenbeleuchtung beeinflusst hat«, resümierte Marino milde.

»Nicht nur ich.«

Ihr Mann hatte angefangen zu schnarchen, wobei er zwischendurch beängstigend röchelte, was seine Frau jedoch nicht beunruhigte.

»Denken Sie vielleicht auch, dass sie mit dem Schlaganfall Ihres Mannes etwas zu tun hatte?«

Sie sah Marino erschrocken an. »Darauf bin ich noch gar nicht gekommen. Aber es könnte stimmen.«

»Warum hätte Miss Deighton ihm das antun sollen?«

»Jimmy mochte sie nicht. Nach ihrem Einzug kam sie ein paarmal rüber, um ihn zu bitten, ihr bei irgendwelchen Dingen zu helfen – Männerarbeiten, wissen Sie. Ich weiß noch, einmal machte ihre Türklingel ein schreckliches Geräusch, und Jenny kam ganz aufgeregt zu uns und sagte, sie fürchte, es könnte einen Kabelbrand geben. Also ging Jimmy mit und brachte die Sache in Ordnung. Ein anderes Mal war ihre Geschirrspülmaschine undicht. Jimmy war handwerklich sehr geschickt.« Sie warf einen kurzen Blick auf ihren schlafenden Ehemann.

»Sie haben uns noch nicht erklärt, weshalb Ihr Mann Miss Deighton nicht mochte«, bohrte Marino nach.

»Sie war ihm irgendwie unheimlich mit ihren Kristallen und dem ganzen Kram. Und es ging ihm auf die Nerven, dass andauernd das Telefon klingelte, wenn er drüben war. Und als sie ihm erzählte, dass sie Leuten die Zukunft voraussagte und es für ihn gratis machen würde, wenn er ihr weiterhin im Haus helfen würde, hatte er endgültig genug. Er sagte – er hat es mir anschließend wörtlich wiederholt: ›Nein danke, Miss Deighton, das ist nicht nötig. Meine Myra ist für meine Zukunft zuständig. Sie plant jede Minute davon.‹«

»Fällt Ihnen jemand ein, der so gegen Miss Deighton eingenommen war, dass er ihr etwas antun wollte?«

Sie riss die Augen auf. »Sie meinen, sie ist umgebracht worden?«

»Wir wissen es noch nicht. Es wäre aber möglich.«

Mrs. Clary verschränkte die Arme unter ihrem schlaffen Busen. »Ich wüsste niemanden, der in Frage käme.«

»Wie war Miss Deightons Gemütsverfassung, als Sie das letzte Mal mit ihr sprachen? Kam sie Ihnen bedrückt vor, oder hatte sie ein Problem, das sie nicht bewältigen konnte?«

»Nein, sie wirkte nicht bedrückt. Und was die Probleme betrifft – so gut kannten wir uns nicht, dass sie mir davon erzählt hätte.« Sie wich meinem Blick aus.

»Hatte sie Angehörige?«

»Das weiß ich nicht.«

»Wie war das mit dem Telefon?«, wollte ich wissen. »Ging sie dran, wenn sie zu Hause war, oder überließ sie das dem Anrufbeantworter?«

»Wenn ich drüben war, und es klingelte, dann ging sie immer dran. Deshalb machte ich mir heute ja auch Sorgen, als sie nicht abnahm.«

Marino sah sie scharf an. »Heute?«

Hektische Flecken erschienen auf ihren Wangen, und ihr Blick irrte ziellos durch den Raum.

»Demnach wussten Sie also, dass sie zu Hause war. Woher?«

»Nein … ich dachte es mir, weil ich sie nicht hatte wegfahren sehen, und …« Mrs. Clary verstummte.

»Vielleicht sind Sie drüben gewesen«, sagte Marino, als wolle er ihrer Erinnerung auf die Sprünge helfen. »Um den Kuchen abzugeben oder einfach nur zu plaudern …«

Myra verknotete ihre Finger ineinander. Sie hatte sich verplappert, jetzt gab es kein Zurück mehr. »Also gut. Ich stand den ganzen Vormittag in der Küche und machte Zuckerkuchen, und ich sah sie nicht weggehen oder wegfahren. Also ging ich rüber, als ich mit meiner Arbeit fertig war, und klingelte. Sie machte nicht auf, da schaute ich durchs Garagenfenster. Drinnen war alles voller Nebel.«

»Und warum haben Sie da nicht gleich die Polizei benachrichtigt?«

»Ich wusste nicht, was ich davon halten sollte, und man will sich ja nicht in anderer Leute Angelegenheiten einmischen. Später wurde es mir dann doch unheimlich.« Ihre Stimme begann zu zittern. »Mein Gott! Wenn ich sofort Hilfe geholt hätte, wäre sie vielleicht …«

»Wir wissen nicht, ob sie zu diesem Zeitpunkt noch lebte, ob sie überhaupt noch lebensfähig war«, unterbrach Marino sie. »Als Sie drüben waren, Mrs. Clary, hörten Sie da den Motor laufen?«

Sie schüttelte den Kopf. »Dann hätte ich ja etwas unternommen!«

Marino stand auf und steckte seinen Notizblock in die Manteltasche. Er sah niedergeschlagen aus, als habe Mrs. Clarys Mangel an Aufrichtigkeit und Entschlusskraft ihn zutiefst enttäuscht. Inzwischen kannte ich alle Rollen, die er auf Lager hatte.

»Ich weiß, ich hätte gleich anrufen sollen«, sagte Myra zu mir und schaute mich so flehend an, als erwarte sie von mir die Absolution.

Ich schwieg. Marino starrte angestrengt zu Boden.

»Ich fühle mich nicht wohl«, flüsterte sie. »Ich muss mich hinlegen.«

Marino zog eine Visitenkarte aus der Brieftasche und gab sie ihr. »Falls Ihnen noch was einfällt, von dem Sie denken, dass ich es wissen sollte, dann rufen Sie mich an!«

»Ja, Sir«, sagte sie kleinlaut wie ein gescholtenes Schulkind. »Das werde ich tun.«

»Machen Sie die Autopsie heute noch?«, fragte mich Marino, nachdem die Haustür sich hinter uns geschlossen hatte.

»Nein, morgen früh.« Ich fischte meine Autoschlüssel aus der Manteltasche.

Jennifer Deightons Haus war hell erleuchtet, und ein Abschleppwagen stand mit der Schnauze zu uns in der Einfahrt. Die Stimmen der arbeitenden Männer klangen gedämpft durch den Schnee. Die am Straßenrand geparkten Autos waren unter weißen Hauben verschwunden und sahen dadurch so bullig aus wie die Wagenmodelle der fünfziger Jahre.

Ich folgte dem Blick Marinos, der suchend in den Nachthimmel spähte, und plötzlich flammte Licht auf: die Beleuchtung der Methodistenkirche, deren Turm wie ein leuchtender Riese aus der Dunkelheit ragte. Als ich mich umdrehte, sah ich, dass sich der Vorhang am Küchenfenster der Clarys bewegte. Marino schüttelte sich. »Ich muss hier weg, sonst fange ich auch noch an zu spinnen.«

»Soll ich Neils auf Jennifer Deightons Wagen ansetzen?«

»Ja«, rief er über die Schulter zurück, »machen Sie das!«

Zu Hause brannte ein Feuer im Kamin, und der Couchtisch davor war für zwei Personen gedeckt. Ich stellte meine Tasche auf das Sofa und horchte: Aus dem Arbeitszimmer auf der anderen Seite des Flurs kam das leise Klicken von Computertasten.

»Ich bin da, Lucy«, rief ich.

Es klickte weiter. »Und ich bin hier.«

»Was gibt's zum Abendessen?«

»Wie kommst du darauf, dass es was zu essen gibt?«

Ich ging zu ihr hinüber. »Weil es so lecker duftet.«

»Das ist bis jetzt nur die Soße. Ich wusste ja nicht, wann du kommst.«

Meine Nichte saß an meinem Schreibtisch und schaute angespannt auf den Bildschirm. Verblüfft stellte ich fest, dass sie im UNIX-System war. Irgendwie hatte sie sich Zugang zum Rechner in der Stadt verschafft.

»Wie hast du das angestellt?«, fragte ich. »Du wusstest doch weder den Verbindungsbefehl noch den Benutzernamen – und auch mein Passwort kennst du nicht.«

»Das brauche ich alles nicht: Ich habe die Datei gefunden, die mir den bat-Befehl erklärt. Und du hast ein paar Programme mit deiner Benutzerkennung und dem Passwort, um beim Programmstart die Rückfrage danach zu vermeiden. Der Benutzername ist marley und das Passwort gehirn.«

Ich zog mir einen Stuhl heran. »Du bist ja gefährlich!«

»Wer ist Marley?« Sie tippte weiter.

»Marley Scates. Er saß während des Medizinstudiums zwei Jahre lang neben mir im Labor. Er ist Neurochirurg geworden. Ich habe schon lange nichts von ihm gehört.«

»Warst du in ihn verliebt?«

»Wir sind nie miteinander ausgegangen.«

»War er in dich verliebt?«

»Du fragst zu viel, Lucy. Du kannst Menschen nicht einfach alles fragen, was du willst.«

»Kann ich wohl – sie müssen ja nicht antworten.«

»Es ist indiskret.«

»Ich glaube, ich habe rausgefunden, wie der große Unbekannte in dein Verzeichnis einbrechen konnte, Tante Kay. Erinnerst du dich daran, dass ich dir sagte, bestimmte Benutzerkennungen werden mit Anwendungssoftware ausgeliefert?«

»Ja.«

»Es ist einer mit dem Namen demo da – hat Systemprivilegien, aber kein Passwort. Ich denke, dass der große Unbekannte demo benutzt hat, und ich werde dir zeigen, was wahrscheinlich passiert ist.« Ihre Finger flogen über die Tasten, während sie sprach. »Ich gehe jetzt in die Systemverwaltung, um mir die protokollierten Systemanmeldungen anzusehen. Wir werden nach einem bestimmten Anwender suchen. So – und so – und peng! Da ist es! Am 16. Dezember um siebzehn Uhr sechs meldete sich jemand von einem Gerät mit der Bezeichnung TTY14 im System an. Diese Person hatte Systemprivilegien und ist meiner Ansicht nach diejenige, die in dein Verzeichnis einbrach. Zwanzig Minuten später, um siebzehn Uhr sechsundzwanzig, versuchte sie die Mitteilung ich kann es nicht finden an TTY07 zu schicken und legte stattdessen aus Versehen eine Datei an. Um siebzehn Uhr zweiunddreißig loggte sie sich aus, womit das Ganze sechsundzwanzig Minuten gedauert hat. Es ist übrigens nichts ausgedruckt worden: Ich habe einen Blick auf das printer spooler log geworfen, das die Ausdrucke anzeigt, und konnte nichts finden.«

»Es wollte also jemand eine Nachricht von TTY14 an TTY07 schicken«, resümierte ich, um sicherzugehen, dass ich wenigstens das richtig verstanden hatte.

»Genau. Ich habe es überprüft: Beide Geräte sind Terminals.«

»Wie können wir rausfinden, in welchen Büros sie stehen?«

»Ich habe hier drin bisher keine Aufstellung darüber gefunden. Falls es keine gibt, muss du dir die Anschlusskabel der Terminals ansehen: Sie sind für gewöhnlich gekennzeichnet. Wenn du meine Meinung hören willst, ich glaube nicht, dass deine Computerspezialistin der Spion ist. Sie kennt deinen Benutzernamen und dein Passwort, warum sollte sie den Umweg über demo machen? Und da ich annehme, dass der ncr-Mini in ihrem Büro steht, gehe ich davon aus, dass sie das Systemterminal benutzt.«

»So ist es.«

»Die Gerätebezeichnung deines Systemterminals lautet TTYB.«

»Aha.«

»Eine andere Möglichkeit, zu klären, wer hinter der Sache steckt, wäre, in die Büros zu gehen, wenn niemand da ist, aber alle eingeloggt sind. Du musst nichts weiter tun, als in UNIX reingehen und eintippen: Wer bin ich? Und dann gibt das System dir die Antwort.« Sie stieß den Stuhl zurück. »Die Küche ruft. Mach du's dir inzwischen gemütlich! Es dauert nicht lange.«

»Ich leiste dir Gesellschaft«, sagte ich.

»Bitte nicht! Die Künstlerin darf nicht gestört werden.«

Es dauerte wirklich nicht lange. Staunend betrachtete ich die appetitliche Komposition, die sie auftischte: Hähnchenbrüste, Salat, Reis mit Cashewnüssen und Paprikaschoten sowie die Soße, die ich beim Heimkommen gerochen hatte.

»Wo hast du denn kochen gelernt?«

»Nicht bei meiner Mutter, da kannst du sicher sein. Warum war ich wohl so ein Fettklops? Von dem ganzen Mistzeug, das sie kaufte! Süßigkeiten, Limonaden und Pizzas, die wie Pappe schmeckten. Ich verdanke ihr eine Masse von Fettzellen, mit denen ich den Rest meines Lebens zu kämpfen haben werde. Das verzeihe ich ihr nie!«

»Wir müssen noch wegen heute Nachmittag miteinander reden. Wo warst du so lange? Als du kamst, wollte ich gerade die Polizei anrufen.«

»Ich habe anderthalb Stunden trainiert und dann ausführlich geduscht.«

»Aber du warst viereinhalb Stunden weg!«

»Ich musste fürs Abendessen und noch ein paar Sachen einkaufen.«

»Warum bist du nicht ans Autotelefon gegangen?«

»Ich dachte, das kann nur dich angehen. Warum regst du dich so auf, Tante Kay? Ich bin doch kein Kleinkind mehr!«

»Das weiß ich. Aber man macht sich auch um erwachsene Kinder Sorgen.«

»Es tut mir leid«, sagte sie.

Ich hatte das Licht ausgemacht, und wir saßen an dem niedrigen Tisch auf dem Boden, eingehüllt in die behagliche Wärme des knisternden Feuers – und plötzlich fühlte ich mich Lucy so nah, dass mir die Tränen in die Augen traten.

»Was wünschst du dir zu Weihnachten?«, fragte ich leise und griff nach meinem Weinglas.

»Schießunterricht.«

5

Als mich am Montag sehr früh der Wecker aufschreckte, öffnete ich neugierig die Vorhänge: Große Flocken tanzten wie Daunenfedern im Licht der Gartenbeleuchtung. Hohe weiße Mützen saßen auf den Lampen. Nach einem Becher Kaffee und einem flüchtigen Blick in die Zeitung machte ich mich ausgehfertig und war schon fast an der Tür, da drehte ich mich um: Auch wenn Lucy »kein Kleinkind mehr« war, ich konnte das Haus nicht verlassen, ohne nach ihr gesehen zu haben. Als ich am Abend zuvor ins Bett gegangen war, hatte sie sich wieder an den Computer gesetzt, und ich nahm an, dass sie noch lange dort geblieben war. Leise öffnete ich die Tür zu ihrem Zimmer. Lucy lag, in ihr Bettzeug gewickelt, fest schlafend auf der Seite. Es rührte mich, dass sie einen Sweatsuit trug, den sie in einer meiner Schubladen gefunden hatte. Bisher hatte noch nie jemand in Sachen von mir schlafen wollen. Zart strich ich ihr über die Haare und ging auf Zehenspitzen hinaus.

Die Fahrt in die Stadt war ein einziger Albtraum, und ich beneidete die Leute, deren Büros wegen des Schnees geschlossen blieben. Alle, die nicht in den Genuss eines unerwarteten Urlaubstages kamen, krochen die Interstate entlang und kamen ins Rutschen, sobald sie die Bremse auch nur antippten.

Ich fragte mich, wie ich es Margaret möglichst schonend beibringen konnte, dass meine halbwüchsige Nichte glaubte, unser Computersystem sei nicht sicher. Und diese Überlegung brachte mich wieder auf die beiden Fragen, auf die ich noch immer keine Antwort wusste: Wer war in mein Verzeichnis eingebrochen? Und warum hatte Jennifer Deighton wiederholt bei mir angerufen und wortlos aufgelegt?

Als ich ankam, war es glücklich halb neun. Ich betrat das Leichenschauhaus und blieb verblüfft stehen: Wie zufällig stand in der Nähe der Kühlkammer eine Rollbahre, auf der eine in ein Laken gehüllte Leiche lag. Ich ging hin und las das Etikett: Jennifer Deighton. Ich sah mich um: niemand im Büro, auch nicht im Röntgenraum. Ich öffnete die Tür zum Autopsieraum: Susan, bereits in Arbeitskleidung, war am Telefon. Als sie mich sah, legte sie den Hörer auf und begrüßte mich mit einem nervösen »Guten Morgen«.

»Ich habe Ihr Auto draußen gar nicht gesehen«, sagte ich.

»Ben hat mich abgeholt«, erklärte sie. Ben Stevens, mein Verwaltungsmann, fuhr einen Jeep mit Vierradantrieb. »Mit Ihnen sind wir jetzt zu dritt.«

»Was ist mit Fielding?«

»Er rief vor ein paar Minuten an. Er kommt nicht aus seiner Zufahrt raus. Ich sagte ihm, wir hätten bis jetzt nur einen Fall da, wenn es mehr würden, könne Ben ihn holen.«

»Hat es einen tieferen Sinn, dass besagter Fall draußen auf dem Flur steht?«

Sie wurde rot. »Ich wollte sie gerade in den Röntgenraum bringen, als das Telefon klingelte. Tut mir leid.«

»Haben Sie sie schon gewogen und gemessen?«

»Nein.«

»Dann machen wir das vorher noch.«

Sie lief hinaus. Sekretärinnen und Wissenschaftler aus den Labors in den oberen Stockwerken nahmen oft den Weg durch das Leichenschauhaus, weil der Parkplatz gleich dahinter lag, auch Handwerker, die im Haus zu tun hatten. Eine Leiche mitten auf dem Korridor stehen zu lassen, war grob fahrlässig und konnte sogar einen Prozess platzen lassen, wenn es vor Gericht ruchbar wurde.

Susan schob die Rollbahre herein. Ich nahm Handschuhe und eine Plastikschürze aus dem Regal und klemmte verschiedene Formulare in ein Clipboard. Susan war spürbar angespannt. Als sie die Computerwaage justierte, bemerkte ich, dass ihre Hände zitterten. Vielleicht litt sie unter schwangerschaftsbedingtem morgendlichem Unwohlsein.

»Alles okay?«, fragte ich.

»Nur ein bisschen müde.«

»Bestimmt?«

»Ganz bestimmt. Sie wiegt exakt einundachtzig Kilogramm.«

Ich zog meinen Chirurgenkittel an, und dann rollten Susan und ich die Bahre in den Röntgenraum auf der anderen Seite des Flurs. Wir hoben die Leiche auf den Tisch, ich schlug das Laken zurück und schob einen Holzklotz unter den Nacken, damit der Kopf nicht zur Seite fiel. Die Tote wies keine sichtbaren Verletzungen auf. Sie trug keinen Schmuck und nichts unter dem dünnen, hellblauen Morgenrock.

Susan machte Röntgenaufnahmen und brachte die Filme zum Entwicklungsautomaten, während ich die Leiche mit der Lupe in Augenschein nahm. Ich entdeckte eine ganze Anzahl weißlicher Fasern – möglicherweise von ihrem Bettzeug oder dem Laken, in das sie gewickelt gewesen war – und andere, die denen an ihren Socken ähnelten.

Susan kam aus der Dunkelkammer und lehnte sich an die Wand. Sie war auffallend blass. »Hatte die Frau Angehörige?«, fragte sie.

»Möglich, aber sie lebte allein.«

»Arbeitete sie?«

»Zu Hause.«

»Und was machte sie?«

»Sie stellte Horoskope. Ihren Büchern nach zu urteilen, beschäftigte sie sich auch mit übersinnlichen Phänomenen.«

Etwas erweckte meine Aufmerksamkeit: Die Feder war sehr klein und schmutzig, sie hing in Höhe der Hüfte an Jennifer Deightons Morgenrock. »Gehen wir wieder rüber in den Autopsieraum.«

Dort angekommen, steckte ich die Daune mit einer Pinzette in einen kleinen Plastikbeutel. Wo kam die Feder her? Vielleicht aus einem der Kopfkissen.

»Haben Sie auch Hinweise darauf gefunden, dass sie etwas mit Okkultismus zu tun hatte?« Susans Stimme klang gepresst.

»Wie ich hörte, hielten einige Leute in ihrer Straße sie für eine Hexe.«

»Weshalb?«

»In der Nähe ihres Hauses steht eine Kirche. Angeblich ging die Turmbeleuchtung in unregelmäßigen Abständen an und aus, seit sie vor ein paar Monaten in das Viertel gezogen war.«

»Sie machen Witze!«

»Ich sah selbst, wie die Beleuchtung anging, als es schon längst dunkel war.«

»Hört sich ja unheimlich an.«

»Ja, es war wirklich unheimlich.«

»Vielleicht ist das Licht mit einer Zeitschaltuhr verbunden.«

»Die auf unregelmäßige Intervalle eingestellt ist?«

Susan antwortete nicht.

»Die Sache lässt sich leicht klären«, sagte ich. »Ich rufe bei der Kirche an.«

»Fanden Sie irgendwelche seltsamen Dinge in ihrem Haus?«

»Jede Menge Kristalle.«

Schweigen. Dann sagte Susan: »Das hätten Sie mir eigentlich gleich sagen sollen.«

Ich blickte auf. »Was denn?«

»Dass sie eine Hexe war.«

»Seien Sie nicht albern, Susan!«

»Sie hätten es mir sagen müssen, bevor ich sie anfasste.«

»Hören Sie ...«

»Ich ging mit einem Mädchen in die Schule, das eine Hexe war!« Susans Augen glänzten wie im Fieber, ihr Gesicht war jetzt hochrot. »Sie hieß Doreen. Sie gehörte einem Hexenzirkel an, und in unserem letzten Schuljahr belegte sie meine Schwester Judy mit einem Fluch. Zwei Wochen vor der Abschlussfeier kam Judy bei einem Autounfall ums Leben.«

Ich starrte Susan verdutzt an.

»Sie wissen doch genau, wie dieser okkulte Kram mich schafft!« Sie sah mich vorwurfsvoll an. »Wie diese Rinderzunge mit den Nadeln drin, die die Cops in eine Totenliste gewickelt vor ein paar Monaten herbrachten. Sie hatte auf einem Grab gelegen.«

»Das war doch nur ein übler Scherz«, erinnerte ich sie. »Die Zunge stammte aus einem Supermarkt, und die Namen hatte jemand von Grabsteinen auf dem Friedhof abgeschrieben.«

»Ich will jedenfalls nichts mit satanischen Dingen zu tun haben.« Ihre Stimme zitterte. »Ich nehme das Böse genauso ernst wie Gott.«

Diese Äußerung verblüffte mich: Susan war zwar die Tochter eines Geistlichen, hatte der Religion jedoch schon vor langer Zeit adieu gesagt. Noch nie hatte sie in meiner Gegenwart Gott oder den Teufel erwähnt, außer in der üblichen umgangssprachlichen Weise. Aberglauben oder irrationalen Widerwillen kannte ich bei ihr nicht.

»Ich mache Ihnen einen Vorschlag«, sagte ich. »Wie es aussieht, muss ich heute mit einer reduzierten Mannschaft auskommen. Ich würde sagen, Sie gehen rauf und machen Telefondienst. Ich komme hier schon allein zurecht.«

Sie brach in Tränen aus. Ich trat zu ihr, legte den Arm um sie und brachte sie zur Tür.

»Ist ja gut«, sagte ich sanft, als sie sich aufschluchzend an mich lehnte. »Soll Ben Sie lieber heimfahren?«

Sie nickte und flüsterte erstickt: »Es tut mir leid. Es tut mir leid.«

»Machen Sie sich keine Gedanken, jeder von uns hat mal

einen schlechten Tag.« Ich setzte sie auf einen Bürostuhl und rief Ben Stevens an.

Jennifer Deighton hatte weder Kohlenmonoxyd noch Ruß eingeatmet, denn sie hatte bereits nicht mehr geatmet, als sie in den Wagen gesetzt wurde: Sie war zweifelsfrei ermordet worden. Im Lauf des Nachmittags hinterließ ich mit wachsender Ungeduld immer wieder die Bitte an Marino, mich anzurufen, und mehrfach versuchte ich, Susan zu erreichen, doch es nahm niemand ab.

»Ich mache mir Sorgen«, sagte ich zu Ben Stevens. »Susan geht nicht ans Telefon. Als Sie sie nach Hause fuhren – erwähnte sie da, dass sie irgendwohin wollte?«

»Sie sagte, sie würde sich ins Bett legen.« Er saß an seinem Schreibtisch. Vor ihm lag ein Stapel Computerausdrucke, daneben stand ein Glas Orangenlimonade. Aus dem Radio im Bücherregal klang leise Rockmusik. Stevens war klug und auf eine jungenhafte Art gutaussehend. Er arbeitete hart und lebte sich zum Ausgleich, wie ich gehört hatte, ziemlich intensiv in Single-Bars aus. Ich war ziemlich sicher, dass sein Job als Verwalter sich nur als Zwischenstation auf seinem Weg nach oben erweisen würde.

»Vielleicht hat sie im Schlafzimmer kein Telefon«, meinte er und schaltete seine Additionsmaschine ein.

»Ja, vielleicht.«

Er machte sich daran, unsere Budgetmisere auf den neuesten Stand zu bringen.

Gegen Abend – es war schon dunkel – rief er mich an: »Susan hat sich gerade gemeldet. Sie kommt morgen nicht. Und ich habe einen John Deighton in der Leitung. Er sagt, er sei Jennifer Deightons Bruder.«

»Stellen Sie ihn durch!«

»Guten Tag. Ich habe erfahren, dass Sie bei meiner Schwester eine Autopsie gemacht haben«, murmelte eine Männerstimme. »Ich bin der Bruder von Jennifer Deighton.«

»Und wie ist Ihr Name, bitte?«

»John Deighton. Ich wohne in Columbia, South Carolina.« Ich blickte auf, weil die Tür meines Büros geöffnet wurde. Es war Marino. Ich deutete auf einen Stuhl.

»Es heißt, sie habe sich mit Abgasen umgebracht.«

»Woher haben Sie diese Information?«, fragte ich irritiert. »Und könnten Sie bitte etwas lauter sprechen?«

Ein kurzes Zögern. »Ich erinnere mich nicht an den Namen. Ich hätte ihn aufschreiben sollen. Aber ich war zu geschockt.«

Obwohl der Mann kaum zu verstehen war, konnte ich erkennen, dass er sich nicht im mindesten »geschockt« anhörte.

»Es tut mir leid, Mr. Deighton«, sagte ich, »aber wenn Sie Näheres über den Tod Ihrer Schwester erfahren wollen, müssen Sie schriftlich darum ersuchen. Und ich brauche außerdem die Bestätigung, dass Sie ein naher Verwandter sind.« Schweigen.

»Hallo?«, sagte ich. »Sind Sie noch da?«

Es klickte.

»Höchst merkwürdig«, meinte ich zu Marino. »Wissen Sie etwas über einen John Deighton? Er behauptet, Jennifer Deightons Bruder zu sein.«

»Der war dran? Scheiße! Wir haben vergeblich versucht, ihn zu erreichen.«

»Offenbar hat ihn jemand von ihrem Tod benachrichtigt.«

»Von wo hat er angerufen?«

»Weiß ich nicht, aber ich nehme an, aus Columbia, South Carolina. Er hat einfach aufgelegt.«

»Ich komme gerade von Neils Vander«, wechselte Marino das Thema. Neils war der Leiter der Abteilung Fingerabdrücke.

»Er hat Jennifer Deightons Wagen untersucht, die Bücher

vom Nachttisch und ein Gedicht, das in einem davon steckte. Zu dem Blatt Papier vom Bett ist er noch nicht gekommen.«

»Und was gibt es bisher?«

»Er hat ein paar Abdrücke gefunden. Wird sie durch den Computer laufen lassen, wenn nötig. Wahrscheinlich stammen die meisten von ihr. Hier.« Er stellte eine kleine Tragetasche auf meinen Schreibtisch. »Viel Spaß beim Lesen.«

»Ich nehme an, Sie werden Neils gleich bitten, die Abdrücke durchlaufen zu lassen«, sagte ich.

Ein Schatten wanderte über Marinos Gesicht. Er rieb sich die Schläfen.

»Jennifer Deighton hat nämlich eindeutig nicht Selbstmord begangen. Ihr Kohlenmonoxyd lag unter sieben Prozent. Kein Ruß in den Luftwegen.«

»Verdammt!«

Ich blätterte meine Unterlagen durch und gab ihm ein Körperdiagramm, öffnete einen Umschlag und entnahm ihm mehrere Polaroidfotos von Jennifer Deightons Hals. »Wie Sie sehen können, fand ich keine äußeren Verletzungen. Keine Abschürfungen oder Quetschungen. Auch die Fingerspitzen waren ohne Befund. Aber hier« – ich zeigte ihm ein Polaroidfoto, das ich während der Obduktion gemacht hatte – »gibt es etwas zu sehen: beidseitig Blutungen in den Kopfwendermuskeln, und das Zungenbeinhorn ist gebrochen. Sie starb an Sauerstoffmangel, hervorgerufen durch Druck auf den Hals.« Ich zeigte ihm ein anderes Foto. »Außerdem hat sie mehrere punktförmige Hautblutungen im Gesicht, die ebenfalls durch besagten Druck verursacht wurden. Jennifer Deighton ist ohne jeden Zweifel ermordet worden.«

»Das hat mir noch gefehlt!«, stöhnte er und schaute mich mit müden Augen an. »Ich habe acht unaufgeklärte Morde auf meinem Schreibtisch, in Henrico kommen sie mit Eddie Heath nicht weiter, und der Vater des Jungen ruft mich fast täglich an, ganz abgesehen davon, dass sie in Mosby Court auch noch diesen verdammten Drogenkrieg haben. Und jetzt kommen Sie damit daher! Fröhliche Weihnachten!«

»Jennifer Deighton wäre es sicherlich auch lieber, wenn Sie keine Arbeit mit ihr hätten«, erwiderte ich trocken.

»Was haben Sie noch rausgefunden?«

»Sie hatte einen zu hohen Blutdruck, was Mrs. Clary ja bereits erwähnte.«

»Wie konnten Sie das denn feststellen?«, fragte er verblüfft.

»Die linke Herzkammer war vergrößert.«

»Und das kommt von zu hohem Blutdruck?«

»So ist es. Ich rechne damit, eine vorzeitige Nierenverkalkung vorzufinden und durch Bluthochdruck verursachte Störungen der Hirndurchblutung. Die entsprechenden Untersuchungen muss ich noch machen.«

»Heißt das, dass die Nieren und das Gehirn in Mitleidenschaft gezogen werden, wenn man zu hohen Blutdruck hat?«

»Laienhaft ausgedrückt, ja.«

»Was haben Sie mir noch zu bieten?«

»Nichts von Bedeutung.«

»Wie steht's mit dem Mageninhalt?«

»Fleisch und verschiedene Gemüse, teilweise verdaut.«

»Alkohol oder Medikamente?«

»Kein Alkohol. Die anderen Tests laufen.«

»Keine Anzeichen für eine Vergewaltigung?«

»Keine. Aber selbst wenn Spermaspuren festgestellt werden, muss das nicht bedeuten, dass sie zum Geschlechtsverkehr gezwungen wurde.«

Marino starrte vor sich hin. Seine Miene war unentschlüsselbar.

»Was geht in Ihrem Kopf vor?«, fragte ich schließlich.

»Ich denke darüber nach, wie die Sache wohl abgelaufen ist. Vielleicht wollte sie der Täter gar nicht umbringen, sondern nur einschüchtern. Er würgte sie, ging zu gewalttätig vor, weil er ihren schlechten Gesundheitszustand nicht kannte – und sie erstickte. Und dann kam er auf die Idee mit dem vorgetäuschten Selbstmord und brachte sie in die Garage.«

Ich schüttelte den Kopf. »Ihr hoher Blutdruck hat mit alldem nichts zu tun.«

»Können Sie mir dann erklären, wie sie starb?«

»Wenn wir davon ausgehen, dass ihr Angreifer Rechtshänder war, dann legte er ihr von hinten den linken Arm um den Hals, umfasste mit der rechten Hand sein linkes Handgelenk und zog es nach hinten.« Ich machte es ihm vor, indem ich ihn als Anschauungsobjekt benutzte. »Damit wirkte der Druck exzentrisch auf den Hals, führte zum Bruch des rechten Zungenbeinhorns und schnürte den oberen Luftweg und die Halsschlagadern ab.«

»Besteht die Möglichkeit, festzustellen, ob er sie nur aus Versehen tötete?«, fragte Marino.

»Da muss ich Sie enttäuschen.«

»Mist!«

Ich war erschöpft. Die meisten meiner Leute waren heute nicht zur Arbeit erschienen, und Susan hatte sich merkwürdig verhalten. Jennifer Deighton, eine Fremde, die mich anscheinend mehrmals angerufen hatte, war ermordet worden, und ein Mann, der behauptete, ihr Bruder zu sein, hatte, als ich einen Nachweis seiner Identität verlangte, wortlos aufgelegt. Und zu allem Überfluss hatte Marino schlechte Laune. »Natürlich ist es denkbar, dass er sie nur aus Versehen tötete. Ich halte es sogar für möglich, dass er nicht erkannte, dass sie tot war, sondern sie für bewusstlos hielt, als er sie in ihren Wagen setzte.«

»Dann haben wir es also mit einem Schwachkopf zu tun.«

»Nicht unbedingt.«

»Übrigens«, fiel ihm ein, »dass Sie Jennifer Deighton nicht kannten, muss nicht heißen, dass die Deighton Sie nicht kannte.«

Ich sah ihn fragend an.

»Sie sind oft im Fernsehen und in den Zeitungen. Vielleicht wusste sie, dass ihr jemand ans Leder wollte, und beschloss, Sie um Hilfe zu bitten. Aber als sich Ihr Anrufbeantworter meldete, traute sie sich nicht, eine Nachricht zu hinterlassen. Möglicherweise fürchtete sie, dass es jemand abhören könnte.«

»Eine deprimierende Version.«

»Fast alles, was wir in Ihrem Laden hier erwägen, ist deprimierend.« Er stand auf.

»Tun Sie mir einen Gefallen«, sagte ich, »gehen Sie noch mal in ihr Haus und suchen Sie nach Daunenkissen und Daunenjacken. Ich muss wissen, ob es dort irgendwo Federn gibt.«

»Warum?«

»Weil ich an ihrem Morgenrock eine kleine Feder entdeckt habe.«

»Okay. Wenn ich was finde, sage ich Ihnen Bescheid.«

Ich horchte auf, als draußen die Lifttüren sich öffneten und schlossen. »War das Stevens?«

Marino, der in der offenen Tür stand, nickte. »Fahren Sie jetzt nach Hause?«

»Nein, ich kann noch nicht weg.«

Ich begleitete Marino zum Aufzug und ging dann zu dem Fenster am Ende des Flurs, von dem aus man den Parkplatz überblicken konnte. Ich wollte sichergehen, dass Stevens losgefahren war: Sein Jeep war verschwunden.

Ich sah Marino aus dem Haus kommen und vorsichtig über den glitzernden Schnee zu seinem Wagen gehen. Bevor er einstieg, schüttelte er seine Füße – wie eine Katze, die versehentlich in Wasser getreten ist. Ich fragte mich, ob er Pläne für Weihnachten hatte, und ärgerte mich, weil ich nicht daran gedacht hatte, ihn einzuladen. Es würde sein erstes Weihnachten ohne Doris sein.

Ich machte mich daran, die Computerterminals in den Büros auf meinem Stockwerk zu überprüfen. Unglücklicherweise war keines eingeloggt, und das einzige gekennzeichnete Kabel war das von Fielding, die Bezeichnung lautete jedoch weder TTY07 noch TTY14. Enttäuscht ging ich in Margarets Zimmer und machte Licht.

Wie immer sah es aus, als sei ein Sturm durch den Raum gefegt und habe Unterlagen über den Schreibtisch verstreut, Bücher in den Regalen umgeblasen und andere zu Boden geweht. Stapel von Endlosausdrucken hatten sich aufgefaltet wie Akkordeons, und unentzifferbare Notizen und Telefonnummern klebten an Wänden und Bildschirmen. Der Minicomputer summte wie ein elektronisches Insekt, und die Lichter des Modems, das auf einem Wandbord stand, zeugten davon, dass es in Betrieb war. Ich setzte mich an das Systemterminal, öffnete eine Schublade zu meiner Rechten und begann, das Dateiverzeichnis durchzublättern. Ich fand mehrere vielversprechende Stichwörter wie benutzer und networking, aber unter keinem fand ich, was ich wissen wollte. Als ich nachdenklich den Blick schweifen ließ, entdeckte ich ein dickes Kabelbündel, das hinter dem Computer an der Wand hinaufführte und durch die Decke verschwand. Jede der Leitungen war beschriftet.

Sowohl TTY07 als auch TTY14 waren direkt mit dem Computer verbunden. Nachdem ich als Erstes TTY07 ausgestöpselt hatte, ging ich von Terminal zu Terminal, um festzustellen, wo der Anschluss unterbrochen war. Das Terminal in Ben Stevens' Büro erwachte zu neuem Leben, nachdem ich das Kabel wieder angesteckt hatte. Als Nächstes machte ich mich daran, TTY14 aufzuspüren, und ich war verwirrt, als die Unterbrechung der Verbindung keine Folgen zu haben schien – die Terminals auf allen Schreibtischen arbeiteten weiter. Dann fiel mir Susan ein. Ihr Büro lag unten im Erdgeschoss.

Ich war zwar schon öfter in diesem Raum gewesen, hatte mich

jedoch nie aufmerksam umgesehen. Jetzt fiel mir auf, dass keine persönlichen Dinge wie Fotos oder Nippes herumstanden. Auf einem Wandbrett über dem Schreibtisch sah ich Handbücher für UNIX, SQL und WordPerfect. Ich erinnerte mich, dass Susan im letzten Sommer einige Computerkurse besucht hatte. Ich bediente den Schalter, mit dem ihr Monitor aktiviert wurde, versuchte mich anzumelden und stellte verblüfft fest, dass das Gerät reagierte. Auch dieses Terminal konnte nicht TTY14 sein.

Und dann hatte ich plötzlich die Lösung.

Ich ging wieder hinauf und blieb unter der Tür zu meinem Büro stehen. Ich schaute hinein, als arbeite hier jemand, den ich nicht kannte. Auf dem Schreibtisch herrschte ein wüstes Durcheinander, und auf dem Tisch mit dem Mikroskop sah es nicht besser aus. Gegenüber der Wand mit den drei Aktenschränken stand ein Sofa, von den Regalen dahinter abgerückt, damit man darum herumgehen konnte und auch an die Bücher im unteren Bereich herankam. Und dann war da noch ein Kommodenschrank aus Eichenholz mit verschließbarer Schublade. Ich hatte ihn vor Jahren im staatlichen Fundus entdeckt und benutzte ihn zur Aufbewahrung meiner Brieftasche und vertraulicher Unterlagen. Der Schlüssel lag immer unter meinem Telefon. Wieder fiel mir Susan ein. Sie war am letzten Donnerstag, nachdem sie im Autopsieraum, wo Eddie Heath auf dem Tisch lag, zwei Behälter mit Formalin zerbrochen hatte, hier oben gewesen, um sich zu erholen. Es war ziemlich peinlich, dass ich die Gerätebezeichnung meines Terminals nicht kannte, aber es hatte sich noch nie eine Situation ergeben, in der ich sie hätte wissen müssen. Ich setzte mich an meinen Schreibtisch, schwenkte den Tastaturhalter zu mir heran und versuchte, mich im System anzumelden. Nichts passierte. Das mit TTY14 gekennzeichnete Kabel führte zu meinem Gerät.

»Verdammt!«, flüsterte ich, und ein eisiger Schauer überlief mich. »Verdammt!«

Als die Nachricht ich kann es nicht finden eingetippt wurde, befand ich mich unten im Autopsieraum – aber Susan nicht. Ich hatte ihr meinen Büroschlüssel gegeben, damit sie sich nach dem Schock auf mein Sofa legen konnte. War sie in mein Verzeichnis eingebrochen? Wenn ja, dann musste ich auch damit rechnen, dass sie meine gesamten Unterlagen durchschnüffelt hatte. Und hatte sie dann versucht, TTY07, also Ben Stevens, die Nachricht zu schicken, dass sie nicht finden konnte, was sie suchte?

Ein Mitarbeiter von der Spurenauswertung tauchte in der offenen Tür auf. »Hallo«, murmelte er und durchblätterte stirnrunzelnd den dicken Packen Papiere, den er im Arm hielt. Schließlich zog er einen umfangreichen Bericht heraus, trat in mein Zimmer und reichte ihn mir. »Ich wollte ihn in Ihren Kasten legen, aber da Sie noch hier sind, kann ich ihn Ihnen ja gleich in die Hand drücken. Ich habe die Kleberreste untersucht, die Sie von Eddie Heaths Handgelenken abgenommen haben.«

»Baumaterialien?«, fragte ich, während ich die erste Seite überflog.

»Richtig: Farbe, Gips, Holz, Zement, Asbest, Glas. Für gewöhnlich finden wir dergleichen bei Einbrechern, an den Kleidern und Schuhen, in den Hosenaufschlägen, Taschen und so weiter.«

»Wie steht es mit der Kleidung von Eddie Heath?«

»Dort fanden sich teilweise die gleichen Spuren.«

»Erzählen Sie mir etwas über die Farbe!«

»Es sind fünf verschiedene Farbreste. Drei davon sind geschichtet, was heißt, dass sie mehrmals aufgetragen wurden. Eine ist ein Acryllack, wie er bei Autos von General Motors verwendet wird.«

Der könnte von dem Wagen stammen, mit dem Eddie Heath entführt wurde, dachte ich, aber das war natürlich nur eine von vielen Möglichkeiten. »Farbton?«, fragte ich.

»Blau.«

»Geschichtet?«

»Nein.«

»Was ist mit dem, was am Fundort des Jungen zusammengefegt wurde? Ich bat Marino, es Ihnen schicken zu lassen.«

»Ich habe es bekommen. Sand, Schmutz und Stückchen von dem Betonboden plus das Sammelsurium von Spuren, mit denen man in der Umgebung eines Müllcontainers rechnet: Glas, Papier, Asche, Rost, Pflanzenreste.«

»Unterscheidet sich das von dem, was Sie an den Kleberresten von seinen Handgelenken gefunden haben?«

»Ja. Es scheint, als sei dem Jungen das Klebeband an einem Ort angelegt und auch wieder entfernt worden, wo Baumaterialien herumliegen und sich Vögel aufhalten.«

»Vögel?«

»Steht auf der dritten Seite«, sagte er. »Ich habe eine Menge Federstückchen gefunden.«

Lucy hatte sich offenbar gelangweilt: Mein Arbeitszimmer war völlig umgestaltet, der Laserdrucker, das Modem und die Computerhandbücher hatten ihren Platz gewechselt. »Warum hast du das getan?«, fragte ich und vergaß vor lauter Verblüffung, sie zu begrüßen.

Sie saß mit dem Rücken zu mir und antwortete, ohne mit Tippen aufzuhören: »So ist es zweckmäßiger.«

»Lucy! Du kannst doch nicht einfach ein fremdes Arbeitszimmer umräumen! Was würdest du sagen, wenn ich das bei dir machte?«

»Bei mir bestünde keine Veranlassung dazu. Bei mir ist alles sehr zweckmäßig angeordnet.« Jetzt hörte sie doch auf zu tippen und drehte sich zu mir um. »Schau mal, jetzt kannst du den Drucker bedienen, ohne aufstehen zu müssen. Die Handbücher sind in Reichweite, und das Modem steht nicht mehr im Weg rum. Du solltest übrigens keine Kaffeebecher, Bücher oder irgendwas anderes auf einem Modem deponieren.«

»Warst du den ganzen Tag hier?«, erkundigte ich mich.

»Wo sollte ich sonst gewesen sein? Du hast ja den Wagen mitgenommen. Ich war ein bisschen joggen. Hast du je versucht, auf gefrorenem Schnee zu laufen?«

Ich zog mir einen Stuhl heran, öffnete meine Tasche und nahm die kleine Tüte heraus, die Marino mir mitgebracht hatte. »Das heißt also, du brauchst ein Auto.«

»Ich fühle mich richtig eingesperrt.«

»Wo möchtest du denn hin?«

»Ins Fitnesscenter. Ich wüsste nicht, wohin sonst. Ich wäre nur gern beweglich – für alle Fälle. Was ist in der Tüte?«

»Ein Gedicht und Bücher, die mir Marino gegeben hat.«

»Seit wann liest der denn?« Sie stand auf und streckte sich. »Ich mache mir eine Tasse Kräutertee. Willst du auch welchen?«

»Lieber Kaffee.«

»Der ist ungesund«, sagte sie und verließ das Zimmer ohne ein weiteres Wort.

»Zum Teufel!«, schimpfte ich, als ich die Bücher aus der Tragetasche nahm und roter fluoreszierender Staub meine Kleidung verschmutzte und an meinen Händen haftenblieb.

Neils Vander hatte wie gewohnt gründliche Arbeit geleistet, und ich hatte seine Leidenschaft für sein neues Spielzeug vergessen: Vor einigen Monaten hatte er eine neuentwickelte Lichtquelle bekommen und den Laser postwendend ausrangiert. Das Luma-Lite, eine »sensationelle blauverstärkte Dreihundertfünfzig-Watt-Hochleistungs-Halogen-Bogenlampe«, wie er sie jedes Mal wieder voller Begeisterung beschrieb, sobald die Sprache auf sie kam, verlieh ursprünglich für das menschliche Auge nicht sichtbaren Haaren und Fasern eine leuchtend orange Färbung. Spermareste und Straßenschmutz leuchteten wie Sonnenflecken, und – das war das Beste von allem – sie »fand« Fingerabdrücke, die früher unbemerkt geblieben wären.

Vander hatte Jennifer Deightons Taschenbücher einer ausführlichen Analyse unterzogen. Zunächst wurden sie in einem Glasbehälter den Dämpfen von Super Glue ausgesetzt, dem Cyanacrylat-Ester, der mit menschlichem Schweiß reagiert. Dann wurden die Buchdeckel mit dem roten fluoreszierenden Puder eingestäubt, den ich jetzt überall an mir hatte, und schließlich wurden auch die Buchseiten mit roten Ninhydrin-Puder eingefärbt und dem blauen Licht des Luma-Lite ausgesetzt. Ich hoffte, die Ergebnisse waren all diese Mühe wert. Seufzend ging ich ins Bad, um mich von der roten Plage zu befreien.

Paris Trout, ein Roman, hatte die Ermordung eines schwarzen Mädchens zum Thema, und ich konnte mir keinen Grund zusammenreimen, der Jennifer Deighton zum Kauf dieses Buches veranlasst haben könnte. *Gespräche mit Seth* war ein Bericht, der der Autorin angeblich aus dem Jenseits diktiert worden war. Angesichts Jennifer Deightons Beruf war ihr Interesse für eine derartige Lektüre nicht überraschend. Zum Schluss nahm ich mir das Gedicht vor. Es war ebenfalls mit Ninhydrin-Puder bestäubt und nach der Untersuchung in eine Plastikhülle gesteckt worden.

JENNY

Viel Male hatte Jenny
Den Kupferpenny
Mit Küssen gewärmt,
Der an einer Schnur
Um ihren Hals hing.
Es war Frühling gewesen,
Als er ihn auf dem

Staubigen Weg
Neben der Wiese fand
Und ihr schenkte.
Ohne ein Wort der Leidenschaft
Zeigte er ihr seine Liebe
Durch ein Geschenk.
Jetzt ist die Wiese
Braun und voller Unkraut.
Er ist fort.
Die Münze ruht kalt
Tief unten in einem
Baumumstandenen Zauberteich.

Kein Datum, kein Verfasser. Das Papier war zweimal zusammengefaltet worden. Ich stand auf und ging ins Wohnzimmer, wo Lucy Kaffee und Tee auf den Tisch gestellt hatte und im Kaminfeuer herumstocherte.

»Hast du keinen Hunger?«, fragte sie mich.

»Doch.« Ich dachte wieder an das Gedicht. War diese »Jenny« Jennifer Deighton?

»Tante Kay! Wo bist du mit deinen Gedanken?«, schreckte Lucy mich aus dem Grübeln auf.

»Entschuldige. Worauf hättest du denn Appetit?«

»Du wirst es nicht glauben: auf Steak! Aber nur, wenn es von einem Rind stammt, das nicht mit Chemie vollgestopft worden ist! Könntest du diese Woche nicht den Dienstwagen nehmen, damit ich deinen Mercedes benutzen kann?«

»Ich benutze den Dienstwagen normalerweise nur zu Dienstfahrten, wie der Name schon sagt.«

»Als du gestern Abend wegmusstest, nahmst du den Mercedes, obwohl es eine Dienstfahrt war, Tante Kay. Warum nicht auch umgekehrt?«

»In Ordnung«, gab ich nach. »Ich mache dir einen Vorschlag:

Wir genehmigen uns jetzt das beste Steak, das in dieser Stadt zu haben ist, holen dann im Leichenschauhaus den Kombi, und du fährst den Mercedes nach Hause.«

»Ich habe noch nie gesehen, wo du arbeitest.«

»Wenn du möchtest, zeige ich dir alles.«

»Nein, danke. Nicht nachts.«

»Tote können dir doch nichts tun.«

»O doch, das können sie. Dad hat mir sehr wohl etwas angetan, als er starb: Er lieferte mich Mom aus.«

»Holen wir unsere Mäntel.«

»Wieso wechselst du jedes Mal das Thema, wenn ich etwas über mein unerfreuliches Zuhause sage?«

»Willst du vielleicht lieber meine schwarze Lederjacke anziehen?«

»Das ist doch nicht zu fassen!« Sie stampfte mit dem Fuß auf.

Wir stritten uns den ganzen Weg, und als ich den Wagen auf dem Parkplatz von Ruth's Chris Steak House abstellte, hatte ich Kopfschmerzen und haderte mit mir. Lucy hatte mich dazu provoziert, laut zu werden. Der einzige Mensch, der das regelmäßig schaffte, war meine Mutter.

»Warum bist du so biestig?«, fragte ich in ihr Ohr, als wir zu einem Tisch geführt wurden.

»Weil ich mit dir reden will und du mich nicht lässt!«

Ein Ober kam, um unsere Getränkebestellung aufzunehmen. »Dewar's mit Soda«, sagte ich.

»Tststs«, machte Lucy missbilligend. »Du solltest keinen Alkohol trinken, wenn du noch fahren musst!«

»Ich habe nicht die Absicht, eine Orgie zu feiern«, erwiderte ich spitz. »Aber du hast natürlich recht: Ich sollte es ganz sein lassen. Trotzdem muss ich dir dringend raten, deine Krittelei einzuschränken. Wie willst du Freunde gewinnen, wenn du ewig was zu meckern hast?«

»Ich will ja gar keine Freunde gewinnen.« Sie starrte ins Leere. »Die meisten Leute sind langweilig.«

Ich hatte plötzlich einen Kloß im Hals. »Ich glaube, du sehnst dich mehr nach Freunden als alle anderen Menschen, die ich kenne, Lucy.«

»Ich hätte wetten können, dass du das glaubst. Und jetzt wirst du mir gleich raten, möglichst bald zu heiraten.«

»Nicht im Entferntesten. Im Gegenteil: Ich hoffe, du wirst es nicht tun.«

»Als ich heute in deinem Computer herumreiste, fand ich eine Datei mit der Bezeichnung fleisch. Warum hast du eine so makabre Datei?«

»Weil ich mitten in einem schwierigen Fall stecke.«

»Meinst du den kleinen Eddie Heath? Den Bericht habe ich auch gefunden. Der Junge lehnte nackt an einem Müllcontainer, und jemand hatte Stücke aus seinem Arm und seinem Schenkel geschnitten.«

»Lucy, bitte lass in Zukunft die Finger von den Berichten! Das ist nun wirklich keine Lektüre für dich!«

Gerade als unsere Getränke kamen, schlug mein Pager an. Ich hakte ihn vom Gürtel meines Rockes ab und schaute nach der Nummer. »Entschuldige mich einen Moment.« Ich stand auf und ging zum Telefon. Es war kurz vor acht.

»Ich muss mit Ihnen reden«, sagte Neils Vander, der immer noch in seinem Büro saß. »Kommen Sie her, und bringen Sie Ronnie Waddells zehn Fingerabdruckkarten mit!«

»Warum?«

»Wir haben ein Problem. Ich bitte auch Marino her.«

»In Ordnung. Marino soll mich in einer halben Stunde in meinem Büro abholen.«

Als ich an unseren Tisch zurückkehrte, sah Lucy mir sofort an, dass ich einen weiteren gemeinsamen Abend zerstören würde.

»Es tut mir leid«, sagte ich.

»Wo musst du hin?«

»Zuerst ins Büro und dann ins Seaboard Building.« Ich zog meine Brieftasche heraus.

»Was ist das Seaboard Building?«

»Dorthin sind die Serologie, die DNA- und die Fingerabdrucklabors vor kurzem umgezogen. Marino wird auch kommen. Es ist lange her, dass du ihn gesehen hast.«

»Er ist bestimmt immer noch derselbe Flegel.«

»Das ist nicht nett, Lucy. Marino ist kein Flegel.«

»Das letzte Mal, als ich hier war, hat er sich aber so benommen.«

»Du warst auch nicht gerade liebenswürdig zu ihm.«

»Jedenfalls habe ich ihn nicht ›neunmalkluge Göre‹ geschimpft.«

»Aber du hast ihn mit einer Reihe anderer wenig schmeichelhafter Namen bedacht und ständig seine Grammatik korrigiert.«

Eine halbe Stunde später ließ ich Lucy unten im Büro des Leichenschauhauses warten, während ich in mein Büro hinauffuhr. Ich schloss den Kommodenschrank auf, nahm Waddells Akte heraus und trat gerade wieder unten aus dem Lift, als der Summer an der Hintertür ertönte. Marino trug Jeans, einen dunkelblauen Parka und eine Baseballkappe mit dem Logo der Richmond Braves. Ich holte Lucy aus dem Büro.

»Ihr beide kennt euch ja! Lucy ist für die Weihnachtstage hier und hilft mir bei einem Computerproblem«, fügte ich als Erklärung für Marino hinzu, bevor wir in die kalte Nachtluft hinaustraten.

Das Seaboard Building lag hinter dem Parkplatz gegenüber dem Leichenschauhaus und diagonal zur Front der Main Street Station, wo der Verwaltungsapparat des Gesundheitsministeriums untergebracht war, solange dessen Quartier von Asbest gereinigt wurde. Die Uhr am Turm des ehemaligen Bahnhofsgebäudes schwebte hoch über uns wie ein Vollmond. Rote Lichter auf den hohen Gebäuden blinkten Warnsignale für tieffliegende Flugzeuge. Irgendwo in der Dunkelheit rumpelte ein Zug seines Weges.

Marino ging vor uns her. Es passte ihm nicht, dass Lucy dabei war, und er gab sich keine Mühe, das zu verbergen. Als wir das Seaboard Building erreichten, wo zur Zeit des Bürgerkrieges Versorgungszüge beladen worden waren, drückte ich auf die Klingel. Gleich darauf ließ Vander uns ein; er hatte bereits auf uns gewartet.

Er fragte nicht, wer Lucy sei. Selbst wenn ein Wesen von einem anderen Stern in Begleitung von jemandem käme, den er kannte und dem er vertraute, würde er keine Fragen stellen und auch nicht erwarten, vorgestellt zu werden. An manchen Tagen fiele es ihm vielleicht nicht einmal auf. Ich sagte ihm trotzdem, wer Lucy war.

Wir folgten ihm die Treppe hinauf in den zweiten Stock, wo alle Korridore in einem matten Metallgrau gestrichen und die Büros mit Schreibtischen und Bücherschränken in Kirschholztönen sowie gräulich-blau gepolsterten Stühlen möbliert waren.

»Warum arbeiten Sie denn so spät noch?«, fragte ich, als wir den Raum betraten, in dem das Automated Fingerprint Identification System, kurz AFIS, untergebracht war.

»Wegen Jennifer Deighton.«

»Was wollen Sie denn dann mit Waddells Fingerabdrücken?«

»Ich will sichergehen, dass letzte Woche wirklich Waddell obduziert wurde.«

Marino sah ihn verblüfft an. »Wovon reden Sie, zum Teufel?«

»Das zeige ich Ihnen gleich.« Vander setzte sich an das AFIS-Terminal, das wie ein gewöhnlicher PC aussah. Es war mit dem

Computer der State Police verbunden, der über eine Datenbank mit mehr als sechs Millionen Fingerabdrücken verfügte. Vander drückte auf einige Tasten und schaltete den Laserdrucker ein.

»Perfekte Abdrücke sind selten – aber hier haben wir einen.« Vander begann zu tippen, und gleich darauf füllte ein leuchtend weißer Fingerabdruck den Bildschirm. »Rechter Zeigefinger. Gefunden in Jennifer Deightons Haus.«

»Und wo genau?«, wollte ich wissen.

»An einem Esszimmerstuhl. Zuerst dachte ich, es sei ein Fehler passiert, aber dem war nicht so.« Vander schaute unverwandt auf den Schirm, während seine Finger wieder über die Tasten huschten. »Dieser Fingerabdruck stammt von Ronnie Joe Waddell.«

Ich war fassungslos. »Das ist unmöglich!«

Vander nickte. »Sollte man meinen.«

»Haben Sie bei Jennifer Deighton irgendeinen Hinweis darauf gefunden, dass die beiden einander kannten?«, wandte ich mich an Marino.

»Nein.«

»Wenn Sie Waddells Fingerabdrücke von der Obduktion dabeihaben, können wir sie mit denen vergleichen, die AFIS gespeichert hat – nur um sicherzugehen, dass alles seine Richtigkeit hat.«

Ich öffnete die mitgebrachte Akte und musste sehr schnell feststellen, dass die Karten mit den Abdrücken nicht darin waren. Als ich aufblickte, schauten alle drei mich an. Ich spürte, wie mir die Röte ins Gesicht stieg. »Ich verstehe das nicht«, sagte ich hilflos.

Marino sah mich ungläubig an. »Sie haben die Karten nicht?« Obwohl ich wusste, dass es sinnlos war, blätterte ich die Unterlagen noch einmal durch. »Sie sind nicht da.«

»Für gewöhnlich nimmt Susan die Fingerabdrücke ab, nicht wahr?«, sagte er.

»Ja. Immer. Sie sollte zwei Sätze anfertigen: einen für die Gefängnisverwaltung und einen für uns. Vielleicht hat sie sie Fielding gegeben, und der hat vergessen, sie bei mir abzuliefern.« Ich zog mein Telefonbüchlein heraus und griff zum Apparat.

Fielding war zu Hause, wusste aber nichts über die Fingerabdruckkarten. »Nein, ich habe nichts von ihr bekommen.«

Als Nächstes wählte ich Susans Nummer und versuchte, mich zu erinnern, ob ich beobachtet hatte, wie sie die blanken Abdruckkarten aus der Schublade nahm oder Waddells Finger mit dem Stempelkissen färbte. »Haben Sie vielleicht gesehen, wie sie Waddell die Abdrücke abnahm?«, wandte ich mich an Marino.

Er schüttelte den Kopf. »Solange ich da war, hat sie es nicht gemacht.«

»Es geht niemand ran.« Ich legte auf.

»Waddell wurde verbrannt«, sagte Vander.

»So ist es«, bestätigte ich.

Ein kurzes Schweigen folgte. Dann sagte Marino unnötig schroff zu Lucy: »Wenn es dir nichts ausmacht, würden wir uns gern kurz allein unterhalten.«

»Sie kann sich in mein Büro setzen«, bot Vander an. »Den Gang runter, das letzte auf der rechten Seite.«

Als Lucy gegangen war, sagte Marino: »Waddell war zehn Jahre lang eingesperrt, und selbst wenn er sie gekannt hat, ist es höchst unwahrscheinlich, dass ein Fingerabdruck an einem Gebrauchsmöbelstück so lange erhalten bleibt, ganz abgesehen davon, dass die Esszimmereinrichtung nagelneu aussah. Außerdem lassen Spuren auf dem Teppichboden vermuten, dass ein Esszimmerstuhl, kurz bevor Jennifer Deighton starb, in den Wohnraum gebracht wurde.«

»Wie auch immer«, sagte Vander, »im Augenblick können wir nicht beweisen, dass der Mann, der letzte Woche auf den

Stuhl geschickt wurde, Ronnie Joe Waddell war. Halt – da fällt mir was ein: Das FBI muss seine Abdrücke doch auch haben! Ich lasse mir Kopien schicken und ziehe die Fotografie von dem Daumenabdruck aus dem Robyn-Naismith-Fall zum Vergleich heran.«

»War der Abdruck auf dem Esszimmerstuhl der einzige fremde?«, fragte ich Neils.

»Natürlich stammten die meisten von Jennifer Deighton«, antwortete er. »Aber an ihrem Wagen waren auch noch einige andere. Vielleicht von jemandem, der Einkäufe in ihrem Kofferraum verstaute oder das Fahrzeug auftankte. Das ist bis jetzt alles.«

»Und wie steht es bei Eddie Heath?«

»Jede Menge Abdrücke auf der Suppendose und dem Knusperriegel. Aber sie sind alle verwischt und somit unbrauchbar.«

Kurze Zeit später führte er uns durch den Anbau, wo in abgeschlossenen Tiefkühlschränken Blut von so vielen Verbrechern aufbewahrt wurde, wie eine durchschnittliche Kleinstadt Bewohner hat, zur Hintertür. Die Proben warteten darauf, in der staatlichen DNA-Datenbank registriert zu werden. Vor dem Ausgang stand im großen Vorraum Jennifer Deightons Wagen. Er sah noch hinfälliger aus, als ich ihn in Erinnerung gehabt hatte – als habe er seit der Ermordung seiner Besitzerin einen rapiden Verfall durchgemacht. Die Zierleisten waren verkratzt und verbeult vom ständigen Dagegenschlagen anderer Autotüren. Hier und da war der Lack abgeplatzt und Rostflecken gewichen. Das Vinyldach hatte sich an zwei Ecken gelöst. Lucy spähte durch eines der schmutzigen Fenster ins Wageninnere.

»He! Nichts anfassen!«, schnauzte Marino sie an.

Sie sah ihn nur hochmütig an. Wir verabschiedeten uns von Vander und traten ins Freie.

Als Marino und ich bei mir zu Hause ankamen, war Lucy bereits in meinem Arbeitszimmer verschwunden: Sie hatte nicht auf uns gewartet, sondern war mit meinem Mercedes vorausgefahren.

»Sie ist immer noch so nett wie früher«, sagte Marino.

»Sie gewinnen den Freundlichkeitswettbewerb aber heute Abend auch nicht«, erwiderte ich sarkastisch, hob den Kaminschirm weg und machte Feuer.

»Sie wird doch hoffentlich den Mund über das halten, was sie bei Vander gehört hat!«

»Sie haben Sie ja ohnehin rausgeschickt, bevor es interessant wurde«, sagte ich. »Nein, im Ernst, Marino, ich vertraue Lucy absolut. Sie bedeutet mir sehr viel, und da mir auch an Ihnen sehr viel liegt, wäre es schön, Sie beide kämen besser miteinander aus. Die Bar steht Ihnen zur Verfügung, ich kann jedoch auch Kaffee machen, wenn Ihnen das lieber ist.«

»Ist es.« Er setzte sich an den Kamin und zog sein Schweizermesser heraus.

Ich ging in die Küche. Bestimmt schnitt er sich wieder mal die Fingernägel. Ich würde nie verstehen, weshalb er das nicht zu Hause machte. Auch diesmal hatte ich keinen Erfolg mit meinem Anruf bei Susan.

»Ich glaube nicht, dass Susan Waddells Fingerabdrücke abgenommen hat«, sagte Marino, als ich den Kaffee auf den Couchtisch stellte. »Ich habe darüber nachgedacht, während Sie draußen waren. Ich weiß genau, dass sie es nicht tat, solange ich da war. Wenn sie es also nicht unmittelbar nach seiner Einlieferung gemacht hat, können Sie's vergessen.«

»Da hat sie es nicht gemacht, das weiß ich genau. Es war spät, und wir waren alle müde. Susan hat es offenbar vergessen.«

»Wollen wir hoffen, dass sie es nur vergessen hat.«

Ich griff nach meinem Kaffee. »Soll das heißen, dass Sie es für möglich halten, dass sie es absichtlich nicht gemacht hat?«

»Nach dem, was Sie mir erzählt haben, stimmt irgendwas mit ihr nicht. Ich würde ihr nicht von hier bis zur Haustür trauen.«

Insgeheim gestand ich mir ein, dass auch ich inzwischen meine Zweifel an Susan hatte, sogar beträchtliche. »Sie haben den Mann doch gesehen – auf dem elektrischen Stuhl und später bei mir auf dem Seziertisch. Haben Sie ihn denn nicht wiedererkannt? Könnte es tatsächlich sein, dass es nicht Waddell war, der hingerichtet wurde?«

Marino zuckte mit den Schultern. »Es ist zehn Jahre her, dass ich ihn bei der Festnahme sah. Der Bursche, den sie zum Stuhl führten, war um die fünfunddreißig Kilo schwerer. Der Bart war abrasiert, der Kopf kahl geschoren. Natürlich kam ich nicht auf die Idee, dass es nicht Waddell sein könnte, sonst hätte ich genauer hingesehen. Nur kann ich nicht beschwören, dass er es war.«

Ich erinnerte mich daran, wie Lucy auf dem Flugplatz auf mich zugekommen war: Ich hatte sie nur ein Jahr nicht gesehen und sie nicht wiedererkannt. Ich wusste nur zu gut, wie unzuverlässig visuelle Identifizierung sein kann. »Wenn da zwei Gefangene ausgetauscht wurden, Waddell frei ist und jemand anderer an seiner Stelle starb«, sagte ich, »dann verraten Sie mir bitte, weshalb.«

Marino schaufelte Zucker in seinen Kaffee und schwieg.

»Was könnte der Grund sein, um Himmels willen?«

Er schaute auf. »Ich habe keine Ahnung.«

Ich hörte, wie die Tür des Arbeitszimmers aufging, und gleich darauf kam Lucy herein. Sie setzte sich Marino gegenüber, der mit dem Rücken zum Feuer saß und die Ellbogen auf die Knie gestützt hatte.

»Was kannst du mir über AFIS sagen?«, wandte sie sich an mich, als sei er gar nicht da.

»Was willst du denn wissen?«

»Wie es programmiert wurde, und ob es auf einem Großrechner läuft.«

»Ich kenne die technischen Details nicht. Warum fragst du?«

»Ich kann rausfinden, ob Dateien geändert worden sind.«

»Du kannst nicht in den Computer der State Police einbrechen, Lucy!«

»Ich könnte es wahrscheinlich, aber ich *muss* es unter Umständen nicht. Vielleicht gibt es noch eine andere Möglichkeit, mir Zugang zu verschaffen.«

Marino wandte sich ihr zu: »Du behauptest, du könntest rausfinden, ob an Waddells AFIS-Unterlagen rumgefummelt wurde?«

Lucy war bereits siebzehn, aber es hätte mich ehrlich überrascht, wenn Marino dieser Tatsache Rechnung getragen hätte, indem er sie siezte.

»Ich behaupte es nicht, ich kann es«, erwiderte sie herablassend.

Marinos Kiefermuskeln zuckten. »Wenn jemand gewieft genug ist, das zu machen, ist er mit Sicherheit auch gewieft genug, dafür zu sorgen, dass nicht irgendein Computerfreak dahinterkommt.«

»Ich bin kein Computerfreak! Ich bin überhaupt kein Freak!« Sie verfielen in feindseliges Schweigen.

»Halt dich aus der Geschichte raus, bitte!«, sagte ich.

»Du willst doch wissen, ob jemand da rummanipuliert hat, oder?«

Ich schaute sie hilflos an.

»Das Kind leidet an Größenwahn.« Marino stand auf.

»Könnten Sie von da aus, wo Sie jetzt stehen, die Zwölf auf der Uhr treffen, die dort an der Wand hängt – spontan, ohne stundenlang mit dem Revolver zu zielen?« Lucys Augen blitzten.

»Ich habe kein Interesse daran, die Einrichtung deiner Tante zu demolieren, um dir etwas zu beweisen.«

»Könnten Sie sie treffen?«

»Ja, ich könnte es.«

»Sind Sie sicher?«

»Ja, ich bin sicher.«

»Der Lieutenant leidet an Größenwahn«, sagte Lucy zu mir.

Marino wandte sich dem Feuer zu, doch ich sah noch, dass ein Lächeln über sein Gesicht huschte.

»Mr. Vander hat nur ein Bildschirmgerät mit Drucker«, erinnerte sich Lucy. »Er ist über ein Modem mit dem Rechner der State Police verbunden. War das schon immer so?«

»Nein«, antwortete ich. »Vor dem Umzug verfügte er über eine umfangreichere Ausrüstung.«

»Beschreib sie mir!«

»Na ja, da waren verschiedene Geräte, und der eigentliche Computer war dem sehr ähnlich, den Margaret in ihrem Büro stehen hat, dem Mini.«

»Ich wette, dass AFIS wie ein Großrechner arbeitet, aber in Wirklichkeit kein Großrechner ist. Bestimmt besteht es aus einer Reihe von parallelen Kleinrechnern, die durch UNIX oder ein ähnliches Mehrplatz-Betriebssystem verbunden sind. Wenn du mir Zugang zu dem System verschaffst, könnte ich es von deinem Rechner hier zu Hause aus machen, Tante Kay.«

»Das fehlte noch!«, protestierte ich. »Dann könnte man die Spuren ja bis zu mir zurückverfolgen!«

»Aber gar nicht! Ich würde mich im Rechner anmelden, der in der Stadt steht, und mir Netzwerkfunktionen so zu eigen machen, dass der Weg nicht zu rekonstruieren ist.«

Marino ging hinaus, offenbar auf die Toilette.

»Er benimmt sich, als wohnte er hier«, stellte Lucy pikiert fest.

»Sei friedlich, Nichte«, bat ich sie.

Bald darauf brach Marino auf. Ich brachte ihn zur Tür. Der Schnee schien zu leuchten, und die Luft brannte in meinen Lungen wie der erste Zug aus einer Mentholzigarette.

»Ich würde mich sehr freuen, wenn Sie Weihnachten mit Lucy und mir essen würden«, sagte ich.

Er schaute zu seinem Wagen hinüber, der am Straßenrand stand. »Das ist wirklich nett von Ihnen, Doc, aber es geht nicht.«

»Schade, dass Sie Lucy so ablehnen.«

»Ich bin es leid, mich behandeln zu lassen wie ein Schwachkopf.«

»Manchmal benehmen Sie sich aber wie ein Schwachkopf – und Sie haben sich nicht die geringste Mühe gegeben, ihre Achtung zu gewinnen.«

»Sie ist eine verzogene Göre.«

»Eine Göre war sie mit zehn«, korrigierte ich ihn, »und verzogen war sie nie. Eigentlich ist eher das Gegenteil der Fall. Ich möchte, dass Sie beide sich vertragen. Das wünsche ich mir zu Weihnachten.«

»Wer sagt denn, dass ich Ihnen was zu Weihnachten schenken will?«

»Natürlich wollen Sie das. Sie werden mir schenken, was ich mir gerade gewünscht habe – und ich weiß auch schon, wie ich das erreichen kann.«

»Nämlich?«, fragte er misstrauisch.

»Lucy will schießen lernen. Und Sie haben ihr gesagt, dass Sie die Zwölf auf meiner Uhr treffen könnten. Wie wär's, wenn Sie ihr ein, zwei Unterrichtsstunden gäben?«

»Vergessen Sie's!«

6

Die nächsten drei Tage waren typisch für die Vorweihnachtszeit: Niemand war zu erreichen oder rief zurück, auf den Parkplätzen gab es große Lücken, die Mittagspausen wurden ausgedehnt und Erledigungen fürs Büro mit Zwischenstopps bei Geschäften, der Bank oder der Post verbunden. Der Staat Virginia machte schon vor Beginn der Ferien die Schotten dicht. Neils Vander tanzte allerdings aus der Reihe, und so rief er mich am Weihnachtstag morgens aus dem Dienst an.

»Ich mache mich gerade an einen Test, der Sie interessieren dürfte«, eröffnete er mir. »Im Fall Deighton.«

»Bin schon unterwegs!« Auf dem Weg vom Büro zum Lift stieß ich beinahe mit Ben Stevens zusammen, der aus der Herrentoilette kam. »Ich muss zu Vander rüber«, erklärte ich ihm. »Es wird nicht lange dauern, aber ich habe für alle Fälle meinen Pager dabei.«

»Ich wollte gerade zu Ihnen», sagte er.

Widerwillig blieb ich stehen. Ich fragte mich, ob er meine Nervosität bemerkte. Lucy saß zu Hause und kontrollierte, ob noch einmal jemand versuchte, sich Zugang zu meinem Verzeichnis zu verschaffen.

»Ich habe heute früh mit Susan gesprochen«, berichtete Ben.

»Ach ja? Wie geht es ihr?«

»Sie kommt nicht mehr, Dr. Scarpetta.«

Ich war nicht überrascht, aber es kränkte mich, dass sie mir das nicht selbst mitteilte. Ich hatte gut ein halbes Dutzend Mal bei ihr angerufen. Entweder war niemand an den Apparat gegangen, oder ihr Mann hatte mich mit einer Ausrede abgespeist.

»Ist das alles?«, fragte ich. »Sie kommt einfach nicht wieder? Hat sie Ihnen keinen Grund genannt?«

»Ich glaube, die Schwangerschaft schlaucht sie mehr, als sie erwartet hat. Die Arbeit hier ist im Moment wohl zu anstrengend für sie.«

»Sie muss aber schriftlich kündigen«, sagte ich, unfähig, meinen Ärger zu unterdrücken. »Ich überlasse es Ihnen, die Details mit der Personalabteilung zu klären. Wir müssen uns sofort um einen Ersatz bemühen. Also, bis später!«

Der vom Winterdienst an den Rand des Parkplatzes geschobene Schnee hatte sich in schmutziges Eis verwandelt, das zu überqueren nicht ungefährlich war. Schwach schimmerte die Sonne durch die Wolken. Eine Heilsarmee-Band marschierte vorbei. Während »Joy to the World« verwehte, stieg ich die salzbestreuten Stufen zum Seaboard Building hinauf. Vander saß in einem Raum, in dem farbige Monitore und ultraviolette Lampen leuchteten, und blickte gebannt auf den Bildschirm des Gerätes, an dem er mit der Hand auf der Maus saß.

»Es ist nicht leer«, sagte er ohne einleitende Begrüßung. »Jemand hat etwas auf ein Blatt geschrieben, das auf diesem lag. Sie müssen ganz genau hinschauen, dann können Sie erkennen, dass sich etwas durchgedrückt hat.«

Auf dem Lichttisch links von ihm lag ein weißes Blatt. Ich beugte mich darüber. Die Spuren waren so schwach, dass ich nicht sicher war, ob ich sie mir nicht nur einbildete. »Ist das das Papier, das auf Jennifer Deightons Bett unter dem Kristall lag?« Erregung erfasste mich.

»So ist es.« Er bewegte die Maus und justierte die Grautöne.

»Geben Sie mir hier eine Livevorstellung?«, fragte ich.

»Nein, die Videokamera hat die Abdrücke bereits aufgezeichnet, sie sind schon auf der Festplatte gespeichert. Aber berühren Sie das Papier nicht! Ich habe es noch nicht auf Fingerabdrücke untersucht. Drücken Sie die Daumen! Na, mach, mach!« Er sprach jetzt mit dem Gerät.

Eine Spezialkamera kann mehr als zweihundert Grauschattierungen unterscheiden, das menschliche Auge weniger als vierzig. Dass man etwas nicht sieht, bedeutet also nicht, dass es nicht da ist.

»Gott sei Dank ist Papier ein unkomplizierter Untergrund!«, sagte Vander. »Da ist die Geschichte nicht so zeitaufwendig. Neulich hatte ich einen blutigen Fingerabdruck auf einem Laken. Der Stoff bereitete mir einige Schwierigkeiten.« Eine weitere Graunuance überschwemmte den Bereich, in dem er arbeitete. »Aha! Jetzt kommen wir weiter. Sehen Sie das?« Er deutete auf schmale Schatten in der oberen Hälfte des Bildschirms.

»Kaum.«

»Hier ist nichts geschrieben und dann wieder ausradiert worden, hier geht es um durchgedrückte Schriftzeichen. Die Kamera hat sie wahrgenommen, Sie und ich dagegen können sie ohne Hilfsmittel nicht sehen. Versuchen wir, die Vertikalen noch ein bisschen mehr herauszuheben.« Wieder bewegte er die Maus. »Und jetzt die Horizontalen eine Idee dunkler zu machen. Jetzt kommt's! Da! Der Anfang einer Telefonnummer!«

Ich zog mir einen Stuhl heran. »Die Vorwahl des District of Columbia«, sagte ich.

»Ich sehe eine Vier oder eine Drei … oder ist das eine Acht?«

Ich kniff die Augen zusammen. »Ich glaube, es ist eine Drei.«

»Da, jetzt wird es deutlicher! Sie haben recht: Es ist eindeutig eine Drei.« Er arbeitete mit der Maus, und noch mehr Ziffern wurden sichtbar – und Worte. Schließlich seufzte er ungeduldig. »Mist! Ich krieg die letzte Ziffer nicht. Aber sehen Sie sich das vor der Vorwahl an! an und dann ein Doppelpunkt … und genau darunter steht von, gefolgt von einem weiteren Doppelpunkt, dann eine Nummer: Acht-null-vier … das ist hier bei uns. Diese Ziffern sind sehr undeutlich: eine Fünf und eine Sieben, oder ist es eine Neun?«

»Ich nehme an, das wird Jennifer Deightons Nummer sein«, sagte ich. »Ihr Faxgerät und ihr Telefon laufen über denselben Anschluss. Sie hatte ein Faxgerät in ihrem Arbeitszimmer stehen, eines, bei dem man normales Schreibmaschinenpapier verwendet. Wie es scheint, hat sie eine Nachricht auf einem Blatt aufgesetzt, das auf diesem hier lag. Aber warum steht dann kein Text da?«

»Geduld, Geduld! Wir sind ja noch nicht fertig. Da kommt etwas, das wie ein Datum aussieht. Zwei Einsen? Nein, eine Eins und eine Sieben … Aha, jetzt haben wir's komplett: 17. Dezember.« Er bewegte die Maus, und die Pfeile glitten abwärts. Er drückte auf eine Taste, wodurch der Bereich, in dem er arbeiten wollte, vergrößert auf dem Bildschirm erschien, und dann begann er, die Fläche mit verschiedenen Grauschattierungen zu tönen. Ich saß gebannt neben ihm, während allmählich Formen hervortraten: Bogen, Punkte und Ts mit kräftigen Querbalken. Schließlich war alles da: Vor einer Woche, zwei Tage vor ihrer Ermordung, hatte Jennifer Deighton folgende Nachricht an eine Nummer in Washington, D.C., gefaxt: »Ja, ich werde kooperieren, aber es ist zu spät, zu spät, zu spät. Sie sollten besser herkommen. Das ist alles so unrecht!«

Als ich den Blick endlich vom Bildschirm löste und Vander auf die Print-Taste drückte, war mir schwindlig. Ich sah alles nur verschwommen und spürte jeden Muskel.

»Marino muss das sofort wissen. Hoffentlich können wir herausfinden, wessen Fax-Nummer das ist – die in Washington, meine ich.«

»Das dürfte kein großes Problem sein. Es gibt ja nur zehn Möglichkeiten für die letzte Zahl«, sagte Vander laut, um den Drucker zu übertönen. Er gab mir einen Ausdruck. »Ich werde das Schriftbild noch ein bisschen schärfer rausarbeiten, aber als Provisorium tut es diese Fassung ja erst mal. Übrigens, es ist wie verhext: Ich kriege das Foto von Waddells blutigem

Daumenabdruck in Robyn Naismiths Haus partout nicht. Jedes Mal, wenn ich im Archiv anrufe, heißt es, sie hätten seine Akte noch nicht finden können.«

»Vergessen Sie nicht, es ist Weihnachtszeit!«, sagte ich. »Die arbeiten dort bestimmt mit stark reduzierter Belegschaft.« Das Argument war zwar einleuchtend, doch mich beruhigte es nicht. Mein Unbehagen wuchs.

Wieder in meinem Büro, rief ich Marino an und erzählte ihm, was Neils Vander zutage gefördert hatte.

»Verdammt!«, fluchte er. »Die Telefongesellschaft können wir vergessen: Mein Kontaktmann dort ist schon in die Ferien abgedüst, und sonst macht uns das da keiner am Weihnachtstag.«

»Vielleicht kriegen wir auch allein raus, an wen Jennifer Deighton das Fax geschickt hat«, meinte ich.

»Ich wüsste nicht, wie. Aber selbst wenn es Ihnen gelingt, was wollen Sie dann machen? ›Wer sind Sie?‹ faxen und hoffen, dass die Antwort lautet: ›Hallo, ich bin Jennifer Deightons Mörder‹?«

»Wohl kaum. Außerdem ist nicht gesagt, dass derjenige, an den sie die Nachricht schickte, ihr Mörder ist. Nein, ich habe an etwas anderes gedacht: Wenn wir Glück haben, dann hat der Faxempfänger eine Kennung einprogrammiert.«

»Eine was?«

»Bei Faxgeräten der gehobenen Klasse haben Sie die Möglichkeit, Ihren Namen oder den Ihrer Firma einzuprogrammieren, und diese Kennung steht dann auf allem, was Sie faxen. Aber in unserem Fall ist ein anderer Aspekt wichtig: Auf dem Display des Geräts, das das Fax abschickt, erscheint auch der Name der Person, die das Fax erhält. Mit anderen Worten: Wenn ich Ihnen ein Fax ins Revier schicke, sehe ich auf dem Display meines Gerätes ›Richmond Police Department‹ über der Faxnummer, die ich gewählt habe.«

»Haben Sie zu einem solchen Gerät Zugang? Das Ding, das wir haben, taugt nichts.«

»Ich habe eines hier im Büro stehen.«

»Halten Sie mich auf dem Laufenden! Ich muss jetzt weg.« Ich machte mich daran, den Faxempfänger in Washington aufzuspüren, wobei ich die Nummer, die Vander gefunden hatte, jeweils mit einer Ziffer von null bis neun ergänzte. Nur bei einer Kombination ertönte ein schriller Maschinenton. Unser Faxgerät stand im Zimmer meiner Computerspezialistin Margaret. Gott sei Dank war sie bereits in den Ferien. Ich machte die Tür zu, setzte mich an ihren Arbeitsplatz und dachte nach, während der Minicomputer summte und Modem-Lämpchen blinkten. Wenn ich ein Fax abschickte, würde als Erstes die Kennung meines Büros auf dem Display des Gerätes erscheinen, das ich angewählt hatte. Ich musste also den Prozess abbrechen, bevor die Übertragung zu Ende war, damit die Angabe »Chief Medical Examiner« und unsere Nummer bereits erloschen waren, wenn der Empfänger auf seinem Display nachschaute.

Ich legte ein leeres Blatt ein, wählte die Washingtoner Nummer und wartete. Nichts. Verdammt! Das Gerät, das ich angewählt hatte, besaß keine Kennung. Entmutigt kehrte ich in mein Büro zurück.

Ich hatte mich gerade an meinen Schreibtisch gesetzt, als das Telefon klingelte.

»Dr. Scarpetta«, meldete ich mich.

»Nicholas Grueman. Was immer Sie mir durchzugeben versuchten, es ist nicht angekommen.«

»Wie bitte?«, fragte ich verdutzt.

»Ich habe nichts bekommen als ein weißes Blatt mit Ihrer Büro-Kennung. ›Error-Code null-null-eins, bitte noch einmal schicken‹, heißt es hier.«

»Ich verstehe.« Die Haare auf meinen Armen stellten sich auf.

»Wollten Sie mir eine Ergänzung zu Ihrem Bericht schicken? Wie ich hörte, haben Sie sich den elektrischen Stuhl angesehen.«

Ich antwortete nicht.

»Sehr gewissenhaft, Dr. Scarpetta. Lobenswert. Vielleicht haben Sie dadurch neue Erkenntnisse über die Abschürfungen an den Innenseiten von Mr. Waddells Armen gewonnen – die über dem *fossa cubitalis*?«

»Bitte, geben Sie mir noch mal Ihre Faxnummer«, sagte ich. Er tat es. Die Nummer entsprach der auf meiner Liste. »Steht das Gerät in Ihrem Büro, oder teilen Sie es sich mit anderen Anwälten?«

»Es steht hier neben meinem Schreibtisch. Sie brauchen keinen besonderen Vermerk einzugeben. Aber beeilen Sie sich, Dr. Scarpetta! Ich wollte heute einmal zeitig nach Hause.«

Wenig später verließ ich das Büro – enttäuscht und verwirrt. Marino war nicht zu erreichen. Ich fühlte mich wie in einem Netz gefangen, und es beunruhigte mich zutiefst, dass ich nicht wusste, wer all die Fäden spann. Einem Impuls folgend, hielt ich an einem Platz, wo ein alter Mann Weihnachtskränze und Christbäume verkaufte. Die Luft duftete würzig nach Immergrün. Natürlich war die Auswahl an Bäumen nur noch sehr begrenzt. Mein Beutestück zu dekorieren erforderte mehr orthopädisches Können als Festtagsstimmung, aber schließlich stand der Baum aufrecht und stolz im Wohnzimmer, gestützt von klug platzierten Krücken, die vom Schmuck und den Lichtergirlanden – noch schnell auf dem Heimweg besorgt – verdeckt wurden.

»Schau!«, sagte ich zu Lucy, als ich zurücktrat, um mein Werk zu bewundern. »Was meinst du?«

»Ich meine, es ist merkwürdig, dass du dich so plötzlich entschlossen hast, einen Weihnachtsbaum zu kaufen. Wann hattest du das letzte Mal einen?«

»Während meiner Ehe – damals machte ich mir noch viel Mühe zu Weihnachten.«

Lucy nahm das Kamingitter weg und rückte mit dem Feuerhaken die Scheite zurecht. »Hast du jemals mit Mark Weihnachten gefeiert?«

»Na, hör mal! Wir haben dich doch letztes Weihnachten gemeinsam besucht!«

»Nein, habt ihr nicht. Ihr seid nach Weihnachten für drei Tage gekommen und am Neujahrstag zurückgeflogen.«

»Er verbrachte den Weihnachtstag bei seiner Familie.«

»Und du warst nicht eingeladen?«

»Nein.«

»Warum nicht?«

»Mark stammte aus einer alten Bostoner Familie. Ich passte da nicht hin. Apropos passen: Hast du meine schwarze Samtjacke schon anprobiert?«

»Nein, noch nicht. Müssen wir denn wirklich weg?«

»Ich habe es dir doch erklärt, Lucy. Ich möchte einer jungen Frau, die ein Kind erwartet und nicht mehr zur Arbeit kommen wird, eine Kleinigkeit vorbeibringen. Und dann muss ich mich auf einer Party in der Nachbarschaft sehen lassen. Ich hab die Einladung angenommen, bevor ich wusste, dass du kommst. Aber wenn es dir lieber ist, kannst du natürlich auch zu Hause bleiben.«

»Dann bleibe ich hier. Ich wünschte, ich könnte mit AFIS anfangen.«

»Geduld, Geduld!«, sagte ich, obwohl ich selbst alles andere als geduldig war.

Am späten Nachmittag hinterließ ich bei der Vermittlung eine weitere Nachricht für Marino und kam zu dem Schluss, dass entweder sein Pager nicht funktionierte oder er zu beschäftigt war, um sich ein Telefon zu suchen. Kerzen leuchteten in den Fenstern der benachbarten Häuser, und der Mond stand sichelschmal hoch über den Bäumen. Ich legte Pavarotti und die New Yorker Philharmoniker auf, doch es wollte sich keine Weihnachtsstimmung einstellen. Die Party würde nicht vor sieben beginnen, das gab mir genügend Zeit, bei Susan vorbeizuschauen und ein paar hoffentlich klärende Worte mit ihr zu sprechen. Überraschenderweise nahm sie den Hörer ab, als ich anrief, um zu fragen, ob ich vorbeikommen dürfe.

»Jason ist nicht da«, sagte sie, als sei das von Bedeutung. »Er ist einkaufen gefahren.«

»Ich möchte Ihnen etwas vorbeibringen«, erklärte ich.

»Was denn?«

Warum klang sie so misstrauisch?

»Etwas Weihnachtliches. Ich werde Sie nicht lange aufhalten; ich muss zu einer Party. Ein paar Minuten werden Sie doch sicher Zeit haben.«

»Ich denke, schon. Ich meine … das wäre nett.«

Susan wohnte auf der Southside, wohin ich selten kam und wo ich mich entsprechend schlecht auskannte. Der Verkehr war noch schlimmer, als ich befürchtet hatte. Die Hauptgeschäftsstraße war verstopft von Last-Minute-Einkäufern, die wild entschlossen waren, alle, die sie behinderten, notfalls von der Straße zu drängen. Die Läden und Einkaufszentren waren so grell beleuchtet, dass es blendete. Umso dunkler erschien mir Susans Wohngegend. Ich musste zweimal anhalten und die Innenbeleuchtung einschalten, um im Stadtplan nachzusehen. Nachdem ich ein paarmal im Kreis gefahren war, fand ich schließlich das kleine, im Ranchstil erbaute Haus, das zwischen zwei Gebäuden stand, die ihm glichen wie ein Ei dem anderen.

»Hallo!«, sagte ich durch die rosa Weihnachtssterne hindurch, die ich in den Händen hielt.

Sie schloss die Haustür hinter uns und führte mich ins Wohnzimmer, wo sie Bücher und Zeitschriften beiseite schob, um auf dem Couchtisch Platz für meinen Blumentopf zu schaffen.

»Wie geht es Ihnen?«, fragte ich.

»Besser. Möchten Sie etwas trinken? Geben Sie mir Ihren Mantel.«

»Nein, danke – ich kann, wie gesagt, nur kurz bleiben.« Ich gab ihr das Kuvert. »Eine Kleinigkeit, die ich letzten Sommer in San Francisco erstanden habe.« Ich setzte mich auf das Sofa.

»Meine Güte, Sie fangen aber früh an mit Ihren Weihnachtseinkäufen!« Sie ließ sich mir gegenüber in einem abgeschabten Ohrensessel nieder. »Soll ich es gleich aufmachen?«

»Wie Sie wollen.«

Sie durchtrennte das Klebeband vorsichtig mit dem Daumennagel und streifte das zur Schleife gebundene Satinband ab. Nachdem sie das Einwickelpapier so sorgfältig zusammengelegt hatte, als wolle sie es wiederverwenden, öffnete sie das schwarze Kuvert.

»Oh«, murmelte sie, als sie das rote Seidentuch entfaltete.

»Ich dachte, es würde gut zu Ihrem schwarzen Mantel passen«, sagte ich. »Ich weiß nicht, wie es Ihnen geht, aber ich finde Wollschals kratzig.«

»Es ist wunderschön. Das ist wirklich sehr nett von Ihnen, Dr. Scarpetta. Sie sind der erste Mensch, der mir etwas aus San Francisco mitgebracht hat.«

Ihr Gesichtsausdruck schnitt mir ins Herz. Sie trug einen gelben Frotteemantel mit ausgefransten Ärmeln und schwarze Socken, die sicher ihrem Mann gehörten. Das Mobiliar war verschrammt und billig, der künstliche Weihnachtsbaum neben dem Fernseher nur spärlich geschmückt und einiger Zweige verlustig gegangen. Nur wenige Geschenke lagen darunter. An einer Wand lehnte zusammengeklappt ein offensichtlich gebrauchtes Kinderbett.

Als mein Blick an Susan hängenblieb, sah ich ihr an, dass sie sich schämte.

»Es ist alles so sauber«, versuchte ich die Situation zu retten.

»Sie wissen ja, wie ich bin – zwanghaft ordentlich.«

»In unserem Beruf ein höchst begrüßenswertes Zwangsverhalten.« Ich lächelte.

Sie faltete das Tuch zusammen und legte es wieder in das Kuvert. Dann zog sie den Mantel noch enger um sich und schaute schweigend die Weihnachtssterne an.

»Susan«, sagte ich. »Wollen Sie sich nicht aussprechen?«

Keine Reaktion.

»Es sieht Ihnen gar nicht ähnlich, so zu reagieren wie bei Jennifer Deightons Autopsie. Und es sieht Ihnen auch nicht ähnlich, einfach den Job hinzuwerfen, ohne mich wenigstens anzurufen.«

Sie atmete tief durch. »Es tut mir leid. Ich scheine zurzeit alles falsch zu machen. Ständig reagiere ich übertrieben – wie neulich, als ich an Judy erinnert wurde.«

»Ich kann mir vorstellen, wie schlimm der Tod Ihrer Schwester für Sie gewesen sein muss.«

»Wir waren Zwillinge. Aber keine eineiigen. Judy war viel hübscher als ich … und das war ein Teil des Problems: Doreen war neidisch auf sie.«

»Doreen? War das das Mädchen, das behauptete, eine Hexe zu sein?«

»Ja. Und die ganze Sache kam mir durch Jennifer Deighton wieder hoch.«

»Was die Beleuchtung der Kirche in ihrer Straße betrifft, so ist sie für die Unregelmäßigkeiten nicht verantwortlich gewesen. Vielleicht beruhigt Sie das etwas«, sagte ich. »Ich habe dort angerufen und erfahren, dass es sich um Natriumdampflampen handelt, die sehr störungsanfällig sind und ständig repariert werden müssen.«

»Als ich noch ein Kind war«, erzählte Susan, »gab es in unserem Sprengel viele Leute, die an Geister und Dämonen glaubten. Einmal war ein Mann bei uns zum Abendessen, der von einem Erlebnis mit einem Geist erzählte: Als er nachts aufwachte, hörte er jemanden atmen, und dann flogen Bücher aus dem Regal durch den Raum. Solche Geschichten ängstigen mich noch heute entsetzlich.«

»Susan, bei unserer Arbeit brauchen wir einen nüchternen Verstand. Wir dürfen uns nicht von Ängsten oder traumatischen Erlebnissen beeinflussen lassen.«

»Sie sind nicht als Tochter eines Pfarrers aufgewachsen. Es gibt nichts Schlimmeres.«

Ich widersprach ihr nicht.

»Immer wenn ich denke, ich hätte den alten Kram endlich überwunden, überfällt er mich plötzlich wieder aus dem Hinterhalt.« Susan starrte auf ihre ineinander verkrampften Hände hinunter. »Der Druck ist einfach zu groß«, sagte sie.

»Welcher Druck?«, fragte ich verdutzt.

»Durch die Arbeit.«

»Was ist an der denn jetzt anders als früher?« Ich erwartete, dass sie ihre Schwangerschaft als Grund anführen würde. »Jason meint, das alles sei nicht gut für mich.«

»Ich verstehe.«

»Wenn ich nach Hause komme und ihm erzähle, wie mein Tag war, reagiert er jedes Mal entsetzt. ›Merkst du denn gar nicht, wie schrecklich das ist?‹, fragt er. Er hat recht: Es ist wirklich schrecklich. Mit der Zeit fiel es mir immer schwerer, abzuschalten, und ich bekam Albträume. Ich habe genug von verwesten, verstümmelten, vergewaltigten und erschossenen Menschen, ich will keine Kinder mehr obduzieren, denen die grausamsten Dinge angetan worden sind.« Sie hob den Blick und schaute mir in die Augen. Ihre Unterlippe zitterte. »Ich kann keine Toten mehr sehen!«

Ich dachte daran, wie schwer es sein würde, einen gleichwertigen Ersatz für Susan zu finden, und es graute mir davor, mich mit all den Leuten unterhalten zu müssen, die sich für den Job melden würden. Ein Großteil der Kandidaten, die sich für eine solche Arbeit bewerben, hat merkwürdige Gründe dafür. Ich mochte Susan, und ich war beunruhigt und gekränkt, weil sie offensichtlich nicht ehrlich zu mir war.

»Gibt es noch etwas, das Sie mir erzählen wollen?«

In ihren Augen stand Furcht. »Nicht dass ich wüsste.«

Ich hörte eine Autotür zuschlagen.

»Jason«, flüsterte sie.

Es war klar, dass mein Besuch damit beendet war, und als ich aufstand, sagte ich leise zu ihr: »Bitte, melden Sie sich bei mir, wenn Sie irgendetwas brauchen, Susan – einen Rat oder auch nur einen Zuhörer. Sie wissen ja, wo Sie mich finden.«

Auf dem Weg nach draußen begegneten wir ihrem Mann. Er war groß und kräftig gebaut, hatte braune Locken und einen geistesabwesenden Blick. Obwohl er mich höflich begrüßte, spürte ich, dass er sich im Gegensatz zu seinen Worten nicht im mindesten freute, mich hier anzutreffen.

Susans mangelndes Vertrauen und die Tatsache, dass sie mich so sang- und klanglos im Stich ließ, verletzten mich. Seit Marks Tod war ich sehr viel empfindlicher als früher.

Ich nahm die Ausfahrt Cary Street, bog links in mein Viertel, Windsor Farms, ab und fuhr zu Bruce Carter, seines Zeichens Richter am Bezirksgericht. Er wohnt in der Sulgrave, ein paar Blocks von meinem Domizil entfernt, und plötzlich sah ich mich wieder als Kind in Miami mit dem Obstkarren vor einem Haus stehen, das mir wie ein Schloss erschien. Die gepflegten Hände, die mir das Kleingeld gaben, gehörten unvorstellbar reichen Menschen, und ich spürte deutlich ihr Mitleid. Und wenn ich mit der Tasche voller Münzen nach meiner Tagestour nach

Hause kam, empfing mich der Geruch des Todes in dem Flur, an dessen Ende mein Vater im Schlafzimmer im Sterben lag.

Windsor Farms ist ein vornehmes, ruhiges Viertel: Häuser im georgianischen und im Tudor-Stil, Straßen mit englischen Namen, von alten Bäumen beschattete Gärten hinter geschwungenen Backsteinmauern. Private Sicherheitsleute wachen über die Privilegierten, für die Alarmanlagen etwas ebenso Selbstverständliches sind wie Rasensprenger. In stillschweigendem Einverständnis befolgt man gewisse Regeln: Man spannt im Garten keine Wäscheleinen, besucht einander nicht unangemeldet, hat keine lärmenden Kinder und besitzt ein angemessenes Fahrzeug.

Um Viertel nach sieben parkte ich vor dem weißgetünchten, schiefergedeckten Backsteinhaus des Richters. In den Buchsbaumpyramiden und Fichten glitzerten weiße Lämpchen wie gefangene Sterne, und ein duftender Kranz hing an der rotlackierten Haustür.

Nancy Carter begrüßte mich mit strahlendem Lächeln und nahm mir den Mantel ab. Ihr mit Pailletten besticktes, langes rotes Kleid blinkte und blitzte bei jeder Bewegung. Die Frau des Richters war in den Fünfzigern, was man ihr trotz aller Bemühungen auch ansah. Ihr Redefluss wurde von dem Stimmengewirr der Gäste im Hintergrund untermalt. Sie führte mich ins Wohnzimmer, dessen teure Einrichtung den perfekten Rahmen für die illustre Gesellschaft bildete, die hier versammelt war. Allein der Perserteppich hatte sicherlich mehr gekostet als das Haus, in dem ich gerade auf der anderen Seite des Flusses zu Gast gewesen war.

»Bruce muss hier irgendwo sein.« Die Hausherrin sah sich suchend um. »Die Bar ist da drüben.« Und schon war sie enteilt.

Der Richter sprach gerade mit einem Mann, den ich nicht kannte. Ich entdeckte einige vertraute Gesichter: Ärzte, Anwälte, einen Lobbyisten und das Faktotum des Gouverneurs. Erschrocken fuhr ich zusammen, als mir jemand auf die Schulter tippte, und der Scotch mit Soda, den ich mir eben geholt hatte, schwappte über meine Hand. Ich drehte mich um.

»Dr. Scarpetta? Ich bin Frank Donahue«, stellte der Mann sich vor. »Fröhliche Weihnachten!«

Der Gefängnisdirektor, der angeblich krank gewesen war, als Marino und ich den Todestrakt besichtigten, war klein, hatte grobe Züge und volles, von viel Grau durchzogenes Haar. Mit seinem feuerwehrroten Frack, dem weißen Rüschenhemd und der roten Fliege, an der winzige Lichter blinkten, sah er aus, als wolle er im Zirkus auftreten. Sein Whiskyglas neigte sich bedenklich zur Seite, als er mir die freie Hand zum Gruß entgegenstreckte.

»Ich habe es sehr bedauert, Sie nicht persönlich herumführen zu können«, sagte er.

»Einer Ihrer Beamten hat sich dankenswerterweise um uns gekümmert.«

»Ich hoffe, Roberts hat seine Sache gut gemacht.«

»Durchaus.«

»Es ist ärgerlich, dass Sie sich diese Mühe machen mussten.« Sein Blick schweifte ab, und er blinzelte jemandem hinter mir zu. Dann wandte er sich wieder an mich. »Das war wieder mal ein Sturm im Wasserglas. Waddell hatte oft Nasenbluten – wegen seines hohen Blutdrucks, wissen Sie. Und er klagte ständig über irgendwas: Kopfschmerzen, Schlaflosigkeit et cetera.« Ich beugte mich vor, um ihn besser verstehen zu können. »In der Todeszelle haben die Burschen alle möglichen Wehwehchen. Das kommt von der Angst, und Waddell war einer der Schlimmsten.«

»Das wusste ich nicht«, sagte ich.

»Das kann man auch nur wissen, wenn man täglich mit denen zu tun hat.«

»Natürlich.«

»Was zum Beispiel Waddells angebliche Wandlung betrifft – gelegentlich werde ich Ihnen mal was darüber erzählen. Er hat bei den anderen Häftlingen damit geprahlt, was er der armen Naismith angetan hatte. Hielt sich für einen tollen Kerl, weil er eine Prominente getötet hatte.«

Die Luft in dem übervollen Wohnzimmer war stickig, und ich empfand Donahues körperliche Nähe – Abstand zu halten war in dem Gedränge nicht möglich – als ausgesprochen unangenehm.

»Mein Job hat schon eine Menge unerfreuliche Aspekte«, fuhr er fort, »aber in Ihrem Beruf ist das ja noch bedeutend schlimmer. Ach ja, was hat eigentlich die Autopsie der Lady ergeben, die tot in ihrem Auto gefunden wurde, nachdem sie ihre Weihnachtsgeschenke schon so früh ausgepackt hatte?« Da es nur kurze Pressenotizen über den Fall Jennifer Deighton gegeben hatte, überraschte mich seine Detailkenntnis sehr.

»Welche Lady meinen Sie?«, fragte ich.

»Ich erinnere mich nicht an den Namen.« Donahue nahm einen Schluck von seinem Whisky. Sein Gesicht war gerötet, und seine glänzenden Augen schossen nervös umher. »Eine traurige Geschichte, wirklich. Sie müssen uns demnächst unbedingt in unserem Neubau besuchen.«

Eine vollbusige Matrone enthob mich einer weiteren Konversation, indem sie sich mit einem Freudenschrei auf ihn stürzte und ihn an sich drückte.

Ich verließ die Party, sobald es nicht mehr als Unhöflichkeit ausgelegt werden konnte. Meine Nichte lag im Wohnzimmer auf dem Sofa. Im Kamin loderte ein behagliches Feuer. Ich bemerkte zwei Päckchen unter dem Weihnachtsbaum, die vorher noch nicht dort gelegen hatten.

»Wie war's?«, fragte Lucy gähnend.

»Du hast nichts versäumt. Hat Marino angerufen?«

»Nein.«

Ich versuchte erneut, ihn zu erreichen. Nach dem vierten Klingeln meldete er sich mürrisch.

»Tut mir leid, dass ich Sie noch so spät störe«, entschuldigte ich mich, »aber ich muss Ihnen was erzählen.«

»Nämlich?«

»Ich komme gerade von einer Weihnachtsparty in der Nachbarschaft – und da habe ich unseren Freund Donahue kennengelernt.«

»Wie aufregend.«

»Vielleicht sehe ich Gespenster, aber ich fand es seltsam, dass er mich auf Jennifer Deightons Tod ansprach.« Schweigen.

»Und dann habe ich noch etwas für Sie«, fuhr ich fort. »Jennifer Deighton hat zwei Tage vor ihrer Ermordung eine Nachricht an Nicholas Grueman gefaxt. Dem Inhalt nach war sie aus irgendeinem Grund verzweifelt. Sie bat ihn, nach Richmond zu kommen.«

Schweigen.

»Sind Sie noch da?«, fragte ich.

»Ich denke nach.«

»Freut mich, das zu hören. Was hielten Sie davon, wenn wir gemeinsam nachdächten? Kann ich Sie nicht doch überreden, morgen zum Essen zu kommen?«

Er atmete tief durch. »Ich würde wirklich gern kommen, Doc, aber ich …«

»In welcher Schublade ist es?«, hörte ich eine weibliche Stimme im Hintergrund fragen.

Marino legte die Hand über die Sprechmuschel und murmelte etwas. Dann räusperte er sich.

»Sie haben Besuch?«

»Ja«, sagte er gedehnt.

»Ich würde mich freuen, wenn Sie Ihre Bekannte mitbrächten«, schaltete ich schnell.

»Wir wollen zu dem Weihnachtsbuffet im Sheraton.«

»Es liegt etwas für Sie unter dem Baum. Sollten Sie Ihre Meinung ändern, rufen Sie mich morgen früh an!«

»Ich fasse es nicht! Sie haben einen Christbaum gekauft? Ich wette, es ist ein hässlicher Kümmerling.«

»Nur kein Neid!« Ich lachte. »Wünschen Sie Ihrer Bekannten in meinem Namen ein frohes Fest!«

7

Als ich am nächsten Morgen aufwachte, läuteten die Kirchenglocken, und Sonnenlicht schimmerte durch die Vorhänge. Obwohl ich am Abend zuvor wenig getrunken hatte, fühlte ich mich verkatert. Ich drehte mich zur Wand, schlief wieder ein und träumte von Mark.

Als ich schließlich aufstand, duftete es in der Küche nach Vanille und Orangen. Lucy mahlte gerade Kaffee.

»Du verwöhnst mich. Fröhliche Weihnachten!« Ich küsste sie auf den Scheitel. Auf dem Küchentisch stand ein mir unbekannter Karton. »Was ist denn das?«

»Cheshire-Müsli, eine Spezialmischung. Ich habe sie aus Miami mitgebracht. Sie schmeckt am besten mit Naturjoghurt, aber es ist keiner da. Also müssen wir uns mit Milch behelfen. Außerdem gibt es frischen Orangensaft und Vanillekaffee. Ich denke, wir sollten uns bei Mom und Grandma melden.«

Während ich die Nummer meiner Mutter wählte, ging Lucy ins Arbeitszimmer an den Zweitapparat, und so konnten wir ein Vierergespräch führen. Meine Mutter beschwerte sich ausgiebig über das Wetter; offenbar wurde Miami von heftigen Gewittern heimgesucht.

»Bei Gewitter soll man nicht telefonieren«, sagte ich. »Wir rufen später noch mal an.«

»Du bist wirklich überängstlich«, meinte Dorothy. »Immer denkst du gleich an das Schlimmste. Das hängt wahrscheinlich mit deinem Beruf zusammen.«

»Lucy, erzähl mir, was du gekriegt hast!«, schaltete sich meine Mutter ein.

»Wir haben die Geschenke noch gar nicht aufgemacht, Grandma.«

»Puh! Das war aber nah!«, rief Dorothy. Es krachte und knisterte in der Leitung. »Das Licht flackert!«

»Mom, ich hoffe, du hast in deinem Computer keine Datei offen«, sagte Lucy. »Sonst ist sie jetzt wahrscheinlich beim Teufel.«

»Dorothy, hast du Butter mitgebracht?«, meldete sich meine Mutter wieder.

»Verdammt! Ich wusste doch, dass ich noch was …«

»Ich habe dich gestern Abend mindestens dreimal daran erinnert!«

»Du weißt doch, wie viel ich im Kopf habe.«

»Es ist wirklich schrecklich mit dir. Erst bleibst du am Heiligen Abend zu Hause, um zu arbeiten, anstatt mit mir zur Messe zu gehen, und dann vergisst du die Butter!«

»Ich fahre welche holen.«

»Und wo, wenn ich fragen darf? Wir haben Weihnachten!«

»Ich werde schon ein offenes Geschäft finden.«

Ich schaute auf, als Lucy in die Küche kam.

»Mir reicht's«, flüsterte sie mir zu, während meine Mutter und meine Schwester ihren Disput fortsetzten.

Nachdem es mir gelungen war, die beiden kurz zu unterbrechen, um mich zu verabschieden, gingen Lucy und ich ins Wohnzimmer. Es war ein schöner, ruhiger Wintermorgen. Die kahlen Äste der Bäume ragten reglos in den pastellblauen Himmel. Die Sonne ließ den Schnee funkeln. Ich konnte mir nicht vorstellen, jemals wieder in Miami zu leben. Der Wechsel der Jahreszeiten stellt wie die Mondphasen eine treibende Kraft dar, die mein Denken und Handeln beeinflusst.

Lucys Geschenk von ihrer Großmutter bestand aus einem Fünfzig-Dollar-Scheck. Auch Dorothy schenkte ihr Geld, und ich schaute unbehaglich zu, wie sie das Kuvert von mir öffnete und meinen Scheck zu den anderen legte.

»Geld ist so unpersönlich«, entschuldigte ich mich.

»Möglich. Aber es ist mir am liebsten. Du hast mir damit einen Speicherchip für meinen Computer finanziert.« Sie holte die beiden Päckchen, die mir schon am Abend vorher aufgefallen waren, unter dem Weihnachtsbaum hervor und gab mir zuerst eines, das schwer war und in rot-silbernes Papier eingewickelt. Ich spürte ihre Ungeduld, als ich den Karton öffnete und das Seidenpapier auseinanderschlug.

»Ich dachte, da drin kannst du deine Gerichtstermine notieren. Der Einband ist aus dem gleichen Leder wie deine Motorradjacke.«

»Lucy – der ist fabelhaft!« Ich fuhr mit den Fingerspitzen über den Lammledereinband des Terminkalenders und blätterte die chamoisfarbenen Seiten durch. Ich musste an den Sonntag denken, an dem sie angekommen war und ich mich geängstigt hatte, weil sie erst so spät von ihrem Ausflug zum Fitnesscenter zurückkam. Sicherlich hatte sie einen Einkaufsbummel gemacht.

Sie legte mir das zweite Päckchen auf den Schoß. »Und da drin sind Ersatzblätter für das Adressenregister und das nächste Kalenderjahr.«

Das Telefon klingelte. Marino wünschte mir frohe Weihnachten und sagte, er komme vorbei – wegen des »Geschenks« für mich. »Sagen Sie Lucy, sie soll sich was Warmes anziehen und nichts Enges.«

»Wovon sprechen Sie?«, fragte ich verdutzt.

»Keine zu engen Jeans, sonst hat sie in den Taschen keinen Platz für die Patronen. Sie sagten doch, dass sie schießen lernen will. Die erste Unterrichtsstunde ist heute Vormittag. Wann gibt's Essen?«

»Zwischen halb zwei und zwei. Ich dachte, Sie haben was anderes vor.«

»Hatte ich. Ich bin in zwanzig Minuten bei Ihnen. Sagen Sie der Göre, dass es draußen tierisch kalt ist. Kommen Sie mit?«

»Geht nicht. Einer muss schließlich kochen.«

Als Marino kam, ließ er sich meinen Ersatzrevolver geben, einen Ruger Kaliber .38 mit Gummigriff, entsicherte ihn, klappte die Trommel heraus, drehte sie langsam, wobei er in jede Kammer schaute, zog den Hammer zurück, spähte in den Lauf und testete den Abzug. Während Lucy die Vorstellung neugierig verfolgte, räsonierte er über die Ablagerungen der Reinigungslösung, die ich benutzte, und eröffnete mir, dass die Waffe wahrscheinlich »Sporen« aufwies, die abgefeilt werden müssten. Dann fuhr er mit Lucy in seinem Ford weg.

Als sie einige Stunden später zurückkamen, präsentierte sie mir voller Stolz eine Blutblase an ihrem rechten Zeigefinger.

»Wie hat sie sich angestellt?«, fragte ich und trocknete mir die Hände an meiner Küchenschürze ab.

»Nicht schlecht«, meinte Marino und schaute an mir vorbei. »Ich rieche Brathähnchen.«

»Nein, das tun Sie nicht.« Ich nahm ihm den Mantel ab. »Sie riechen *cotoletta di tacchino alla bolognese*. Aber es dauert noch ein bisschen.«

»Ich war besser als ›nicht schlecht‹«, protestierte Lucy. »Ich habe das Ziel nur zweimal verfehlt.«

»Du musst noch viel üben – natürlich ohne Patronen –, damit du die nötige Ruhe kriegst und den Abzug nicht so durchreißt. Und denk dran: Immer den Hammer zurückziehen!«

»Ich habe mehr Ruß an mir als der Weihnachtsmann nach dem Rutsch durch den Schornstein«, erklärte Lucy vergnügt. »Ich geh duschen.«

Ich holte Kaffee aus der Küche, und Marino musterte Marsala, geriebenen Parmesan, Schinken und andere übriggebliebene Zutaten zu unserem Weihnachtsessen.

»Das war nett von Ihnen«, sagte ich.

»Eine Unterrichtsstunde genügt nicht. Vielleicht kann ich noch ein paarmal mit ihr üben, bevor sie nach Florida zurückfliegt.«

»Ich hoffe, es hat Sie nicht zu viel Mühe gekostet, Ihre Pläne zu ändern.«

»Nein«, erwiderte er knapp.

»Offenbar haben Sie sich gegen das Sheraton-Buffet entschieden«, bohrte ich weiter. »Warum haben Sie denn Ihre Bekannte nicht mitgebracht?«

»Das ging nicht.«

»Hat sie einen Namen?«

»Tanda.«

»Ein interessanter Name.« Marino wurde dunkelrot. »Wie ist Tanda denn so?«

»Wollen Sie die Wahrheit wissen? Sie ist es nicht wert, dass wir über sie reden.« Er stand abrupt auf und ging zur Toilette. Ich hatte mich immer gehütet, Marino über sein Privatleben auszufragen, doch diesmal konnte ich nicht widerstehen. »Wie haben Sie und Tanda sich kennengelernt?«, wollte ich wissen, als er zurückkam.

»Bei einer Tanzveranstaltung des Polizeivereins.«

»Ich finde es großartig, dass Sie unter Leute gehen.«

»Das mache ich so schnell nicht wieder – ich fand es grässlich. Ich kam mir vor wie ein Steinzeitmensch, der sich plötzlich im zwanzigsten Jahrhundert wieder findet. Seit dreißig Jahren war das das erste Mal, dass ich allein wegging. Die Frauen sind ganz anders als früher.«

Ich verkniff mir ein Lächeln, denn Marino betrachtete die Angelegenheit ganz offensichtlich nicht im mindesten als erheiternd. »Inwiefern?«, fragte ich.

»Es ist nicht mehr so unkompliziert.«

»Unkompliziert?«

»Ja. Wie mit Doris. Unsere Beziehung war überhaupt nicht kompliziert. Und dann geht sie nach dreißig Jahren plötzlich, und ich muss von vorn anfangen. Also gehe ich zu dieser bescheuerten Fete, weil ich mich von den Jungs habe breitschlagen lassen. Ich sitze am Tisch und denke an nichts Böses, und auf einmal kommt diese Tanda daher. Nach zwei Bieren fragt sie mich nach meiner Telefonnummer. Stellen Sie sich das vor!«

»Haben Sie sie ihr gegeben?«

»Ich sage: ›He, wenn Sie was von mir wollen, dann geben Sie mir *Ihre* Nummer, und ich rufe Sie an!‹ Und sie sagt: ›So ein altmodischer Blödsinn!‹, und lädt mich zum Bowling ein. So fing es an. Und geendet hat es damit, dass sie mir eröffnete, sie sei vor ein paar Wochen einem anderen Wagen hintendrauf gebrummt und habe eine Anzeige wegen rücksichtslosen Fahrens bekommen. Ich sollte die Sache für sie regeln.«

»Tut mir leid.« Ich holte seine Geschenke unterm Weihnachtsbaum hervor und gab sie ihm. »Ich weiß allerdings nicht, ob Ihre Probleme mit den Damen dadurch verringert werden.«

Er wickelte ein Paar rote Hosenträger und eine passende Krawatte aus. »Wirklich hübsch, Doc. Mann!« Er stand auf, murmelte: »Diese verdammten Entwässerungspillen!«, und verschwand.

Als er zurückkam, fragte ich ihn: »Wann waren Sie das letzte Mal beim Arzt?«

»Vor ein paar Wochen.«

»Und?«

»Was glauben Sie?«

»Ich glaube, dass Sie einen hohen Blutdruck haben.«

»Ach ja?«

»Was genau hat der Arzt gesagt?«, wollte ich wissen.

»Hundertfünfzig zu hundertzehn. Und meine verdammte Prostata ist vergrößert. Darum muss ich diese Entwässerungspillen nehmen. Andauernd renne ich aufs Klo, aber jedes zweite Mal ist es blinder Alarm. Der Arzt sagt, wenn es nicht besser wird, macht er eine TUR.«

Eine TUR ist eine transurethrale Resektion, kein gefährlicher

Eingriff, aber es gibt Schöneres. Marinos Blutdruck machte mir jedoch mehr Sorgen: Er war ein Bilderbuchkandidat für einen Schlaganfall oder einen Herzinfarkt.

»Und meine Knöchel sind geschwollen«, fuhr er fort, »meine Beine tun weh, und ich habe oft scheußliche Kopfschmerzen. Der Arzt meint, ich soll das Rauchen und den Kaffee aufgeben, vierzig Pfund abnehmen und meinen Stress drosseln.«

»Ja, das sollten Sie wirklich tun.« Ich nickte ernst. »Aber ich habe nicht den Eindruck, dass Sie diese Ratschläge beherzigen wollen.«

»Sie sind gut! Der Bursche verlangt von mir, dass ich mein ganzes Leben umkremple! Wären Sie dazu bereit?«

»Nun, ich habe keinen hohen Blutdruck, ich habe vor zwei Monaten und fünf Tagen zu rauchen aufgehört, und wenn ich vierzig Pfund abnehmen würde, wäre ich nicht mehr vorhanden.«

Er starrte vor sich hin.

»Wissen Sie was?«, sagte ich. »Ich mache mit. Wir reduzieren beide unseren Kaffeekonsum und gehen gemeinsam ins Fitnesscenter.«

»Und was tun wir da?«

»Ich spiele Tennis, und Sie machen Gymnastik.«

»Nicht im Traum!«

»Sie sind nicht besonders kooperativ, Marino.«

Unvermittelt wechselte er das Thema: »Haben Sie eine Kopie von Jennifer Deightons Fax?«

Ich holte meinen Aktenkoffer aus dem Arbeitszimmer, ließ die Schlösser aufschnappen und gab ihm einen Ausdruck des Textes, den Vander mit Hilfe seines Spezialgeräts entdeckt hatte.

»Das stand auf dem leeren Blatt, das auf ihrem Bett lag?«, fragte er verblüfft.

»So ist es.«

»Aber wieso hat sie es da hingelegt? Normalerweise konnte doch niemand bemerken, dass was draufstand.«

»Das weiß ich auch nicht. Was ist mit dem Anrufbeantworter? Hat sich da etwas ergeben?«

»Noch nicht. Aber wir sind noch lange nicht mit allen Leuten durch.« Er zog eine Schachtel Zigaretten aus der Brusttasche, hielt jedoch mitten in der Bewegung inne. »Verdammt!« Er knallte die Packung auf den Couchtisch. »Sie werden mich jetzt jedes Mal nerven, wenn ich mir eine anzünde, was?«

»Nein, ich werde Sie nur ansehen. Schweigend.«

»Erinnern Sie sich an das Interview mit Ihnen, das vor ein paar Monaten auf PBS gesendet wurde?«

»Vage.«

»Jennifer Deighton hat es aufgezeichnet. Wir ließen die Kassette laufen, die im Videorecorder steckte – und da waren Sie.«

»Wie bitte?« Ich schaute ihn verblüfft an.

»Natürlich waren nicht nur Sie drauf – außerdem noch irgendein Quatsch über eine archäologische Ausgrabung und die Dreharbeiten zu einem Hollywoodfilm hier in der Gegend.«

»Warum sollte sie ein Interview mit mir aufzeichnen?«

»Sie interessierte sich ganz offensichtlich für Sie. Deshalb auch die geheimnisvollen Anrufe.«

»Was haben Sie sonst noch über sie herausgefunden?«

»Ich muss eine rauchen! Soll ich rausgehen?«

»Natürlich nicht.«

»Bei der Durchsuchung ihres Arbeitszimmers stießen wir auf eine Scheidungsurkunde. Offenbar hatte sie 1961 geheiratet. Zwei Jahre später wurde sie geschieden und nahm wieder ihren Mädchennamen Deighton an. Danach zog sie von Florida nach Richmond. Ihr Exmann heißt Willie Travers. Er ist einer von diesen Gesundheitsfreaks – die Richtung heißt irgendwas mit ›ganz‹.«

»Ganzheitliche Medizin?«

»Genau! Er wohnt noch in Florida, in Fort Myers Beach. Ich habe ihn angerufen. Er war nicht sehr gesprächig, aber ein paar Würmer konnte ich ihm aus der Nase ziehen. Er sagt, sie hätten nach der Trennung ein freundschaftliches Verhältnis gehabt und sich öfter gesehen.«

»Er kam hierher?«

»Nein. Sie flog zu ihm. Sie trafen sich ›um der alten Zeiten willen‹, sagt er. Das letzte Mal war sie im November dort, um Thanksgiving herum. Ich quetschte auch noch was über die Geschwister der Deighton aus ihm raus. Die Schwester ist viel jünger, verheiratet und lebt im Westen. Der Bruder ist der Älteste – Mitte fünfzig – und leitet in Columbus einen Supermarkt. Vor ein paar Jahren wurde ihm wegen Krebs der Kehlkopf entfernt.«

»Moment mal!«, warf ich ein.

»Ich weiß, was Sie sagen wollen: Der Bursche, der Sie im Büro anrief, kann nicht John Deighton gewesen sein, er hatte keinen Sprechapparat. Der Knabe wusste zwar, dass Jennifer Deightons Bruder in Columbus, South Carolina, lebt, aber über sein Gesundheitsproblem war ihm augenscheinlich nichts bekannt.«

»Haben Sie Travers gesagt, dass seine Frau ermordet wurde?«, fragte ich.

»Ich sagte ihm, die Todesursache stehe noch nicht fest.«

»War er in Florida, als sie starb?«

»Sieht so aus. Ich frage mich, wo Ihr Freund Nicholas Grueman zum fraglichen Zeitpunkt war.«

»Er ist niemals mein Freund gewesen«, betonte ich. »Wann werden Sie ihn ins Gebet nehmen?«

»Im Augenblick noch nicht. Bei Leuten wie ihm hat man nur einen Schuss frei. Wie alt ist er eigentlich?«

»In den Sechzigern.«

»Kräftig gebaut?«

»Nein, eher zierlich. Und nicht besonders groß.«

Marino schwieg.

»Jennifer Deighton wog über achtzig Kilo«, erinnerte ich ihn. »Und ihr Mörder muss sie ins Auto getragen haben.«

»Vielleicht hat ihm – Grueman, meine ich – jemand geholfen. Ich denke jetzt mal laut. Grueman vertrat Ronnie Waddell, der nicht gerade schwächlich war – oder vielleicht sollte ich besser sagen, ist. Waddells Fingerabdruck wurde in Jennifer Deightons Haus gefunden. Wäre doch möglich, dass die beiden gemeinsame Sache machten.«

Jetzt schwieg *ich*.

»Übrigens, ich konnte in ihrem Haus nichts entdecken, woher die Feder stammen könnte, die Sie gefunden haben«, fügte er hinzu. »Sie hatten mich doch gebeten, mich umzusehen.« In diesem Moment ertönte sein Pager. Er löste ihn vom Gürtel und schaute mit zusammengekniffenen Augen auf das schmale Display. »Verdammt!«, fluchte er und ging in die Küche, um zu telefonieren.

»Was ist … *Was?*«, hörte ich ihn fragen. »Grundgütiger! Sind Sie sicher?« Eine Pause folgte, und als er wieder sprach, klang seine Stimme gepresst vor Aufregung: »Ich bin bei ihr – wir kommen sofort!«

An der Kreuzung West Cary und Windsor Way überfuhr er ein Rotlicht und raste mit hoher Geschwindigkeit ostwärts. Kontrolllämpchen blinkten, und verschlüsselte Mitteilungen kamen krachend aus dem Lautsprecher des Ford, während ich Susan vor mir sah, wie sie, den gelben Bademantel fest um sich gewickelt, um sich gegen eine Kälte zu schützen, die nichts mit der Raumtemperatur zu tun hatte, in ihrem abgewetzten Ohrensessel saß. Und ich erinnerte mich an die Furcht in ihren Augen.

Ich zitterte am ganzen Körper und bekam kaum Luft. Mein

Herz klopfte in meinem Hals. Die Polizei hatte Susans Wagen in einem Durchgang gefunden, der von der Strawberry Street abzweigte. Sie saß hinter dem Steuer – tot. Bisher war nicht bekannt, was sie in diesem Teil der Stadt gemacht oder was den Mörder zu der Tat veranlasst haben könnte.

»Was hat sie sonst noch gesagt, als Sie gestern bei ihr waren?«, fragte Marino, dem ich unsere Unterhaltung zu rekonstruieren versuchte.

»Mir fällt nichts Aufschlussreiches ein. Sie war nervös. Etwas machte ihr zu schaffen. Ich hatte den Eindruck, dass sie sich fürchtete.«

»Und wovor? Haben Sie eine Vermutung?«

»Nein.« Meine Hände zitterten, als ich meine Tasche öffnete, um den Inhalt noch einmal zu überprüfen. Kamera, Handschuhe, alles da. Susan hatte einmal gesagt, wenn ein Mann sie verschleppen oder vergewaltigen wolle, müsse er sie vorher umbringen …

An einer ganzen Reihe von späten Nachmittagen hatten wir beide beim Saubermachen und Formularausfüllen auch private Gespräche geführt, über unsere Beziehungen zu Männern und wie es wäre, Mutter zu sein. Einmal kamen wir auf den Tod zu sprechen, und Susan sagte, dass sie sich davor ängstige.

»Ich meine nicht die Hölle mit Pech und Schwefel, wie mein Vater sie in seinen Predigten beschreibt; davor fürchte ich mich nicht. Ich fürchte mich davor, dass mit dem Sterben alles zu Ende ist.«

»Aber so ist es doch gar nicht.«

»Woher wissen Sie das?«, hatte sie gefragt.

»Etwas fehlt, wenn jemand gestorben ist«, hatte ich erwidert. »Schauen Sie sich die Gesichter an, dann sehen Sie es! Ihre Energie hat sie verlassen. Der Geist ist nicht gestorben – nur der Körper.«

»Woher wissen Sie das?«

Marino nahm den Fuß vom Gas und bog in die Strawberry Street ein. Ich warf einen Blick in den Außenspiegel auf meiner Seite: Ein Streifenwagen folgte uns mit blinkender Lichtleiste. Wir kamen an mehreren Restaurants und einem kleinen Supermarkt vorbei. Alle geschlossen. Die wenigen Autos, die unterwegs waren, fuhren an den Straßenrand, um uns Platz zu machen. Auf der Höhe des Strawberry Street Café war die Straße von Polizeifahrzeugen gesäumt, und eine Ambulanz blockierte die Zufahrt zu einem Durchgang. Ein Stück weiter parkten zwei Fernsehübertragungswagen. Reporter tigerten ungeduldig an der gelben Absperrung entlang. Marino hielt an, und wir öffneten gleichzeitig unsere Türen. Sofort richteten sich die Kameras auf uns.

Ich folgte Marino dicht auf den Fersen. Linsenverschlüsse klickten, Kameras surrten, und Mikrophone wurden uns entgegengestreckt. Marino ging zielstrebig und mit großen Schritten seines Weges und beantwortete keine einzige Frage. Ich senkte abweisend den Kopf. Wir gingen um den Krankenwagen herum und schlüpften unter der Absperrung hindurch. Susans alter burgunderroter Toyota stand zwischen hohen hässlichen Backsteinhäusern mit der Schnauze zu uns mitten im Durchgang. Trotz des schönen Wetters herrschte hier kalte Düsternis. Eiszapfen hingen an den Dachrinnen und rostigen Feuertreppen. Der Geruch von Abfall lag in der Luft.

Ich brauchte einen Moment, um den jungen, hispanisch aussehenden Officer zu erkennen, der gerade in sein Funkgerät sprach. Tom Lucero blickte auf, sah uns kommen und beendete das Gespräch.

»Der Wagen ist auf Jason Story zugelassen«, sagte er zu Marino, nachdem wir uns begrüßt hatten. »In der Handtasche steckte ein Führerschein. Er lautet auf Susan Story, weiß, achtundzwanzig.«

»Geld?«

»Elf Dollar und einige Kreditkarten. Ein Raubüberfall im üblichen Sinn ist wohl auszuschließen. Natürlich kann der Täter auch etwas gestohlen haben, das nicht in die allgemeine Kategorie Wertsachen einzuordnen ist. Irgendwelche Papiere, zum Beispiel. Erkennen Sie sie?«

Marino trat zum Wagen und beugte sich vor. Seine Kiefermuskeln spielten. »Ja, ich erkenne sie. Wurde der Wagen so gefunden?«

»Wir haben nur die Fahrertür geöffnet, ansonsten wurde nichts verändert.« Lucero steckte sein Funkgerät in die Tasche.

»Der Motor war aus, die Türen waren nicht verriegelt?«

»Richtig. Wie ich Ihnen schon am Telefon sagte, entdeckte Fritz den Wagen gegen fünfzehn Uhr bei einer Routinekontrolle und sah das Medical-Examiner-Schild an der Windschutzscheibe.« Er wandte sich an mich: »Sie hat ein winziges Loch in der rechten Schläfe. Exakte Arbeit.«

Marino betrachtete den harschigen Schnee zu seinen Füßen. »Sieht nicht so aus, als würden wir viel Glück mit Schuhabdrücken haben.«

»Nein. Keine Chance.«

»Patronenhülsen?«

»Keine.«

»Weiß die Familie schon Bescheid?«

»Noch nicht – ich dachte, Sie würden das vielleicht lieber selbst übernehmen«, sagte Lucero.

»Ich möchte wissen, wie das Fernsehen Wind von der Sache bekommen konnte. Sagen Sie denen ja nicht, wer sie war und für wen sie arbeitete, bevor wir bei ihrer Familie waren. Die soll nicht aus dem Fernsehen erfahren, was passiert ist.«

Er sah mich an. »Was wollen Sie hier unternehmen?«

Ich hatte mich bisher von dem Toyota ferngehalten, doch jetzt gab es keinen Aufschub mehr. Ich holte meine Kamera heraus. Mein Verstand arbeitete einwandfrei, aber ich konnte das Zittern nicht unterdrücken. »Geben Sie mir eine Minute, damit ich mir einen Eindruck verschaffen kann!«

»Sind Ihre Jungs fertig?«, fragte Marino den Officer.

»Ja.«

Susan trug ausgewaschene Jeans und abgetragene Schnürstiefel. Der schwarze Wollmantel war bis oben zugeknöpft. Mein Herz zog sich zusammen, als ich das rote Seidentuch bemerkte, das aus dem Kragen herausleuchtete. Susan hatte eine Sonnenbrille auf und saß zurückgelehnt da, als habe sie es sich bequem gemacht und sei eingedöst. Ich begann, Fotos zu machen, und als ich ihr näher kam, stieg mir schwach der Geruch eines Herrenparfüms in die Nase. Susan war nicht angeschnallt.

Ich ließ sie auf eine Bahre legen und zur Ambulanz tragen. Dann kletterte auch ich ins Innere des Krankenwagens und machte mich auf die Suche nach weiteren Schusswunden. Ich fand nur noch eine: im Nacken, direkt unter dem Haaransatz.

Marino kam herein. »Haben Sie noch was entdeckt?«

»Einen Einschuss im Nacken. Beide Kugeln sind nicht ausgetreten. Eine sitzt dicht unter der Haut über dem linken Schläfenbein.«

Er schaute auf seine Uhr. »Die Dawsons wohnen nicht weit von hier, in Glenburnie.«

»Die Dawsons?« Ich streifte meine Arbeitshandschuhe ab.

»Ihre Eltern. Ich muss schleunigst mit ihnen reden, um den Medien zuvorzukommen. Ich weiß nicht, ob Luceros Leute wirklich dichthalten. Ein Streifenwagen soll Sie nach Hause bringen.«

»Nein, danke«, lehnte ich ab. »Ich komme mit. Ich fühle mich dazu verpflichtet.«

Als wir losfuhren, flammte gerade die Straßenbeleuchtung auf. Marinos Gesicht war beängstigend rot. »Verdammt!«, stieß er hervor und ließ eine Faust auf das Lenkrad herunterdonnern. »Gottverdammt! Einer Frau in den Kopf zu schießen! Einer Schwangeren!«

Ich schaute starr aus dem Seitenfenster. Gedanken und Erinnerungen wirbelten durch meinen Kopf. Ich räusperte mich. »Haben Sie ihren Mann erreichen können?«

»Zu Hause war er nicht. Vielleicht ist er bei den Schwiegereltern. Mann, wie ich diesen Job hasse! Einfach so zu klingeln und das Leben dieser Leute zu zerstören!«

Er bog in die Albemarle ein. Mülltonnen standen am Straßenrand, an denen Abfallsäcke lehnten, aus denen Weihnachtspapier und Ähnliches quoll. Warmes Licht drang aus den Fenstern, in denen hier und da kleine mit bunten Lämpchen geschmückte Christbäume standen. Ein junger Vater zog seinen Sprössling auf einem schlingernden Schlitten den Bürgersteig entlang. Glenburnie war ein typisches Mittelstandsviertel. In den warmen Monaten saßen die Leute auf ihrer Veranda oder grillten im Garten, sie veranstalteten Partys und grüßten einander auf der Straße.

Der bescheidene Altbau der Dawsons war im Tudor-Stil errichtet, die Bäume davor waren ordentlich beschnitten. Im ganzen Haus brannte Licht. Ein alter Kombi parkte davor. Auf unser Klingeln hin fragte eine Frauenstimme hinter der Tür: »Wer ist da?«

»Mrs. Dawson?«

»Ja?«

»Hier ist Detective Marino vom Richmond Police Department. Ich muss mit Ihnen reden«, sagte er laut und hielt seine Marke vor den Spion.

Schlösser wurden geöffnet. Mein Puls raste. Während meiner Tätigkeit an Kliniken hatte ich erlebt, dass Patienten mich vor Schmerzen schreiend anflehten, sie nicht sterben zu lassen. Ich hatte sie belogen – »Es wird Ihnen bald bessergehen« –, bis sie, meine Hände umklammernd, den letzten Atemzug taten.

Ich hatte »Es tut mir leid« zu den Angehörigen gesagt, denen ich in kleinen trostlosen Zimmern gegenübertreten musste, in denen sogar Geistliche sich verloren fühlten. Aber ich hatte noch niemandem am Weihnachtstag eine Todesnachricht überbracht.

Die einzige Ähnlichkeit, die ich zwischen Mrs. Dawson und Susan feststellen konnte, war das energische Kinn. Die Mutter hatte scharfe Züge und kurzes weißes Haar. Sie wog höchstens fünfundvierzig Kilo und erinnerte mich an einen verängstigten Vogel. Als Marino mich vorstellte, weiteten sich ihre Augen vor Schreck.

»Was ist passiert?«, fragte sie erstickt.

»Ich habe eine traurige Nachricht für Sie, Mrs. Dawson«, sagte Marino. »Es geht um Ihre Tochter Susan. Sie ist ermordet worden.«

Aus einem der Zimmer neben dem Flur hörte man Kinderfüße trappeln, und gleich darauf erschien ein kleines Mädchen in der Tür zu unserer Rechten. Sie blieb stehen und musterte uns mit großen blauen Augen.

»Hailey, wo ist Grandpa?« Mrs. Dawsons Stimme zitterte, ihr Gesicht war aschfahl geworden.

»Oben.« Hailey trug Jeans und offensichtlich neue Turnschuhe – sicher ein Weihnachtsgeschenk. Ihr blondes Haar schimmerte wie Gold. Auf ihrer Stupsnase saß wegen des linken schielenden Auges eine Brille. Ich schätzte sie auf höchstens acht Jahre.

»Geh ihn holen!«, sagte Mrs. Dawson zu ihr. »Und bleib mit Charlie oben, bis ich zu euch komme!«

Das Kind starrte Marino und mich unverwandt an und rührte sich nicht.

»Hailey, bitte!«

Ich zuckte zusammen, als die Kleine unvermittelt davonstob.

Wir setzten uns mit Susans Mutter in die Küche. Ihr Rücken

berührte die Lehne ihres Stuhls nicht. Sie weinte nicht, bis kurz darauf ihr Mann hereinkam.

»O Mack!«, flüsterte sie. »O Mack!« Und dann begann sie zu schluchzen. Er trat zu ihr, legte den Arm um sie und drückte sie an sich. Als Marino ihm erklärte, was passiert war, wich auch aus seinem Gesicht alle Farbe.

»Ja, ich weiß, wo die Strawberry Street ist«, sagte er dann mit brüchiger Stimme. »Aber ich kann mir nicht vorstellen, was sie dort gewollt haben kann.«

»Wissen Sie, wo ihr Mann sich aufhält – Jason Story?«, fragte Marino.

»Er ist hier.«

»Hier?«

»Er schläft oben. Er fühlt sich nicht wohl.«

»Wem gehören die Kinder?«

»Tom und Marie. Tom ist unser Sohn. Sie sind über Weihnachten hergekommen und machen einen Besuch bei Freunden in Tidewater. Sie müssten bald zurück sein.« Er griff nach der Hand seiner Frau. »Millie, diese Leute haben bestimmt eine Menge Fragen. Ich denke, du solltest Jason herunterholen.«

»Ich würde lieber erst mal allein mit ihm reden«, sagte Marino. »Können Sie mich zu ihm bringen?«

Mrs. Dawson hatte die Hände vors Gesicht geschlagen und weinte leise. Sie nickte.

»Wenn du oben bist, schau nach Hailey und Charlie!«, bat ihr Mann. »Und versuche, deine Schwester zu erreichen, vielleicht kann sie herkommen.« Seine blassblauen Augen folgten ihr und Marino aus der Küche. Susans Vater war ein hochgewachsener Mann, seine vollen dunklen Haare waren von ein paar grauen Fäden durchzogen. Er wirkte asketisch und verschlossen.

»Ihr Wagen ist alt, sie besitzt nichts von Wert, und ich bin sicher, dass sie nichts mit Drogen oder solchen Dingen zu tun hatte.« Er sah mich fragend an.

»Wir wissen nicht, warum es geschehen ist, Reverend.«

»Sie war schwanger«, sagte er heiser. »Wie kann man eine Schwangere töten?«

»Es ist nicht gesagt, dass der Täter das wusste«, gab ich zu bedenken. »Ansehen konnte man es ihr noch nicht.«

Er räusperte sich. »Sie besaß keine Waffe.«

Im ersten Augenblick wusste ich nicht, was er meinte, doch dann versicherte ich ihm: »Sie hat sich auf keinen Fall selbst erschossen.«

»Woraus schließen Sie das?«

»Ich habe sie untersucht. Entschuldigen Sie, ich habe mich noch gar nicht vorgestellt. Ich bin Kay Scarpetta, Chief Medical Examiner.«

Er sah mich verständnislos an.

»Ihre Tochter hat für mich gearbeitet.«

»Ach ja, natürlich.«

»Ich kann Ihren Schmerz nicht lindern«, sagte ich leise, »aber ich versichere Ihnen, dass ich alles tun werde, um herauszufinden, wer es getan hat.«

»Susan hat oft von Ihnen gesprochen. Sie waren ihr Vorbild. Es war ihr großer Wunsch, eines Tages Medizin zu studieren.« Seine Stimme war tonlos.

»Ich habe sie gestern kurz zu Hause besucht«, erzählte ich. »Sie war seit einigen Tagen nicht zur Arbeit gekommen, und ich hatte den Eindruck, dass sie etwas belastete.«

Er schluckte. Seine Finger waren so ineinander verkrampft, dass die Knöchel weiß hervortraten. Er setzte sich an den Tisch. »Wir müssen beten«, sagte er. »Beten Sie mit mir, Dr. Scarpetta?« Er streckte mir die Hand hin. »Bitte!«

Als seine Finger meine umschlossen, musste ich daran denken, dass Susan den Glauben völlig abgelehnt hatte, den ihr Vater repräsentierte. Strenge Bibelgläubigkeit lief auch meiner Einstellung zuwider, und ich fühlte mich äußerst unwohl, als ich pflichtschuldigst die Augen schloss und den Druck von Reverend Mack Dawsons Hand spürte, während er Gott für eine Gnade dankte, für die ich keinen Beweis sah, und ihn um Vergünstigungen für seine Tochter bat, die diese nicht benötigt hätte, wenn sie noch am Leben gewesen wäre. Als ich die Augen öffnete, zog ich meine Hand weg. Einen Moment lang fürchtete ich, Susans Vater würde meinen Skeptizismus spüren und mich zu bekehren versuchen, doch das Heil meiner Seele war im Augenblick nicht vorrangig für ihn.

Über uns wurde eine protestierende Männerstimme laut. Ein Stuhl scharrte über den Boden, und dann stieß der Mann einen Schrei aus, der Wut und Schmerz ausdrückte. Das Telefon begann zu klingeln und klingelte weiter. Dawson schloss die Augen und murmelte etwas, das sich wie »Geh auf dein Zimmer!« anhörte. Dann hob er den Blick und sah mich an. »Jason ist die ganze Zeit hier gewesen«, sagte er. Ich sah seinen Puls unter der papierdünnen Haut schlagen, die sich über seine Schläfe spannte. »Natürlich kann er Ihnen das auch selbst sagen, aber ich möchte es schon im Vorhinein bestätigen.«

»Sie sagten, er fühle sich nicht wohl.«

»Er wachte heute früh mit einer beginnenden Erkältung auf, und als sich nach dem Mittagessen erwies, dass er Fieber hatte, meinte Susan, er solle sich oben hinlegen. Er hätte sie niemals …« Wieder räusperte er sich. »Ich weiß, dass die Polizei danach fragen und die häuslichen Verhältnisse berücksichtigen muss, aber der Täter stammt bestimmt nicht aus unserer Familie.«

»Reverend Dawson, wann verließ Susan das Haus? Und wohin wollte sie?«

»Sie fuhr gegen halb zwei weg, nachdem Jason ins Bett gegangen war. Sie sagte, sie wolle eine Freundin besuchen.«

»Welche Freundin?«

Er schaute an mir vorbei ins Leere. »Eine ehemalige Schulkameradin von der High School: Dianne Lee.«

»Wo wohnt diese Dianne?«

»Auf der Northside, unweit der Akademie.«

»Susans Wagen wurde nahe der Strawberry Street gefunden, nicht auf der Northside.«

Er schaute mich hilflos an.

»Es wäre interessant zu erfahren, ob sie zuvor bei Dianne gewesen ist und wessen Idee das Treffen war«, meinte ich.

Reverend Dawson stand auf und begann, die Küchenschubladen zu durchsuchen. In der dritten fand er das Telefonbuch. Seine Hände zitterten, als er die Seiten umblätterte und dann eine Nummer wählte.

Er räusperte sich mehrmals und bat dann, mit Dianne sprechen zu dürfen. »Ich verstehe«, sagte er nach einer Pause. »Wann war das?« Nochmals Pause. Dann: »Nein, nichts ist in Ordnung.«

Ich hörte zu, wie er erklärte, was geschehen war – und plötzlich sah ich ihn viele Jahre jünger vor mir, wie er für seine Tochter Judy betete und am Telefon von ihrem Tod berichtete. Als er aufgelegt hatte und sich wieder an den Tisch setzte, bestätigte er meine Vermutung. Susan hatte ihre Freundin nicht besucht und war auch nicht mit ihr verabredet gewesen. Dianne war verreist.

»Sie ist bei ihren Schwiegereltern in North Carolina«, sagte der Reverend. »Schon seit Tagen. Warum hat Susan gelogen? Sie brauchte nicht zu lügen. Sie wusste, dass sie mir alles erzählen konnte.«

»Offenbar wollte sie nicht sagen, wohin sie fuhr.«

Wieder flüsterte er: »Geh auf dein Zimmer!« Dann hob er den Kopf und schaute mich an. »Sie hatte eine Zwillingsschwester. Judy starb, als die beiden noch zur High School gingen.«

Ich nickte. »Bei einem Autounfall. Susan sprach neulich darüber. Es tut mir so leid.«

»Susan hat es nie verwunden. Sie gab Gott die Schuld – und mir.«

»Mir gegenüber machte sie eine Klassenkameradin namens Doreen dafür verantwortlich.«

Er zog ein Taschentuch heraus und putzte sich leise die Nase. »Wen?«, fragte er.

»Ein Mädchen, das angeblich eine Hexe war.«

Er sah mich verständnislos an.

»Sie soll Judy mit einem Fluch belegt haben.« Es war sinnlos: Reverend Dawson wusste ganz offensichtlich nicht, wovon ich sprach. Wir schauten beide zur Tür, als Hailey hereinkam. Sie drückte einen Baseballhandschuh an die Brust. In ihren Augen stand Furcht.

»Das ist aber ein schöner Handschuh!«, sagte ich und versuchte zu lächeln.

Hailey näherte sich mir. Der Geruch von neuem Leder stieg mir in die Nase. Der Handschuh war mit einem Band zusammengebunden, in der Mulde lag wie eine Perle in einer Auster ein Softball.

»Den Handschuh hat mir Tante Susan geschenkt«, erklärte Hailey. »Man muss ihn erst weich machen. Tante Susan hat gesagt, ich muss ihn eine Woche lang unter meine Matratze legen.«

Ihr Großvater hob sie hoch und setzte sie auf seinen Schoß. Er blickte ihr in die Augen und sagte: »Ich möchte, dass du auf dein Zimmer gehst, Liebes. Ich habe ein paar Dinge zu erledigen.«

Sie nickte ernst, ließ mich aber nicht aus den Augen.

»Was machen Grandma und Charlie?«

»Weiß ich nicht.« Sie glitt von seinen Knien und verließ mit zögernden Schritten die Küche.

»Vorhin haben Sie zweimal gesagt: ›Geh auf dein Zimmer‹, aber da war Hailey nicht hier. Wen haben Sie damit gemeint?«, fragte ich.

Er starrte vor sich auf die Tischplatte. »Mein Vater gestattete mir nicht zu weinen. Wenn er sah, dass ich den Tränen nahe war, schickte er mich auf mein Zimmer – und so lernte ich, mich zu beherrschen.«

»Ich bin nicht Ihr Vater, Reverend, und ich finde es völlig natürlich zu weinen, wenn man Kummer hat.« Ich hörte Marino die Treppe herunterkommen. Gleich darauf öffnete er die Tür. Als Dawson den Kopf hob, sah ich, dass die Augen des Reverend in Tränen schwammen.

»Ich glaube, Ihr Sohn ist da«, sagte Marino zu ihm.

Als draußen Autotüren zuschlugen und Gelächter durch die winterliche Dunkelheit schallte, legte Susans Vater den Kopf auf die Unterarme und begann zu schluchzen.

Als ich nach Hause kam, versuchte ich, meinen Stellvertreter Fielding zu erreichen. Ich fühlte mich außerstande, Susan selbst zu obduzieren, und wollte den Fall durch meine Mitwirkung nicht komplizieren. Niemand ging ans Telefon. Bei Dr. Wright, meinem Stellvertreter in Norfolk, hatte ich Gott sei Dank mehr Glück: Er erklärte sich bereit, am nächsten Morgen nach Richmond zu kommen. Den Rest des Abends verbrachten Lucy und ich sehr schweigsam am Kamin.

Dr. Wright traf, wie versprochen, Sonntagvormittag um zehn im Leichenschauhaus ein. Wir gingen gemeinsam in den Autopsieraum, und ich setzte mich mit dem Gesicht zur Wand an einen Tisch. Von Zeit zu Zeit gab mein Kollege Kommentare ab, während ich ausdruckslos vor mich hin starrte. Ich rührte kein Formular an und beschriftete kein einziges Teströhrchen. Irgendwann fragte ich: »Haben Sie auch Parfüm an ihren Kleidern gerochen?«

»Ja, am Mantelkragen und am Halstuch.«

»Ist es Ihrer Meinung nach ein Herrenduft?«

»Mmm … Ich denke schon. Vielleicht von ihrem Mann.«

Dr. Wright stand kurz vor seiner Pensionierung. Er hatte ein Kugelbäuchlein, eine beginnende Glatze und sprach mit starkem West-Virginia-Akzent. Er war nicht nur ein sehr sympathischer Mann, sondern auch ein ausgezeichneter Gerichtsmediziner. Seine Überlegungen schienen in eine ähnliche Richtung zu deuten wie die meinen.

»Ich werde Marino bitten, das zu überprüfen.«

»Sieht nach einem kleinen Kaliber aus«, sagte er. »Die Geschosse sind nicht ausgetreten.« Ich schloss die Augen. »Die Wunde in der rechten Schläfe weist Schmauchspuren auf. Im Schläfenmuskel ebenfalls etwas Pulver. Kaum etwas im Knochen und der harten Hirnhaut.«

»Der Schusskanal?«, fragte ich.

»Durch die hintere Partie des rechten Stirnlappens über die Vorderpartie zum basalen Ganglionknoten und weiter zum linken Schläfenbein. Die Kugel steckte dicht unter der Haut im Muskelgewebe. Ein Bleigeschoss mit Kupferüberzug, aber ohne Mantel.«

»Ist es ganz geblieben?«

»Ja. Dann haben wir die zweite Wunde im Nacken: schwarzer versengter Rand mit Mündungsabdruck, etwas ausgefranst. Viel Pulver in den Hinterhauptmuskeln. Die Kugel drang am Übergang des Halswirbels C-1 in das Hinterhauptloch ein, zerstörte das Nackenwirbelknochenmark und blieb im Pons stecken.«

»Wie ist der Winkel?«

»Ziemlich steil nach oben.«

»Dann muss sie sich vorgebeugt haben. Aber so wurde sie nicht gefunden«, dachte ich laut. »Sie saß zurückgelehnt hinter dem Steuer.«

»Dann hat der Täter sie so hingesetzt, nachdem er sie erschossen hatte«, meinte Wright. »Der Schuss, der im Pons steckenblieb, war wohl der zweite. Da dürfte sie bereits bewusstlos gewesen sein.«

Zwischendurch gelang es mir, so nüchtern über die Tatumstände zu sprechen, als gehe es um eine Fremde, dann wieder begann ich zu zittern, und Tränen brannten in meinen Augen. Zweimal musste ich hinausgehen. Die kalte Luft half mir, meine Fassung wiederzugewinnen. Als Wright mit seinen Untersuchungen bei dem zehn Wochen alten Embryo – einem Mädchen – anlangte, hielt ich es nicht mehr aus und fuhr ins Büro hinauf. Nach dem Gesetz von Virginia ist ein ungeborenes Kind keine Person und kann demzufolge nicht ermordet werden.

»Der Mistkerl kriegte zwei zum Preis von einem«, sagte Marino später am Telefon mit bitterem Sarkasmus.

»So kann man es ausdrücken.« Ich kramte in meiner Handtasche nach dem Aspirinröhrchen.

»Falls es zum Prozess kommt, wird es überhaupt keine Rolle spielen, dass Susan schwanger war.«

»Ich weiß. Wright ist fast fertig. Die externe Untersuchung hat keine schlüssigen Hinweise auf den Täter erbracht. Was gibt es bei Ihnen?«

»Susan hatte tatsächlich Probleme.«

»Mit ihrem Mann?«

»Seiner Aussage nach mit Ihnen. Er sagt, Sie hätten dauernd angerufen, als sie nicht mehr zur Arbeit ging, und vorher sei sie oft ganz verstört heimgekommen.«

»So ein Blödsinn! Susan und ich hatten überhaupt keine Probleme miteinander.«

»Ich gebe nur wieder, was ihr Mann gesagt hat. Und dann habe ich noch was Interessantes für Sie: Wir haben wieder eine Feder. Das muss zwar nicht heißen, dass zwischen diesem und dem Deighton-Fall ein Zusammenhang besteht, aber der Gedanke bietet sich zumindest an. Vielleicht trägt der Mörder eine Daunenjacke. Ich hatte schon mal so einen Fall. Ein Kerl schlug ein Fenster ein, um in eine Wohnung einzusteigen, und schnitt sich an den Scherben die Jacke auf.«

In meinem Kopf hämmerte es, und mein Magen brannte.

»Die Feder ist winzig«, fuhr er fort. »Sie hing an der Polsterung der Beifahrertür, ein paar Zentimeter unter der Armlehne.«

»Können Sie sie herbringen?«

»Mache ich. Was werden Sie als Nächstes tun?«

»Benton anrufen.«

»Habe ich schon versucht. Er und Connie scheinen verreist zu sein.«

»Ich muss ihn auftreiben. Ich brauche Minor Dauney.«

»Was?«

»Minor Dauney ist ein Name; ein Fachmann vom Haar-und-Faser-Labor des FBI. Sein Spezialgebiet sind Federn.«

8

Das Behavioral Science Unit des FBI war in den unterirdischen Ausläufern der Academy in Quantico untergebracht. Während ich darauf wartete, dass jemand den Hörer abnahm, sah ich das Labyrinth der kahlen Gänge und die mit Akten vollgestopften Büros vor mir, in denen elegant gekleidete Krieger wie Benton Wesley arbeiteten.

»Tut mir leid, Dr. Scarpetta, Mr. Wesley ist beim Skifahren«, erklärte mir eine freundliche Vertretung. »Und ich kann Ihnen auch sonst mit niemandem dienen. Ich bin ganz allein hier.«

»Aber es ist dringend. Ich muss unbedingt mit ihm sprechen.«

»Ich werde sehen, was ich tun kann.«

Wesley rief mich fast umgehend zurück.

»Benton! Wo stecken Sie?« Die Verbindung war extrem schlecht, und ich musste schreien.

»Im Auto«, antwortete er. »Connie und ich haben Weihnachten mit ihrer Familie in Charlottesville gefeiert, und jetzt sind wir auf dem Weg nach Hot Springs. Ich habe gehört, was Susan Story zugestoßen ist. Das arme Mädchen! Ich hätte Sie heute Abend ohnehin angerufen.«

»Ich kann Sie kaum verstehen.«

»Bleiben Sie dran!«

Voller Ungeduld wartete ich.

»Jetzt müsste es besser sein«, meinte er endlich. »Wir sind aus dem Tal raus. Hören Sie mich?«

»Laut und deutlich.«

»Also, was kann ich für Sie tun?«

»Ich brauche die Hilfe des FBI – für die Analyse einiger Federn.«

»Kein Problem. Ich werde Dauney anrufen.«

»Es widerstrebt mir, Sie in Ihrem Urlaub zu behelligen, aber ich muss mit Ihnen reden.«

»Warten Sie einen Moment!« Er sprach mit seiner Frau. »Laufen Sie Ski?«, fragte er dann.

»Kommt darauf an, was Sie darunter verstehen.«

»Connie und ich werden ein paar Tage im Homestead Hotel verbringen. Können Sie aus Richmond weg?«

»Ich werde es möglich machen – und ich bringe Lucy mit.«

»Sehr schön, dann können Connie und Ihre Nichte sich gemeinsam die Zeit vertreiben, während wir fachsimpeln. Und bringen Sie das ganze Material mit, das für unser Gespräch relevant ist.«

»Okay.«

»Auch die Unterlagen, die Sie vom Fall Robyn Naismith haben. Wir dürfen nichts außer Acht lassen, um eine Lösung zu finden.«

Mir fiel ein Stein vom Herzen. »Danke, Benton! Und sagen Sie bitte auch Connie Dank!«

»Das wird Ihnen guttun«, sagte meine Sekretärin, die ich in dem Glauben ließ, ich wolle mich in dem Fünf-Sterne-Hotel erholen, und notierte sich die Nummer des Homestead.

Als ich Rose bat, Marino zu informieren, wo ich zu erreichen sei, falls es etwas Neues in Sachen Susan gebe, schimmerten Tränen in ihren Augen. »Aber bitte, sagen Sie es sonst niemandem«, fügte ich hinzu.

»In der letzten Viertelstunde haben drei Reporter angerufen«, berichtete sie. »Unter anderem einer von der *Washington Post*.«

»Ich möchte im Augenblick keine Stellungnahme abgeben. Sagen Sie, dass wir noch auf die Laborergebnisse warten und dass ich derzeit nicht in der Stadt bin.«

Auf der Fahrt in die Berge wurde ich von Bildern heimgesucht. Ich sah Susan in ihrer formlosen Arbeitskleidung vor mir und die Gesichter ihrer Eltern, als sie erfuhren, dass ihre Tochter tot war.

»Tante Kay, ist irgendwas?«, fragte Lucy besorgt.

»Ich bin nur in Gedanken«, beruhigte ich sie und konzentrierte mich auf die Straße. »Das Skifahren wird dir bestimmt gefallen. Ich glaube, du wirst dich sehr geschickt anstellen.« Sie schaute schweigend nach vorn. Blassblau wölbte sich der Himmel über den schneebedeckten Bergen in der Ferne.

»Es tut mir so leid«, sagte ich. »Es ist wie verhext: Jedes Mal, wenn du zu Besuch kommst, passiert etwas, das mich daran hindert, mich dir richtig zu widmen.«

»Das macht nichts.«

»Eines Tages wirst du es verstehen.«

»Ich verstehe es jetzt schon. Ich nehme meine Arbeit auch sehr ernst. Wahrscheinlich werde ich eines Tages genauso erfolgreich sein wie du.«

Mein Herz lag wie ein Bleiklumpen in meiner Brust. Ich war froh, dass ich einen Grund hatte, die Sonnenbrille zu tragen. Ich wollte nicht, dass Lucy meine Augen sah.

»Ich weiß, dass du mich gern hast, das genügt mir. Und ich weiß, dass meine Mutter mich nicht gern hat«, sagte Lucy.

»Soweit Dorothy in der Lage ist zu lieben, liebt sie dich«, widersprach ich.

»Das stimmt nicht. Sie liebt bloß Männer.«

»Die Männer liebt sie nicht wirklich. Sie sucht nur verzweifelt jemanden, der die Leere in ihrem Inneren ausfüllt.«

»Und gerät dabei immer an Arschlöcher!«

»Sie hat dabei wirklich kein gutes Händchen«, bestätigte ich die drastische Äußerung meiner Nichte.

»Ich möchte niemals so leben wie sie. Ich hoffe nur, dass ich ihr nicht ähnlich bin.«

»Bist du nicht.«

»In der Broschüre, die du aus dem Reisebüro mitgebracht hast, steht, dass man dort, wo wir hinfahren, Tontauben schießen kann.«

»Es gibt tatsächlich alle möglichen Beschäftigungsmöglichkeiten dort.«

»Hast du einen Revolver mitgenommen?«

»Die Tontauben werden nicht mit dem Revolver heruntergeholt, Lucy, und hör auf zu gähnen! Du steckst mich an.«

»Hast du nun eine Waffe mitgenommen oder nicht?«

»Warum interessiert dich das?«

»Weil ich üben will. Ich will so gut schießen lernen, dass ich die Zwölf an deiner Uhr auf Anhieb treffe«, antwortete sie schläfrig. Sie rollte ihre Jacke als Kopfunterlage zusammen und kuschelte sich in ihren Sitz. Plötzlich sah sie wieder aus wie als kleines Mädchen.

Das Homestead Hotel lag in einem zwanzigtausend Hektar großen Gebiet mit Wäldern und Bächen in den Allegheny Mountains. Um das Hauptgebäude aus rotem Backstein lief eine Kolonnade mit weißen Säulen. An den vier Seiten der weißen Dachkuppel waren große Uhren installiert, die genau gingen und selbst aus weiter Entfernung abgelesen werden konnten. Die Tennisplätze und der Golfrasen waren unter einer Schneedecke verschwunden.

»Du hast Glück«, sagte ich zu Lucy, während sich der Portier um Gepäck und Wagen kümmerte. »Die Pistenverhältnisse müssen optimal sein.«

Benton Wesley hatte das Wunder vollbracht, ein Zimmer mit Südbalkon für uns zu organisieren. Auf dem Couchtisch empfing uns ein Blumengruß von Connie und ihm. »Kommen Sie zum Übungshang!«, stand auf der Karte. »Wir haben für halb vier eine Unterrichtsstunde für Lucy vereinbart.«

»Wir müssen uns beeilen.« Ich öffnete meinen Koffer. »Du hast nur noch vierzig Minuten bis zum Start in deine Wintersportkarriere.«

Meine Nichte machte ihre Reisetasche auf und breitete den Inhalt auf ihrem Bett aus. »Ich habe keine Skibrille«, monierte sie und zog sich einen hellblauen Pulli über den Kopf. »Ich werde schneeblind zurückkommen.«

»Du kannst meine Sonnenbrille nehmen«, bot ich ihr an. »Das Licht ist sowieso nicht mehr lange so grell.«

Wir nahmen den Zubringer zum Übungsgelände, mieteten die Ausrüstung für Lucy und gingen zum Schlepplift. Eine Minute vor halb vier waren wir an Ort und Stelle. Ein hübscher junger Mann, den ein Aufnäher als Skilehrer auswies, verabschiedete sich gerade von einer Schülerin und kam dann auf uns zu. Offenbar hatte Wesley zumindest mich anschaulich beschrieben. Lucy und ihr Skilehrer zogen ab.

Ich richtete meine Skier quer zum Berg aus, beugte mich in den Stiefeln nach vorn, stützte mich auf die Stöcke und schaute den Hang hinauf. Die Skifahrer wirkten auf der weißen Fläche wie bewegliche Farbtupfer, erst wenn sie näher kamen, erkannte man sie als menschliche Wesen. Mein Blick blieb an einem Paar hängen, das mit eleganten Schwüngen synchron den Berg herunterwedelte. Die Stöcke berührten kaum den Schnee. Ich erkannte Wesleys silbergraue Mähne und winkte den beiden zu. Wesley sagte etwas zu seiner Frau und raste dann, die Skier so eng beieinander, dass keine Zeitung dazwischengepasst hätte, im Schuss auf mich zu.

Als er in einer Wolke aufstiebenden Schnees zum Stehen kam und seine Brille hochschob, wurde mir bewusst, dass ich ihn zum ersten Mal nicht in Anzug und Weste sah. Die schwarze Skihose brachte seine langen muskulösen Beine zur Geltung, die sonst unter konservativem Flanell verborgen waren, und sein farbenfroher Anorak erinnerte mich an einen Sonnenuntergang in Key West. Seine Augen leuchteten, das Gesicht war vom Fahrtwind gerötet. Er wirkte plötzlich viel lebendiger und nicht so distanziert gutaussehend wie sonst. Connie hielt mit einem scharfem Schwung neben ihm.

»Fein, dass Sie da sind!« Ich konnte Wesley nie sehen oder seine Stimme hören, ohne an Mark erinnert zu werden. Sie waren Kollegen und enge Freunde gewesen – und vom Aussehen her hätten sie Brüder sein können.

»Wo ist Lucy?«; fragte Connie.

»Im Augenblick kämpft sie mit dem Schlepplift.« Ich deutete zum Übungshang hinüber.

»Ich hoffe, es ist Ihnen recht, dass ich eine Stunde für sie gebucht habe«, sagte Wesley.

»Es ist mir mehr als recht, tausend Dank! Sie amüsiert sich bestimmt hervorragend.«

»Ich werde hier bleiben und ihr zuschauen«, meinte Connie. »Und dann gehe ich was Warmes mit ihr trinken; sie wird sicher durchgefroren sein. Ben, du siehst aus, als hättest du noch immer nicht genug.«

»Haben Sie Lust auf eine Abfahrt?«, wandte Wesley sich an mich.

Solange wir in der Schlange vor dem Lift standen, sprachen wir nur über Belangloses. Als endlich ein Sessel für uns kam, ließ Wesley den Sicherheitsbügel einrasten, und wir schwebten langsam dem Gipfel entgegen. Die Luft war berauschend sauber. Man hörte nichts als das Zischen der Skier, wenn unter uns jemand zu Tal fuhr, und ein gelegentliches Schaben, wenn die Skier mit einer Eisplatte in Berührung kamen. »Ich habe mit Dauney gesprochen«, sagte Wesley nach längerem Schweigen. »Sie brauchen ihn nur anzurufen und einen Termin mit ihm zu vereinbaren.«

»Das hört sich vielversprechend an, Benton. Wie viel wissen Sie eigentlich?«

»Marino hat mich auf dem Laufenden gehalten. Meiner Meinung nach haben die Fälle, mit denen Sie im Moment befasst sind, miteinander zu tun.«

»So sehe ich es auch. Sie wissen, dass ein Fingerabdruck von Ronnie Waddell in Jennifer Deightons Haus gefunden wurde?«

»Ja.« Er schaute zu der Baumreihe hinüber, hinter der die Sonne unterging. »Welche Erklärung haben Sie dafür?«

»Er muss kürzlich bei ihr gewesen sein.«

»Das lässt nur den Schluss zu, dass ein zum Tode Verurteilter auf freiem Fuß ist und am 13. Dezember ein anderer an seiner Stelle hingerichtet wurde. Aber wer macht bei einem solchen Betrug mit, der ihn das Leben kostet?«

»Ich habe keine Vorstellung.«

»Was wissen Sie über Waddells kriminelle Vergangenheit?«

»Nur wenig – mein Informationsmaterial betrifft hauptsächlich den Mord an Robyn Naismith.«

»Ich habe ihn vor Jahren einmal besucht.«

Ich sah ihn abwartend an.

»Er zeigte sich wenig kooperativ, behauptete, er könne sich nicht daran erinnern, Robyn Naismith getötet zu haben. Das ist allerdings nichts Ungewöhnliches: Die meisten Gewaltverbrecher, mit denen ich bisher zu tun hatte, leiden unter angeblichem Gedächtnisverlust oder leugnen rundweg, die ihnen zur Last gelegten Taten begangen zu haben. Ich habe mir vor Ihrem Eintreffen Waddells Beurteilungsbogen durchfaxen lassen. Wir werden ihn uns nach dem Abendessen ansehen.«

»Ich bin sehr froh, dass ich herkommen durfte, Benton.«

Der Hang unter uns wurde immer steiler. Benton schaute nachdenklich vor sich hin, und dann fragte er plötzlich: »Wie geht es Ihnen, Kay?«

Ich wusste sofort, was er meinte. Mark. »Besser. Aber es gibt noch immer schlimme Momente.«

»Die wird es sicher noch lange geben – aber mit der Zeit hoffentlich seltener. Und vielleicht gibt es irgendwann Tage, die ganz unbeschwert sind.«

»Die gibt es jetzt schon«, sagte ich.

»Wir sind den Attentätern auf der Spur. Ich glaube, wir wissen, wer die Bombe gelegt hat.«

Wir hoben die Spitzen unserer Skier und beugten uns vor, als der Lift uns wie Vogelkinder entließ, die aus dem Nest geschubst werden. Meine Beine waren nach der langen Fahrt kalt und gehorchten mir nur widerstrebend, während Wesley in weichen Schwüngen den Berg hinuntertanzte. Hin und wieder blieb er stehen und schaute sich nach mir um. Ich winkte ihm mit dem Skistock zu, während ich vorsichtig Parallelschwünge machte und doch immer wieder über den Pistenrand hinausfuhr. Nach der halben Strecke hatte ich mich warmgelaufen und fror nicht mehr. Jetzt konnte ich meine Gedanken wieder auf andere Dinge konzentrieren.

Als wir ins Hotel zurückkamen, wurde es bereits dunkel. Ich erfuhr, dass Marino angerufen hatte: Er würde bis um halb sechs im Revier sein, und ich solle mich so bald wie möglich bei ihm melden.

»Was ist los?«, fragte ich, als er den Hörer abnahm.

»Nichts, was Sie besser schlafen lassen wird. Zunächst: Jason Story zieht überall über Sie her – vorzugsweise bei Reportern.«

»Er muss sich ja irgendwie abreagieren«, sagte ich, doch im Innern war ich nicht so verständnisvoll, wie es sich anhörte.

»Es ist zwar ärgerlich, was er macht, aber wir haben noch ein größeres Problem: Die zehn Fingerabdruckkarten von Waddell sind nicht zu finden.«

»Nirgends?«

»Sie sagen es. Weder bei seinen Unterlagen im Richmond Police Department noch bei der State Police oder beim FBI, nirgends. Zu guter Letzt rief ich Donahue im Gefängnis an, um nach dem Verbleib von Waddells persönlichen Sachen zu fragen, denn auf denen müssen ja Fingerabdrücke sein. Und wissen Sie was? Alles, was seine Mutter haben wollte, waren seine Uhr und sein Ring. Briefe, Bücher, Zahnbürste – alles hat die Gefängnisverwaltung vernichtet.«

Ich sank auf die Bettkante.

»Aber das Beste habe ich mir für den Schluss aufgehoben, Doc: Die Ballistiker haben festgestellt, dass Eddie Heath und Susan Story mit derselben Waffe erschossen wurden.«

In der Hotelbar spielte eine Jazzband, aber die Musik war gedämpft, man konnte sich unterhalten. Connie hatte Lucy ins Kino eingeladen. Im Gegensatz zu mir wirkte Wesley nicht im mindesten erschöpft, aber sein Gesicht hatte jetzt den angespannten Ausdruck, der mir ebenso vertraut war wie seine stets makellosen Anzüge. Er griff hinter sich, nahm die Kerze von dem unbesetzten Nebentisch und stellte sie zu den beiden anderen, die er hatte bringen lassen. Jetzt war es hell genug zum Lesen. Einige Gäste musterten uns erstaunt; wir hatten uns ja auch einen ungewöhnlichen Ort zum Arbeiten ausgesucht. In der Halle war jedoch zu viel Trubel, und Benton, der dort Abhörwanzen für möglich hielt, hätte nie vorgeschlagen, in einem unserer Zimmer zu konferieren.

Ich berichtete ihm, was ich von Marino erfahren hatte.

»Hier haben wir wieder mal den Beweis dafür, dass man sich auf die ›Signatur‹ eines Mörders nicht verlassen kann. Nicht jeder bevorzugt zwingend einen bestimmten Tatort, eine bestimmte Waffe oder eine bestimmte Kategorie von Opfer. Der Mord an Eddie Heath lässt wie der an Robyn Naismith auf sexuelle Motive schließen, aber der an Susan kommt mir viel eher wie eine Hinrichtung vor.«

»Als wären zwei verschiedene Täter verantwortlich.« Ich spielte mit meinem Cognacschwenker. »Und doch wurde dieselbe Waffe benutzt.«

»Aber ich sehe eine Übereinstimmung, die auch Jennifer Deighton mit einschließt: nüchterne Überlegung. Die Naismith und Eddie Heath wurden nicht zufällig an den Fernsehapparat beziehungsweise den Müllcontainer gelehnt, Susan Story wurde nicht im Affekt erschossen, und das Stück Gartenschlauch, das er für Jennifer Deightons fingierten Selbstmord brauchte, hat der Täter entweder mit einem Werkzeug abgeschnitten, das er mitgebracht hatte, oder mit einem aus dem Haushalt der Astrologin, das er anschließend mitnahm.«

»Wie sehen Sie es, Benton, rein gefühlsmäßig?«

Er bedeutete der Bedienung, uns noch etwas zu trinken zu bringen. »Rein gefühlsmäßig? Okay. Ich habe ein sehr ungutes Gefühl, wie immer, wenn ich im Dunkeln tappe. Ich glaube, Ronnie Waddell ist der gemeinsame Nenner, aber ich weiß nicht, was das bedeutet. Ein Fingerabdruck an einem Tatort wurde als seiner identifiziert, doch wir haben eigenartigerweise keine Fingerabdruckkarten oder sonst etwas, das die AFIS-Unterlagen bestätigen könnte. Die Person, die es unterlassen hat, der als Waddell eingelieferten Leiche die Fingerabdrücke abzunehmen, wurde mit derselben Waffe erschossen, die bei Eddie Heath benutzt wurde. Waddells Anwalt Nicholas Grueman kannte Jennifer Deighton offenbar und bekam kurz vor ihrer Ermordung ein Fax von ihr. Eine Menge Puzzleteile, aber ich habe keine Ahnung, welches Bild sie ergeben.«

Unsere neuen Cognacs kamen, und als wir wieder allein waren, griff Wesley nach dem Kuvert, das der Naismith-Akte beilag. Dabei erinnerte ich mich an etwas.

»Ich musste ihre Fotos aus dem Archiv holen lassen«, sagte ich.

Wesley setzte seine Brille auf und sah mich fragend an.

»Die schriftlichen Unterlagen zu Fällen, die so weit zurückliegen wie dieser, sind auf Mikrofilm gespeichert. Die Ablichtungen befinden sich in diesem Ordner, die Originaltexte existieren nicht mehr, aber die Fotos – sie werden im Archiv aufbewahrt.«

»Befindet sich dieses Archiv in Ihrem Gebäude?«

»Nein, in einem Lagerhaus. Im selben, in dem das Bureau of Forensic Science sein altes Fallmaterial hortet.«

»Vander hat das Foto von Waddells Daumenabdruck aus Robyn Naismiths Haus noch immer nicht bekommen?«

»Nein.« Unsere Blicke trafen sich: Wir waren beide überzeugt, dass er es niemals bekommen würde.

»Wer hat die Naismith-Fotos aus dem Archiv geholt?«

»Mein Verwaltungsmann«, sagte ich. »Ben Stevens. Etwa eine Woche vor Waddells Hinrichtung.«

»Und warum?«

»In der Endphase ergeben sich immer viele Fragen, und ich wollte das Fallmaterial griffbereit haben. So ein Gang zum Archiv ist eine Routinesache. Eines war diesmal allerdings anders als sonst: Ich musste Stevens nicht bitten, die Unterlagen zu holen, er kam von sich aus auf mich zu.«

»Und das war ungewöhnlich?«

»Ja. Es fiel mir seinerzeit nicht auf, aber rückblickend finde ich es seltsam.«

»Vermuten Sie, dass er sich erbot, zum Archiv zu gehen, weil er dort etwas erledigen wollte – vielleicht, um den blutigen Daumenabdruck von Waddell verschwinden zu lassen?«

»Das wäre möglich. Jedenfalls konnte er es sich nicht erlauben, ohne offiziellen Auftrag im Archiv aufzukreuzen, denn wenn ich das erfahren hätte, wäre ich zwangsläufig misstrauisch geworden.« Ich erzählte Wesley von dem Einbruch in meine Computerdateien und dass die daran beteiligten Terminals die von Susan und Stevens waren.

Wesley machte sich Notizen, während ich sprach. Als ich geendet hatte, blickte er auf: »Wenigstens war diese geheimnisvolle Nachforschung erfolglos.«

»Offenbar.«

»Das bringt uns auf die naheliegende Frage: Worauf bezog sie sich?«

Ich ließ den Cognac in meinem Schwenker kreisen. Im Kerzenlicht schimmerte die Flüssigkeit in einem warmen Honigton. »Vielleicht auf etwas, das mit Eddie Heaths Tod zusammenhing. Ich hatte seinetwegen eine Datei mit Fällen in meinem Verzeichnis, bei denen die Opfer Bisswunden oder andere Verletzungen hatten, die auf Kannibalismus hindeuteten. Ich kann mir nicht vorstellen, was sonst interessant gewesen sein sollte.«

»Speichern Sie innerbetriebliche Mitteilungen in Ihrem Verzeichnis?«

»In einem untergeordneten.«

»Und Zugang erhält man über das gleiche Passwort?«

»Ja.«

»Und Sie speichern dort Autopsieberichte und anderes Fallmaterial?«

»Richtig. Aber als in meine Dateien eingebrochen wurde, waren keine brisanten Unterlagen dort gespeichert – jedenfalls keine, die ich als brisant betrachte.«

»Aber wer immer einbrach, vermutete das offensichtlich.«

Ich nickte.

»Was ist mit Ronnie Waddells Autopsiebericht? War der zu dieser Zeit eingespeichert?«

»Natürlich. Waddell wurde am Montag, dem 13. Dezember, hingerichtet. Der Einbruch fand am Nachmittag des 16. Dezember statt, an dem Donnerstag, als ich Eddie Heath auf dem Tisch hatte und Susan sich oben in meinem Büro von einem kleinen Unfall erholte: Sie hatte zwei Behälter mit Formalin zerbrochen und die Dämpfe eingeatmet.«

Er runzelte die Stirn. »Angenommen, der Einbruch ging auf Susans Konto – weshalb sollte sie sich für Waddells Autopsiebericht interessieren? Sie war doch bei der Obduktion anwesend. Was hätte sie in dem Bericht finden können, das sie nicht schon wusste?«

»Ich habe keine Ahnung.«

»Lassen Sie es mich anders formulieren: Welche Fakten, die mit der Autopsie zusammenhingen, hat sie bei der Obduktion nicht erfahren?«

»Die Ergebnisse der Laboruntersuchungen«, antwortete ich. »Aber die waren zum Zeitpunkt des Einbruchs noch gar nicht vollständig da. Die toxikologischen Untersuchungen und der HIV-Test nehmen beispielsweise Wochen in Anspruch.«

»Und das wusste Susan.«

»Selbstverständlich.«

»Und Ihr Verwaltungsmann ebenfalls.«

»So ist es.«

»Es muss also um etwas anderes gegangen sein«, sagte Wesley.

Mir fiel ein Detail ein, doch konnte ich mir nicht vorstellen, dass es für irgendjemanden wichtig sein könnte: »Waddell – oder wer immer der Hingerichtete war – hatte ein Kuvert in der Gesäßtasche seiner Jeans, das mit ihm hätte beerdigt werden sollen. Ich gab es Fielding, er sollte Kopien anfertigen und den Unterlagen beifügen. Susan wusste also in dieser Nacht nicht, was der Umschlag enthielt.«

»Und – enthielt er etwas von Bedeutung?«

»Nur ein paar Quittungen, von Restaurants und Mautstationen.«

»Quittungen?«, wiederholte Wesley verständnislos. »Haben Sie sie mitgebracht?«

»Sie liegen in der Akte.« Ich zog die Fotokopien heraus. »Das Datum ist überall gleich: der 28. November.«

»Da wurde Waddell doch von Mecklenburg nach Richmond verlegt.«

»Richtig. Fünfzehn Tage vor der Hinrichtung.«

»In Anbetracht der Möglichkeit, dass ein anderer als Waddell hingerichtet wurde, könnten diese Quittungen ein Schlüssel sein«, meinte Wesley. »Vielleicht hat der Mann, der an seiner Stelle starb, sie als Beweismittel an sich genommen.«

»Und wo soll er sie in die Finger bekommen haben?«

»Vielleicht auf dem Transport von Mecklenburg nach Richmond. Die Fahrt hätte eine Gelegenheit geboten, Waddell gegen jemand anderen auszutauschen.«

»Sie meinen, sie haben zum Essen angehalten?«

»Normalerweise durfte der Wagen nicht anhalten, wenn er einen Todeskandidaten nach Richmond brachte, aber wenn es sich um ein Komplott handelte, dann ist alles möglich. Vielleicht hielten sie irgendwo an und holten etwas zu essen, und in dieser Zeit wurde Waddell befreit und ein anderer nahm seinen Platz ein. Wie hätten die Leute im Spring-Street-Gefängnis darauf kommen sollen, dass der Mann, den man ihnen brachte, nicht Waddell war?«

»Und wenn er es ihnen gesagt hätte?«

»Dann wäre er nur milde belächelt worden«, sagte Benton.

»Aber was ist mit Waddells Mutter?«, fragte ich. »Sie hat ihn vor der Hinrichtung besucht. Sie muss doch gesehen haben, dass der Häftling nicht ihr Sohn war.«

»Wir müssen erst noch feststellen, ob sie tatsächlich dort war. Aber es wäre durchaus in ihrem Sinn gewesen, bei dem Betrug mitzuspielen. Auch wenn sie eine anständige Frau ist – ich kann mir nicht vorstellen, dass sie ihrem Sohn den Tod wünschte.«

»Sie sind überzeugt, dass der falsche Mann hingerichtet wurde, nicht wahr?«, fragte ich widerstrebend, denn es gab im Augenblick keine Theorie, die mir ungelegener gewesen wäre. Statt einer Antwort öffnete er den braunen Umschlag, der Robyn Naismiths Fotos enthielt. Sooft ich die Aufnahmen auch wiedersah, sie schockierten mich jedes Mal aufs Neue. Langsam blätterte er die Bildergeschichte ihres schrecklichen Todes durch. Dann sagte er: »Die drei Morde, um die es uns jetzt geht, passen nicht zu Waddells Persönlichkeitsprofil.«

»Wie meinen Sie das?«

»Ich habe eiskalte Killer erlebt, die plötzlich die Nerven verloren und Fehler machten, aber ich habe noch nicht einmal erlebt, dass ein Psychopath plötzlich rational vorging.«

Wesley machte zwar nie ein Aufhebens davon, aber er hatte im Zuge seiner Arbeit viele Stunden mit Männern wie Ted Bundy, David Berkowitz, Sirhan Sirhan, Richard Speck und Charles Manson verbracht und mit weniger bekannten Ungeheuern. Marino erzählte mir einmal, dass Benton jedes Mal, wenn er aus einem der Hochsicherheitsgefängnisse zurückkomme, schwer krank aussehe, wie vergiftet, und dass es ihn ungeheuer viel Kraft koste, die Zuneigung zu ertragen, die diese Leute zu ihm entwickelten. Einige der schlimmsten Sadisten jüngerer Zeit schrieben ihm regelmäßig, schickten Weihnachtskarten und erkundigten sich nach dem Befinden seiner Familie. Kein Wunder, dass Wesley meistens ernst war.

»Steht es denn fest, dass Waddell ein Psychopath war?«, fragte ich.

»Das Gericht entschied, dass er zum Zeitpunkt des Mordes an Robyn Naismith zurechnungsfähig war.« Er zog ein Foto aus dem Stapel und schob es mir hin. »Aber ich glaube das nicht.«

Das Foto war jenes, an das ich mich am deutlichsten erinnerte, und als ich es betrachtete, konnte ich mir vorstellen, was eine Person empfinden musste, die sich einem solchen Anblick unvorbereitet gegenübersah.

Robyns Wohnzimmer war nur spärlich möbliert: drei rundlehnige Sessel mit grünen Sitzkissen, ein schokoladenbraunes Nappaledersofa, ein kleiner Buchara-Teppich unter einem Couchtisch mit Glasplatte. Der Raum hatte einen Parkettboden, die Holzverkleidung der Wände war mahagonifarben gebeizt.

Gegenüber der Eingangstür stand ein großes Fernsehgerät. Der Blick jedes Eintretenden musste sofort auf die nackte, blutüberströmte Leiche fallen. Auf dem Foto sah es aus, als säße Robyn in einer Pfütze roter Ölfarbe. Neben ihr lagen mehrere blutige Handtücher. Die Tatwaffe war nicht gefunden worden, aber die Polizei hatte festgestellt, dass von dem Satz Steakmesser, der in der Küche an einem Wandbrett hing, eines fehlte und die Charakteristika der Klingen zu Robyns Verletzungen passten.

Wesley öffnete die Eddie-Heath-Akte, zog die Skizze heraus, die der Beamte der Henrico County Police gezeichnet hatte, nachdem er den lebensgefährlich verletzten Jungen hinter dem leer stehenden Lebensmittelgeschäft gefunden hatte, und legte sie neben das Naismith-Foto. Schweigend verglichen wir die beiden Bilder. Die Übereinstimmung war noch auffälliger, als ich sie in Erinnerung gehabt hatte, von der Haltung der Körper über die Position der Hände bis hin zu den aufgeschichteten Kleidungsstücken.

»Das ist wirklich gespenstisch«, sagte Wesley. »Wie Spiegelbilder, nur dass der eine Körper an einem Fernseher lehnt und der andere an einem Müllcontainer.« Er breitete weitere Fotos auf dem Tisch aus und nahm dann eines davon in die Hand: eine Ganzkörperaufnahme von Robyns Leiche auf dem Autopsietisch. An der Innenseite des linken Oberschenkels und an der linken Brust waren deutlich die ausgefransten Ränder der von menschlichen Zähnen herrührenden Bisswunden zu erkennen.

»Auch hier besteht eine auffällige Ähnlichkeit«, sagte Wesley. »Die Bisswunden bei ihr entsprechen den Verletzungen an der rechten Schulter und am rechten Oberschenkel von Eddie Heath.« Er schaute mich an. »Der Junge wurde wahrscheinlich ebenfalls gebissen, doch entfernte der Täter in diesem Fall die verräterischen Spuren.«

»Dann muss er zumindest eine Ahnung von gerichtsmedizinischen Beweismöglichkeiten gehabt haben.«

»Fast jeder Verbrecher, der eine Zeitlang im Gefängnis gesessen hat, weiß etwas darüber – von anderen Häftlingen. Wenn wir davon ausgehen, dass Waddell der Täter ist, dann hatte er seit Robyn Naismith mit Sicherheit etwas dazugelernt.«

»Aber Sie sagten vorhin, die Morde passten nicht zu seinem Persönlichkeitsprofil«, erinnerte ich ihn.

»Vielleicht ist er die berühmte Ausnahme von der Regel.«

»Sie erwähnten, dass Sie einen Beurteilungsbogen hier haben …«

»Ach ja, richtig.« Wesley reichte es mir. »Schauen Sie es sich an. Ich werde vorher nichts dazu sagen.«

Der Beurteilungsbogen bestand aus einem vierzig Seiten umfassenden Fragenkatalog des FBI, der im Rahmen eines persönlichen Gesprächs mit Gewaltverbrechern ausgefüllt wurde. Wesleys Gespräch mit Waddell hatte vor sechs Jahren stattgefunden, als dieser im Gefängnis von Mecklenburg County saß. Das Protokoll begann mit einer Schilderung seiner Verfassung. Waddells Verhalten und Sprache verrieten, dass er aufgeregt und verwirrt war. Als Wesley ihm Gelegenheit gab, Fragen zu stellen, hatte er nur eine: »Wir sind gerade an einem Fenster vorbeigekommen, und ich habe kleine weiße Flocken gesehen. Schneit es? Oder war das Asche aus dem Verbrennungsofen?« Das Protokoll war im August erstellt worden.

Fragen, wie der Mord hätte verhindert werden können, führten zu nichts. Hätte Waddell sein Opfer auch in einer belebten Gegend getötet? In Gegenwart von Zeugen? Hätte ihn irgendetwas davon abhalten können, Robyn Naismith zu töten? Hielt er die Todesstrafe für ein Abschreckungsmittel? Waddell sagte, er könne sich »nicht erinnern, die TV-Lady umgebracht« zu haben. Er wusste nicht, was ihn davon hätte abhalten können, eine Tat zu begehen, an die er sich nicht erinnern konnte. Er erinnerte sich nur noch daran, »klebrig« gewesen zu sein wie beim Aufwachen aus einem feuchten Traum. Doch er war nicht von Sperma klebrig gewesen, sondern von Robyns Blut.

»Häufige Kopfschmerzen, extreme Schüchternheit, Neigung zu Tagträumen, das Verlassen des Elternhauses mit zwanzig – ich finde hier nichts, was man als Alarmzeichen deuten könnte«, sagte ich. »Keine Grausamkeiten gegenüber Tieren, keine Brandstiftung, keine Gewalttätigkeiten …«

»Lesen Sie weiter!«, forderte Wesley mich auf.

Ich überflog die nächsten Seiten. »Drogen und Alkohol«, resümierte ich.

»Hätte man ihn nicht eingesperrt, wäre er eines Tages am Rauschgift gestorben oder von einem anderen Junkie ermordet worden«, sagte Wesley. »Interessant ist, dass er erst im Erwachsenenalter damit anfing. Ich erinnere mich, dass er erzählte, er habe keinen Schluck Alkohol getrunken, bevor er zwanzig war und von zu Hause wegging.«

»Er wuchs auf einer Farm auf, nicht wahr?«

»In Suffolk. Es ist eine ziemlich große Farm, auf der Erdnüsse, Mais und Sojabohnen angebaut werden. Seine ganze Familie wohnte dort und arbeitete für den Besitzer. Waddell war das jüngste von vier Kindern. Die Mutter war sehr religiös und ging jeden Sonntag mit ihnen in die Kirche. In seinem Elternhaus wurde nicht getrunken, nicht geflucht und nicht geraucht. Er wuchs sehr behütet auf und kam kaum jemals von der Farm weg, bis sein Vater starb. Da sagte Ronnie der Farm adieu und nahm den Bus nach Richmond. Dank seiner körperlichen Kräfte hatte er keine Schwierigkeiten, Arbeit zu finden. Er brach mit dem Presslufthammer Asphalt auf, schleppte schwere Lasten … Als Hilfsarbeiter kam er immer unter. Von seinem Lohn kaufte er sich zunächst Bier und Schnaps, dann Marihuana. Innerhalb eines Jahres war er auf Koks und Heroin, dealte und stahl alles, was ihm in die Finger kam, um seine

Sucht zu finanzieren. Als ich ihn fragte, wie viele Straftaten er verübt habe, für die er nicht eingesperrt worden sei, erwiderte er, er könne sie nicht zählen. Er hatte Einbrüche verübt, Autos aufgebrochen – er war ein ›Beschaffungskrimineller‹, wie es so schön heißt. Und dann brach er bei Robyn Naismith ein, und sie kam unglücklicherweise zurück, als er noch dort war.«

»Aber im Grunde war er nicht gewalttätig«, warf ich ein.

»Nein, sonst hätte sich das schon früher gezeigt. Die Verteidigung behauptete, er sei vorübergehend unzurechnungsfähig gewesen – durch Drogen und Alkohol –, und ich glaube das. Nicht lange vor dem Mord hatte er mit PCP angefangen. Es ist gut möglich, dass er zur Tatzeit völlig neben der Spur war und sich später gar nicht mehr oder nur sehr dunkel an das erinnerte, was er getan hatte.«

»Was hat er denn gestohlen?«, erkundigte ich mich. »Vielleicht kann man daraus schließen, dass er wirklich nur einen Diebstahl plante, als er bei ihr einbrach.«

»Das ganze Haus war durchwühlt. Wir wissen, aufgrund der Aussage ihrer Freundin, dass Schmuck fehlte. Das Medizinschränkchen im Bad war ausgeräumt und ihre Brieftasche leer. Es ist schwer zu sagen, ob sonst noch etwas fehlte, da sie allein lebte.«

»Ohne jede festere Bindung?«

»Die Frage bringt mich auf einen interessanten Punkt.« Wesley betrachtete ein altes Ehepaar, das auf der Tanzfläche der Bar selbstvergessen zu den heiseren Klängen des Saxophons tanzte. »Auf dem Laken wurden frische Spermaspuren festgestellt – und sie stammten eindeutig nicht von Waddell; sie gehörten zu einer anderen Blutgruppe.«

»Keiner ihrer Bekannten hat einen Freund erwähnt?«

»Nein. Da er sich nicht bei der Polizei meldete, lag nahe, dass es sich um einen verheirateten Mann handelte.«

»Kehren wir zu unserem gegenwärtigen Problem zurück.«

Ich öffnete Waddells Akte und gab Wesley die Fotos des Häftlings, den ich am Abend des 13. Dezember nach seiner Hinrichtung obduziert hatte. »Können Sie mir sagen, ob das der Mann ist, den Sie vor sechs Jahren in Mecklenburg aufgesucht haben?«

Benton studierte die Fotos sorgfältig – Nahaufnahmen des Gesichts, des Oberkörpers und der Hände. Dann zog er einen Schnappschuss aus Waddells Beurteilungsbogen und legte ihn zum Vergleich daneben.

»Ich sehe eine Ähnlichkeit«, stellte ich fest.

»Die besteht«, nickte Wesley. »Aber das muss nichts heißen. Der Schnappschuss ist sechs Jahre alt. Waddell hatte einen Vollbart, war sehr muskulös, aber schlank. Sein Gesicht war schmal. Dieser Bursche«, er deutete auf eines meiner Fotos, »ist glattrasiert und viel schwerer, das Gesicht bedeutend voller. Tut mir leid, ich weiß nicht, ob es derselbe Mann ist.«

Auch ich konnte es nicht mit Sicherheit bestätigen, aber ich besitze alte Fotos von mir, auf denen mich heute niemand wiedererkennen würde.

»Haben Sie irgendwelche Vorschläge, wie wir dieses Problem lösen können?«, fragte ich ihn.

»Einen.« Er legte die Fotos aufeinander und klopfte den Stapel auf der Tischplatte gerade. »Ihr Freund Nicholas Grueman spielt eine Rolle in diesem Stück, und ich habe eine Idee, wie wir an ihn rankommen können, ohne unsere Karten aufzudecken. Wenn Marino oder ich an ihn heranträten, wüsste er sofort, dass etwas im Busch ist.«

Ich wusste, worauf er hinauswollte, und versuchte, ihn zu unterbrechen, doch er ließ es nicht zu.

»Marino hat mir von Ihren Schwierigkeiten mit Grueman berichtet – dass er Sie mit Vorliebe niedermacht. Aber Sie haben bei ihm studiert, und es wäre naheliegend, wenn Sie mit ihm sprächen. Sozusagen in Erinnerung an die alten Zeiten.«

»Diese ›alten Zeiten‹ waren ein Albtraum. Ich will nicht mit ihm sprechen, Benton.«

Wesley tat, als hätte ich gar nichts gesagt. »Vielleicht können Sie ihm unter einem Vorwand Briefe oder Dokumente abluchsen, auf denen sich Fingerabdrücke Waddells befinden. Vielleicht sagt er im Laufe des Gesprächs etwas, das uns weiterhilft. Marino und ich kennen ihn überhaupt nicht. Wenn wir uns an ihn wendeten, hätte das zwangsläufig einen hochoffiziellen Charakter, und genau das möchte ich vermeiden. Außerdem fahren Sie doch ohnehin nach Washington – zu Dauney.«

»Ich mache es nicht«, lehnte ich entschieden ab.

»Na schön. Es war nur so ein Gedanke.« Er bedeutete der Bedienung, die Rechnung zu bringen. »Wie lange bleibt Lucy bei Ihnen?«

»Sie hat am 7. Januar wieder Schule.«

»Marino sagte, dass sie sich ziemlich gut mit Computern auskennt.«

»Das hat er gesagt? Ihr gegenüber tut er immer, als glaube er, sie könne nicht bis drei zählen. Aber ›ziemlich gut‹ ist untertrieben: Sie ist ein Ass!«

Meine Begeisterung entlockte Wesley ein schwaches Lächeln. »Er sagte, sie traue sich zu, herauszufinden, ob in AFIS herumgepfuscht wurde.«

»Jedenfalls würde sie es gern versuchen.« Ich war hin und her gerissen: Einerseits wollte ich meine Nichte nicht in die Geschichte hineinziehen, andererseits brannte ich darauf, mit ihrer Hilfe das Rätsel zu lösen.

»Ich weiß nicht, ob ich Ihnen je erzählt habe, dass Michele beim Department of Criminal Justice Services angestellt ist, das bezüglich AFIS mit der State Police zusammenarbeitet«, sagte Wesley.

»Ich könnte mir vorstellen, dass Sie das jetzt ziemlich beunruhigt.« Ich trank meinen Cognac aus.

»Es gibt keinen Tag in meinem Leben, an dem mich nicht irgendetwas beunruhigt«, erwiderte er.

Als Lucy und ich am nächsten Morgen Skisachen anzogen, die man sicherlich noch von der Eigernordwand aus hätte sehen können, begann es leicht zu schneien.

»Ich komme mir vor wie eine Verkehrsampel«, schimpfte meine Nichte mit einem missgünstigen Blick auf ihr Spiegelbild.

»Mecker nicht! So gehst du in der feindlichen Natur wenigstens nicht verloren.«

Lucy musterte mein Outfit, das ebenso auffällig war wie das ihre, und schüttelte den Kopf. »Wenn ich an die konservativen Sachen in deinem Kleiderschrank in Richmond denke, dann ist diese Aufmachung einigermaßen verblüffend.«

»Ich bin eben flexibel. Hast du Hunger?«

»Ich bin schon ganz zittrig.«

»Benton wird um halb neun im Speisesaal sein. Aber wir können natürlich auch schon jetzt runtergehen, wenn du nicht bis dahin warten willst.«

»Ich bin so weit. Frühstückt Connie nicht mit uns?«

»Wir treffen sie am Hang. Benton will erst noch mit mir reden.«

»Sie leidet bestimmt darunter, immer ausgeschlossen zu sein«, meinte Lucy.

Ich schloss unsere Zimmertür ab, und wir gingen den ruhigen Korridor hinunter. »Ich glaube, sie möchte gar nicht einbezogen werden.« Unwillkürlich sprach ich mit gedämpfter Stimme. »Ich denke, sie würde es als Belastung empfinden.«

»Ihr versteht euch gut, Mr. Wesley und du, meine ich.«

»Unsere Arbeit verbindet uns.«

»Und die ist für euch das Wichtigste.«

»Sie ist der dominierende Faktor in unserem Leben.«

»Habt ihr ein Verhältnis miteinander?«, fragte Lucy, als wir in den Aufzug traten.

Ich schaute sie verblüfft an, und dann lachte ich. »Wie kommst du denn auf die Idee?«

»Na ja, wo ihr euch so ähnlich seid ...«

»Das wäre eine denkbar schlechte Voraussetzung für eine Beziehung. Aber es ist gar keine Rede davon.«

Das Frühstücksbuffet des Homestead war überwältigend: Schinken und Speck aus Virginia, alle erdenklichen Zubereitungen von Eiern, Pasteten, Pfannkuchen und eine üppige Auswahl an Brotsorten. Lucy stand ratlos vor der Vielfalt und wandte sich dann den Frühstücksflocken und dem Obst zu. Ihr gutes Beispiel und die Erinnerung an meine gesundheitlichen Ermahnungen für Marino zwangen mich, auf alles zu verzichten, worauf ich Lust hatte, einschließlich des Kaffees.

»Die Leute starren dich an, Tante Kay«, flüsterte Lucy mir zu.

Ich nahm an, dass unsere auffallende Kleidung der Grund für das allgemeine Interesse war, bis ich die *Washington Post* ansah, die ich mir an den Tisch hatte bringen lassen: mord im leichenschauhaus lautete die Schlagzeile, die wieder einmal aus Sensationsmache an der Wahrheit vorbeiging. In dem dazugehörigen Artikel wurde ausführlich über Susans Ermordung berichtet – und die Illustration bildete ein großes Foto von mir, das mich beim Eintreffen am Fundort der Leiche zeigte. Die Hauptinformationsquelle des Reporters war offenkundig Susans Ehemann Jason Story, der behauptete, seine Frau habe einige Tage vor ihrem gewaltsamen Tod ihren Job aufgegeben, weil ich darauf bestanden hätte, sie im Autopsiebericht eines ermordeten Jungen als Zeugin aufzuführen, obwohl sie bei der Obduktion gar nicht anwesend war; es habe deshalb auch eine heftige Auseinandersetzung zwischen uns gegeben. Danach hätte ich so oft bei ihnen zu Hause angerufen, dass sie es nicht mehr wagte, ans Telefon zu gehen, und schließlich habe ich sie am Weihnachtsabend »überfallen« und aus irgendeinem Grund mit Gefälligkeiten bestechen wollen.

Zitat: »Ich kam von Weihnachtseinkäufen zurück und traf sie [Dr. Scarpetta] im Flur. Sie war im Gehen. Sobald sich die Tür hinter ihr geschlossen hatte, brach Susan in Tränen aus. Sie hatte entsetzliche Angst, wollte mir aber nicht sagen, wovor.«

So unerfreulich ich Jason Storys Verunglimpfung meiner Person fand, viel mehr irritierten mich Susans finanzielle Transaktionen: Dem Bericht zufolge hatte sie zwei Wochen vor ihrer Ermordung dreieinhalbtausend Dollar auf ihr Konto eingezahlt und anschließend Kreditkartenschulden von mehr als dreitausend Dollar beglichen. Dieser plötzliche »warme Regen« sei ein Rätsel, schrieb der Reporter. Ihr Ehemann habe im Herbst seinen Job als Vertreter verloren, und Susan verdiente weniger als zwanzigtausend im Jahr.

Auch mir war dieser Punkt ein Rätsel.

»Mr. Wesley kommt«, sagte Lucy und nahm mir die Zeitung weg.

Benton trug schwarze Skikleidung und hatte einen roten Anorak unter dem Arm. Ich sah ihm an, dass er die Neuigkeit bereits kannte.

»Warum haben Sie mir nicht erzählt, dass die *Post* mit Ihnen gesprochen hat?« Er zog sich einen Stuhl unter dem Tisch heraus.

»Hat sie ja gar nicht!«

Er schaute mich ungläubig an. »Sie haben vor der Veröffentlichung dieses Artikels keine Chance von denen bekommen, sich zu äußern?«

»Ganz so ist es nicht: Gestern rief jemand von der *Post* an. Aber ich entschied mich dafür, nicht mit ihm zu sprechen.«

»Sie waren also nicht vorgewarnt?«

»Nein.«

»Die Sache kam vorhin schon im Fernsehen, Kay. Marino hat angerufen. Die Presse in Richmond hat einen großen Tag. Der allgemeine Tenor ist, dass der Mord an Susan mit ihrer Tätigkeit beim Chief Medical Examiner zusammenhängt, dass Sie damit zu tun und deshalb überstürzt die Stadt verlassen haben.«

»Das ist doch absurd!«

»Wie viel von dem Artikel ist denn richtig?«, fragte er.

»Die Tatsachen sind völlig entstellt worden, aber es stimmt, dass ich bei Susan anrief. Allerdings nicht, weil ich sie dazu bewegen wollte, ihre Kündigung zurückzunehmen, sondern um mich nach dem Formalinunfall nach ihrem Befinden zu erkundigen und um sie zu fragen, ob sie Waddell Fingerabdrücke abgenommen habe. Es ist ebenfalls richtig, dass ich sie am Weihnachtsabend besuchte; allerdings nicht, um sie zu ›überfallen‹, sondern um ihr ein Geschenk zu bringen. Sie machte einen verstörten Eindruck, und ich sagte ihr, sie könne sich jederzeit an mich wenden, wenn sie Hilfe brauche. Ich nehme an, dass Jason das mit den ›Gefälligkeiten‹ gemeint hat, mit denen ich sie ›bestechen‹ wollte.«

»Und was hat es damit auf sich, dass sie bei der Autopsie von Eddie Heath nicht als Zeugin aufgeführt werden wollte?«

»Es ist üblich, dass Assistenten, die bei einer Autopsie anwesend sind, im Protokoll als Zeugen genannt werden. In diesem Fall war Susan nur zeitweise anwesend: Nachdem sie die Formalinbehälter umgestoßen hatte, schickte ich sie in mein Büro hinauf, damit sie sich dort aufs Sofa legen konnte. Die Sache habe ich Ihnen ja schon erzählt. Susan war nur bei der externen Untersuchung dabei gewesen und wollte nicht als Zeugin unterschreiben. Ich fand ihre Bitte zwar etwas merkwürdig, aber wir hatten deswegen keinerlei Auseinandersetzung.«

»In dem Artikel wird der Eindruck vermittelt, als habe sie

die dreieinhalbtausend Dollar von dir bekommen«, sagte Lucy, die den Bericht inzwischen ebenfalls gelesen hatte.

»Ich habe sie nicht bestochen, aber es sieht so aus, als habe jemand anderer es getan«, antwortete ich.

»Ich nehme an, das Geld war das Honorar für irgendwelche Dienste«, wandte Wesley sich an mich. »In Ihren Computer wurde eingebrochen – und Susan veränderte sich. Sie war plötzlich überempfindlich und unzuverlässig, und schließlich lief sie einfach davon. Ich glaube, sie konnte Ihnen nicht mehr ins Gesicht sehen, Kay, weil sie Sie hinterging.«

Ich nickte traurig. Wesleys Vermutung klang einleuchtend.

Bei meinem Weihnachtsbesuch hatte ich erkannt, dass mit Susan etwas nicht stimmte und sie nicht ehrlich zu mir war. Dass sie sich vor Eddie Heaths und Jennifer Deightons Obduktion drückte, hatte nichts mit Formalindämpfen oder Angst vor Hexen zu tun – sie ertrug es nicht, ausgerechnet diese beiden Opfer zu obduzieren.

»Eine interessante Theorie«, sagte Wesley, als ich ihm meine Gedanken darlegte. »Ich denke, sie bekam das Geld unter anderem für Informationen. Wahrscheinlich war sie am Weihnachtstag mit ihrem Auftraggeber verabredet. Vielleicht wollte sie aus dem Geschäft aussteigen, vielleicht drohte sie auch, alles auffliegen zu lassen. Beides wäre ein Mordmotiv.«

»Was für Informationen können so wichtig sein, dass jemand so viel Geld dafür bezahlt?«, fragte mich Lucy.

Ich hob ratlos die Schultern. »Susan hat nicht vergessen, Waddell Fingerabdrücke abzunehmen – oder wer immer es war, den ich da obduzierte«, sagte ich zu Benton. »Sie hat es absichtlich nicht gemacht.«

»Das glaube ich auch.« Wesley nickte. »Ich nehme an, es gehörte zu ihrem Auftrag, es zu ›vergessen‹ oder die Karten verschwinden zu lassen, falls ein anderer die Abdrücke abgenommen hätte.« Wieder musste ich an Ben Stevens denken. »Und das bringt uns zu unserem Problem zurück«, fuhr Wesley fort. »Wir müssen herausfinden, wer am 13. Dezember auf dem elektrischen Stuhl starb – und dazu müssen wir wissen, ob Waddells AFIS-Unterlagen manipuliert wurden. Ich habe Michele schon Bescheid gesagt, dass Sie auf sie zukommen werden«, wandte Wesley sich an Lucy.

»Michele?«

»Sie ist Computerspezialistin beim Department of Criminal Justice Services und sitzt im Hauptquartier der State Police. Rufen Sie sie an. Sie wird Ihnen erklären, wie AFIS funktioniert, und die fraglichen Protokollbänder auflegen.«

»Sie hat nichts dagegen, dass ich das mache?«, fragte Lucy.

»Ganz und gar nicht. Die Protokollbänder enthalten alle Änderungen in der AFIS-Datenbank. Sie sind nicht lesbar. Wenn ich mich recht erinnere, bezeichnete Michele sie als ›hex-Abzüge‹. Können Sie damit etwas anfangen?«

»Hex ist die Abkürzung von hexadezimal – das heißt ›auf der Zahl sechzehn basierend‹. Ich muss die Umsetzung rückgängig machen und ein Programm schreiben, das alle Veränderungen der nummerierten Einträge, an denen Sie interessiert sind, sucht.«

»Und – schaffen Sie das?«

»Ja, sobald ich das Schema geknackt habe und die Datenstruktur kenne. Warum macht diese Michele, die Sie erwähnten, es eigentlich nicht selbst?«

»Es würde auffallen, wenn sie plötzlich ihre Routineaufgaben vernachlässigen und den ganzen Tag nur noch Protokollbänder durchgehen würde. Sie dagegen können unauffällig vom Rechner Ihrer Tante aus arbeiten, indem Sie sich über eine Leitung für Fehlersuch- und Wartungsarbeiten reinwählen.«

»Ich bin mit der Aktion nur einverstanden, wenn die Spuren nicht zu mir zurückverfolgt werden können«, meldete ich mich zu Wort.

»Können sie nicht«, versprach Wesley.

»Und niemand wird merken, dass sich jemand in den Computer der State Police reinmogelt?«, wollte ich wissen.

»Michele sagte, sie kann dafür sorgen.« Wesley zog einen Zettel aus der Tasche seines Anoraks und gab ihn Lucy. »Da sind ihre Büro- und ihre Privatnummer.«

»Woher wissen Sie, dass man ihr trauen kann?«, erkundigte Lucy sich. »Woher wissen Sie, dass sie nicht irgendwie an der Manipulation beteiligt war, falls eine vorliegt?«

»Sie konnte schon als kleines Mädchen nichts vor mir verbergen.«

»Sie kennen sie schon so lange?«

»O ja.« Wesley lächelte. »Sie ist meine älteste Tochter.«

9

Nach einigem Hin und Her fassten wir einen Entschluss: Lucy würde bis Mittwoch mit den Wesleys im Homestead bleiben, damit ich mich auf meine Arbeit konzentrieren konnte, ohne mir Vorwürfe machen zu müssen, sie zu vernachlässigen. Am späten Vormittag reiste ich bei leichtem Schneefall ab; als ich in Richmond ankam, regnete es.

Bis vier Uhr nachmittags war ich in den Labors gewesen, hatte mit Fielding und einigen Spezialisten konferiert, keinen einzigen Reporteranruf erwidert und einen Bogen um meine E-Mails gemacht: Falls der Leiter der Gesundheitsbehörde mir eine Nachricht geschickt hatte, wollte ich nicht wissen, wie sie lautete. Um halb fünf tankte ich gerade an der Grove Avenue, als ein weißer Ford an der Zapfsäule hinter mir hielt. Marino stieg aus, zog seine Hose hoch und ging zur Toilette. Als er zurückkam, schaute er sich verstohlen um, als fürchte er, beobachtet zu werden. Dann kam er zu mir.

»Ich sah Sie zufällig hier stehen.« Er rammte seine Fäuste in die Taschen seines blauen Blazers.

»Wo ist Ihr Mantel?« Ich machte mich daran, die Windschutzscheibe zu säubern.

»Im Kofferraum. Ist beim Fahren nur im Weg.« Er zog die Schultern nach vorn, um sich gegen die feuchtkalte Luft zu schützen. Wenigstens regnete es nicht mehr. »Wenn Sie sich noch keine Gedanken darüber gemacht haben, wie Sie diesen Gerüchten entgegentreten können, dann sollten Sie schleunigst damit anfangen.«

Ich warf den Reinigungsschwamm in den Eimer zurück. »Und was soll ich Ihrer Meinung nach tun, Marino?«, fragte ich ärgerlich. »Jason Story anrufen und ihm sagen, es tue mir sehr leid, dass seine Frau und sein ungeborenes Kind tot sind, ich würde es jedoch begrüßen, wenn er seinen Zorn und seinen Gram an jemand anderem ausließe?«

»Doc, er macht Sie für alles verantwortlich!«

»Ich nehme an, dass mich nach der Lektüre der *Post* viele Leute für alles verantwortlich halten.«

»Sind Sie hungrig?«

»Nein.«

»Sie sehen aber hungrig aus.«

Ich schaute ihn an, als sei er übergeschnappt.

»Und wenn etwas für mich nach etwas Bestimmtem aussieht, dann ist es meine Pflicht, dem nachzugehen. Ich lasse Ihnen die Wahl, Doc: Entweder hole ich uns was aus dem Automaten da drüben, und wir kleckern uns im Auto die Klamotten voll, oder wir fahren rüber zu Phil. Auf jeden Fall besorge ich uns was zu essen.«

Zehn Minuten später saßen wir an einem Ecktisch und studierten die mit Karikaturen illustrierte Speisekarte, auf der es von Spaghetti bis zu gebratenem Fisch alles gab. Marino saß mit dem Gesicht zu der dunkel gebeizten Eingangstür, und ich hatte die Toilettentüren vor mir. Wie die meisten Leute um uns herum rauchte Marino, und meine Standhaftigkeit wurde wieder einmal auf eine harte Probe gestellt. Er hätte kein günstigeres Restaurant wählen können. Philip's Continental Lounge war ein alteingesessenes Lokal, in dem sich Leute, die einander ein Leben lang kannten, regelmäßig trafen, um eine herzhafte Mahlzeit und ein Flaschenbier zu genießen – mich hätten sie nur erkannt, wenn mein Gesicht regelmäßig im Sportteil ihrer Lieblingszeitung erscheinen würde.

Marino klappte die Speisekarte zu. »Jason ist überzeugt, dass Susan noch leben würde, wenn sie einen anderen Job gehabt hätte – und damit hat er wahrscheinlich sogar recht. Er ist ein Verlierertyp, eines von diesen egozentrischen Arschlöchern, die glauben, dass an allem immer die anderen schuld sind. Dabei hat er sie auf dem Gewissen!«

»Sie glauben doch nicht, dass er sie umgebracht hat!«

Die Bedienung kam, und wir bestellten: Grillhähnchen und Reis für Marino, ein koscheres Chilidog für mich und Diätlimos für uns beide.

»Nein, er hat sie sicher nicht erschossen«, antwortete Marino. »Aber er ist schuld an der Situation, die schließlich zu ihrer Ermordung führte.«

»Wie das?«

»Er hat zwar seinen Job verloren, aber seinen kostspieligen Geschmack behalten. Der Kerl hat Ansprüche wie ein Großverdiener. Kurz nach seinem Rausschmiss ging der Knallkopf los, kaufte sich für siebenhundert Dollar eine Skiausrüstung und verbrachte das anschließende Wochenende in Wintergreen. Davor musste es unbedingt eine Lederjacke für zweihundert Dollar sein und ein Fahrrad für vierhundert. Susans Einkommen reichte hinten und vorn nicht, um diesen Luxus zu finanzieren.«

Sie hatte mir gegenüber nie Geldprobleme erwähnt, aber ich hätte sie ahnen können. Sie verbrachte die Mittagspause grundsätzlich in ihrem kleinen Büro, und manchmal ging ich auf einen kurzen Plausch zu ihr. Jetzt erinnerte ich mich an die billigen Chips und die Sonderpreisetiketten auf ihren Mineralwasserflaschen.

»Seine Vorstellungen von Lebensqualität sind auch der Grund dafür, dass er Sie überall schlechtmacht. Sie besitzen ein Haus in Windsor Farms, fahren einen dicken Mercedes und haben einen hochdotierten Job. Ich fürchte, der Idiot glaubt, wenn er Ihnen die Schuld am Tod seiner Frau in die Schuhe schiebt, kann er irgendwas rausschlagen.«

»Das kann er versuchen, bis er schwarz wird.«

»Das wird er auch tun.«

Unsere Limonade kam, und ich wechselte das Thema: »Ich treffe mich morgen früh mit Dauney.«

Marinos Blick wanderte zu dem Fernseher, der über der Bar hing.

»Lucy fängt mit AFIS an – und ich muss etwas wegen Ben Stevens unternehmen.«

»Schmeißen Sie ihn raus!«

»Haben Sie eine Ahnung, wie schwierig es ist, einen Staatsangestellten zu entlassen?«

»Es heißt, es sei einfacher, Jesus Christus vom Kreuz zu holen«, sagte Marino. »Aber Sie sollten einen Weg suchen, ihn loszuwerden.«

»Haben Sie mit ihm gesprochen?«

»O ja! Seinen Worten nach sind Sie arrogant, von Ehrgeiz zerfressen und unberechenbar – als Chefin eine einzige Zumutung.«

»Das hat er gesagt?«, fragte ich ungläubig.

»Na ja, nicht wörtlich.«

»Ich erwarte, dass seine finanziellen Verhältnisse überprüft werden. Es würde mich interessieren, ob er kürzlich größere Beträge auf sein Konto eingezahlt hat. Ich bin überzeugt, er ist mit von der Partie.«

»Das glaube ich auch.« Marino nickte. »Ich war übrigens in Susans Bankfiliale. Einer der Kassierer erzählte mir, dass sie die dreieinhalbtausend in *bar* eingezahlt hat. In Zwanziger-, Fünfziger- und Hunderternoten, die sie *lose* in der Handtasche hatte.«

»Wie hat Stevens sich über Susan geäußert?«

»Er sagte, dass er sie nur vom Büro her kannte, dass er aber den Eindruck hatte, dass es zwischen ihr und Ihnen Probleme gab – womit er die Zeitungsversion natürlich untermauerte.«

Unser Essen kam, aber ich brachte vor Wut kaum einen Bissen hinunter. »Und was ist mit Fielding?«, fragte ich. »Hält er mich ebenfalls für eine schreckliche Chefin?«

Marino schaute an mir vorbei. »Er meint, Sie seien ungemein ehrgeizig, und er habe nie schlau aus Ihnen werden können.«

»Ich habe ihn nicht eingestellt, damit er schlau aus mir wird, und verglichen mit ihm bin ich sicherlich vom Ehrgeiz getrieben. Für Fielding hat der Beruf schon vor Jahren seinen Reiz verloren; er verbraucht seine Energien hauptsächlich im Fitnesscenter.«

»Doc«, jetzt sah Marino mich an, »Sie sind mit allen verglichen vom Ehrgeiz getrieben, und die meisten Leute werden nicht schlau aus Ihnen. Sie haben das Herz nicht gerade auf der Zunge. Ihrem Verhalten nach kann man Sie durchaus für gefühllos halten. Sie sind so verdammt unzugänglich. Immer wieder fragen mich Kollegen und Anwälte nach Ihnen. Sie wollen wissen, wie Sie wirklich sind, wie Sie Ihre Arbeit verkraften.«

»Und was antworten Sie dann?«

»Überhaupt nichts.« Er zündete sich eine Zigarette an. »Ich sage Ihnen jetzt was, das Ihnen vielleicht nicht gefallen wird: Sie sind noch nie sehr umgänglich gewesen, aber seit Marks Tod haben Sie die Mauer, die Sie um sich gezogen haben, noch ein gutes Stück aufgestockt. Ich weiß, dass das nur eine Vorsichtsmaßnahme ist, und dass Sie der beste Freund sind, den man sich wünschen kann, aber die anderen sehen nur die abweisende Fassade, und die macht Sie nicht gerade sympathisch. Sie müssen der Tatsache ins Auge sehen: Es gibt niemanden, der sich für Sie stark macht. Im Gegenteil, viele Leute warten nur darauf, Sie bluten zu sehen.«

»Ich habe nicht die Absicht, ihnen diese Freude zu machen.«

»Doc«, er blies eine Rauchwolke in die Luft, »Sie sind angeschlagen. Wenn man unter Haien schwimmt und zu bluten anfängt, sollte man machen, dass man aus dem Wasser kommt.«

»Welch eindrucksvolle Metapher!«

»Sehen Sie, das genau meine ich: Mit Sarkasmus und Herablassung machen Sie sich keine Freunde.«

»Aber ich habe es doch *lächelnd* gesagt.«

»Ich habe Sie schon mit einem Lächeln Leichen aufschneiden sehen.«

»Das kann nicht sein. Ich benutze immer ein Skalpell.«

»Manchmal besteht da kein Unterschied: Ich habe erlebt, dass Ihr Lächeln Verteidiger aufgeschlitzt hat.«

»Wenn ich eine so furchterregende, unnahbare Person bin, wieso sind wir beide dann Freunde?«

»Weil ich Sie verstehe: Meine Mauer ist noch höher als Ihre. Die Welt ist schlecht, Doc, und deshalb möchte ich, dass Sie ein Weilchen stillhalten.«

»Das kann ich nicht.«

»Alles, was Sie jetzt tun, wird gegen Sie verwendet werden. Sie schaufeln sich Ihr eigenes Grab, wenn Sie keine Ruhe geben.«

»Susan ist tot«, sagte ich, »Eddie Heath ist tot, Jennifer Deighton ist tot, in meinem Büro regiert die Korruption, und wir wissen nicht, wer neulich auf dem elektrischen Stuhl hingerichtet worden ist – und da wollen Sie mir allen Ernstes vorschlagen, mich zu verkriechen! Meinen Sie, der Knoten wird sich von selbst lösen?«

»Welch eindrucksvolle Metapher!«

Ich musste lachen. »Gut gekontert.«

Marino griff nach dem Salz, doch ich war schneller. »Nein! Aber Sie können Pfeffer nehmen.« Ich schob ihm den Streuer hin. »So viel Sie wollen.«

»Dieser Gesundheitsquatsch wird mich noch umbringen«, grollte er. »Ich werde es nämlich eines Tages so satt haben, ewig aufzupassen, dass ich dann alle Fehler auf einmal mache: Ich rauche zwei Zigaretten gleichzeitig, schütte mir einen doppelten Bourbon in meinen Kaffeebecher und klatsche einen großen Klecks Butter und Sauerrahm auf die gebackene Kartoffel zu meinem Riesensteak, auf das ich reichlich Salz streue. Auf diese Weise brennen dann alle Sicherungen gleichzeitig durch.«

»Nein!«, widersprach ich heftig. »Sie werden nichts dergleichen tun! Sie werden gefälligst auf sich aufpassen und mindestens so lange leben wie ich!«

Wir verfielen in Schweigen.

Schließlich sagte Marino: »Was haben Sie eigentlich mit diesen blöden Federn im Sinn?«

»Ich will klären, wo sie herkommen.«

»Die Mühe kann ich Ihnen ersparen. Sie stammen von Vögeln.«

Kurz vor sieben trennten wir uns, und ich fuhr ins Büro zurück. Es war noch wärmer geworden, und es goss dermaßen, dass die Scheibenwischer der Wassermassen nicht Herr wurden. Die Autos krochen im Schritttempo dahin. Die Natriumdampflampen übergossen den leeren Parkplatz des Leichenschauhauses mit blütenstaubgelbem Licht. Als ich am Autopsieraum vorbei zu Susans Büro ging, beschleunigte sich mein Puls.

Alles sah so aus wie vor ihrem Tod: Marino beherrschte die Kunst, ein Zimmer zu durchsuchen, ohne dessen charakteristischen Zustand zu ändern. Das Telefon stand immer noch schräg auf der rechten Schreibtischecke, die Schnur war immer noch völlig verdreht. Auf der grünen Schreibunterlage lagen zwei abgebrochene Bleistifte und eine Schere, über der Stuhllehne hing ein Laborkittel. Am Computermonitor klebte ein Merkzettel für einen Arzttermin, und als ich Susans ordentliche, sanft geschwungene Handschrift betrachtete, kamen mir die Tränen. Ich setzte mich auf den Schreibtischstuhl und rollte mit ihm zum Aktenschrank. Die Ordner enthielten hauptsächlich Prospekte für Dinge, die wir bei der Arbeit brauchten. Nichts erschien mir merkwürdig – bis ich entdeckte, dass Susan alte Hausmitteilungen von Fielding aufgehoben hatte, jedoch keine von Ben Stevens oder mir. Ich durchsuchte die Schubladen und Regale: nichts. Die einzige Erklärung war, dass jemand die betreffenden Ordner weggenommen hatte.

Als Erstes fiel mir Marino ein. Nein, der hätte es mir bestimmt gesagt. Und dann kam mir der Gedanke, der mich augenblicklich aufspringen ließ. Ich stürzte aus dem Zimmer, fuhr hinauf, schloss mein Büro auf und ging zum Kommodenschrank. Die dicke Mappe, die ich suchte, war schlicht mit memos beschriftet und enthielt Kopien sämtlicher Mitteilungen, die ich im letzten Jahr an meine Angestellten geschickt hatte. Sie war nicht da. Vielleicht lag sie bei Rose. Auch dort fand ich sie nicht. Sicherheitshalber schaute ich alle meine Schubladen durch – ohne Ergebnis.

»Dieser Mistkerl!«, fluchte ich, als ich wütend den Flur hinunterstürmte. »Dieser gottverdammte Mistkerl!«

Ben Stevens' Büro war so ordentlich und steril wie der Ausstellungsraum eines Möbelhauses. Der auf altenglisch getrimmte, mahagonifurnierte Schreibtisch wurde von Stehlampen mit Messingfüßen flankiert. Auf dem Boden lag ein maschinengeknüpfter Pseudoperser, und an den Wänden hingen große Poster von alpinen Skifahrern, Poloschläger schwingenden Reitern und Booten auf stürmischer See. Ich suchte Susans Personalakte heraus. Sie enthielt ihre Bewerbung, ihren Lebenslauf, Referenzen und einige andere Dokumente, doch fehlten die Kopien meiner lobenden Beurteilungen, die Stevens der Akte jeweils beifügen sollte.

Ich nahm mir die Schreibtischschubladen vor. In einer fand ich einen braunen Vinylbeutel, der Zahnbürste, Zahnpasta, Rasierapparat und Rasiercreme enthielt und eine kleine Flasche Herrenparfüm. Ich schraubte sie gerade wieder zu, als ich plötzlich spürte, dass ich beobachtet wurde. Ich hob den Kopf:

Ben Stevens stand in der Tür. Wir schauten einander schweigend an. Ich war nicht erschrocken, weil er mich ertappt hatte, ich fühlte mich nicht schuldig – das Einzige, was ich empfand, war Wut.

»Sie sind ja ungewöhnlich lange da heute, Ben. Es ist schon fast neun.« Ich zog den Reißverschluss des Kulturbeutels zu und legte ihn in die Schublade zurück. Dann faltete ich die Hände auf der Schreibunterlage. Ich sprach und bewegte mich absichtlich langsam. »Ich arbeite gern nach Dienstschluss«, sagte ich, äußerlich völlig gelassen, »weil dann niemand mehr da ist, der mich ablenkt oder stört.« Sein Wagen hatte nicht auf dem Parkplatz gestanden – warum war er zurückgekommen? »Sie sehen das offenbar ebenso. Nun, wenn Sie schon einmal hier sind, können wir das Gespräch, das ich mir für morgen vorgenommen hatte, auch gleich führen. Wie ich hörte, sagten Sie bei der polizeilichen Befragung, Sie hätten Susan nur auf dienstlicher Ebene gekannt. Dabei haben Sie sie doch oft morgens abgeholt oder nach der Arbeit nach Hause gebracht – wie zum Beispiel an dem Morgen, als ich Jennifer Deighton obduzierte. Ich erinnere mich, dass Susan sich an jenem Tag sehr seltsam benahm. Sie ließ die Bahre mit der Leiche mitten auf dem Flur stehen, und als ich in den Autopsieraum kam, war sie am Haustelefon und legte sofort auf, als sie mich sah. Sie kann nur mit einer einzigen Person gesprochen haben, da sonst noch niemand da war: mit Ihnen. Offensichtlich wollte sie nicht, dass ich das mitbekam. Demnach gab es keinen dienstlichen Grund für diesen Anruf. Was mich ebenfalls befremdet, ist Ihre Einstellung zu mir. Ich hatte den Eindruck, dass wir gut miteinander auskommen – bis ich vorhin erfuhr, dass Sie mich für die schlimmste Chefin unter der Sonne halten. Wie Sie sehr wohl wissen, arbeiteten Susan und ich sehr gut zusammen, und ich war ausgesprochen zufrieden mit ihr, aber Sie behaupten nun das Gegenteil, und jetzt, nach ihrem Tod, steht Ihr Wort gegen meines, denn merkwürdigerweise sind meine Beurteilungen, die es beweisen könnten, verschwunden. Ich liege sicher nicht falsch mit der Vermutung, dass Sie verbreiten werden, ich hätte die Memos an mich genommen, da sie mich belasten könnten. Und nun, da sie weg sind, können Sie den Inhalt nach Herzenslust verfälschen, nicht wahr?«

»Ich habe keine Ahnung, wovon Sie reden.« Stevens trat zwar ins Zimmer, blieb jedoch dem Schreibtisch fern und setzte sich auch nicht. Sein Gesicht war gerötet, blanker Hass stand in seinen Augen. »Ich weiß nicht, ob irgendwelche Memos verschwunden sind, aber wenn es stimmt, dann kann ich das den vorgesetzten Behörden nicht verheimlichen – ebenso wenig wie die Tatsache, dass ich Sie heute Abend, als ich vorbeikam, um etwas zu holen, das ich vergessen hatte, dabei überraschte, wie Sie meinen Schreibtisch durchwühlten.«

»Was hatten Sie denn vergessen, Ben?«

»Ich bin nicht verpflichtet, Ihnen das zu sagen.«

»O doch, das sind Sie durchaus. Sie arbeiten für mich, und wenn ich Sie spätabends im Büro antreffe, habe ich das Recht, den Grund für Ihre Anwesenheit zu erfahren.«

»Versuchen Sie doch, mich rauszuschmeißen! Das wäre im Augenblick ganz hervorragend für Ihr Image.« Seine Stimme troff von Sarkasmus.

»Sie sind ein Mistkerl, Ben.«

Seine Augen weiteten sich, und er befeuchtete die Lippen mit der Zunge.

»Ich durchschaue Sie, Ben: Sie sind in Panik und wollen, indem Sie *mich* anschwärzen, verhindern, dass Sie ins Rampenlicht geraten. Haben Sie Susan umgebracht?«

»Jetzt sind Sie total übergeschnappt!« Er zitterte vor Wut.

»Sie verließ das Haus am Weihnachtstag nach dem Mittagessen, angeblich, um eine Freundin zu besuchen. In Wahrheit war sie mit Ihnen verabredet, da bin ich sicher. Das Halstuch, das sie trug, als sie tot in ihrem Wagen gefunden wurde, roch nach einem Herrenparfüm. Der Duft entsprach dem, das ich in Ihrem Schreibtisch fand.«

»Sie phantasieren!«

»Von wem hat sie das Geld bekommen?«

»Wahrscheinlich von Ihnen.«

»Das ist lächerlich – und das wissen Sie genau«, sagte ich. »Ich denke, Sie bekamen die Möglichkeit, Ihr Budget mit Hilfe einer unseriösen Sache aufzustocken, brauchten jedoch Susans Unterstützung. Sie kannten ihre Finanzmisere und köderten sie mit Geld.«

»So ein Quatsch!«, fuhr er auf.

»Ben!«, sagte ich beschwörend. »Steigen Sie aus, solange Sie noch können. Sagen Sie mir, wer dahintersteckt!«

Er wich meinem Blick aus.

»Kein Geld der Welt kann ein Menschenleben aufwiegen. Meinen Sie, Sie werden damit fertig – falls Sie Susan getötet haben?«

Er antwortete nicht.

»Wenn jemand anderer sie ermordet hat, könnten Sie der Nächste sein. Haben Sie daran schon gedacht?«

»Ich werde mir diesen Blödsinn nicht länger anhören. Und was den Duft an Susans Halstuch betrifft – darauf können Sie mich nicht festnageln. Die Marke erfreut sich großer Beliebtheit.« Damit drehte er sich um und ging. Als ich hörte, wie sich die Lifttüren schlossen, lief ich zum Flurfenster und schaute auf den Parkplatz hinunter. Erst als Ben Stevens weggefahren war, wagte ich mich aus dem Haus.

Das FBI-Gebäude steht an der Ecke Ninth Street und Pennsylvania Avenue im Herzen von Washington. Als ich am folgenden Morgen ankam, befand ich mich im Kielwasser einer Horde lärmender Schulkinder. Während sie die Eingangstreppe hinaufrannten und dann in der Halle zwischen den riesigen Kübelpflanzen herumtobten, erinnerten sie mich an Lucy in diesem Alter, und eine Welle von Zärtlichkeit überflutete mich.

Die schrillen jungen Stimmen verwehten, als trage der Wind sie fort, als ich mit schnellen, zielstrebigen Schritten weiterging. Ich war schon oft hier gewesen. Mein Weg führte mich an einem Innenhof, einem Personalparkplatz und einem Wachtposten vorbei zu einer Glastür, hinter der eine mit Flaggen dekorierte Lobby lag. Von einer Wand lächelte der Präsident herab, an einer anderen hingen die Konterfeis der zehn meistgesuchten Verbrecher des Landes.

Ich legte dem jungen Beamten, der hinter einem Schreibtisch saß und ebenso farblos wirkte wie sein grauer Anzug, meinen Führerschein vor. »Ich bin Dr. Kay Scarpetta, Chief Medical Examiner für Virginia.«

»Und zu wem wollen Sie?«

Ich sagte es ihm.

Er verglich mich mit meiner Fotografie, vergewisserte sich, dass ich nicht bewaffnet war, und gab mir einen Besucheranstecker. Ich setzte mich auf einen der braunen Stühle, die an der Wand aufgereiht standen.

Seine Spezialisierung auf Vogelfedern hatte in mir eine bestimmte Vorstellung von Special Agent Minor Dauney geweckt: feingliedrig, ältlich, schütteres, hellblondes Haar, blasser Teint, dicke Brillengläser, unscheinbar. Wie schon so oft, lag ich völlig falsch. Ein durchtrainierter Mann von höchstens vierzig mit militärisch kurzem dunklem Haar kam auf mich zu.

»Mr. Dauney?« Hoffentlich sah er mir meine Verblüffung nicht an.

»Dr. Scarpetta.« Er schüttelte mir die Hand. »Bitte, nennen Sie mich Minor!«

Er trug ein weißes Hemd, eine dunkelblaue Hose und eine

blau-rot-braun gestreifte Krawatte. Die randlose Brille verlieh ihm den Touch eines Collegeprofessors. Ein attraktiver Mann.

»Wie kamen Sie auf Federn?«, fragte ich ihn, als wir in den Lift traten.

»Ein Freund von mir ist Ornithologe am Smithsonian Museum of Natural History. Mein Interesse wurde geweckt, als die Luftfahrtbehörde sich an ihn wandte. Wissen Sie, es geraten häufig Vögel in die Turbinen von Flugzeugen – und nach der Landung werden dann die ›durchgekauten‹ Reste untersucht, um festzustellen, um welche Vögel es sich handelt. Eine simple Möwe kann einen B-1-Bomber ein Triebwerk kosten. Vielleicht haben Sie seinerzeit mitbekommen, wie ein Seetaucher durch die Cockpitscheibe eines Learjets krachte und der Pilot geköpft wurde. Vorfälle dieser Art spielen eine wichtige Rolle bei meiner Arbeit. Wir testen Turbinen und Rotorblätter, indem wir tote Hühner hineinwerfen, um zu sehen, wie viele die betreffende Maschine verkraften kann. Aber Vögel spielen in vielerlei Hinsicht eine Rolle. Zum Beispiel wurden einem Mörder Taubendaunen an seinen Schuhsohlen zum Verhängnis, weil sie nachweislich vom Tatort stammten. Ein anderer Fall: Ein Dieb stahl bei einem Einbruch unter anderem eine Gelbscheitelamazone und wurde durch deren Daunen überführt, die man im Kofferraum seines Wagens fand. Oder nehmen wir die Daune, die an einer weiblichen Leiche entdeckt wurde, die in einem riesigen Lautsprecherkarton in einen Müllcontainer verfrachtet worden war. Die Daune stammte von einer Eiderente – wie die Füllung der Bettdecke des Verdächtigen.«

Im dritten Stock lagen auch die Labors, in denen Sprengstoffe, Farbpartikel, Pollen, Mordwerkzeuge, Autoreifen und andere an Tatorten sichergestellte Sammelsurien untersucht wurden. Gas-Chromatographie-Detektoren, Mikrospektrometer und Computer liefen Tag und Nacht. Ich folgte Dauney durch weißgetünchte Korridore und an den DNa-Labors vorbei in die Haar-und-Faser-Abteilung, wo er arbeitete. Sein Büro war gleichzeitig sein Labor, und so bestand die Einrichtung aus dunklen Holzmöbeln und Bücherregalen, gemischt mit Arbeitstischen und Mikroskopen. Wände und Vorhänge waren beige. Die Wachsmalkreidenbilder an der Pinnwand zeigten mir, dass der international anerkannte Federexperte Vater war.

Ich öffnete das große Kuvert, das ich mitgebracht hatte, und schüttete drei Plastiktütchen auf den Tisch. Zwei enthielten die Federteile, die bei Jennifer Deighton und Susan Story sichergestellt worden waren, das dritte etwas von dem Gummierungsrest an Eddie Heaths Handgelenken.

Dauney nahm das Daunenstück von Jennifer Deightons Morgenrock aus dem Tütchen. »Das ist eine Daune vom Rücken oder Bauch. Das Stück hat noch einen hübschen Busch dran. Sehr schön. Je vollständiger die Feder, desto besser.« Mit zwei Pinzetten riss er mehrere »Äste« von beiden Seiten des Schafts ab, ging zum stereoskopischen Mikroskop und legte sie auf einen dünnen Film von Xylol, das er auf den Objektträger getropft hatte. Das diente, wie er mir erklärte, dazu, die winzigen »Strahlen« voneinander zu trennen, und als er schließlich jeden »Ast« ausgebreitet hatte, saugte er das Xylol ab, indem er die Ecke eines Löschblattes daranhielt. Er fügte das Fixiermittel Flo-Texx hinzu, legte ein Deckgläschen darauf und platzierte den Objektträger unter dem Vergleichsmikroskop, das mit einer Videokamera verbunden war.

»Alle Vogelfedern haben im Grunde denselben Aufbau«, erklärte er. »Sie bestehen aus einem Schaft und Ästen, von denen die haarfeinen Strahlen, die Haken- und Bogenstrahlen, abzweigen. Die Äste sind für das ›fedrige‹ Erscheinungsbild der Federn verantwortlich. Wenn man sie vergrößert, sieht man, dass sie wie Minifedern beschaffen sind.« Er schaltete den Monitor ein. »Hier haben wir einen Ast.«

»Er sieht aus wie ein Farn«, sagte ich.

»Ein guter Vergleich. Jetzt vergrößern wir ihn noch weiter, damit wir die Strahlen genau erkennen können, denn ihre Form ermöglicht die Identifizierung. Am wichtigsten sind dabei die Häkchen. Jede Vogelart hat charakteristische Strukturen der Häkchen.«

Was ich auf dem Bildschirm sah, erinnerte mich an ein Insektenbein. Die einzelnen Glieder waren durch dreidimensionale dreieckige Häkchen verbunden.

»Die Größe, die Anzahl, die Pigmentierung und die Platzierung der Häkchen entlang der Strahlen geben uns die gesuchte Antwort«, erläuterte er. »Hat man beispielsweise sternförmige Häkchen vor sich, dann handelt es sich um eine Taube. Hühner und Puten haben ringförmige. Breite Krempen mit Wülsten an den Häkchen sind charakteristisch für den Kuckuck. Diese«, er deutete auf den Monitor, »sind dreieckig, und daran erkenne ich sofort, dass die Feder von einer Ente oder einer Gans stammt. Nicht, dass das eine Überraschung wäre: Die meisten Federn, die ich in Verbindung mit Verbrechen auf den Tisch bekomme, stammen aus Bettdecken, Kissen, Westen, Jacken und Handschuhen – und die sind üblicherweise mit Federn oder Federteilen von Gänsen und Enten gefüllt, im billigsten Fall mit solchen von Hühnern. Letzteres kann ich hier gleich ausschließen, und ich neige zu der Ansicht, dass es sich auch um keine Gänsedaune handelt.«

»Warum?«, fragte ich.

»Die Bestimmung wäre einfach, wenn wir eine ganze Feder hätten, aber aufgrund der Partikel, die ich habe, kann ich immerhin beurteilen, dass – auf den Durchschnitt bezogen – zu wenige Häkchen vorhanden sind, die außerdem nicht über die ganzen Strahlen verteilt sind, sondern körperferner sitzen, also zum Ende zu. Das ist charakteristisch für Enten.« Er öffnete einen Schubladenschrank und holte mehrere Kästen mit Objektträgern heraus. »Ich habe etwa sechzig Beispiele von

Entenfedern. Ich werde sie alle durchsehen und dabei die aussortieren, die nicht in Frage kommen.«

Auf dem Monitor erschien ein runder Lichtfleck, der durch eine senkrechte dünne Linie geteilt war. Links erschien jeweils eine der Federn aus den Kästen, und rechts lag die, die wir zu identifizieren hofften. Wildente, Moschusente, Kragenente, Trauerente, Amerikanische Pfeifente … Dauney sah jedes Mal auf den ersten Blick, dass keine Übereinstimmung bestand.

»Bilde ich mir das ein, oder ist unsere zarter als die anderen?«

»Nein, das bilden Sie sich nicht ein«, erwiderte er. »Sie ist tatsächlich zarter, und die Strukturen sind stromlinienförmiger. Sehen Sie, die dreieckigen Strukturen bauschen sich weniger auf.«

»Ja, jetzt, wo Sie es sagen …«

»Das gibt uns einen wichtigen Hinweis. Es fasziniert mich immer wieder, wie durchdacht alles in der Natur ist. Die Daunen sind dazu da, die Luft zu speichern. Je feiner die Strahlen, je stromlinienförmiger die Häkchen und je körperferner deren Position, desto wirkungsvoller können die Daunen ihre Aufgabe erfüllen, und das Luftpolster hält die Tiere warm.« Er legte einen weiteren Objektträger unter das linke Objektiv, und ich sah, dass wir der Lösung ganz nahe waren: Die Strahlen waren filigran, die Häkchen liefen spitz zu und waren körperfern platziert. »Was für ein Tier ist das?«, erkundigte ich mich.

»Die Hauptverdächtigen habe ich bis zum Schluss aufgehoben: Meerestauchenten – und allen voran die Gattung der Eiderenten. Vergrößern wir die Feder mal auf das Vierhundertfache.« Er wechselte das Objektiv, stellte die Schärfe neu ein und probierte weitere Objektträger durch. »Die Prachteiderente ist es nicht und auch nicht die Plüschkopfente, und ich glaube auch nicht, dass es die Scheckente ist – wegen der bräunlichen Pigmentierung an der Häkchenbasis. Ihre Feder hat die nicht, sehen Sie?«

»Ja.«

»Also versuchen wir es mit der gemeinen Eiderente. Okay. Die Pigmentierung stimmt überein.« Er schaute angespannt auf den Monitor. »Weiter: An den Strahlen sitzen nur wenige Häkchen – körperfern. Dann haben wir die Stromlinienform für optimale Isolierung, und die ist wichtig, wenn man auf dem Eismeer herumschwimmt. Ich glaube, dies ist die *Somateria mollissima*, beheimatet in Island und Norwegen, in Alaska und an der sibirischen Küste. Ich mache zur Sicherheit noch eine Überprüfung mit dem ESM«, fügte er hinzu, womit er das elektronische Scannermikroskop meinte.

»Was suchen Sie noch?«

»Salzkristalle.«

»Natürlich, weil Eiderenten Meeresvögel sind.«

»Genau. Ihre Brutkolonien werden geschützt, denn die Daunen, mit denen die Weibchen ihre Nester auspolstern und die Eier zudecken, sind sehr wertvoll. Sie dienen hauptsächlich zur Füllung von Daunendecken und Schlafsäcken.« Während er sprach, legte er mehrere Strahlen der Feder aus Susans Wagen unter das Mikroskop.

»Jennifer Deighton hatte nichts im Haus, was mit Federn gefüllt war«, sagte ich.

»Demnach hat der Mörder die Daune mitgebracht. Schauen Sie her!«

Ich verglich die beiden Vergrößerungen auf dem Monitor. »Wieder eine Eiderente?«

»Ich glaube, ja.« Er holte einen neuen Objektträger. »Sehen wir uns an, was Sie von dem Jungen mitgebracht haben.«

»Es sind Kleberreste von seinen Handgelenken«, erklärte ich.

»Donnerwetter!«, stieß er hervor, als eine Vielfalt von Farben, Formen und Fasern auf dem Bildschirm erschien – und die mir nun schon vertrauten dreieckigen Häkchen an den Strahlen.

»Nun, das reißt ein Loch in meine Theorie«, gestand Dauney. »Zumindest, wenn die drei Morde zu verschiedenen Zeitpunkten an verschiedenen Orten stattfanden.«

»Das taten sie.«

»Wenn nur eine dieser drei Federproben von einer Eiderdaune stammte, könnte es sein, dass es sich um eine Mischfüllung handelte oder dass sich bei der Füllung einer Decke oder Jacke Eiderdaunen eingeschlichen haben. Es ist aber höchst unwahrscheinlich, dass der betreffende Gegenstand nur die Eiderdaunen verliert. Also kann man davon ausgehen, dass es sich um eine reine Eiderdaunenfüllung handelt – und dann ist das gute Stück ein Wertgegenstand.«

»Haben Sie schon einmal Eiderdaunen als Beweisstücke auf den Tisch bekommen?«, fragte ich ihn.

»Nein.«

»Weshalb sind sie eigentlich so wertvoll?«

»Wegen ihrer Isolierfähigkeit, die ich Ihnen schon erklärt habe, und weil es nicht viele gibt und das Einsammeln mühsam ist. Außerdem spielt auch der ästhetische Aspekt eine Rolle: Im Gegensatz zu anderen sind Eiderdaunen schneeweiß.«

»Haben Sie die einschlägigen Firmen im Computer?«

»Das schon, aber ich kann Ihnen gleich sagen, dass kein Bettenhersteller beurteilen kann, ob diese Eiderdaune aus seiner Fabrik stammt. Unglücklicherweise reicht dazu eine Feder nicht aus.«

»Ich weiß nicht«, sagte ich. »Vielleicht doch.«

Es war Mittagszeit, als ich zu meinem Wagen ging. Die New Jersey Avenue, in der Nicholas Grueman seine Kanzlei hatte, lag ganz in der Nähe. Ich glitt hinters Steuer und streckte die Hand nach dem Telefon aus. Nein, dachte ich, was soll das bringen? Außerdem ist er sicher gar nicht da. Ich nahm den Hörer ab und wählte seine Nummer.

»Grueman.«

»Hier ist Dr. Scarpetta.«

»Guten Tag. Ich habe gestern etwas über Sie in der Zeitung gelesen. Es klingt, als riefen Sie aus dem Auto an.«

»So ist es auch. Ich bin in Washington.«

»Es schmeichelt mir, dass Sie an mich denken, während Sie durch diese Stadt fahren.«

»Ich rufe Sie nicht an, um Ihnen zu schmeicheln, Mr. Grueman. Ich dachte, wir könnten uns über Ronnie Waddell unterhalten.«

»Aha. Wie weit sind Sie vom Law Center entfernt?«

»Ein paar Minuten.«

»Ich habe noch nicht zu Mittag gegessen. Sie?«

»Nein.«

»Was halten Sie davon, wenn ich uns ein paar Sandwiches kommen lasse?«

»Ist mir recht«, antwortete ich.

Das Law Center lag fünfunddreißig Blocks vom Hauptcampus der Universität entfernt. Ich erinnerte mich daran, wie verärgert ich vor Jahren gewesen war, als ich feststellte, dass meine Ausbildung nicht das Privileg mit sich brachte, die alten, baumbeschatteten Wege von Washington Heights entlangzuwandern und meine Vorlesungen in schönen alten Backsteinhäusern aus dem achtzehnten Jahrhundert zu hören. Stattdessen musste ich drei Jahre in einem hochmodernen Gebäude ohne jeden Charme in einem lauten und hektischen Viertel von D.C. verbringen. Doch meine Enttäuschung hielt damals nicht lange an, denn es hatte auch seinen Reiz, im Schatten des Capitols Jura zu studieren – und außerdem lernte ich bereits im ersten Semester Mark James kennen. Von meiner ersten Begegnung mit ihm erinnere ich mich am deutlichsten an seine physische Wirkung auf mich. Zunächst wurde ich bei seinem Anblick von einer unerklärlichen Unruhe erfasst, und als wir uns näherkamen, schoss in seiner Gegenwart Adrenalin durch meine Adern, mein Herz galoppierte, und das Blut rauschte in meinen Ohren. Dennoch dauerte es Wochen, in denen wir nächtelang redeten, bis wir endlich auch ohne Worte zueinander fanden.

Seit jenen Tagen war das Law Center gewachsen und umgebaut worden. Die Criminal Justice Clinic befand sich im dritten Stock. Der Flur lag verlassen da, aus den Büros war kein Laut zu hören: Es war immer noch Ferienzeit. Der Eingang von Zimmer vierhundertachtzehn stand offen. Das Sekretariat war unbesetzt, die Tür zum dahinterliegenden Büro nur angelehnt.

Um Grueman nicht durch unangemeldetes Eintreten zu erschrecken, rief ich seinen Namen. Keine Antwort. »Mr. Grueman – sind Sie da?« Wieder nichts. Ich drückte langsam die Tür zurück.

Die Schreibtischplatte war unter Akten verschwunden, und neben dem Computer türmten sich Unterlagen. Auf dem Boden vor den Bücherregalen stapelten sich Ordner. Links vom Schreibtisch standen auf einem Tisch ein Drucker und ein Faxgerät, das gerade eine Nachricht an jemanden durchgab. Das Telefon klingelte dreimal und hörte dann auf.

»Entschuldigen Sie!« Die unverhoffte Stimme hinter mir hob mich fast aus den Schuhen. »Ich war nur kurz draußen und dachte, ich wäre zurück, bevor Sie kommen.« Auf einen Stock mit Silberknauf gestützt, ging Nicholas Grueman langsam zu seinem Schreibtisch. »Ich würde Ihnen ja gern Kaffee anbieten, aber wenn Evelyn nicht da ist, gibt es keinen.« Vorsichtig ließ er sich in seinem Sessel nieder. »Sie werden allerdings nicht verdursten: Ich habe uns auch etwas zu trinken bestellt. Bitte setzen Sie sich doch, Dr. Scarpetta! Es macht mich nervös, wenn eine Frau auf mich herunterschaut.«

Ich zog mir einen Stuhl heran und erkannte mit Erstaunen, dass Nicholas Grueman durchaus nicht das Ungeheuer war, als das ich ihn in meiner Studentenzeit gesehen hatte. Er wirkte zerbrechlich, sein volles Haar war schlohweiß geworden und das Gesicht von tiefen Falten durchzogen. Er trug immer noch Fliege und Weste zum Anzug, rauchte nach wie vor Pfeife, und als er mich ansah, war sein Blick scharf wie ein Skalpell, doch empfand ich ihn nicht als kalt, nur als durchdringend. So musste meiner wohl meistens auch wirken.

»Warum hinken Sie?«, fragte ich.

»Gicht – die Krankheit der Despoten«, sagte er, ohne zu lächeln. »Von Zeit zu Zeit überfällt sie mich. Aber bitte, ersparen Sie mir Diätvorschläge oder Medikamentenempfehlungen!«

»Mr. Grueman, ich bin nicht gekommen, um Ihnen Ratschläge zu erteilen, und auch nicht, um mich wieder einmal von Ihnen niedermachen zu lassen. Sie waren der arroganteste und sexistischste Lehrer, mit dem ich es je zu tun hatte. Und doch muss ich mich bei Ihnen bedanken: Sie haben mich gelehrt, mich meiner Haut zu wehren, denn ich wollte nie mehr so hilflos sein wie damals Ihnen gegenüber.«

»Ich weiß nicht, ob Sie Ihre Lektion auch wirklich gelernt haben.«

»Ihre diesbezügliche Meinung interessiert mich nicht. Ich bin hier, um mehr über Ronnie Joe Waddell zu erfahren.«

»Ronnie ist Unrecht geschehen. Sie erleben ja im Augenblick am eigenen Leib, wie es ist, das Opfer einer Kampagne zu werden. Ich weiß, dass es sich dabei um eine Diffamierung handelt, weil ich Sie kenne, aber die Öffentlichkeit orientiert sich an dem, was ihr die Medien servieren. Was würden Sie sagen, wenn die Leute, die an Ihrem Untergang arbeiten, die Macht hätten, zu entscheiden, ob Sie weiterleben oder sterben? Ronnie wurde eine Rechtsprechung zum Verhängnis, die manipulierbar ist; er hatte von vornherein keine Chance. Kein Präzedenzfall, den ich anführte, wurde akzeptiert, keinem Antrag auf Revision entsprochen. In Ihrem geliebten Virginia hilft ein Vorführungsbeschluss nebst Anordnung der Haftprüfung nicht, sicherzustellen, dass Staatsgericht und Appellationsrichter gemäß der geltenden Verfassungsgrundsätze vorgehen. Die in der Verfassung verankerten Vorschriften wurden in diesem Fall auf skandalöse Weise missachtet. Während der drei Jahre, die ich für Ronnie kämpfte, hätte ich genauso gut die Hände in den Schoß legen können.«

»Welche verfassungsmäßigen Vorschriften wurden denn missachtet?«

»Allen voran das Recht des Angeklagten auf eine Jury, die einen Querschnitt durch die Bevölkerung repräsentiert. Ich nehme an, Sie haben die Verhandlung nicht verfolgt, da sie zehn Jahre zurückliegt und Sie damals noch nicht in Richmond waren. Obwohl die Öffentlichkeit darauf drängte, wurde die Verfahrensweise nicht geändert. Die Jury setzte sich aus acht Frauen und vier Männern zusammen, sechs der Frauen und zwei der Männer waren Weiße. Die vier schwarzen Geschworenen waren ein Autoverkäufer, ein Bankkassierer, eine Krankenschwester und eine Lehrerin. Die Berufe der Weißen reichten vom Weichensteller, der Schwarze als ›Nigger‹ bezeichnete, bis zur Oberschichthausfrau, deren Kontakte zu Schwarzen sich darin erschöpften, dass sie es in den Fernsehnachrichten mitbekam, wenn wieder einmal einer einen anderen im Asozialenviertel erschossen hatte. Die Auswahl der Geschworenen machte eine gerechte Verurteilung Ronnies unmöglich.«

»Aber wer kann ein Interesse daran gehabt haben, dass Waddell hingerichtet wurde?«

Grueman blickte zur Tür. »Wenn meine Ohren mich nicht täuschen, dann kommt unser Essen.«

Ich hörte Schritte und Papierknistern, dann rief eine fröhliche Stimme: »Hallo, Mr. Nick, sind Sie da?«

»Kommen Sie rein, Joe!«, antwortete Grueman.

Ein schlaksiger junger Schwarzer in Jeans und Tennisschuhen erschien, und Grueman machte auf dem Schreibtisch Platz für die beiden Tüten. »Da sind die Drinks drin – und in der anderen haben wir, wie bestellt, zwei Matrosen-Sandwiches, Kartoffelsalat und Gewürzgurken. Macht fünfzehnvierzig.«

»Behalten Sie das Wechselgeld, Joe. Natürlich bin ich froh, dass Sie die Sachen bringen, aber haben Sie eigentlich nie frei?«

»Die Leute hören einfach nicht auf zu essen, Mann. Ich muss los.«

Grueman verteilte das Essen und die Servietten, während ich versuchte, mir über ihn klarzuwerden. Ich konnte in seinem Benehmen und seinen Worten nichts Verlogenes oder Heuchlerisches entdecken.

»Wer«, fragte ich noch einmal, während ich mein Sandwich auswickelte, »kann ein Interesse an seinem Tod gehabt haben?«

Er öffnete eine Flasche Ginger Ale und entfernte den Deckel von seinem Kartoffelsalatschälchen. »Vor ein paar Wochen dachte ich, ich bekäme vielleicht eine Antwort auf diese Frage«, erwiderte er. »Doch dann wurde die Person, von der ich sie mir erhoffte, tot in ihrer Garage gefunden. Ich bin sicher, Sie wissen, von wem ich spreche, Dr. Scarpetta. Es ist zwar nicht ausdrücklich gesagt worden, dass sie sich selbst umgebracht hat, aber die Berichterstattung ging in diese Richtung. Mich macht der Zeitpunkt ihres Todes stutzig.«

»Sie kannten Jennifer Deighton?«, fragte ich so leichthin wie möglich.

»Ja und nein. Ich habe sie nie persönlich kennengelernt, und das Telefonat, das wir führten, war sehr kurz. Ich setzte mich erst nach Ronnies Tod mit ihr in Verbindung.«

»Ist das so zu verstehen, dass Jennifer Deighton Ronnie Waddell kannte?« Ich hoffte, er würde meine Erregung nicht bemerken.

Grueman biss von seinem Sandwich ab, kaute bedächtig und

griff dann nach seinem Ginger Ale. Er nickte. »Ja. Wie Sie sicherlich wissen, betrieb Jennifer Deighton einen Horoskopservice und beschäftigte sich mit Parapsychologie und ähnlichen Dingen. Nun, vor acht Jahren stieß Ronnie in einer Zeitschrift auf eine ihrer Annoncen. Er hoffte, sie könne in ihrer Kristallkugel seine Zukunft sehen, und schrieb ihr. Vor allem wollte er wissen, ob er auf dem elektrischen Stuhl sterben würde. Das ist nichts Ungewöhnliches. Viele Todeskandidaten wenden sich an Hellseher. Ungewöhnlich war nur, dass sich zwischen Ronnie und ihr ein reger Briefwechsel entwickelte, der bis wenige Monate vor seinem Tod andauerte. Dann hörte er plötzlich nichts mehr von ihr.«

»Halten Sie es für möglich, dass ihre Briefe abgefangen wurden?«

»Das steht außer Frage. Bei unserem Telefongespräch sagte Miss Deighton, dass sie weiter an Ronnie geschrieben, jedoch seit Monaten keine Antwort von ihm erhalten habe. Ich bin sicher, dass seine Briefe ebenfalls kassiert wurden.«

»Warum haben Sie sich eigentlich erst nach seiner Hinrichtung an sie gewandt?«, erkundigte ich mich.

»Ronnie erzählte mir erst bei unserer letzten Unterredung von ihr. Dieses Gespräch war übrigens höchst merkwürdig.« Grueman schob den Rest seines Sandwiches weg und griff nach seiner Pfeife. »Ronnie hat mir gewissermaßen das Mandat entzogen.«

Ich starrte ihn ungläubig an.

»Das war eine Woche bevor er von Mecklenburg nach Richmond überstellt wurde. Er sagte, er wisse, dass nichts, was ich täte, ihn vor der Hinrichtung bewahren könne, es sei von Anfang an klar gewesen, und er habe die Unvermeidlichkeit seines Todes akzeptiert, ja, er freue sich sogar aufs Sterben. Und dann bat er mich, meine Bemühungen einzustellen und ihn nicht mehr anzurufen oder zu besuchen.«

»Aber er hat Sie nicht wirklich gefeuert.«

Grueman zog an seiner Bruyèrepfeife und blies eine Rauchwolke in die Luft. »Nein, nicht offiziell.«

»Dieses Verhalten hätte doch zu einer Aussetzung der Hinrichtung wegen Feststellung der Unzurechnungsfähigkeit führen müssen«, meinte ich.

»Ich habe es versucht, doch das Gericht lehnte es mit der Begründung ab, dass Ronnie nicht darum gebeten habe, hingerichtet zu werden, sonders lediglich geäußert habe, er freue sich auf den Tod.«

»Und was war mit Jennifer Deighton?«, hakte ich nach.

»Im Laufe unseres besagten letzten Gesprächs äußerte Ronnie drei Bitten. Als Erstes sollte ich mich darum kümmern, dass die ›Gedanken‹, die er niedergeschrieben hatte, am Tag seiner Hinrichtung in der Zeitung erschienen. Er schickte sie mir, und ich arrangierte die Veröffentlichung im *Richmond Times-Dispatch*.«

»Ich habe sie gelesen.«

»Der zweite Wunsch lautete – ich zitiere: ›Sorgen Sie dafür, dass meiner Freundin nichts passiert!‹ Ich fragte ihn, um welche Freundin es sich handele, und er sagte – ich zitiere wieder: ›Kümmern Sie sich um sie! Sie hat niemals jemandem was getan.‹ Er gab mir ihren Namen und ihre Adresse und bat mich, erst nach seinem Tod mit ihr Kontakt aufzunehmen. Dann sollte ich ihr sagen, wie viel sie ihm bedeutet habe. Nun, ich hielt mich nicht an seine Direktive, sondern versuchte sofort, sie zu erreichen, weil ich hoffte, sie könne mir etwas sagen, das die Hinrichtung doch noch abwenden würde.«

»Und, haben Sie sie erreicht?« Ich erinnerte mich, dass Marino mir erzählt hatte, Jennifer Deighton sei um Thanksgiving herum zwei Wochen in Florida gewesen.

»Ich versuchte es immer wieder, doch es nahm nie jemand ab. Erst am Tag nach seinem Tod hatte ich Glück.«

InterCard Tel.: 0800 - 10 44 400

Datenschutzrechtliche Informationen
Die Zahlungsdaten (Kontonr., BLZ, IBAN, Kartenverfalldatum und -folgenr., Datum, Uhrzeit, Betrag, Terminalstandort) werden zur Prüfung und Abwicklung meiner Zahlung **an InterCard übermittelt.**

Bei einer Rücklastschrift wird die Karte bzw. das Konto bis zur Forderungsbegleichung in einer InterCard-Sperrdatei gespeichert, sofern nicht Rechte aus dem Grundgeschäft (z.B. wg. Sachmangels) geltend gemacht wurden. Die Sperrdatei sowie die Zahlungsdaten werden zur **Verhinderung von Kartenmissbrauch** und **Begrenzung des Zahlungsausfallrisikos** von InterCard gespeichert und genutzt. **InterCard** erteilt dabei ihr angeschlossenen Unternehmen Empfehlungen, ob eine ec-Lastschriftzahlung akzeptiert werden kann. Weitere Informationen sind im Aushang verfügbar.

ec-Lastschrift über InterCard (InterCard ELV)
Ich ermächtige das umseitig genannte Unternehmen sowie dessen Dienstleister, die InterCard AG, Mehlbeerenstr. 4, 82024 Taufkirchen (InterCard), Gläubiger-ID: DE11ZZZ00000009471, den Betrag vom genannten Konto per Lastschrift einzuziehen, weise mein Kreditinstitut an, diese Lastschrift einzulösen und verpflichte mich, für die notwendige Kontodeckung zu sorgen.
Ich kann innerhalb von acht Wochen nach Belastung die Erstattung des Betrages zu den mit meinem Kreditinstitut vereinbarten Bedingungen verlangen.

Bei Nichteinlösung der Lastschrift (Rücklastschrift)
- kann die Forderung an InterCard abgetreten werden;
- ermächtige ich InterCard, den Betrag zzgl. entstandener Kosten innerhalb von 45 Tagen per Lastschrift erneut einzuziehen und weise mein Kreditinstitut an, diese Lastschrift einzulösen;
- **weise ich mein Kreditinstitut an, InterCard meinen Namen und meine Anschrift zur Geltendmachung der Forderung mitzuteilen;**
- verpflichte ich mich, die entstandenen Kosten (z.B. Bearbeitungs- und Anschriftermittlungskosten) zu ersetzen.

-K-U-N-D-E-N-B-E-L-E-G-

KiK Textilien GmbH
Geschw.Scholl Str.9-11
19053 Schwerin
Fil. 1811
Danke fuer Ihren Einkauf

Terminal-ID : 61467888
TA-Nr 027918 BNr 1841

Kartenzahlung
kontaktlos
SEPA-ELV
Online

EUR 14,44

CDGM
Kurz-BLZ #####
Kto. ######8495
Karte 1 gültig bis 12/25
IBAN
DE0631############8495
G-ID DE30ZZZ00001554630
M-ID
614678881841211022110 9
AIDPara 0001610634
Datum 22.10.21 11:09 Uhr

*** Karte akzeptiert ***

BITTE BELEG AUFBEWAHREN

Die Belastung erfolgt zum übernächsten Bankgeschäftstag

»Haben Sie eine Nachricht auf Ihrem Anrufbeantworter hinterlassen?«

»Der war nicht eingeschaltet, was rückblickend durchaus einleuchtend war: Ihre Kunden brauchten aktuelle Informationen, und wenn sie auf das Band die Mitteilung gesprochen hätte, dass sie für zwei Wochen verreist sei, wäre das außerdem einer Einladung für Einbrecher gleichgekommen.«

»Und was erfuhren Sie, als Sie sie endlich erreichten?«

»Dass sie und Waddell seit acht Jahren korrespondierten und einander liebten. Sie sagte, die Wahrheit werde niemals ans Licht kommen. Ich fragte sie, was sie damit meine, doch sie war nicht bereit, es mir zu sagen, und brach das Gespräch ab. Ich schrieb ihr einen Brief, in dem ich sie geradezu anflehte, sich bei mir zu melden.«

»Wann?«, fragte ich.

»Gleich nach dem Telefonat, am 14. Dezember.«

»Und, hat sie sich gemeldet?«

»Hat sie – per Fax. Die Nummer steht auf meinem Briefpapier. Ich habe eine Kopie von ihrer Antwort hier.« Es dauerte eine Weile, bis er in dem Wust auf seinem Schreibtisch den gesuchten Ordner fand. Er schlug ihn auf, nahm ein Blatt heraus und reichte es mir. Ich las den bekannten Text: »Ja, ich werde kooperieren, aber es ist zu spät, zu spät, zu spät. Sie sollten besser herkommen. Das ist alles so unrecht!« Ich fragte mich, wie Grueman wohl reagieren würde, wenn ich ihm sagte, dass ich diese Zeilen bereits gelesen hatte – auf einem scheinbar leeren Blatt Papier.

»Wissen Sie, was sie damit meinte? Wofür war es ›zu spät‹? Und was war ›unrecht‹?«

»Ich denke, das ›zu spät‹ sollte heißen, dass man nichts mehr gegen Ronnies Hinrichtung unternehmen konnte, da diese bereits stattgefunden hatte. Und ich nehme an, dass sie wusste, warum Ronnie hatte sterben müssen, und dass das ›unrecht‹

war. Er war übrigens eine Ausnahme. Für gewöhnlich entwickeln die Häftlinge, die ich vertrete, eine enge Beziehung zu mir. Ich bin ihr einziger Verbündeter in dem Kampf gegen ein System, das ihren Tod verlangt. Aber Ronnie war gegenüber seinem ersten Anwalt so unzugänglich, dass dieser das Mandat als aussichtslos niederlegte, und als ich den Fall übernahm, begegnete Ronnie mir ebenfalls mit extremer Zurückhaltung. Es war ungemein frustrierend. Immer wenn ich dachte, ich hätte ihn so weit und er fange an, mir zu vertrauen, war plötzlich wieder eine Mauer zwischen uns.«

»Machte er einen verängstigten Eindruck?«

»Mal wirkte er verängstigt, dann wieder bedrückt – und manchmal war er voller Wut.«

»Sprach Waddell von Jennifer Deighton als ›Jenny‹?«

Gruemans Pfeife war ausgegangen. Er riss ein Streichholz an.

»Ja.«

»Hat er Ihnen gegenüber jemals einen Roman mit dem Titel *Paris Trout* erwähnt?«

Er sah mich überrascht an. »Das hat er tatsächlich. Im Lauf eines unserer ersten Gespräche unterhielten wir uns über Bücher und seine Gedichte. Er las gern und empfahl mir, *Paris Trout* zu lesen. Ich sagte zu ihm, ich kenne diesen Roman, und fragte, weshalb er ihn mir empfehle. Ich habe seine Antwort noch im Ohr: ›Weil dort beschrieben ist, wie alles läuft. Sie haben keine Möglichkeit, etwas zu ändern.‹ Ich interpretierte das so, dass er als schwarzer Südstaatler keine Chance gegen das System der Weißen habe und ich sein Schicksal durch keinen Antrag und kein Argument beeinflussen könne. Aber wie kommen Sie auf dieses Buch?«

»Es lag auf Jennifer Deightons Nachttisch, und es steckte ein Gedicht darin, von dem ich annehme, dass Waddell es für sie geschrieben hat. Es ist nicht weiter wichtig. Ich war nur neugierig.«

»Wenn es nicht wichtig wäre, hätten Sie nicht danach gefragt. Sie denken, dass Ronnie ihr das Buch aus demselben Grund empfohlen hat wie mir, nicht wahr? Seiner Meinung nach war *Paris Trout* gewissermaßen seine Geschichte. Und das bringt uns zu der Frage: Was hat Ronnie ihr anvertraut – welches Geheimnis nahm sie mit ins Grab?«

»Was glauben Sie, Mr. Grueman?«

»Ich glaube, dass eine Schweinerei vertuscht worden ist, über die Ronnie Bescheid wusste. Vielleicht ging es um etwas, das im Gefängnis passierte.«

»Aber warum hätte er schweigen sollen, wenn er den Tod vor sich hatte? Weshalb packte er da nicht aus?«

»Das begreife ich auch nicht. Aber Sie verstehen jetzt wohl, warum ich fürchtete, Ronnie sei vor seiner Hinrichtung in irgendeiner Weise misshandelt worden. Und möglicherweise können Sie nach dem, was Sie von mir gehört haben, begreifen, weshalb ich so leidenschaftlich gegen die Todesstrafe eintrete, die ich schlicht als Mord betrachte.«

»Es gab keine Hinweise auf irgendeine Misshandlung«, sagte ich. »Sie haben ja meinen Bericht bekommen.«

»Kommen Sie zur Sache.« Grueman klopfte die Asche aus seiner Pfeife. »Sie sind doch hier, weil Sie etwas von mir wollen. Hängt es mit den Schwierigkeiten zusammen, in denen Sie sich befinden? Dieser Faktor war übrigens neben dem Umstand, dass eine ehemalige Schülerin von mir der Fürsorge bedarf, wesentlich für meine Bereitschaft, Sie zu empfangen.«

»Ihre Anteilnahme überrascht mich«, sagte ich schroffer als beabsichtigt. »Ich hätte nie den Begriff Fürsorge mit Ihnen in Verbindung gebracht.«

»Dann ist Ihnen die wahre Bedeutung dieses Wortes nicht klar: Man sorgt dafür, dass jemand bekommt, was er braucht. Ich gab Ihnen damals, was Sie als Studentin brauchten, und ich gebe Ihnen heute, was Sie brauchen, auch wenn Ihre Bedürfnisse inzwischen völlig andere sind. Es wird Sie sicher überraschen, dass ich mich noch sehr lebhaft daran erinnere, wie Sie damals waren. Das hat einen ganz einfachen Grund: Sie waren einer meiner vielversprechendsten Schüler. Was Sie nicht brauchten, war Applaus. Die Gefahr lag bei Ihnen nicht darin, dass Sie Ihr Selbstvertrauen, sondern dass Sie sich selbst verlieren würden. Glauben Sie, ich kannte den Grund nicht, wenn Sie erschöpft und geistesabwesend in meinen Vorlesungen saßen? Denken Sie, ich war mir nicht über die Tiefe Ihrer Gefühle für Mark James im Klaren – der übrigens mit Ihnen verglichen eher Mittelmaß war? Wenn ich rüde mit Ihnen umging, dann nur, weil ich Ihre Aufmerksamkeit wecken wollte. Sie sollten Ihr Studium lieben und nicht nur diesen Jungen. Ich fürchtete, Sie würden auf eine großartige Karriere verzichten, weil Ihre Hormone und Emotionen übersprudelten. Eines Tages wären Sie aufgewacht und hätten diese Entscheidung bitter bereut. Ich wollte mit allen Mitteln verhindern, dass Sie Ihre Begabung verkümmern ließen und Ihre Energie vergeudeten.«

Ich starrte ihn fassungslos an. Mein Gesicht brannte.

»Ich habe meine Beleidigungen und Angriffe niemals ernst gemeint«, fuhr er fort. »Das war alles nur Taktik. Wir Anwälte sind berühmt – und berüchtigt – für unsere Taktiken. Sie sind unsere Zaubertricks, mit deren Hilfe wir unser Ziel erreichen. Es war seit jeher mein Anliegen, meine Studenten auf die harte Realität des Berufs vorzubereiten und ihnen die Bedeutung von Werten wie Wahrheit, Anstand und Fairness nahezubringen. Und ich bin in keiner Weise enttäuscht von Ihnen: Sie sind einer meiner brillantesten Schüler.«

»Warum sagen Sie mir das alles?«, fragte ich leise.

»Weil nun der richtige Zeitpunkt dafür ist: Sie haben Probleme – jetzt brauchen Sie meine Unterstützung.«

Ich schwieg. In meinem Kopf jagten sich die Gedanken.

»Wenn Sie es erlauben, werde ich versuchen, Ihnen zu helfen.«

Ich hatte keine Wahl: Sein Verhalten zwang mich, meine Karten aufzudecken.

Er nahm mein Schweigen als Zustimmung. »Falls Sie weiterhin öffentlich diskriminiert werden, müssen wir uns eine Strategie zurechtle…«

Ich unterbrach ihn: »Mr. Grueman, wann haben Sie Waddell das letzte Mal gesehen?«

Er lehnte sich zurück und schaute nachdenklich an die Decke. »Gesehen? Das liegt mindestens ein Jahr zurück. Unsere Gespräche fanden meistens telefonisch statt.«

»Dann haben Sie ihn also nicht gesehen, als er angeblich im Spring-Street-Gefängnis auf seine Hinrichtung wartete.«

»Angeblich?« Er sah mich verdutzt an.

»Wir können nicht beweisen, dass es Waddell war, der am 13. Dezember hingerichtet wurde.«

»Sie scherzen!«

Ich berichtete ihm alles, was ich wusste, auch, dass Jennifer Deighton ermordet und ein Fingerabdruck, der als Waddells identifiziert wurde, an einem ihrer Esszimmerstühle gefunden worden war. Ich erzählte ihm von Eddie Heath und Susan Story und dem Verdacht, dass die AFIS-Unterlagen manipuliert worden waren.

»Großer Gott!«, stieß er hervor.

»Die Polizei fand bei der Durchsuchung des Deighton-Hauses weder Ihren Brief noch das Original-Fax an Sie. Vielleicht hat der Mörder beides mitgenommen, vielleicht hat sie beides aus Angst auch selbst vernichtet. Ich glaube, Sie haben recht mit der Vermutung, dass sie Bescheid wusste – und dieses Wissen kostete sie das Leben.«

»Gilt das Ihrer Meinung nach auch für Susan Story?«

Ich nickte. »Es bietet sich jedenfalls an. Bis jetzt sind zwei

Menschen, die mit Waddell zu tun hatten, ermordet worden. Wenn man davon ausgeht, dass das Motiv damit zusammenhängt, dann …« Mein Blick glitt zu der offenen Bürotür: Es wäre ein Kinderspiel, Grueman hier oder wenn er zu seinem Wagen humpelte zu überfallen.

»… dann muss man sich wundern, dass ich noch lebe«, beendete er meinen Satz mit einem freudlosen Lächeln. »Ich danke Ihnen für die Warnung, Dr. Scarpetta, aber ich wüsste nicht, wie ich einen Mörder davon abhalten könnte, seinen Plan auszuführen.«

»Sie könnten es zumindest versuchen«, sagte ich. »Sie könnten Vorsichtsmaßnahmen treffen.«

»Das werde ich tun.«

»Vielleicht sollten Sie mit Ihrer Frau in Urlaub fahren, eine Zeitlang aus der Stadt verschwinden.«

»Beverly ist seit drei Jahren tot.«

»Das tut mir sehr leid.«

»Es war ihr schon lange nicht mehr gutgegangen, genau genommen die meiste Zeit unserer Ehe. Seit es niemanden mehr gibt, der auf mich angewiesen ist, kann ich meine Neigungen ungehindert ausleben: Ich bin ein unheilbarer Workaholic und ein notorischer Weltverbesserer.«

»Ihnen würde ich zutrauen, die Welt tatsächlich besser zu machen.«

»Das ist eine Meinung, die der faktischen Grundlage entbehrt, aber ich fasse sie als Kompliment auf. Ich möchte Ihnen übrigens mein Beileid zu Marks Tod aussprechen. Ich kannte ihn nicht sehr gut, aber er machte einen anständigen Eindruck.«

»Ich danke Ihnen.« Ich stand auf und zog meinen Mantel an, den ich über die Stuhllehne gelegt hatte. Auch Grueman stand auf.

»Was steht als Nächstes auf dem Programm?«, fragte er.

»Besitzen Sie Briefe oder andere Dinge von Waddell, auf denen seine Fingerabdrücke sein könnten?«

»Leider nein. Er hat mir nie geschrieben, und die Dokumente, die er unterzeichnet hat, sind durch viele Hände gegangen. Aber natürlich können Sie Ihr Glück gern versuchen.«

»Ich komme gegebenenfalls darauf zurück. Noch eine letzte Frage.« Wir waren an der Tür angekommen. Grueman stützte sich schwer auf seinen Stock. »Sie erwähnten, dass Waddell bei Ihrem letzten Gespräch drei Bitten äußerte. Welches war die dritte?«

»Ich sollte Gouverneur Norring ersuchen, der Hinrichtung beizuwohnen.«

»Und haben Sie es getan?«

»Ich habe es versucht, aber Ihr feiner Gouverneur war nicht zu sprechen.«

10

Es war später Nachmittag, und die Skyline von Richmond tauchte vor mir auf, als ich Rose anrief. »Wo sind Sie, Dr. Scarpetta?« Sie klang hektisch. »Sitzen Sie in Ihrem Wagen?«

»Ja. Ich bin in etwa fünf Minuten da.«

»Nein, fahren Sie weiter!«

»Wie bitte?«

»Lieutenant Marino hat versucht, Sie zu erreichen. Er sagte, ich solle Ihnen ausrichten, Sie möchten ihn anrufen. Dringend!«

»Was ist denn los, um Himmels willen?«

»Haben Sie keine Nachrichten gehört? Haben Sie es nicht in der Zeitung gelesen?«

»Ich komme gerade aus Washington. Was gibt es denn so Aufregendes?«

»Frank Donahue wurde vor ein paar Stunden tot aufgefunden.«

»Frank Donahue, der Gefängnisdirektor?«

»So ist es.«

Meine Hände schlossen sich fest um das Lenkrad. »Was ist passiert?«

»Jemand hat ihn erschossen. Er saß in seinem Wagen – wie Susan.«

»Ich komme.« Ich scherte nach links aus, um zu überholen. »Davon würde ich Ihnen abraten. Fielding hat ihn schon auf dem Tisch. Bitte, rufen Sie Marino an! Und lesen Sie die Zeitung! Sie wissen über die Kugeln Bescheid.«

»Sie?«

»Die Medien. Sie wissen, dass bei Eddie Heath und Susan die gleichen Kugeln gefunden wurden.«

Ich rief Marino an und sagte ihm, dass ich auf dem Heimweg sei. Zu Hause angekommen, fuhr ich den Wagen in die Garage, hastete zum Briefkasten und holte die Spätausgabe heraus. Frank Donahue lächelte mir von der ersten Seite entgegen. direktor des staatsgefängnisses ermordet, lautete die Schlagzeile. Unter dem Bericht stand ein Artikel, der ebenfalls mit dem Foto eines Staatsangestellten illustriert war, mit meinem. Der Aufhänger der Geschichte waren die beiden .22er-Kugeln und ein paar neue Informationen über mich, die wiederum darauf hindeuten sollten, dass ich mit Susans Ermordung zu tun hatte – und nun auch noch mit der von Eddie Heath. Ich hätte »verdächtiges Interesse« am Fall Heath bekundet, indem ich im Doctor's Hospital in Henrico County erschien, um vor Eddies Tod seine Wunden in Augenschein zu nehmen. Als ich ihn später obduzierte, habe Susan sich geweigert, als Zeugin der Autopsie aufgeführt zu werden, und fluchtartig das Leichenschauhaus verlassen. Als sie ermordet aufgefunden wurde, sei ich unangemeldet bei ihren Eltern erschienen, um sie auszufragen, und hätte darauf bestanden, bei der Autopsie anwesend zu sein. Ich hätte mir in letzter Zeit beruflich einiges zuschulden kommen lassen: So hätte ich es beispielsweise versäumt, Ronnie Waddells Fingerabdrücke abzunehmen, als er nach seiner Hinrichtung eingeliefert wurde, und kürzlich habe die Bahre mit einem Mordopfer mitten auf dem Korridor gestanden, gleich neben einem vielbenutzten Aufzug, wodurch ich die Beweiskette ernstlich gefährdet hätte. Ich wurde als verschlossen und arrogant beschrieben, und der Reporter äußerte die Vermutung, dass Susan Story, die täglich mit mir zusammengearbeitet hatte, etwas gewusst habe, das mich beruflich ruinieren könne, weshalb ich ihr Schweigegeld zahlte. Dieser Verdacht werde dadurch erhärtet, dass meine Fingerabdrücke auf einem Kuvert in Susan Storys Haus gefunden worden seien, und dass dieses Kuvert Geld enthalten habe.

»Meine Fingerabdrücke?«, fragte ich Marino statt einer Begrüßung, als ich ihm die Tür öffnete. »Was ist denn das für eine Geschichte?«

»Nur die Ruhe, Doc!«

»Ich habe gute Lust, dieses Revolverblatt zu verklagen. Diesmal sind sie zu weit gegangen.«

»Ich glaube nicht, dass das im Augenblick klug wäre.« Er zog seine Zigaretten heraus und folgte mir in die Küche, wo die Zeitung ausgebreitet auf dem Tisch lag.

»Dahinter steckt bestimmt Ben Stevens«, fauchte ich.

»Doc, hören Sie bitte zu!«

»Er will mich fertigmachen!«

»Doc! Halten Sie den Mund! Bitte!«

Ich ließ mich auf einem Stuhl nieder.

»Ich bin auch in einer scheußlichen Situation«, sagte er. »Ich habe mit Ihnen an den Fällen gearbeitet, und plötzlich sind Sie eine Verdächtige. Ja, wir haben ein Kuvert in Susans Haus gefunden – unter Wäsche in einer Kommodenschublade versteckt. Es enthielt drei Hundertdollarnoten. Vander untersuchte den Umschlag, und es kamen mehrere Fingerabdrücke zum Vorschein, zwei davon waren von Ihnen. Wie Sie wissen, sind Ihre Fingerabdrücke ebenso wie meine und die vieler anderer Ermittlungsbeamter in AFIS gespeichert. Für den Fall, dass wir aus Versehen unsere Fingerabdrücke an einem Tatort hinterlassen.«

»Ich habe an keinem Tatort Fingerabdrücke hinterlassen. Es muss eine logische Erklärung geben. Vielleicht stammt das Kuvert aus dem Büro, und ich habe es irgendwann in der Hand gehabt.«

»Es ist kein Kuvert aus dem Büro«, erwiderte Marino. »Es ist aus starkem schwarzem Glanzpapier.«

Ein Bild erschien vor meinem geistigen Auge. »Das Halstuch!«, stieß ich hervor.

»Was?«

»Ich schenkte Susan ein Halstuch zu Weihnachten, das ich in San Francisco gekauft hatte, und es steckte in einem Kuvert aus starkem schwarzem Glanzpapier, das mit einem kleinen goldenen Siegel zugeklebt war. Ich habe es selbst verpackt – natürlich sind meine Fingerabdrücke darauf!«

»Und was ist mit den dreihundert Dollar?« Er schaute an mir vorbei.

»Von mir sind sie nicht.«

»Warum stecken sie dann in dem Umschlag von Ihnen?«

»Woher soll ich das wissen? Vielleicht wollte sie das Geld irgendwo verstecken, und das Kuvert lag gerade parat.«

»War jemand dabei, als Sie ihr das Halstuch schenkten?«

»Nein. Ihr Mann war nicht zu Hause, als sie es auspackte.«

»Er sagt, Sie hätten ihr rosa Weihnachtssterne gebracht. Von einem Halstuch war nicht die Rede.«

»Marino, sie trug es, als sie ermordet wurde!«

»Das beweist doch nicht, dass sie es von Ihnen hatte.«

»Sie hören sich an wie ein Staatsanwalt«, sagte ich aufgebracht.

»Verstehen Sie mich denn nicht? Ich möchte Sie auf unangenehme Fragen vorbereiten. Oder ist es Ihnen lieber, wenn Sie ein anderer Cop ins Gebet nimmt? Es würde Ihnen wenig helfen, wenn ich Ihre Hand tätschle und Ihnen versichere, dass alles gut wird. Sie stehen unter Beschuss, verdammt noch mal!« Er begann, den Blick zu Boden gerichtet und die Hände in den Taschen, auf und ab zu gehen.

»Erzählen Sie mir von Donahue«, bat ich.

»Er wurde in seinem Wagen erschossen. Nach Aussage seiner Frau verließ er das Haus um sechs Uhr fünfzehn. Um dreizehn Uhr fünfzehn wurde sein Thunderbird am Deep Water Terminal entdeckt – mit ihm am Steuer.«

»Das habe ich schon in der Zeitung gelesen.«

»Hören Sie: Halten Sie sich da raus!«

»Warum? Meinen Sie, die Medien werden sonst andeuten, dass ich auch etwas mit *seinem* Tod zu tun habe?«

»Wo waren Sie heute Morgen um sechs Uhr fünfzehn, Doc?«

»In meiner Küche beim Frühstück.«

»Haben Sie Zeugen, die das bestätigen können? Der Deep Water Terminal liegt ganz in der Nähe Ihres Büros.«

»Ich war nicht im Büro. Ich war in Washington bei Minor Dauney.«

»Das beweist gar nichts: Man braucht nicht viel Zeit, um einen Menschen zu erschießen.«

»Jetzt reicht's mir aber wirklich!«

»Ich liefere Ihnen nur einen Vorgeschmack. Warten Sie, bis Patterson seine Zähne in Ihr Fleisch schlägt!«

Bevor Roy Patterson Staatsanwalt wurde, war er ein kämpferischer Strafverteidiger gewesen, und damals hatte er gelernt, mich zu hassen, denn in der Mehrzahl der Fälle führten meine Aussagen nicht gerade dazu, dass die Geschworenen positiver über die Angeklagten dachten.

»Habe ich Ihnen jemals erzählt, wie sehr Patterson Sie hasst?«, fragte Marino. »Sie haben ihn häufig in Verlegenheit gebracht, als er noch Verteidiger war und Sie kühl und überlegen in Ihrem maßgeschneiderten Kostüm im Zeugenstand saßen und ihn wie einen Idioten dastehen ließen.«

»Dafür, dass er als Idiot dastand, sorgte er selbst – ich habe nur seine Fragen beantwortet.«

»Jedenfalls wird er sich mit Wonne auf Sie stürzen. Ich wette, er kann es kaum erwarten. Im Augenblick muss er richtig glücklich sein.«

»Marino, Sie sind rot wie eine Tomate. Kippen Sie mir bloß nicht um!«

»Kommen wir zu dem Halstuch zurück, das Sie Susan angeblich geschenkt haben. Wie hieß der Laden in San Francisco, in dem Sie es gekauft haben?«

»Es war kein Laden.«

Er schoss einen scharfen Blick herüber.

»Es war ein Verkaufsstand auf einem Markt, wo Bilder und Handarbeiten verkauft wurden«, erklärte ich.

»Haben Sie die Quittung noch?«

»So hochoffiziell ging es da nicht zu.«

»Sie können also nicht beweisen, dass Sie bei einem fliegenden Händler ein Halstuch kauften, das dieser in ein Kuvert aus starkem schwarzem Glanzpapier packte?«

»Nein, kann ich nicht.«

Er ging weiter auf und ab, und ich starrte aus dem Fenster. Wolken zogen über die Mondsichel, und die dunklen Silhouetten der Bäume wiegten sich im Wind. Ich stand auf, um die Jalousie herunterzulassen.

Marino blieb stehen. »Ich werde ihre Bankunterlagen durchsehen müssen.«

Ich schwieg.

»Um zu überprüfen, ob Sie in letzter Zeit größere Beträge von Ihrem Konto abgehoben haben.«

Ich schwieg weiter.

»Das haben Sie doch nicht, oder, Doc?«

Mein Puls raste. »Wenden Sie sich an meinen Anwalt!«

Nachdem Marino verschwunden war, ging ich in den ersten Stock zu dem Zedernholzschrank, in dem ich meine persönlichen Unterlagen aufbewahrte, und suchte heraus, was für eine Überprüfung relevant sein könnte. Ich dachte an die vielen Strafverteidiger in Richmond, die begeistert wären, wenn ich für den Rest meines Lebens eingesperrt oder zumindest meines Amtes enthoben würde.

Ich saß in der Küche und machte mir Notizen, als es klingelte.

Benton und Lucy standen draußen, und ich sah ihnen an, dass sie bereits Bescheid wussten.

»Wo ist Connie?«, fragte ich.

»Sie bleibt über Neujahr bei ihrer Familie in Charlottesville.«

Lucy drückte mich kurz an sich und sagte: »Ich mache mich wieder an die Arbeit, Tante Kay.« Sie nahm ihre Reisetasche und verschwand.

»Marino möchte meine Bankunterlagen einsehen«, berichtete ich Wesley, als er mir ins Wohnzimmer folgte. »Und Ben Stevens will mich fertigmachen: Es sind eine Menge Unterlagen aus dem Büro verschwunden, und er wird es mit Sicherheit so hinstellen, als hätte ich sie an mich genommen. Und laut Marino ist Roy Patterson zurzeit ein glücklicher Mensch, weil er eine Gelegenheit sieht, mich zu zerfleischen. Das ist der neueste Stand der Dinge.«

»Wo haben Sie Ihren Scotch?«

»In dem Schrank da drüben. Gläser sind in der Bar.« Ich drehte aus einer Zeitungsseite eine Fidibus zusammen, um das Holz im Kamin anzuzünden.

»Auf dem Weg hierher habe ich Ihren Stellvertreter angerufen«, erzählte Wesley. »Die Ballistiker haben sich bereits die Geschosse angesehen, die in Donahues Kopf steckten: Winchester hundertfünfzig Gran Blei ohne Mantel, Kaliber .22. Zwei Stück. Ein Schusskanal verläuft durch die Wange aufwärts in den Schädel, die andere Kugel drang durch den Nacken ein – bei aufgesetzter Mündung.«

»Stammen sie aus derselben Waffe wie in den beiden anderen Fällen?«

»Ja. Möchten Sie Eis?«

»Bitte.« Ich stellte den Kaminschirm wieder an seinen Platz und hängte den Schürhaken weg. »Sind am Fundort oder an der Leiche Federn entdeckt worden?«

»Nicht dass ich wüsste. Offenbar hat der Mörder Donahue durch das offene Fahrerfenster erschossen. Das bedeutet zwar nicht, dass er nicht vorher bei ihm im Wagen gesessen hat, aber ich glaube es nicht. Ich denke, Donahue hatte sich am Deep Water Terminal mit jemandem verabredet. Als die Person eintraf, kurbelte er das Fenster herunter – und das war's dann. Hat übrigens Ihr Besuch bei Dauney etwas gebracht?«

Er gab mir meinen Drink und setzte sich aufs Sofa.

»Die Federn, die in den drei bisherigen Fällen gefunden wurden, stammen von Eiderenten.«

»Ganz schön exklusiv.«

»Sie sagen es: zu teuer für den Durchschnittsbürger.« Ich berichtete Wesley ausführlich von meiner Unterrichtsstunde bei Dauney, schilderte ihm mein Gespräch mit Nicholas Grueman und eröffnete ihm, dass ich meinen ehemaligen Lehrer für absolut integer hielt.

»Ich bin froh, dass Sie bei ihm waren«, sagte Wesley. »Ich hatte gehofft, dass Sie sich doch noch dazu überwinden würden.«

»Überrascht Sie das Ergebnis?«

»Nein. Gruemans Situation ist der Ihren ähnlich: Er bekommt ein Fax von Jennifer Deighton, und schon hängt er mit drin, genau wie Sie, deren Fingerabdrücke auf einem Kuvert waren, das in Susan Storys Haus gefunden wurde und Geld enthielt. Es ist nun einmal so: Wenn in Ihrer Nähe ein Auto durch ein Pfütze fährt, werden Sie vollgespritzt.«

»Ich bin mehr als vollgespritzt – ich fühle mich, als wäre ich am Ertrinken.«

»Im Augenblick sieht es tatsächlich nicht besonders rosig für Sie aus. Auf jeden Fall kann es nicht schaden, Grueman auf Ihrer Seite zu haben.«

»Ich dachte, Sie kennen ihn nicht.«

Die Eiswürfel klimperten, als Wesley einen Schluck von

seinem Drink nahm. Ein Holzscheit im Kamin verrutschte, und Funken stoben auf. »Nicht persönlich. Aber ich weiß einiges über ihn«, antwortete er. »Er machte seinen Harvard-Abschluss mit eins, gab dort die *Law Review* heraus und bekam einen Lehrstuhl angeboten, den er jedoch ablehnte. Es brach ihm fast das Herz, aber seine Frau wollte nicht aus Washington wegziehen. Offenbar hatte sie eine Menge Probleme, deren nicht geringstes ihre Tochter aus erster Ehe war, die unter Verschluss im Saint-Elizabeth-Heim lebte, als Grueman und Beverly sich kennenlernten. Also ging er nach D.C. Die Tochter starb einige Jahre später.«

»Sie wissen ja eine Menge über ihn«, stellte ich fest.

»So ist es.«

»Und seit wann?«

»Seit ich weiß, dass er ein Fax von Jennifer Deighton bekam. Sein Lebenslauf schien makellos, aber wirklich beruhigt bin ich erst jetzt, nachdem Sie bei ihm waren.«

»Sie hatten einen Hintergedanken, als Sie mir nahelegten, mit ihm zu sprechen. Stimmt's?«

»Ertappt! Ich hoffte, es könne zu einer Entschärfung Ihrer Beziehung führen.«

»Ich danke Ihnen, Benton. Ihre Ansichten sprechen für Sie.«

Er hob sein Glas an die Lippen und starrte ins Feuer.

»Aber bitte, mischen Sie sich nicht ein!«, sagte ich.

»Das ist doch gar nicht meine Art.«

»Doch. Darin sind Sie ein Profi. Sie wissen genau, wie Sie es anstellen müssen, wenn Sie jemanden aus dem Hintergrund steuern oder ausschalten wollen. Sie wissen, wo Hindernisse aufgebaut und wo sie weggeräumt werden müssen.«

»Für Marino und mich ist diese Geschichte sehr wichtig, Kay, und für das Richmond Police Department und das FBI ebenfalls. Entweder haben wir es mit einem Psychopathen zu tun, der hätte hingerichtet werden sollen, oder mit jemandem, der uns glauben machen will, dass besagter Psychopath frei herumläuft.«

»Marino verlangt, dass ich stillhalte.«

»Ich möchte nicht in seiner Haut stecken: Er ist der leitende Ermittler und Mitglied des lokalen VICAP-Teams, gleichzeitig aber ist er Ihr Freund. Er ist gezwungen, Sie und die Vorgänge in Ihrem Büro zu überprüfen, eigentlich möchte er Sie jedoch beschützen. Versuchen Sie, sich in seine Situation zu versetzen.«

»Das tue ich ja. Aber er sollte sich auch in meine versetzen.«

»Das sehe ich ein.«

»Sie hätten ihn hören sollen, Benton! Man könnte glauben, der Scheiterhaufen sei schon für mich aufgeschichtet.«

»Nun, es scheint, dass es einige Leute gibt, die bereits einen Benzinkanister und Streichhölzer parat haben. Meiner Meinung nach besteht der Zweck dieser Diskriminierungskampagne darin, Sie im Falle eines Prozesses als inkompetent hinzustellen und Ihnen unterstellen zu können, Beweismittel manipuliert zu haben.« Unsere Blicke trafen sich. »Wenn Sie zum jetzigen Zeitpunkt in den Zeugenstand treten müssten, wären Ihre Aussagen keinen Pfifferling wert.«

»Aber meine Lage bessert sich nicht, wenn ich mich still verhalte, wie Marino es will. Er muss mich tun lassen, was ich für nötig halte.«

»Er möchte eben nicht, dass Sie noch weiteren Schaden nehmen. Ich hole uns noch was zu trinken.« Er stand auf. Diesmal tranken wir den Scotch ohne Eis.

»Benton, sprechen wir über den Mörder. Nach dem, was mit Donahue passiert ist, was denken Sie jetzt?«

Er stellte sein Glas weg und stocherte im Feuer herum. Dann blieb er, die Hände in den Taschen, mit dem Rücken zu mir vor dem Kamin stehen. Schließlich setzte er sich wieder hin. Ich hatte ihn schon lange nicht mehr so nervös erlebt.

»Der Angelpunkt ist Waddell«, sagte er. »Was Eddie Heath angetan wurde, war eine Nachahmung des Mordes an Robyn Naismith. Jennifer Deighton war Waddells Freundin, Susan sorgte offensichtlich dafür, dass nach der Hinrichtung keine Fingerabdrücke von der Leiche zur Verfügung standen, Frank Donahue war der Gefängnisdirektor, in dessen Anstalt am Abend des 13. Dezember die Hinrichtung stattfand. Was fällt Ihnen dazu ein?«

»Dass jeder, der direkt oder indirekt, privat oder dienstlich, mit Waddell oder seinem Fall zu tun hat, in Lebensgefahr ist.«

»Richtig. Wenn ein Polizistenmörder frei herumläuft und Sie ein Cop sind, dann wissen Sie, dass Sie sein nächstes Opfer sein können. Es ist durchaus möglich, dass ich heute Abend, wenn ich Ihr Haus verlasse, aus dem Hinterhalt niedergeschossen werde. Vielleicht ist der Kerl aber auch hinter Marino her oder lauert bei mir zu Hause auf mich. Oder er bereitet Gruemans Entführung vor.«

»Oder meine.«

Wesley stand auf und stocherte wieder im Feuer herum.

»Was meinen Sie, soll ich Lucy heimschicken?«, fragte ich.

»Ich weiß nicht, was ich Ihnen raten soll. Sie will nicht nach Hause, das ist eindeutig. Aber vielleicht würden Sie sich besser fühlen, wenn sie nicht mehr hier wäre, und ich würde mich bedeutend besser fühlen, wenn Sie sie begleiteten. Ich denke, auch Marino, Grueman, Vander, Connie, Michele und ich würden uns besser fühlen, wenn wir irgendwo untertauchen könnten. Aber ich will mich nicht einmischen, Kay. Tun Sie, was Sie für richtig halten.«

»Ich muss meinen Ruf wiederherstellen.«

»Genau das würde ich auch versuchen. Wo wollen Sie ansetzen?«

»Bei den Federn.«

»Weshalb?«

»Weil sie uns zu dem Mörder führen können. Offenbar besitzt er etwas, das mit Eiderdaunen gefüllt ist. Da sie sehr teuer sind, nehme ich an, dass er den Gegenstand nicht gekauft, sondern gestohlen hat.«

»Das klingt plausibel.«

»Wir könnten eine Zeitungsmeldung lancieren.«

»Es ist doch wohl kaum in unserem Sinn, wenn der Mörder erfährt, dass er jedes Mal Federn am Tatort zurücklässt. Dann wird er sich des verräterischen Indizes sofort entledigen.«

»Das ist mir klar. Nein, ich dachte an ein kleines Feature über die Eiderente und ihre Daunen und einen damit verbundenen Hinweis, dass daunengefütterte Kleidungsstücke wegen ihres Wertes ein begehrtes Diebstahlsobjekt sind. Vielleicht könnte die Geschichte an der Skisaison aufgehängt werden. Am Schluss sollte ein Detective genannt werden, der angeblich mit der Klärung der Diebstähle betraut war – dann haben die Leute einen Ansprechpartner.«

»Sie hoffen, dass jemand anruft, dessen daunengefütterter Anorak gestohlen wurde?«

»Zum Beispiel. Zumindest wäre es einen Versuch wert.«

»Ich muss darüber nachdenken.«

Wir gingen zur Tür.

»Ach ja«, fiel Wesley ein, »ich habe Michele angerufen, bevor wir das Homestead verließen. Sie und Lucy haben schon miteinander telefoniert. Michele meinte, Ihre Nichte sei geradezu beängstigend intelligent.«

»Ja, manchmal ängstigt mich das auch.«

»Ich habe ja fast zwei Tage mit ihr verbracht, und ich muss sagen, sie ist in vieler Hinsicht ein bemerkenswertes Mädchen.«

»Ich warne Sie, versuchen Sie nicht, sie anzuwerben!«

»Ich warte, bis sie mit dem College fertig ist. Wie lange dauert das noch? Ein Jahr?«

Ich lachte. »Vergessen Sie's!«

Als Wesley weggefahren war und ich gerade die Scotchgläser in die Küche trug, kam Lucy aus dem Arbeitszimmer.

»Hattest du Spaß?«, fragte ich sie.

»Klar.«

»Wie ich höre, ist Benton schwer beeindruckt von dir.« Ich spülte die Gläser aus und setzte mich an den Tisch, auf dem noch immer meine Bankunterlagen und der Notizblock lagen.

»Die beiden sind sehr nett«, sagte Lucy.

»Die Sympathie beruht offenbar auf Gegenseitigkeit.«

Sie öffnete den Kühlschrank und schaute hinein. »Was wollte Pete denn hier?«

Es war überraschend für mich, dass sie Marino beim Vornamen nannte, aber ich freute mich. Mein Schachzug mit dem Schießunterricht war offensichtlich erfolgreich gewesen.

»Was bringt dich auf die Idee, dass er hier war?«, wollte ich wissen.

»Es hat nach Zigarettenrauch gerochen, als ich reinkam. Daraus folgt, dass er hier war – oder hast du wieder zu rauchen angefangen?« Sie machte den Kühlschrank wieder zu und kam an den Tisch.

»Nein, habe ich nicht. Du hast recht. Marino war hier.«

»Weshalb?«

»Um mir Fragen zu stellen.«

»Worüber?«

»Warum interessiert dich das?«

Ihr Blick glitt über den ausgebreiteten Papierwust. »Warum willst du es mir nicht sagen?«

»Es ist kompliziert, Lucy.«

»Das behauptest du immer, wenn du mich aus einer Sache raushalten willst.« Sie drehte sich um und ging hinaus.

Wenn ich Eltern mit ihren Kindern beobachtete, bewunderte ich jedes Mal die Selbstverständlichkeit, mit der sie miteinander umgingen. Lucy gegenüber war ich immer unsicher. Meine

Nichte saß im Arbeitszimmer am Computer. Zahlenkolonnen mit Buchstaben vermischt flimmerten auf dem Bildschirm, und gelegentlich sah ich Teile von lesbaren Daten. Neben der Tastatur lag ein Blatt kariertes Papier, auf dem sie mit Bleistift Berechnungen anstellte. Sie schaute nicht auf, als ich zu ihr trat.

»Lucy, ich weiß, dass du das Gefühl hast, dass deiner Mutter die Männer wichtiger sind als du, aber ich bin nicht deine Mutter. Du brauchst keine Angst zu haben, dass einer meiner Freunde oder Kollegen dir etwas von meiner Zuneigung wegnimmt. Es besteht wirklich kein Grund, meine Beziehung zu Wesley oder Marino misstrauisch zu beäugen.«

Sie antwortete nicht.

Ich legte ihr die Hand auf die Schulter. »Ich bin zwar nicht ständig präsent in deinem Leben, obwohl ich mir das sehr wünschen würde, aber du bist mir sehr wichtig.«

Sie radierte eine Zahl weg, blies die Gummireste vom Papier und fragte: »Wird man dich vor Gericht stellen?«

»Auf keinen Fall: Ich habe nichts verbrochen.« Ich beugte mich näher zum Monitor.

»Was du da siehst, ist ein Hexdump«, erklärte sie.

»Sieht für mich aus wie Hieroglyphen.«

Mit den Fingern auf der Tastatur bewegte Lucy den Cursor. »Ich versuche gerade, die genaue Adresse der SID-Nummer zu finden«, erklärte sie. »Das ist die State-Identification-Nummer, die nicht doppelt vorkommt. Jede in dem System gespeicherte Person hat eine solche Nummer. In einer Programmiersprache der vierten Generation wie SQL könnte ich eine Datenbankabfrage direkt über den Spartennamen eingeben. Aber in hexadezimalen Systemen ist die Sprache wissenschaftlich, denn es gibt keine Spartennamen, sondern nur Adressen zu den Einträgen. Ich gebe dir ein Beispiel: Wenn ich in den Rechner eingebe, dass ich nach Miami fliegen will, würde ich dem Computer bei der SQL-Sprache einfach Miami mitteilen, hier aber, bei der hexadezimalen Weise, müsste ich die Koordinaten des Ortes in nördlicher Breite und westlicher Länge eingeben. Um die geographische Analogie fortzuführen: Ich suche die Koordinaten der Speicherplätze für die Nummer und für die Kennziffer, die die Art des Eintrags definiert. Mit dieser Information kann ich ein Programm schreiben, das alle SID-Nummern sucht, die im Feld Eintragsart die Kennziffer zwei oder drei haben. Zwei steht für Löschen und drei für Aktualisierung. Das Programm durchsucht dann alle Protokollbänder.«

»Du meinst, wenn etwas manipuliert wurde, dann die SID-Nummer?«

»Es wäre jedenfalls bedeutend einfacher, als die Bilddaten eines Fingerabdrucks auf einer optischen Platte zu verändern – und es gibt bei AFIS nur diese beiden Möglichkeiten. Alle anderen Angaben zur Person sind in der CCH, der Computerized Criminal History, gespeichert, die im CCRE, dem Central Criminal Records Exchange, liegt.«

»Die Daten im CCRE sind also mit den jeweiligen Fingerabdrücken in AFIS durch die SID-Nummer verknüpft?«

»So ist es.«

Lucy arbeitete immer noch, als ich ins Bett ging. Ich schlief sofort ein, wachte jedoch um zwei Uhr auf und lag bis fünf wach. Eine Stunde später schreckte mich der Wecker auf. Ich fuhr, noch ehe es hell wurde, ins Büro und machte das Radio lauter, als die Nachrichten begannen. Der Sprecher berichtete, dass die Polizei mich vernommen und ich mich geweigert hätte, meine Bankunterlagen einsehen zu lassen, obwohl Susan Story kurz vor ihrer Ermordung dreitausendfünfhundert Dollar auf ihr Konto eingezahlt hatte.

Ich betrat gerade mein Zimmer, als das Telefon klingelte. Marino war am Apparat. »Der verdammte Major kann sein Maul nicht halten!«

»Offensichtlich.«

»Tut mir leid.«

»Ist ja nicht Ihre Schuld. Ich weiß, dass Sie ihm Bericht erstatten müssen.«

»Ich muss Ihnen eine Frage stellen«, sagte er mit hörbarem Widerwillen. »Sie besitzen keinen .22er, stimmt's?«

»Das wissen Sie doch. Ich habe den Ruger und den Smith & Wesson. Das ist alles.«

»Doc, der Major besteht darauf, dass Ihre Revolver von der Ballistik untersucht werden.«

»Das ist nicht Ihr Ernst!«

»Er meint, Sie sollten damit einverstanden sein, damit gleich ausgeschlossen werden kann, dass die Kugeln, mit denen Eddie Heath, Susan und Donahue erschossen wurden, aus einer Ihrer Waffen stammen.«

»Haben Sie dem Major nicht gesagt, dass meine Revolver Kaliber .38 haben?«, fragte ich wütend.

»Doch. Natürlich.«

»Und er weiß, dass die fraglichen Geschosse Kaliber .22 haben?«

»Ja. Ich habe auf ihn eingeredet wie auf einen kranken Gaul – ohne Erfolg.«

»Nun, dann fragen Sie ihn in meinem Namen, ob er einen Adapter kennt, der es möglich macht, mit einem .38er-Revolver .22er-Patronen abzufeuern. Wenn ihm ein solcher bekannt ist, sollte er bei der nächsten Tagung der American Academy of Forensic Sciences einen Bericht darüber vorlegen.«

»Ich glaube nicht, dass Sie tatsächlich wollen, dass ich ihm das so ausrichte.«

»Was er da macht, ist doch reine Effekthascherei vor der Öffentlichkeit. Es entbehrt jeglicher Logik.«

Marino schwieg.

»Hören Sie«, sagte ich ruhig, »ich habe keine Gesetze gebrochen, und ich gebe weder meine Bankunterlagen noch meine

Revolver oder sonst etwas heraus, bevor ich mich habe beraten lassen. Ich verstehe, dass Sie Ihre Arbeit tun müssen, verstehen Sie aber auch bitte, dass ich meine tun muss. Ich habe unten drei Leichen liegen, und Fielding ist bei Gericht.«

Aber es war mir nicht vergönnt, meinen Pflichten nachzukommen. Als Marino sich am Telefon verabschiedete, kam Rose herein. Sie war blass, Aufregung sprach aus ihrem Blick. »Der Gouverneur will Sie sehen«, eröffnete sie mir.

Mein Herz machte einen Satz. »Wann?«

»Um neun.«

Es war acht Uhr vierzig.

»Was will er denn?«

»Das hat die Sekretärin nicht gesagt.«

Ich zog den Mantel an, nahm den Schirm und trat in den Eisregen hinaus. Während ich die Fourteenth Street hinuntereilte, versuchte ich mich daran zu erinnern, wann ich Gouverneur Norring das letzte Mal gesehen hatte, und kam zu dem Schluss, dass es fast ein Jahr her war: bei einem Empfang im Virginia Museum. Er war Republikaner, Mitglied der Episkopalkirche und hatte seinen Jura-Abschluss an der University of Virginia gemacht. Ich hatte im Norden studiert, war katholisch und überzeugte Demokratin.

Das Capitol von Richmond steht auf dem Shockoe Hill und ist von einem kunstvollen schmiedeeisernen Zaun umgeben, der im frühen neunzehnten Jahrhundert errichtet wurde, um die durchziehenden Rinderherden fernzuhalten. Das weißgetünchte, von Jefferson entworfene Ziegelgebäude ist typisch für dessen Architektur: Die glatten Säulen sind symmetrisch angeordnet und besitzen ionische Kapitelle, zu denen er sich von römischen Tempeln hatte inspirieren lassen. Bänke säumen die Granitstufen den Hügel hinauf, und während der Eisregen auf meinen Schirm prasselte, dachte ich an meinen alljährlichen Frühlingsvorsatz, in der Mittagspause nicht am Schreibtisch zu bleiben, sondern mich hier in die Sonne zu setzen. Bis jetzt hatte ich ihn noch nicht befolgt, sondern ungezählte Tage meines Lebens bei künstlichem Licht in fensterlosen Räumen verbracht, die keiner architektonischen Richtung zuzuordnen waren.

Als ich das Capitol betrat, steuerte ich auf die Damentoilette zu, um mein Selbstvertrauen mit einigen kosmetischen Korrekturen zu heben. Doch weder Lippenstift noch Haarbürste verhalfen mir zu der gewünschten Gelassenheit. Nervös und unsicher fuhr ich in die Rotunde hinauf, wo – drei Stockwerke über Houdons Marmorstatue von George Washington – ehemalige Gouverneure in Öl streng von den Wänden blicken. Auf halber Strecke zu meinem Ziel sah ich eine Gruppe von Journalisten. Ich kam nicht auf die Idee, sie könnten meinetwegen hier sein, bis mich einer erspähte und gleich darauf der ganze Pulk auf mich zustürmte. Kameraauslöser klickten mit der Geschwindigkeit eines Maschinengewehrfeuers, Blitzlichter flammten auf, Mikrophone wurden gezückt. »Warum weigern Sie sich, Einblick in Ihre Bankunterlagen zu gewähren, Dr. Scarpetta?«

»Haben Sie Susan Story Geld gegeben?«

»Was für Handfeuerwaffen besitzen Sie?«

»Stimmt es, dass Unterlagen aus Ihrem Büro verschwunden sind?«

Ich drängte mich, die Augen stur geradeaus gerichtet, durch die Menschen. Der Weg zu der schweren Mahagonitür erschien mir endlos. Panik stieg in mir auf. Die Mikrophone stießen gegen mein Kinn, die Blitzlichter blendeten mich. Als ich endlich in die gnädige Stille hinter der Mahagonitür eintauchte, lehnte ich mich einen Moment gegen die Wand und schloss die Augen.

»Guten Morgen«, sagte die Empfangssekretärin, die unter einem Porträt des Präsidenten John Tyler hinter einem wuchtigen Schreibtisch aus edlem Holz saß. Der Mann an dem Tischchen neben dem Fenster war in Zivil, aber ich sah sofort, dass es sich um einen Sicherheitsbeamten handelte. Er musterte mich mit undurchdringlicher Miene.

»Woher wusste die Presse, dass ich hierherkommen würde?«, fragte ich.

»Wie bitte?« Die Sekretärin trug ein Tweedkostüm und sah aus wie eine englische Landadelige.

»Woher haben die Reporter erfahren, dass ich eine Verabredung mit dem Gouverneur habe?«

»Tut mir leid, das weiß ich nicht.«

Ich ließ mich auf einem zierlichen Zweiersofa mit blassblauem Seidenbezug nieder. Die Tapete war in dem gleichen Pastellton gehalten, das Mobiliar antik, gestickte Staatswappen zierten die Stuhlkissen. Zehn qualvolle Minuten vergingen. Dann öffnete sich eine Tür, und ein junger Mann kam lächelnd auf mich zu.

»Dr. Scarpetta, der Gouverneur lässt bitten.« Er stellte sich als Norrings Pressesprecher vor, ein feingliedriger, blasshäutiger, hellblonder Mann, der einen blauen Anzug trug. »Ich bedauere, dass Sie warten mussten. Das Wetter ist wirklich unglaublich. Soviel ich gehört habe, sollen die Temperaturen in der kommenden Nacht auf zehn Grad unter null sinken. Die Straßen werden morgen früh spiegelglatt sein.«

Er führte mich durch mehrere geschmackvoll eingerichtete Räume, in denen Sekretärinnen an Computern saßen und Hausboten geduldig auf Arbeit warteten. Dann klopfte er an eine imposante Tür, drehte den polierten Messingknopf nach rechts, trat beiseite und schob mich, die Hand leicht auf meinem Rücken, in das Allerheiligste des mächtigsten Mannes von Virginia.

Gouverneur Norring saß hinter einem Schreibtisch aus Nussbaumholz in einem Ledersessel. Ihm gegenüber standen zwei Stühle, und ich wurde aufgefordert, auf einem davon Platz zu nehmen, während der Gouverneur die Lektüre des Schriftstücks fortsetzte, das er in der Hand hielt.

»Darf ich Ihnen etwas zu trinken anbieten?«, fragte mich der Pressesprecher.

»Nein, danke.«

Er verließ das Zimmer und zog lautlos die Tür hinter sich zu. Der Gouverneur legte das Schriftstück auf den Tisch und lehnte sich zurück. Er war ein distinguiert wirkender Mann mit einem interessanten Gesicht – eine imponierende Erscheinung. George Washington maß in einer Zeit, als die Männer im Allgemeinen sehr viel kleiner waren als heute, einen Meter achtzig, und auch Gouverneur Norring überragte die meisten seiner Zeitgenossen. Zudem besaß er in einem Alter, da andere Männer grauhaarig oder kahl werden, volles dunkles Haar.

»Dr. Scarpetta, ich habe über einen Weg nachgedacht, dieses Feuer zu löschen, bevor es außer Kontrolle gerät.« Er sprach in den weichen Kadenzen des geborenen Virginiers.

»Ich hoffe sehr, dass es einen gibt, Gouverneur.«

»Dann erklären Sie mir bitte, weshalb Sie nicht bereit sind, mit der Polizei zu kooperieren.«

»Ich möchte mich vorher von einem Anwalt beraten lassen, wozu ich bisher noch keine Gelegenheit hatte. Ich würde das nicht als mangelnde Kooperationsbereitschaft betrachten.«

»Das ist selbstverständlich Ihr gutes Recht«, sagte er langsam, »aber der Wunsch nach anwaltschaftlichem Rat macht die Wolke des Verdachts, die über Ihnen schwebt, noch dunkler. Darüber müssen Sie sich klar sein.«

»Im Augenblick wird ohnedies alles, was ich tue, gegen mich verwendet, und ich bin entschlossen, mir Beistand zu holen.«

»Haben Sie Zahlungen an Ihre Assistentin Susan Story geleistet?«

»Nein, Sir, das habe ich nicht. Ich habe mir nichts vorzuwerfen.«

»Dr. Scarpetta«, er beugte sich vor und faltete die Hände auf dem Tisch, »soviel ich weiß, weigern Sie sich, die Unterlagen herauszugeben, anhand derer die Richtigkeit Ihrer Aussage überprüft werden könnte.«

»Ich bin nicht davon unterrichtet worden, dass ich eines Verbrechens beschuldigt werde. Es hat mir niemand meine Rechte vorgelesen, und ich habe auf keines meiner Rechte verzichtet. Ich hatte, wie gesagt, noch keine Möglichkeit, mir anwaltschaftlichen Rat zu holen, und ich habe im Moment nicht die Absicht, mein berufliches und privates Leben vor der Polizei oder sonst jemandem auszubreiten.«

»Mit anderen Worten: Sie lehnen es ab, Einblick in die relevanten Unterlagen zu gewähren.«

Wenn ein Staatsbediensteter des Interessenkonflikts oder einer anderen Form unethischen Verhaltens beschuldigt wird, hat er nur zwei Möglichkeiten: die Offenlegung des geforderten Materials – oder die Kündigung. Letztere gähnte vor mir wie ein Abgrund, und ich war sicher, dass der Gouverneur vorhatte, mich in die Tiefe zu stoßen.

»Sie sind Chief Medical Examiner dieses Staates«, fuhr er fort. »Sie haben eine beachtliche Karriere gemacht und hatten bisher einen untadeligen Ruf, aber in der Angelegenheit, um die es jetzt geht, legen Sie ein ausgesprochen unkluges Verhalten an den Tag, mit dem Sie sich nur schaden können.«

»Ich habe mir nichts zuschulden kommen lassen«, erwiderte ich, »und dies wird sich auch eindeutig erweisen, aber ich werde dieses Thema nicht weiter diskutieren, bevor ich mit einem Anwalt gesprochen habe. Und ich werde meine Unterlagen nicht offenlegen, es sei denn, durch ihn und bei einer nichtöffentlichen richterlichen Anhörung.«

»In einer nichtöffentlichen Anhörung?«

»Gewisse Dinge aus meinem Privatleben betreffen auch noch andere Menschen außer mir.«

»Wen? Einen Ehemann? Kinder? Einen Lebensgefährten? Meines Wissens haben Sie nichts dergleichen und sind – verzeihen Sie mir das Klischee – mit Ihrer Arbeit verheiratet. Wen sollten Sie schützen wollen?«

»Gouverneur Norring – Sie drücken mich an die Wand.«

»Durchaus nicht, ich möchte nur den Grund für Ihr Ansinnen erfahren. Sie sagen, es liegt Ihnen daran, andere zu schützen, und ich frage Sie, wer diese anderen sind. Sicherlich keine Patienten; Sie haben nur tote Patienten.«

»Ich habe nicht den Eindruck, dass Sie auf meiner Seite stehen.« Ich hörte selbst, wie kalt meine Stimme klang. »Sie haben mir ganze zwanzig Minuten Zeit gegeben, hier zu erscheinen, und mich nicht einmal wissen lassen, weshalb Sie mich herzitierten.«

»Aber Doktor«, er sah mich herablassend an, »ich hatte angenommen, dass Sie sich das denken könnten.«

»Hätte ich mir auch denken sollen, dass unser Gespräch hier eine öffentliche Angelegenheit ist?«

Seine Miene veränderte sich nicht. »Man hat mich davon unterrichtet, dass die Presse da ist.«

»Es würde mich interessieren, wie es dazu kam!«, sagte ich scharf.

»Wenn Sie glauben, dass die Journalisten von hier aus über unsere Verabredung informiert wurden, dann sind Sie im Irrtum.«

Ich antwortete nicht.

»Doktor, Sie sind keine Anfängerin. Es muss Ihnen doch klar sein, dass wir als Diener des Volkes gewissen Regeln unterworfen sind. Wir haben kein uneingeschränktes Recht auf Privatleben. Wenn unsere Integrität oder unsere Urteilskraft in Frage gestellt wird, hat die Öffentlichkeit Anspruch darauf, selbst in unsere persönlichsten Bereiche Einblick zu erhalten. Jedes Mal, wenn ich etwas plane oder einen Scheck ausschreiben will, muss ich mich vorher fragen, ob das, was ich vorhabe, auch wirklich der kritischsten Überprüfung standhielte.«

Mir fiel auf, dass er beim Sprechen kaum die Hände bewegte und dass Stoff und Muster seines Anzugs und seiner Krawatte ein Paradebeispiel für unauffällige Extravaganz waren. Meine Aufmerksamkeit wurde ständig abgelenkt, während er seine Ermahnungen fortsetzte. Ich wusste, dass nichts, was ich sagen oder tun würde, mich retten könnte. Ich wurde zwar seinerzeit vom Leiter der Gesundheitsbehörde eingesetzt, doch ohne die Empfehlung des Gouverneurs wäre mir die Position nicht angeboten worden – und ich würde sie ohne seine Unterstützung nicht behalten können. Der schnellste Weg, sich seine Gunst zu verscherzen, war es, ihm Peinlichkeiten oder einen Konflikt zu bescheren, und beides hatte ich getan. Er hatte die Macht, mich zur Kündigung zu zwingen, und ich konnte mir lediglich eine Galgenfrist verschaffen, indem ich drohte, die Sache für ihn noch peinlicher zu machen.

»Doktor, können Sie mir vielleicht sagen, was Sie an meiner Stelle tun würden?«

Draußen vor dem Fenster mischten sich Regen und Schnee, die Gebäude des Bankenviertels ragten düster in den grauen Himmel.

Ich sah Norring eine Zeitlang schweigend an und antwortete dann äußerlich ruhig: »Ich kann Ihnen sagen, was ich nicht tun würde: Ich würde den Chief Medical Examiner nicht in mein Büro bestellen, um von ihm zu verlangen, auf seine verfassungsmäßigen Rechte zu verzichten. Ich würde ihn nicht – entgegen unserer Verfassung – für schuldig halten, bis seine Unschuld bewiesen ist, und nicht von ihm fordern, vertrauliches Material offenzulegen, wenn er dadurch sich und andere gefährdet, und ich würde eine Person, die dem Staat treu gedient hat, nicht in eine Situation bringen, in der ihr nur die Kündigung bleibt.«

Der Gouverneur spielte nachdenklich mit seinem Füller, während er über meine Worte nachdachte. Und plötzlich wusste ich, was in seinem Kopf vorging: Wenn ich nach dieser Unterredung kündigte, würden die Reporter, die draußen lauerten, schließen, dass ich es getan habe, weil er mir etwas vorgeschlagen hatte, das meinen ethischen Grundsätzen zuwiderlief.

»Es liegt nicht in meinem Interesse, dass Sie zum jetzigen Zeitpunkt kündigen«, sagte er schließlich eisig. »Ich würde Ihre Kündigung nicht einmal akzeptieren. Ich bin, entgegen Ihrer Meinung, ein fairer Mensch und, wie ich hoffe, auch ein kluger. Ich kann nicht jemanden Mordopfer obduzieren lassen, der im Zusammenhang mit Mordfällen unter Verdacht steht. Deshalb halte ich es für das Beste, wenn ich Sie bei vollem Gehalt beurlaube, bis die Sache geklärt ist.« Er griff nach dem Telefon. »John, würden sie den Chief Medical Examiner bitte hinausbegleiten?«

Sekunden später erschien der lächelnde junge Mann.

Draußen wurde ich wieder von allen Seiten bedrängt. Blitze blendeten mich, Stimmen schrien durcheinander, doch ich äußerte mich auch diesmal mit keinem Wort.

In der Spätausgabe stand, dass Gouverneur Norring mich vorübergehend von meinen Aufgaben entbunden habe, bis alle Verdachtsmomente entkräftet seien. In einem Kommentar hieß es, der Gouverneur habe sich als Gentleman erwiesen, und ich sollte meinen Abschied nehmen, wenn ich wüsste, was sich gehöre.

11

Den Freitag verbrachte ich vor dem Kaminfeuer und versuchte dabei, die Tage zu rekonstruieren, auf die es für meine Rehabilitierung ankam.

Unglücklicherweise war ich mit dem Wagen auf dem Heimweg gewesen, als man Eddie Heath nach Ansicht der Polizei vor dem Supermarkt entführte. Als Susan erschossen wurde, stand ich zu Hause in der Küche und bereitete das Weihnachtsessen vor, während Marino und Lucy beim Schießen waren. Und als Frank Donahue erschossen wurde, saß ich allein beim Frühstück. Es gab niemanden, der meine Alibis bestätigen konnte.

Allerdings dürfte es der Staatsanwaltschaft schwerfallen, ein gemeinsames Motiv zu konstruieren, denn niemand konnte mir ernsthaft unterstellen, ich hätte den Jungen umgebracht, weil er mich beruflich hätte ruinieren können, ganz abgesehen davon, dass es sich eindeutig um ein sadistisches Verbrechen gehandelt hatte.

Ich schreckte aus meinen Gedanken hoch, als Lucy rief: »Ich habe was gefunden!«

Ich ging zu ihr hinüber. Sie hatte meinen .38er Ruger neben sich liegen. »Warum hast du den Revolver hier?«, fragte ich irritiert.

»Pete sagte, ich solle üben, und das habe ich nebenbei getan. Ich bin immer noch dabei, die Protokollbänder zu durchforsten, aber ich glaube, dass ich den Volltreffer schon gelandet habe«, sagte sie.

Erregung stieg in mir auf, als ich mir einen Stuhl heranzog. »Das Band vom 9. Dezember hat drei interessante TUs.«

»TUs?«, fragte ich verständnislos.

»Tenprint Updates«, erklärte Lucy, »die Aktualisierung von

Fingerabdrücken. Ein Eintrag wurde völlig gelöscht, beim zweiten wurde die SID-Nummer geändert, und dann haben wir noch den dritten, einen Neueintrag, der etwa zum selben Zeitpunkt gespeichert wurde, als die beiden anderen modifiziert wurden. Ich meldete mich im CCRE an und suchte nach den Besitzern der SID-Nummern sowohl des geänderten als auch des neuen Eintrags. Die Änderung betrifft Ronnie Joe Waddell.«

»Und was ist mit dem Neueintrag?«, fragte ich.

»Das ist merkwürdig: Da existieren keine Angaben. Ich habe die SID-Nummer fünffach eingegeben, und jedes Mal bekam ich die Antwort keinen eintrag gefunden. Begreifst du, was das bedeutet?«

»Ohne CCRE-Material haben wir keine Möglichkeit, festzustellen, wer die Person ist.«

Lucy nickte. »Genau. Es gibt da Fingerabdrücke und eine SID-Nummer im AFIS, aber die dazugehörigen Verknüpfungen weisen ins Leere. Daraus folgert: Auch der CCRE ist manipuliert worden.«

»Gehen wir zurück zu Waddell«, sagte ich. »Kannst du nachvollziehen, was mit seinen Einträgen gemacht wurde?«

»Ich hab da so eine Idee. Zuerst müssen wir sicher sein, dass die SID-Nummer nicht mehrfach vergeben wurde, was bedeutet, dass das System auf Duplizität prüft. Wenn ich mit dir die SID-Nummer tauschen möchte, muss ich erst deinen Eintrag löschen, bevor ich mit meiner alten SID-Nummer einen neuen aufmache.«

»Und du glaubst, dass das passiert ist?«, fragte ich.

»Solche Übertragungen würden die TUs erklären, die ich auf den Protokollbändern vom 9. Dezember gefunden habe.«

Vier Tage vor Waddells Hinrichtung, dachte ich.

»Da gibt's aber noch was«, erklärte Lucy. »Waddells Eintrag wurde am 16. Dezember aus AFIS gelöscht.«

»Wie ist das möglich?«, fragte ich verblüfft. »Ein Fingerabdruck aus Jennifer Deightons Wohnung stammte von Waddell. Das hat Vander festgestellt, als er den Abdruck vor einer Woche per AFIS identifizierte.«

»AFIS stürzte am 16. Dezember um zehn Uhr sechsundfünfzig ab; genau achtundneunzig Minuten nach der Löschung des Eintrages von Waddell«, antwortete Lucy. »Die Datenbank wurde durch Sicherungsbänder wiederhergestellt. Dabei müssen wir berücksichtigen, dass die Tagesauszüge nur einmal täglich gesichert werden, nämlich spätnachmittags. Deshalb waren alle Änderungen vom Morgen des 16. Dezember noch nicht gesichert, als das System zusammenbrach. Damit wurde bei der Rekonstruktion der Datenbank Waddells Eintrag auch wiederhergestellt.«

»Vier Tage vor seiner Hinrichtung spielte jemand an seiner SID herum, und drei Tage nach der Hinrichtung wurde sein Eintrag gelöscht?«

»So sieht es aus. Aber mir ist nicht klar, warum diese Person den Eintrag nicht einfach sofort gelöscht hat. Warum wurde an der SID-Nummer manipuliert, um den Eintrag zu ändern und später zu löschen?«

Neils Vander hatte eine simple Antwort auf diese Frage, als ich ihn etwas später anrief.

»Es ist nicht ungewöhnlich, den Fingerabdruck eines Häftlings nach seinem Tod aus AFIS zu löschen«, erklärte er mir. »Der einzige Grund, die Abdrücke nicht zu löschen, wäre der Verdacht, dass sie im Zusammenhang mit einem ungelösten Fall auftauchen könnten. Aber Waddell war zehn Jahre im Gefängnis, er war zu lange aus dem Verkehr gezogen, um es sinnvoll erscheinen zu lassen, seine Fingerabdrücke aufzuheben.«

»Demnach kann die Löschung seines Eintrags am 16. Dezember eine Routinemaßnahme gewesen sein?«, fragte ich.

»Durchaus. Aber am 9. Dezember, als Lucys Meinung nach

die SID-Nummer geändert wurde, wäre sie das nicht gewesen, denn da lebte Waddell ja noch.«

»Neils, was halten Sie von der Sache?«

»Wenn Sie die SID-Nummer von jemandem ändern, ändern Sie damit seine Identität. Ich kann seine Fingerabdrücke finden, aber sobald ich die zugeordnete SID-Nummer eingebe, bekomme ich entweder überhaupt kein weiteres Material oder das von jemand anderem.«

»Sie haben den Fingerabdruck von Jennifer Deightons Esszimmerstuhl aufgrund der SID-Nummer als den von Waddell identifiziert, aber jetzt hat sich herausgestellt, dass seine SID-Nummer geändert wurde. Also wissen wir nicht, wessen Abdruck es in Wahrheit ist.«

»Nein. Und ganz offensichtlich hat sich jemand große Mühe damit gemacht, dass wir es auch nicht herausfinden können.« Während er sprach, zuckten Bilder durch meinen Kopf.

»Ich bräuchte einen Abdruck, von dem zweifelsfrei feststeht, dass er von ihm stammt, aber ich wüsste nicht, wo wir den herbekommen sollten.«

Vor meinem geistigen Auge tauchten plötzlich ein Parkettboden, dunkle Holztäfelung und granatfarbenes eingetrocknetes Blut auf.

»Ihr Haus!«, stieß ich hervor.

»Wessen Haus?«, fragte Vander verdutzt.

»Robyn Naismiths Haus!«

Als Robyn Naismiths Haus vor zehn Jahren von der Polizei untersucht worden war, wurden weder Laserstrahlen noch Luma-Lite eingesetzt. Es gab damals noch kein DNA-Printing, noch kein Automated Fingerprint System in Virginia und auch keine Methoden, mit Hilfe von Chemie Blutspuren nach langer Zeit sichtbar zu machen. Ich hoffte inständig, dass Letztere uns in diesem Fall helfen würde. Man kann Blut nicht durch noch so intensives Waschen oder Putzen völlig beseitigen, weil sich kleine Reste immer irgendwo erhalten. Auch wenn sie im Lauf der Zeit verblassen, verschwinden sie niemals gänzlich, und mit Hilfe von Chemikalien können solche Reste wieder sichtbar gemacht werden – mit großem Glück fänden wir auf diese Weise vielleicht sogar einen blutigen Fingerabdruck von Waddell.

Neils Vander, Benton Wesley und ich fuhren in westlicher Richtung zur University of Richmond hinaus, einer Ansammlung herrlicher georgianischer Gebäude, die in der Nähe der Three Chopt Road um einen See gruppiert sind. Dort hatte Robyn Naismith vor langer Zeit ihr Studium mit Auszeichnung abgeschlossen, und sie hatte die Gegend so lieb gewonnen, dass sie später nur zwei Blocks vom Campus entfernt ein Haus kaufte. Es stand auf einem zweitausend Quadratmeter großen Grundstück und lud geradezu zu einem Einbruch ein: Der Garten stand voller Bäume, und hinter dem Haus boten zwei riesige Magnolien Deckung. Sicherlich hätten die Nachbarn, wären sie zu Hause gewesen, Waddell an jenem Morgen nicht bemerkt.

Aufgrund der Umstände, unter denen das Haus vor zehn Jahren zum Verkauf kam, war der Preis vergleichsweise niedrig gewesen. Die Universität hatte es als Dienstwohnung erworben und das Inventar übernommen. Robyns Eltern hatten kein Interesse an der Einrichtung; wahrscheinlich hätten sie den Anblick nicht ertragen. Professor Sam Potter, Junggeselle und Dozent für Germanistik, hatte das Haus gleich nach dem Ankauf von seinem Arbeitgeber gemietet.

Als wir unsere Ausrüstung aus dem Kofferraum holten, ging die Hintertür auf, und ein ungepflegter, ungesund aussehender Mann begrüßte uns mürrisch. Er strich sich eine fettige dunkle Haarsträhne aus dem Gesicht und kam, die Zigarette im Mund, die Stufen herunter. »Brauchen Sie Hilfe?« Er war klein und dicklich, seine Hüften waren breit wie die einer Frau.

»Wenn Sie den Kanister da nehmen würden …«, sagte Vander.

Potter zog an seiner Zigarette und ließ sie auf den Boden fallen, machte sich jedoch nicht die Mühe, sie auszutreten. Wir folgten ihm die Treppe hinauf in eine kleine Küche mit alten, avocadogrünen Schränken und Bergen von schmutzigem Geschirr. Er führte uns durchs Esszimmer, auf dessen Tisch ein Haufen Wäsche lag, in den Wohnraum im vorderen Teil des Hauses. Ich entledigte mich meiner Taschen und schaute mich um. Ein kalter Schauer überlief mich, als ich das Fernsehgerät entdeckte. Auch die Vorhänge, das braune Ledersofa – alles war noch da. Das Parkett war inzwischen verkratzt und glanzlos. Überall lagen Bücher und Papiere herum.

»Wie Sie sehen, bin ich hausfraulich nicht besonders begabt«, sagte Potter und machte sich daran, aufzuräumen. »Ich werde alles vorübergehend im Esszimmer deponieren.« Er brachte den ersten Schwung hinaus. »Soll sonst noch was weg?«, fragte er, als er zurückkam.

»Nein, das können Sie alles dalassen«, antwortete Wesley.

»Sollte uns noch etwas stören, bringen wir es selbst raus – und anschließend natürlich wieder an seinen Platz.«

Potter trug die zweite Ladung nach nebenan und fragte dann: »Und die Chemikalien, die Sie benutzen, sind wirklich ungiftig und ruinieren auch nichts?«

»Sie sind völlig ungefährlich. Es wird ein körniger Rückstand bleiben, etwa so, wie in einer getrockneten Salzwasserpfütze«, sagte Vander.

»Wir werden alles so sauber wie möglich hinterlassen«, versprach ich.

Potter zog eine Zigarettenschachtel aus der Brusttasche seines zerknitterten Hemdes und kramte ein Streichholzbriefchen aus seinen ausgebleichten Jeans. Seine Hände zitterten, die Finger waren geschwollen. »Wie lange werden Sie brauchen?«, erkundigte er sich. »Damit ich weiß, wann ich wieder reinkann.«

Wesley ließ den Blick durch den Raum wandern. »Ich hoffe, dass wir in spätestens zwei Stunden fertig sind.«

»Sollten Sie es schaffen, bevor ich zurück bin, machen Sie bitte die Tür hinter sich zu und vergewissern Sie sich, dass sie eingeschnappt ist.« Der Professor verschwand. Das Motorgeräusch seines Wagens erinnerte an einen Dieselbus.

»Was für ein Jammer!«, sagte Vander. »Das Haus wäre so hübsch, aber hier sieht es nicht viel besser aus als in einem Slum. Haben Sie die Uraltrühreier in der Pfanne auf dem Herd gesehen?« Er schüttelte sich. »Wie geht's jetzt weiter?«

»Wir rekonstruieren das Zimmer anhand der Fotos«, erwiderte Wesley.

Ich holte das Kuvert mit den Tatortaufnahmen aus meiner Tasche. »Der Teppich muss raus«, stellte ich fest, nachdem ich die Bilder auf dem Boden ausgebreitet und mit den Räumlichkeiten verglichen hatte. »Und einige Dinge sind umgestellt worden. Der Benjamini muss da rüber«, ordnete ich an wie ein Theaterregisseur. »Und das Sofa einen Meter weiter nach hinten und ein Stückchen nach rechts.« Die beiden Männer führten meine Anordnungen gehorsam aus. »Der Baum stand etwas weiter von der linken Lehne entfernt. Noch ein bisschen näher … okay.«

»Es ist nicht okay: Die Äste ragen ins Sofa hinein«, monierte Wesley.

»Der Baum ist inzwischen gewachsen«, gab ich zu bedenken.

»Und der Teppich soll raus?« Wesley ging in die Hocke.

»Ja. Es lagen nur ein kleiner Läufer an der Eingangstür und eine Orientbrücke unter dem Couchtisch.«

Benton machte sich daran, den Teppich zusammenzurollen, einen blau-rot gemusterten schmuddeligen Lappen, der sich an den Kanten einrollte.

Ich ging zum Fernseher, auf dem ein Videorecorder stand,

stöpselte die Apparate aus und schob das Standgerät über den staubigen Boden vorsichtig an seinen ursprünglichen Platz gegenüber der Haustür. Dann nahm ich die Wände in Augenschein. Potter hatte ein Faible für einen Maler, dessen Namen ich nicht entziffern konnte. Die Bilder stellten weibliche Akte dar – mit vielen Kurven und rosa Klecksen und Dreiecken. Ich nahm sie ab und reihte sie im Esszimmer auf dem Boden an der Wand auf. Staub kitzelte mich in der Nase. Wesley wischte sich mit einem blütenweißen Taschentuch die Hände ab.

»Sind wir so weit?«, fragte er, als wir wieder im Wohnzimmer standen.

»Ich vermisse drei rundlehnige Sessel«, antwortete ich.

»Die sind auf die beiden Schlafzimmer verteilt«, berichtete Vander, der sich im Haus umgesehen hatte. »In dem einen stehen zwei, in dem anderen einer. Soll ich sie holen?«

»Ja, bitte.«

Wesley begleitete ihn.

»An der Wand da drüben hing ein Gemälde«, sagte ich, als sie zurückkamen, »und rechts neben der Esszimmertür auch eins: ein Stillleben und eine englische Landschaft.«

Vander schüttelte den Kopf. »Die sind nicht da. Potter hat einen anderen Kunstgeschmack als Robyn Naismith. Wir müssen das Haus verdunkeln. Wenn durch die Läden und Jalousien noch irgendwo Licht eindringt, verkleben wir die Spalten mit diesem Papier.« Er deutete auf eine dicke braune Rolle, die auf dem Boden lag.

Die nächste Viertelstunde verbrachten wir also damit, das Haus lichtdicht zu machen. Hin und wieder fluchte einer von uns, wenn der abgeschnittene Papierstreifen sich als zu kurz erwies oder das Klebeband an den Fingern haftete statt dort, wo es sollte. Ich klebte die Glasscheiben in der Haustür und die beiden Fenster im Wohnzimmer zu. Als wir schließlich alle Lichter löschten, war es stockfinster.

»Perfekt!« Vander schaltete die Deckenlampe wieder ein, zog Gummihandschuhe an und stellte Kanister mit Chemikalien und destilliertem Wasser und zwei Plastiksprühflaschen auf den Couchtisch. »Ich erkläre Ihnen jetzt, wie wir vorgehen werden. Dr. Scarpetta: Sie sprühen, während ich mit der Videokamera filme. Wenn sich an einer Stelle Reaktion zeigt, machen Sie weiter, bis ich sage, Sie sollen weitergehen.«

»Und was tue ich?«, wollte Wesley wissen.

»Sie achten darauf, dass Sie nicht im Weg stehen.«

»Was ist denn da drin?«, erkundigte Benton sich, als Neils einen der Kanister aufschraubte.

»Ich glaube nicht, dass Sie etwas damit anfangen können, wenn ich es Ihnen sage.«

»Versuchen Sie's. Ich bin ein kluger Junge.«

»Das Reagenz ist eine Mischung aus Natriumperborat, das Neils mit destilliertem Wasser aufgießt, sowie 3-Aminophenol und Natriumkarbonat«, erklärte ich an Vanders Stelle und nahm ein Paar Handschuhe aus meiner Tasche.

»Und Sie sind sicher, dass Ihre Methode bei so altem Blut funktioniert?«

»Altes, zersetztes Blut reagiert besser mit Luminol als frisches. Je stärker das Blut oxydiert ist, desto günstiger – und je älter das Blut ist, umso stärker oxydiert es.«

»Glauben Sie, dass etwas von dem Holz hier salzbehandelt ist?«, wandte Vander sich an mich.

»Ich denke, nicht. Das größte Problem bei Luminol«, beantwortete ich Wesleys fragenden Blick, »sind falsche Positive. Eine Anzahl von Stoffen reagiert mit ihm, zum Beispiel Kupfer und Nickel und die Kupfersalze in salzbehandeltem Holz.«

»Es mag auch Rost, Haushaltsbleichmittel, Jod und Formalin«, ergänzte Vander, »und bestimmte Bestandteile, die in Bananen, Wassermelonen, Zitrusfrüchten und in einer Reihe von Gemüsen wie etwa dem Meerrettich enthalten sind.«

Er öffnete einen Umschlag und legte zwei Blätter Filterpapier mit eingetrockneten Flecken von verdünntem Blut auf den Couchtisch. Dann füllte er eine Mischung in die Sprühflasche und bat Wesley, das Licht auszumachen. Ein paar kurze Sprühstöße, und ein bläulich weißer Fleck leuchtete auf dem Couchtisch auf. Er verblasste ebenso schnell, wie er erschienen war.

»Hier«, sagte Vander zu mir. Ich spürte im Finstern die Sprühflasche an meinem Arm und griff nach ihr. Ein winziges rotes Licht flammte auf, als Neils die Videokamera einschaltete, dann beleuchtete die weiße Nachtsichtlampe schwach die jeweils gewünschte Stelle.

»Wo sind Sie?« Vanders Stimme kam von links.

»In der Mitte des Zimmers – ich fühle die Kante des Couchtisches am Bein«, erklärte ich, als seien wir Kinder, die im Dunkeln spielten.

»Und ich bin brav aus dem Weg gegangen«, meldete sich Wesley von der Esszimmertür her.

Vanders weißes Licht bewegte sich langsam auf mich zu. Ich streckte die Hand aus und berührte seine Schulter. »Alles klar?«

»Alles klar. Los!«

Ich begann den Boden um uns herum einzusprühen. Nebel hüllte mich ein, und zu meinen Füßen materialisierten sich Formen und geometrische Figuren. Es war, als schwebte ich in der Dunkelheit hoch über einer hell erleuchteten Stadt. Blut, das vor zehn Jahren in Fußbodenritzen gesickert war, schimmerte bläulich weiß auf und verblasste, kaum dass man es wahrgenommen hatte. Ich sprühte und sprühte. Mein Finger, der den Sprayhebel bediente, schmerzte, und ich wusste sehr bald nicht mehr, wo im Zimmer ich mich befand. Überall waren Fußspuren. Ich stieß gegen den Benjamini.

»Licht!«, befahl Vander.

Wesley machte die Deckenbeleuchtung an, und Neils montierte eine Fünfunddreißig-Millimeter-Kamera auf ein Stativ. Das einzige Licht würde der Neonschein des Luminols sein, weshalb der Film eine lange Belichtungszeit brauchte. Ich holte mir die volle Flasche Luminol, und als es dunkel wurde, fing ich wieder an zu sprühen. Ausladende Wischer erschienen auf dem Parkett vor dem Ledersofa und auf diesem selbst. Die ersten falschen Positive bekamen wir auf dem alten Fernseher, als das Metall um die Bedienungsknöpfe und den Bildschirm aufleuchtete. Ansonsten befanden sich nur ein paar Schmierer daran, doch der Boden davor, wo die tote Robyn gesessen hatte, bot einen eindrucksvollen Anblick: Hier waren so viele Blutreste, dass man die einzelnen Parkettsegmente und die Holzmaserung erkennen konnte. Am rechten Rand der dichtesten Konzentration leuchteten mehrere einander schneidende Ringe auf, deren Durchmesser etwas kleiner war als der eines Volleyballs, und von dem »Blutsee« führte eine breite Schleifspur zum Sofa.

Unsere Suche blieb nicht auf das Wohnzimmer beschränkt. Wir begannen den Fußspuren zu folgen. Zwischendurch waren wir immer wieder gezwungen, Licht zu machen, um neues Luminol anzumischen oder Hindernisse aus dem Weg zu räumen – vor allem auf der linguistischen Schutthalde, die früher Robyns Schlafzimmer gewesen war. Der Boden war mit Manuskripten, Fachliteratur, Prüfungsarbeiten und Dutzenden von deutschen, französischen und italienischen Büchern bedeckt. Überall lagen achtlos hingeworfene Kleidungsstücke, als habe ein Sturm sie aus dem Kleiderschrank gefegt. Wir packten alles auf das ungemachte Bett.

Waddells blutige Spur führte uns schließlich ins Bad. Vander blieb dicht hinter mir. Fußabdrücke und Schmierer bedeckten den Boden, und vor der Wanne zeigten sich die gleichen Ringe wie im Wohnzimmer. Als ich anfing, die Wände einzusprühen, erschienen auf halber Höhe hinter der Toilette zwei riesige Handabdrücke.

Gleich darauf befahl Vander aufgeregt: »Licht!«

Potters Badezimmer war in einem ebensolchen Zustand wie der Rest seiner Behausung. Neils ging ganz nahe an die Wand, um die Stelle in Augenschein zu nehmen, an der die Handabdrücke aufgetaucht waren.

»Können Sie sie sehen?«, fragte ich.

»Ich bin nicht sicher. Kann sein, dass ich es mir nur einbilde.« Er neigte den Kopf nach rechts und dann nach links und kniff die Augen zusammen. »Diese dunkelblaue Tapete ist ein Glücksfall. Das bloße Auge kann nichts wahrnehmen, aber sie ist kunststoffbeschichtet oder aus Vinyl – ein geradezu idealer Untergrund für Abdrücke.«

Wesley kam herein. »Mein Gott! Die Toilette sieht aus, als sei sie seit Potters Einzug nicht geputzt worden. Himmel – er hat ja nicht einmal runtergespült!«

»Selbst wenn er von Zeit zu Zeit durchgewischt oder die Wände abgewaschen hätte, Blutspuren kann man nicht völlig beseitigen«, sagte Vander. »Bei einem Linoleumboden wie diesem dringen Reste in die poröse Oberfläche ein, und das Luminol fördert sie zutage.«

»Sie meinen, wenn wir dieses Haus in zehn Jahren noch einmal einsprühen würden, wäre das Blut immer noch da?«, fragte Wesley verblüfft.

»Um das Blut zu beseitigen, müssten Sie die Wände neu tapezieren und die Böden abschleifen und neu versiegeln – aber ganz kriegt man es nie weg.«

Wesley schaute auf seine Uhr: »Wir sind schon dreieinhalb Stunden hier!«

»Ich mache euch einen Vorschlag«, sagte ich. »Benton, Sie und ich machen uns daran, das ursprüngliche Chaos wiederherzustellen, und Neils tut inzwischen, was er tun muss.«

»Sehr schön.« Vander nickte. »Drücken Sie mir die Daumen, dass ich hier einen brauchbaren Fingerabdruck erbeute!«

Wir kehrten ins Wohnzimmer zurück. Während Vander die benötigten Utensilien ins Bad schaffte, ließen Wesley und ich den Blick über das Sofa, den Fernsehapparat und den besprühten Boden wandern. Jetzt, da das Licht brannte, deutete nichts auf die Wiedererstehung des Horrorspektakels hin, die wir im Dunkeln erlebt hatten.

»Ich kann es nicht fassen«, sagte Wesley, »das Blut ist im ganzen Haus. Ich frage mich, was er nach dem Mord noch gesucht hat. Man sollte doch meinen, dass er es eilig hatte, hier rauszukommen.« Er stand neben einem der zugeklebten Fenster. »Wenn man sich vorstellt, dass dieser Professor Potter seit Jahren auf einem blutverschmierten Sofa sitzt ...«

Immer wieder blitzten weiße Bilder vor meinem geistigen Auge auf. »Die Polizei ging damals davon aus, dass Robyn vor dem Fernseher getötet wurde«, dachte ich laut. »Aber dank des Luminols wissen wir jetzt, dass es nicht so war: Er tötete sie auf dem Sofa! Benton, ich muss mal kurz raus. Wenn Potter nicht so ein unappetitlicher Patron wäre, würde ich eine Zigarette von ihm klauen.«

»Sie waren schon zu lange standhaft«, gab Wesley zu bedenken. »Eine Camel ohne Filter würde Sie umwerfen. Sie sehen ohnehin etwas blass aus. Gehen Sie Luft schnappen! Ich fange schon mal mit dem Aufräumen an.«

Als ich hinausging, hörte ich Papier reißen. Wesley ließ wieder Tageslicht ins Haus.

Vander hatte die Videoaufnahmen auf Kassette überspielt und mir am späten Nachmittag eine Kopie gegeben. Wesley und ich setzten uns in meinem Wohnzimmer vor den Fernseher, machten uns Notizen und zeichneten Diagramme, während wir das Bildmaterial langsam durchgingen. Lucy bereitete währenddessen das Abendessen vor und kam nur ab und zu kurz herein, um zu spionieren. Die graphischen Bilder auf dem dunklen Schirm flößten ihr keine Furcht ein. Ich hatte ihr nicht erklärt, was sie darstellten, und sie konnte sich gottlob keinen Reim darauf machen.

Um halb neun waren Benton und ich mit der Durchsicht fertig. Wir waren überzeugt, den Weg von Robyns Mörder komplett nachgezeichnet zu haben, von dem Moment an, als sie das Haus betrat, bis zu dem Augenblick, als er es durch die Hintertür verließ. Das erste Mal in meiner Laufbahn hatte ich das Szenario eines Mordes rekonstruiert, der schon vor Jahren aufgeklärt worden war. Das Ergebnis war aus einem Grund besonders interessant: Es zeigte, dass das zutraf, was Benton im Homestead Hotel zu mir gesagt hatte – Waddells Persönlichkeitsprofil passte nicht zu dem eiskalten Monster, mit dem wir es jetzt zu tun hatten.

Robyns Eingangs- und Hintertür waren durch Riegel gesichert gewesen, die man ohne Schlüssel nicht öffnen konnte. Da Waddell durch ein Fenster eingestiegen war und das Haus durch die Hintertür verlassen hatte, nahm die Polizei an, dass sie nach ihrer Rückkehr vom Drugstore durch Letztere hereinkam und keine Gelegenheit mehr hatte, sie wieder abzuschließen. Man vermutete, dass Waddell ihren Wagen kommen hörte, als er ihr Haus durchsuchte, in die Küche ging und ein Steakmesser von dem Brett an der Wand nahm. Als sie die Tür aufschloss, packte er sie und zerrte sie ins Wohnzimmer. Aufgrund unserer neuesten Erkenntnisse gingen wir davon aus, dass er sie auf das Sofa stieß und sich auf sie stürzte. Offenbar hatte er sie nach dem ersten Messerstich ausgezogen, denn ihre Bluse wies nur an der Stelle einen Schnitt auf, an der er ihr die Waffe in die Brust gestoßen hatte. Die zahlreichen anderen Stiche und die Bisse hatte er ihr erst danach zugefügt. Nach Wesleys Meinung kam Waddell plötzlich zu sich und ließ von ihr ab. Dann erst trug er sie zum Fernsehgerät und lehnte sie dagegen. Anschließend bemühte er sich, das Blut zu beseitigen. Die ringförmigen Muster auf dem Boden rührten meiner Ansicht nach von einem Eimer her, den er immer wieder zwischen Bad und Wohnzimmer hin- und hertrug, weil er mehrfach das Wasser wechselte. Das würde auch die vielen blutigen Fußabdrücke erklären.

»Ein einfacher Farmerjunge kam in die Stadt und wurde deren Opfer«, sagte Wesley. »Ich bin sicher, dass er bis zu den Ohren mit irgendwelchem Stoff vollgepumpt war, als er Robyn tötete. Wie muss ihm zumute gewesen sein, als er plötzlich aus seinem Rausch erwachte und erkannte, was er getan hatte?«

Ein Holzscheit fiel in die Glut, und Funken stoben auf, als wir auf die Handabdrücke im Bad zu sprechen kamen.

»Die Abdrücke befinden sich ziemlich hoch über der Toilette«, überlegte ich. »Dafür gibt es meinem Dafürhalten nach nur eine Erklärung: Er hat sich übergeben und über der Toilettenschüssel abgestützt. Was meinen Sie – bereute er seine Tat?«

»Daraus, dass er sauber machte, kann man zweierlei schließen: Entweder war es eine Art von Wiedergutmachung, oder er versuchte, die Spuren zu verwischen. Auch dafür, dass er sich erbrochen hat, sehe ich zwei mögliche Gründe: Entweder revoltierte sein Magen, weil er zu viel Dope erwischt hatte, oder weil ihm bewusst geworden war, was er getan hatte. Ich tendiere zur zweiten Version.«

»Erinnern Sie sich, wie Eddie Heath an die Mülltonne gelehnt war?«

»Die Fälle gleichen sich zwar wie in einem Spiegel, aber etwas stört mich.«

Noch während er sprach, wurde mir klar, was es war. »Ein Spiegelbild!«, stieß ich hervor. »In einem Spiegel sieht man alles seitenverkehrt!«

Er sah mich verständnislos an.

»Erinnern Sie sich daran, wie wir die Tatortfotos des Naismith-Falles mit dem Diagramm verglichen, auf dem Eddie Heaths Position eingezeichnet war?«

»Sehr gut sogar.«

»Sie sagten, die Verletzungen des Jungen und die Umstände, unter denen er gefunden wurde, stellten ein Spiegelbild des Szenarios bei Robyn dar. Die Bisswunden an der Innenseite ihres Oberschenkels und ihrer Schulter befanden sich auf der linken Körperseite, während Eddies Verletzungen auf der rechten Seite waren.«

»Und?« Wesley verstand noch immer nicht.

»Das Foto von Robyn, das dem Szenario bei Eddie Heath am meisten ähnelt, ist das ihrer nackten Leiche, die an das große Fernsehgerät gelehnt dasitzt.«

»Richtig.«

»Ich vermute, dass Eddies Mörder dieses Foto als Vorbild nahm, jedoch nicht bedachte, dass sie ihm gewissermaßen gegenübersaß, bei ihm also rechts war, was bei ihr links war.«

»Eine einleuchtende Theorie.« Wesley nickte. Das Telefon klingelte.

»Tante Kay!«, rief Lucy aus der Küche. »Es ist Mr. Vander.«

»Wir haben ein Ergebnis!«, eröffnete Neils mir.

»Und?«, fragte ich aufgeregt. »Ist der Fingerabdruck auf Jennifer Deightons Esszimmerstuhl von Waddell?«

»Nein, ist er nicht!«

12

In den folgenden Tagen gab ich Nicholas Grueman meine Bankauszüge und alle gewünschten Unterlagen. Der Leiter der Gesundheitsbehörde zitierte mich zu sich und legte mir nahe zu kündigen, und die Pressekampagnen nahmen kein Ende. Aber ich war inzwischen wenigstens um einiges klüger.

Es war eindeutig Ronnie Joe Waddell gewesen, der am Abend des 13. Dezember auf dem elektrischen Stuhl starb. Offenbar war seine SID-Nummer vor seinem Tod gegen eine andere ausgetauscht, die SID-Nummer der ausgewechselten Person jedoch gelöscht worden. Das bedeutete, dass ein Gewaltverbrecher frei herumlief, der bei seinen Morden keine Handschuhe anziehen musste, denn seine Fingerabdrücke würden als die eines Toten identifiziert werden. Wir wussten auch, dass dieses todbringende Individuum etwas besaß, das mit Eiderdaunen gefüttert war, aber das brachte uns nicht weiter – bis zum 3. Januar.

An jenem Morgen erschien im *Richmond Times-Dispatch* ein Artikel über Eiderenten, deren Daunen und ihren Reiz für Diebe. Um dreizehn Uhr vierzehn erhielt Officer Tom Lucero, der angebliche Leiter der scheinbar mit der Aufklärung diesbezüglicher Fälle betrauten Dienststelle, den dritten sachbezogenen Anruf.

»Hallo, mein Name ist Hilton Sullivan«, sagte eine Männerstimme.

»Was kann ich für Sie tun, Sir?« Das war Luceros Bass.

»Ich habe in der Morgenzeitung gelesen, dass Sie für die Aufklärung der Diebstähle von Sachen zuständig sind, die mit Eiderdaunen gefüttert sind.«

»Das ist richtig.«

»Ich bin ganz schön sauer, das kann ich Ihnen sagen!« Er wurde lauter. »In dem Bericht steht, dass seit Thanksgiving im Raum Richmond aus Geschäften, Privathäusern und Autos Daunendecken, Schlafsäcke, Anoraks und so weiter geklaut wurden, und der Reporter zitiert eine Menge geschädigter Leute.«

»Worauf wollen Sie hinaus, Mr. Sullivan?«

»Offenbar hat der Reporter die Namen von Ihnen bekommen.«

»Und?«

»Wieso komme *ich* nicht in dem Artikel vor?«

»Wie bitte?«

»Das dachte ich mir. Sie haben keine Ahnung.«

»Tut mir leid, Sir, ich kann Ihnen nicht folgen.«

»Typisch! Bei euch weiß die linke Hand nicht, was die rechte tut. Irgend so ein Arschloch bricht bei mir ein, und abgesehen davon, dass die Cops überall schwarzen Puder verstreuen – an einem Tag, an dem ich weißen Kaschmir trug, möchte ich hinzufügen –, rühren sie keinen Finger.«

»Wann wurde bei Ihnen eingebrochen? Und was hat das mit meiner Abteilung zu tun?«

»Wenn ich nicht wäre, hättet ihr Jungs noch nie was von Eiderdaunen gehört. Als ich dem Cop erzählte, dass die Weste, die mir unter anderem geklaut wurde, fünfhundert Dollar gekostet hatte – und das, obwohl sie runtergesetzt war –, wissen Sie, was er da sagte?«

»Ich habe keine Ahnung, Sir.«

»Er sagte: ›Womit ist die denn gefüttert – mit Kokain?‹ Und ich sagte: ›Nein, Sherlock – mit Eiderdaunen.‹ Und er schaute mich an wie ein Mondkalb.«

Wesley schaltete das Tonbandgerät ab, auf dem wir die Aufnahme des Gesprächs abgespielt hatten. Wir saßen in meiner Küche. Lucy war in den Fitnessclub gefahren.

»Hilton Sullivan meldete den Einbruch am Samstag, dem 11. Dezember«, sagte er. »Er war verreist gewesen. Wir wissen also nicht, wann der Einbruch tatsächlich stattfand.«

»Wo wohnt der Mann?«, erkundigte ich mich.

»In der Innenstadt, in der West Franklin. Die Eigentumswohnungen in dem Haus kosten von hunderttausend aufwärts. Sullivan wohnt im Erdgeschoss. Der Dieb stieg durch ein ungesichertes Fenster ein.«

»Ziemlich unvorsichtig, im Parterre keine Alarmanlage zu haben«, meinte ich. »Was wurde gestohlen?«

»Schmuck, Geld, die besagte Daunenweste – und ein .22er-Revolver. Natürlich muss das nicht heißen, dass Sullivans Waffe diejenige ist, mit der Eddie Heath, Susan und Donahue erschossen wurden, aber ich glaube, dass wir feststellen werden, dass es so ist, denn es steht außer Frage, dass unser Mann den Einbruch beging.«

»Wie das?«

»Es wurden Fingerabdrücke gefunden. Aber die Mordfälle hatten Priorität, und deshalb blieben die Abdrücke des Einbruchs liegen. Pete holte sie sich sofort nach Sullivans Anruf, und Vander ließ sie durch AFIS laufen. Es dauerte nur drei Sekunden, bis er das Ergebnis hatte.«

»Er landete bei Waddell?«

Wesley nickte.

»Wie weit ist es vom Spring-Street-Gefängnis zu Sullivan?«

»Ein Katzensprung. Ich glaube, der große Unbekannte kam von dort.«

»Überprüfen Sie die kürzlich Entlassenen?«

»Ja, schon, aber ich bin sicher, dass der Bursche, den wir suchen, nicht auf normalem Weg entlassen wurde. Ich denke, Donahue ließ einen Häftling unter der Hand frei – und die erste Tat seines Günstlings war der Einbruch bei Sullivan.«

»Warum sollte Donahue das tun?«

»Meiner Meinung nach brauchte er jemanden für einen Spezialauftrag, und er betraute einen Gefangenen damit. Aber er machte einen Fehler: Seine Wahl fiel auf einen Mann, der sich nicht an die Direktiven hielt. Ich glaube nämlich nicht, dass es in Donahues Absicht lag, dass jemand getötet wurde. Als Jennifer Deighton umgebracht wurde, muss er ganz schön erschrocken sein.«

»Wenn es so ist, wie Sie sagen, dann liegt die Vermutung nahe, dass er es war, der bei mir im Büro anrief und sich als Jennifer Deightons Bruder ausgab: Er wollte wissen, ob sie ermordet worden war.«

»Sehr gut möglich. Ich nehme an, Donahue wollte ihr Haus durchsuchen lassen, vielleicht nach Briefen von Waddell, aber sein Mann lief aus dem Ruder.«

Ich dachte an die viereckigen Abdrücke im Teppichboden des Wohnzimmers. »Möglicherweise hat er sie in ihrem Wohnzimmer auf den Esszimmerstuhl gesetzt und ihr von hinten den Arm um den Hals gelegt, um sie dazu zu bringen, ihm das gesuchte Versteck zu verraten.«

»Er ist ganz offensichtlich ein Sadist: Es könnte sein, dass er sie zwang, ihre Weihnachtsgeschenke auszupacken, bevor er sie sich vornahm.«

»Und weshalb täuschte er den Selbstmord vor?«, fragte ich.

»Ich glaube, er hält sich für ungeheuer gerissen und macht sich einen Spaß daraus, mit der Polizei zu spielen. Dafür sprechen auch die entfernten Bissspuren bei Eddie Heath. Wegen Fingerabdrücken braucht er sich ja keine Gedanken zu machen – die werden bei einer Überprüfung nicht ihm zugeordnet. Die Änderung des AFIS-Eintrags war wahrscheinlich Donahues Idee, und Waddell lag als Tauschobjekt nahe, denn er stand kurz vor der Hinrichtung. Also würde die Polizei durch etwaige Abdrücke entweder zu einem Toten geführt oder ins Leere, falls Waddells Unterlagen bereits gelöscht waren.«

Ich starrte ihn entgeistert an.

»Was ist los?«

»Benton, ist Ihnen klar, was das bedeutet? Die Manipulation in AFIS fand *vor* Waddells Hinrichtung statt. Demnach setzte Donahue seinen Mann *vor* der Hinrichtung auf freien Fuß.«

»Daran habe ich keinen Zweifel.«

»Demzufolge war es beschlossene Sache, dass Waddell sterben würde«, sagte ich.

»Mein Gott!« Wesley blinzelte. »Wie war das möglich? Der Gouverneur kann doch ein Todesurteil buchstäblich in letzter Sekunde aufheben.«

»Offensichtlich stand fest, dass er das nicht tun würde.«

»Und der einzige Mensch, der das mit Sicherheit wissen konnte, war der Gouverneur selbst«, bestätigte Wesley meinen Gedankengang.

Ich stand auf und trat ans Küchenfenster. Ein Kardinalmännchen holte sich etwas aus dem Vogelhäuschen und schoss wie ein Feuerball davon.

»Warum?«, fragte ich, ohne mich umzusehen. »Warum könnte der Gouverneur Waddells Tod gewollt haben?«

»Keine Ahnung.«

»Wenn wir richtig liegen, dann gibt es nur eine Antwort: Er hatte etwas zu verbergen und veranlasste Donahue, dafür zu sorgen, dass der entlassene Häftling nicht gefasst würde, denn sonst hätte das Risiko bestanden, dass der gute Mann auspackte.«

Wesley schwieg.

»Keiner, der in diese Geschichte verwickelt ist, kann wollen, dass der Mann gestellt wird, und es wäre den Beteiligten auch sehr recht, wenn ich außer Gefecht gesetzt werden könnte. Ich kann mich auf einiges gefasst machen: Patterson ist ein Intimus von Norring.«

»Kay, es gibt zwei wichtige Dinge, die wir nicht wissen: Das erste ist das Motiv des Gouverneurs, und das zweite ist, wie es zu der Nachahmung des Naismith-Mordes bei Eddie Heath kam.«

Ich drehte mich zu ihm um. »Die Vermutung bietet sich an, dass der Täter sich an dem Foto von Robyn orientierte, das ihre Leiche an den Fernseher gelehnt zeigt.«

Wesley schaute ins Leere. »Aber wie könnte es in seine Hände gelangt sein?«

»Vielleicht hatte Ben Stevens auch da die Finger drin. Ich sagte Ihnen doch, dass er die Fotos aus dem Archiv holte. Er kann Kopien davon gemacht haben, bevor er sie mir brachte. Die Frage ist nur, aus welchem Grund hat Donahue oder sonst jemand die Fotos bei Stevens angefordert?«

»Weil besagter Häftling sie haben wollte. Möglicherweise machte er sie zur Bedingung für seine Mitarbeit.«

»Ein abscheulicher Gedanke.«

»Das kann man wohl sagen.« Unsere Blicke trafen sich.

»Wenn es so war, dann liefert uns das aufschlussreiche Hinweise auf die Psyche des Mörders. Ich könnte mir vorstellen, dass er den Naismith-Fall seinerzeit mitverfolgt hat und es ihn antörnte, Waddells Abscheulichkeiten in Gedanken nachzuvollziehen. Und als er auf freiem Fuß ist und Eddie aus dem Supermarkt kommen sieht, beschließt er, seine Phantasien zu realisieren. Daraus ist zu entnehmen, dass Phantasien bei ihm keine Ersatzhandlungen sind, sondern Vorbereitungen auf ihre Verwirklichung.«

»Donahue muss einen beträchtlichen Apparat für diese Aktion zur Verfügung gehabt haben«, meinte ich.

Wesley nickte. »Unter anderem auch Leute in Schlüsselpositionen, beispielsweise bei der State Police, bei der Stadtverwaltung und vielleicht sogar beim FBI. Man kann Menschen durch Erpressung zur Kooperation zwingen – oder man kauft sie.«

»Wie Susan.«

»Richtig. Aber sie war sicher nur ein kleines Rädchen im Getriebe. Stevens hatte meiner Ansicht nach eine gehobenere Position. Ich habe ein paar Leute losgeschickt, die Erkundigungen über ihn einzogen. Er trinkt viel und ist auch sonst kein Kind von Traurigkeit. Wussten Sie, dass man ihn zu einer Prise Koks nicht lange zu überreden braucht?«

»Mich überrascht nichts mehr.«

»Und wenn man sich mit Drogen abgibt, gerät man schnell in üble Kreise. Außerdem lebt Ihr Verwaltungsmann weit über seine Verhältnisse. All das prädestinierte ihn geradezu, Donahues Opfer und damit sein Handlanger zu werden. Wahrscheinlich hatte der Gefängnisdirektor einen seiner Männer auf Stevens angesetzt, der in einer Bar ›zufällig‹ mit ihm ins Gespräch kam und ihm eine Möglichkeit eröffnete, sein Budget wesentlich aufzubessern.«

»Und worin bestand diese Möglichkeit?«, fragte ich.

»Meiner Ansicht nach sollte er dafür sorgen, dass von Waddell nach dessen Einlieferung ins Leichenschauhaus keine Fingerabdrücke abgenommen wurden und dass das Foto von dem blutigen Fingerabdruck aus Robyn Naismiths Haus aus dem Archiv verschwand. Aber dies war sicherlich nur der Auftakt.«

»Und dann warb er Susan an.«

»Die zwar eigentlich nicht mitmachen wollte, jedoch ihrerseits in finanziellen Schwierigkeiten steckte«, sagte Wesley.

»Und wer gab ihr Ihrer Meinung nach das Geld?«

»Wahrscheinlich dieselbe Person, die sich an Stevens heranmachte – einer von Donahues Jungs. Vielleicht ein Wärter.«

Roberts fiel mir ein, der Marino und mich durchs Gefängnis geführt hatte, und ich erinnerte mich daran, wie kalt sein Blick gewesen war.

»Und wem gab er das Geld, Stevens oder Susan?«

»Stevens«, vermutete Benton. »Ich denke, das hatte dieser sich ausbedungen; er traute Susan bestimmt nicht über den

Weg. Da die Menschen bei der Einschätzung anderer immer von sich ausgehen, liegt das nahe.«

»Also schön, er traf sich mit dem Kontaktmann und bekam das Geld. Und weiter?«

»Ich nehme an, Susan war mit ihm verabredet, als sie am Weihnachtstag nach dem Mittagessen das Haus verließ, um angeblich ihre Freundin zu besuchen. Aber der Mörder war vor ihm da.«

Ich dachte an den Duft, den ich wahrgenommen hatte, als ich mich im Wagen über ihre Leiche beugte, und an Stevens' Reaktion, als ich ihn an dem Abend, als ich seinen Schreibtisch durchsuchte, damit konfrontierte. Ich schüttelte den Kopf. »Ich weiß nicht …«

Wesley sah mich fragend an.

»Stevens ist ein Feigling, jemand, der andere die Kastanien aus dem Feuer holen lässt. Ich denke, er schickte Susan vor: Wenn die Sache herauskam, konnte er alles auf sie schieben und seine Hände in Unschuld waschen. Es ist seine Spezialität, andere schlechtzumachen, um erst gar kein Interesse an seiner Person aufkommen zu lassen.«

»Wie er es in Ihrem Fall tut, indem er über Sie herzieht und Ihnen unterstellt, Unterlagen beiseitegeschafft zu haben.«

»Ein ausgezeichnetes Beispiel«, sagte ich.

»Susan brachte Anfang Dezember, Wochen vor Jennifer Deightons Tod, dreieinhalbtausend Dollar auf die Bank.«

»Das ist richtig.«

»Also, Kay, verfolgen wir ein wenig die Zeit zurück. Susan oder Stevens brach nach Waddells Hinrichtung in Ihren Computer ein – unserer Vermutung nach, um etwas zu suchen, das Susan bei der Obduktion nicht mitbekommen hatte.«

»Es muss mit dem Kuvert zusammenhängen, das seinem Wunsch nach mit ihm beerdigt werden sollte.«

»Da stehe ich übrigens vor einem Rätsel«, gestand Wesley.

»Die Angaben auf den Quittungen bestätigen nicht, was wir annahmen – dass die Restaurants und Mautstationen zwischen Mecklenburg und Richmond liegen und die Belege von Waddells Überstellungsfahrt in das Spring-Street-Gefängnis stammten. Die Angaben auf den Quittungen passen zwar zeitlich, aber nicht örtlich: Die betreffenden Stationen liegen an der I-95 zwischen hier und Petersburg.«

»Daraus könnte man beispielsweise schließen, dass einer der Gefängnisbeamten eine Dienstfahrt in diese Gegend machte«, bot ich als Lösung an.

»Aber wie kamen die Quittungen dann in Waddells Gesäßtasche?«

Das war die Frage. Mir fiel ein, dass Waddells Mutter ihren Sohn am Nachmittag vor der Hinrichtung noch besuchen durfte. »Haben Sie eigentlich schon mit Waddells Mutter gesprochen, Benton?«

»Pete war vor ein paar Tagen bei ihr in Suffolk. Sie ist schlecht auf uns zu sprechen: In ihren Augen haben wir ihren Sohn auf den elektrischen Stuhl geschickt.«

»Demnach wird sie auch nicht sehr viel über ihren letzten Besuch erzählt haben«, sagte ich.

»Nicht übermäßig viel. Pete fragte sie, was mit den persönlichen Dingen ihres Sohnes geschehen sei. Sie sagte, die Gefängnisverwaltung habe ihr seinen Ring und seine Uhr ausgehändigt und ihr mitgeteilt, dass er die Bücher, Gedichte et cetera der National Association for the Advancement of Colored People vermacht habe.«

»Und das hat sie geglaubt?«

»Ja, es erschien ihr einleuchtend.«

»Warum?«

»Sie kann kaum lesen und schreiben, und ihr Sohn hat das sehr bedauert. Für uns ist dieses Detail insofern interessant, als wir dadurch erfahren haben, dass sie angelogen wurde –

ebenso wie Vander, als er sich nach dem Verbleib der Sachen erkundigte, weil er hoffte, Fingerabdrücke auf ihnen zu finden. Hinter dieser Lüge steckte höchstwahrscheinlich Donahue.«

»Da er alles konfiszierte, was Waddell schrieb, und jeden Brief, den er ins Gefängnis bekommen hat, kassierte, muss man daraus schließen, dass er glaubte, es könne etwas drinstehen, das unbedingt geheim gehalten werden sollte.«

Wesley schwieg. Lange. Schließlich sagte er: »Wie hieß das Parfüm von Stevens?«

»Red.«

»Und Sie sind sicher, dass Sie das bei Susan gerochen haben?«

»Ich würde vor Gericht keinen Eid darauf ablegen«, schränkte ich ein, »aber der Geruch ist recht einprägsam.«

»Ich glaube, es ist Zeit, dass Pete und ich Ihren Verwaltungsmann ins Gebet nehmen.«

»Ganz meine Meinung. Wenn Sie bis morgen Mittag warten, kann ich ihn vielleicht in die geeignete Verfassung bringen.«

Wesley sah mich neugierig an. »Was haben Sie vor?«

»Ihn nervös zu machen.«

Es war früher Abend, und ich arbeitete am Küchentisch, als ich Lucy in die Garage fahren hörte. Ich stand auf und ging zur Haustür. Meine Nichte trug einen marineblauen Jogginganzug und einen meiner Anoraks. In der Hand hatte sie eine Sporttasche.

»Ich bin verschwitzt.« Sie entzog sich meiner Umarmung, aber nicht schnell genug: Ihr Haar roch nach Schießpulver. Als ich auf ihre Hände hinunterschaute, sah ich so deutliche Schmauchspuren an der rechten, dass ein Spurenanalytiker in Ekstase geraten wäre.

»He!« Ich hielt sie auf, als sie sich davonmachen wollte. »Wo ist er?«

»Wo ist wer?«, fragte sie mit Unschuldsmiene.

»Der Revolver.«

Widerstrebend holte sie meinen Smith & Wesson aus der Tasche.

»Es ist nicht zu fassen! Findest du nicht, dass ich schon genug Ärger habe? Was wäre gewesen, wenn du in eine Routinekontrolle geraten wärst?«

Sie schaute mich mit großen Augen an. Für ein Mädchen mit ihrer Intelligenz war sie manchmal erschreckend realitätsfern.

»Komm mit!«, sagte ich. Wortlos folgte sie mir in die Küche, und wir setzten uns an den Tisch. »Du hast gesagt, du würdest in den Fitnessclub fahren.«

Schweigen.

»Und wo bist du tatsächlich gewesen, Fräulein?«

»Beim Schießen. Am Midlothian Turnpike. Der Schießstand ist in der Halle.«

»Ich kenne ihn. Wie oft warst du schon dort?«

»Viermal.«

»Mein Gott!«

»Was sollte ich denn machen? Pete hat mich nicht mehr mitgenommen. Er hat mir eine einzige Unterrichtsstunde gegeben – das ist doch gar nichts!«

»Lucy, du weißt genau, dass Lieutenant Marino im Augenblick zu viel um die Ohren hat, um sich mit dir zu beschäftigen.«

»Ich habe auch Probleme.«

Ich sah sie fragend an.

»Ich fürchte mich«, sagte sie. »Jedes Mal, wenn ich dich besuche, muss ich an die Nacht damals denken.«

Ich wusste genau, welche Nacht sie meinte, und sie traf mich mit dieser Eröffnung mitten ins Herz. Ich hatte gedacht, sie habe die Geschichte inzwischen verarbeitet. »Es tut mir leid, dass du dich mit etwas herumquälst, das mir hätte zustoßen können.«

»Etwas? Du bezeichnest das, was passiert ist, als ›etwas‹?«

»Natürlich war es mehr als ›etwas‹.«

»Manchmal wache ich auf, weil ich mir einbilde, einen Schuss gehört zu haben. Dann horche ich in die Stille und erinnere mich, wie ich dalag und in die Dunkelheit starrte. Ich hatte solche Angst, dass ich mich nicht rühren konnte und ins Bett machte. Und dann heulten Polizeisirenen, und rote Lichter blitzten vor dem Fenster. Du hattest verboten, dass ich zusah, wie sie ihn raustrugen. Du hättest es mir erlauben sollen – es wäre leichter für mich gewesen. So habe ich mich mit Phantasien begnügen müssen, und die sind vielleicht viel schlimmer, als es wirklich war.«

»Der Mann ist tot, Lucy. Er kann niemandem mehr etwas tun.«

»Es gibt andere, die genauso gefährlich sind, vielleicht noch gefährlicher.«

»Da kann ich dir leider nicht widersprechen.«

»Wenn du es zulässt, dass dir etwas zustößt, werde ich dich hassen – das verspreche ich dir!«

»Wenn mir etwas zustößt, wird es mir nichts mehr ausmachen, dass du mich hasst. Aber ich wünsche mir, dass du niemals jemanden hassen wirst, denn das würde dich selbst zerstören.«

»Ich werde dich hassen, das schwöre ich!«

»Versprich mir, dass du mich nie wieder anlügst«, bat ich sie.

Schweigen.

»Es gibt doch keinen Grund, mir etwas zu verheimlichen.«

»Hättest du mich zum Schießen gehen lassen?«

»Nicht ohne Lieutenant Marino oder mich.«

»Tante Kay, was wird, wenn Pete ihn nicht erwischt?«

»Lieutenant Marino ist nicht der Einzige, der an diesem Fall arbeitet«, erwiderte ich, womit ich ihre Frage nicht beantwortet hatte, weil ich nicht wusste, wie.

»Pete tut mir leid.«

»Wieso?«

»Weil er sich nicht von dir helfen lassen darf.«

»Ich glaube, er kommt ganz gut allein zurecht, Schatz. Er ist ein Profi.«

»Aber es geht ihm schlecht.«

»Woher weißt du das?«, fragte ich erschrocken.

»Ich habe heute früh mit Michele telefoniert. Pete war gestern Abend bei ihrem Vater. Er muss völlig fertig ausgesehen haben. Sein Gesicht war rot wie ein Feuerwehrauto, und er hatte grauenhafte Laune. Mr. Wesley versuchte, ihn dazu zu bewegen, zum Arzt zu gehen oder wenigstens ein paar Tage auszuspannen, aber er ließ sich nicht überreden.«

Am liebsten hätte ich Marino auf der Stelle angerufen, doch ich wusste, dass das nicht klug gewesen wäre. Ich wechselte das Thema: »Worüber hast du mit Michele sonst noch gesprochen? Gibt es etwas Neues über AFIS?«

»Nichts Gutes. Wir haben alles Mögliche probiert, um herauszufinden, mit wessen SID-Nummer die von Waddell vertauscht wurde, aber alle Einträge, die zur Löschung freigegeben waren, sind längst auf der Platte überschrieben worden. Wer auch immer die Fälschung begangen hat, war clever genug, danach eine komplette Sicherungskopie zu erstellen. Das bedeutet, dass wir aus den SID-Nummern keine alten Zustände rekonstruieren können, um zu sehen, wer unter den SID-Nummern erscheint. Für gewöhnlich kann man drei bis sechs Monate zurückgehen, in diesem Fall aber nicht.«

»Da war ganz offensichtlich ein Fachmann am Werk.«

Plötzlich wurde mir bewusst, wie selbstverständlich es mir erschien, dass Lucy bei mir war. Sie war nicht länger ein Gast oder ein nervenaufreibendes kleines Mädchen.

»Wir müssen deine Mutter und Großmutter anrufen«, sagte ich.

»Heute Abend?«

»Nein, aber bald: Wir müssen wegen deiner Rückkehr nach Miami mit ihnen sprechen.«

»Das College fängt erst am Siebten wieder an, und wenn ich die ersten paar Tage versäume, macht das überhaupt nichts. Du weißt, was für eine gescheite Nichte du hast.«

Ich musste lächeln. »Pass nur auf, Hochmut kommt vor dem Fall!«

Am nächsten Morgen um halb neun rief ich Rose an. »Wie sieht's aus?«, fragte ich.

»Schrecklich! Dr. Wyatt konnte nicht aus Roanoke rüberkommen, weil es in den Bergen schneit und die Straßenverhältnisse katastrophal sind. Fielding musste deshalb gestern ganz allein vier Obduktionen machen, und außerdem hatte er einen Gerichtstermin und wurde zu allem Überfluss auch noch an einen Tatort gerufen.«

»Der Ärmste! Es ist offenbar höchste Zeit, dass wir etwas unternehmen. Mein alter Kollege Dr. Jansen ist jetzt als Gerichtsmediziner in Charlottesville. Rufen Sie ihn an, vielleicht kann er uns vorübergehend unter die Arme greifen.«

»Eine gute Idee.«

»Was macht Stevens?«

»Der ist nicht viel hier. Er meldet sich immer so vage ab, dass keiner genau weiß, wohin er geht. Ich vermute, dass er auf Jobsuche ist.«

»Er ist sich hoffentlich darüber klar, dass ich ihm kein Empfehlungsschreiben mitgeben werde.«

»Das sollten Sie aber – damit wir ihn loswerden.«

»Bitte rufen Sie im DNA-Labor an: Donna muss den Antrag auf die Untersuchung von Susans ungeborenem Kind bei sich liegen haben.«

Rose schwieg. Ich spürte ihre Bestürzung durchs Telefon.

»Es tut mir leid, das zur Sprache bringen zu müssen«, sagte ich sanft.

Sie atmete tief durch. »Wann haben Sie die Untersuchung angefordert?«

»*Ich* habe es gar nicht getan, Dr. Wright hat es gemacht, da er die Obduktion durchführte. Deshalb habe ich auch keine Kopie erhalten. Aber ich brauche sie, und zwar schnell. Und ich möchte, dass Sie sie bei Donna abholen.«

»Und dann?«

»Dann legen Sie sie in den Kasten, in dem alle Kopien von Laboranforderungen und Laborberichten zum Sortieren gesammelt werden.«

Ich merkte an Roses Schweigen, dass sie gern nach dem Grund für diese Maßnahme gefragt hätte, aber sie tat es nicht. Ich verabschiedete mich von ihr und blätterte gerade im Telefonbuch, als Lucy in die Küche kam. Sie war barfuß und trug noch den Sweatsuit, in dem sie geschlafen hatte. Sich die Augen reibend, wünschte sie mir einen guten Morgen und begann, im Kühlschrank herumzukramen, während ich mit dem Zeigefinger an einer Namenskolonne entlangfuhr. Es waren vierzig »Grimes« verzeichnet, doch keine »Helen«. Dafür stand dreimal ein »H.« hinter dem Familiennamen, einmal als erster und zweimal als zweiter Vorname.

»Was machst du?« Lucy stellte ein Glas Orangensaft auf den Tisch und setzte sich zu mir.

»Ich versuche, jemanden ausfindig zu machen.« Ich griff zum Hörer. Alle drei »Grimes« erwiesen sich als Enttäuschung.

»Vielleicht ist sie verheiratet«, meinte Lucy.

»Das glaube ich nicht« Ich rief die Auskunft an und ließ mir die Nummer des neuen Gefängnisses in Greensville geben.

»Warum glaubst du das nicht?«

»Intuition.« Ich wählte. »Ich möchte bitte Helen Grimes sprechen«, erklärte ich der Frau an der Vermittlung.

»Ist sie ein Häftling?«

»Nein, Wärterin.« Entweder war die Frau eine Aushilfe oder den ersten Tag da.

»Einen Moment, bitte.« Ich wurde weiterverbunden. »Watkins«, murmelte eine männliche Stimme.

»Ich möchte bitte Helen Grimes sprechen.«

»Wen?«

»Officer Helen Grimes.«

»Oh, die arbeitet nicht mehr hier.«

»Können Sie mir bitte sagen, wo ich sie erreichen kann, Mr. Watkins? Es ist sehr wichtig.«

»Bleiben Sie dran!« Es gab einen dumpfen Knall, offenbar hatte er den Hörer auf den Tisch gelegt. Im Hintergrund sang Randy Travis. Es dauerte eine Weile, bis der Mann zurückkam. »Wir sind nicht befugt, die Adresse rauszugeben, Ma'am.«

»Ich verstehe. Wenn Sie mir Ihren Vornamen sagen, schicke ich die Pakete an Sie, und Sie können sie dann weiterleiten.«

Pause. Dann: »Was für Pakete?«

»Miss Grimes hat ein Konversationslexikon bei uns bestellt, und ich wollte fragen, ob wir es per Paketpost oder per Auslieferungsdienst schicken sollen. Es ist eine Kostenfrage, wissen Sie: Immerhin sind es sechs Pakete à vier Kilo.«

»Hierher können Sie sie überhaupt nicht schicken«, erklärte er unwirsch.

»Aber was soll ich denn dann machen? Miss Grimes hat uns keine andere Adresse gegeben.«

»Warten Sie 'n Augenblick.«

Ich hörte Papier rascheln und dann das Klicken einer Tastatur. »Ich kann Ihnen ihr Postfach geben«, bot Watkins an. Er nannte mir die Angaben und legte grußlos auf.

Das Postamt lag in Goochland County. Ich rief einen Beamten der dortigen Kreisverwaltung an, den ich gut kannte, und wusste kurz darauf, wo ich Helen Grimes finden würde. Ihre

Telefonnummer stand allerdings nicht in den Unterlagen. Um elf Uhr nahm ich Mantel und Handtasche und ging zu Lucy, die schon wieder im Arbeitszimmer saß. »Ich muss für ein paar Stunden weg.«

»Du hast am Telefon gelogen.« Sie starrte auf den Bildschirm. »Du musst ihr kein Konversationslexikon schicken.«

»Du hast recht«, gab ich zu.

»Dann ist es also manchmal in Ordnung zu lügen, und manchmal nicht.«

»Es ist niemals wirklich in Ordnung, Lucy, aber es gibt Momente, in denen man keine andere Wahl hat.«

Auf dem Boden lagen aufgeschlagene Computerhandbücher herum, Modemlämpchen blinkten, und auf dem Schirm pulsierte der Cursor. Ich küsste meine Nichte auf den Scheitel, ging hinaus, holte meinen Ruger und steckte ihn in die Handtasche. Ich hatte zwar die Genehmigung, eine Waffe verdeckt zu tragen, machte aber kaum je Gebrauch davon.

Der Himmel sah aus wie eine graue Marmorplatte. Während ich in westlicher Richtung zur River Road fuhr, dachte ich an das, was vor mir lag. Würde Nicholas Grueman gegen Patterson ankommen können?

Helen Grimes wohnte am Ende einer unbefestigten Straße westlich des North Pole Restaurant am Rande einer Farm. Ihr Haus ähnelte eher einer kleinen Scheune. Ein paar Bäume standen um das Gebäude, und in den Blumenkästen dörrten Pflanzenreste vor sich hin. Vor der Veranda stand ein alter Chrysler. Ich stieg die etwas schadhaften Stufen hinauf und klopfte.

Als Helen Grimes die Tür öffnete, erkannte ich an ihrem Gesichtsausdruck, dass es überflüssig war, mich vorzustellen. Sie trug ein Holzfällerhemd über ihren ausgebleichten Jeans, stemmte die Hände in die Seiten und starrte mich feindselig an.

»Woher haben Sie meine Adresse?«

»Von der Kreisverwaltung«, erklärte ich.

»Wie kommen Sie dazu, mir nachzuschnüffeln? Würde es Ihnen gefallen, wenn ich das bei Ihnen täte?«

»Wenn Sie meine Hilfe ebenso dringend brauchten wie ich die Ihre, hätte ich nichts dagegen«, erwiderte ich.

Sie sah mich schweigend an. Ich bemerkte, dass ihre Haare feucht waren. Am rechten Ohrläppchen klebte ein Rest dunkler Farbe.

»Der Mann, für den Sie gearbeitet haben, ist ermordet worden, und drei weitere Menschen. Es besteht der begründete Verdacht, dass der Täter ein Häftling aus dem Spring-Street-Gefängnis ist, einer, der kurz vor Ronnie Waddells Hinrichtung entlassen wurde.«

Ihr Blick schweifte ab. »Ich weiß von keiner Entlassung.«

»Vielleicht ist er nicht offiziell entlassen worden. Aber Ihnen als Wärterin müsste es doch aufgefallen sein, wenn ein Gefangener fehlte.«

»Mir ist nichts dergleichen aufgefallen.«

»Warum arbeiten Sie nicht mehr im Gefängnis?«

»Aus gesundheitlichen Gründen.«

Ich hörte, wie im Haus, dessen Zugang sie mit ihrem massigen Körper blockierte, eine Tür geschlossen wurde; es klang wie eine Schranktür. Ich ließ nicht locker. »Erinnern Sie sich daran, dass Ronnie Waddells Mutter ihn am Nachmittag vor seiner Hinrichtung besuchte?«

»Ja. Ich hatte Dienst, als sie kam.«

»Sie haben sie durchsucht – und alles, was sie bei sich hatte?«

»Ja.«

»Brachte sie ihrem Sohn etwas mit? Ich weiß, dass die Vorschriften es Besuchern verbieten, den Häftlingen etwas mitzubringen, aber …«

»Man kann eine Sondergenehmigung beantragen. Sie hat sie bekommen.«

»Also durfte sie ihrem Sohn etwas geben?«

»Helen, es wird kalt hier drin«, sagte eine helle Stimme hinter ihr, und plötzlich erschien in dem Raum zwischen Helens fleischiger linker Schulter und dem Türrahmen schattenhaft ein Gesicht. Leuchtend blaue Augen fixierten mich einen Moment, dann waren sie wieder weg. Es ging so schnell, dass ich keine Gesichtszüge erkennen konnte. Die Tür hinter der ehemaligen Gefängniswärterin wurde leise geschlossen. Helen Grimes lehnte sich dagegen und verschränkte die Arme unter dem mächtigen Busen. Ich wiederholte meine Frage.

»Es war nur eine Kleinigkeit. Ich rief den Direktor wegen der Erlaubnis an.«

»Frank Donahue?«

Sie nickte.

»Und er erteilte sie?«

»Das hab ich doch schon gesagt.«

»Und was hatte Waddells Mutter für ihren Sohn dabei?«

»Ein Jesusbild, in Postkartengröße, und auf der Rückseite stand etwas. Ich weiß noch genau, was, weil ein Wort falsch geschrieben war. ›Ich werde im Paradies bei dir sein.‹ Paradies war mit doppeltem ›r‹ und ohne ›e‹ geschrieben.«

»Und das war alles, was sie ihrem Sohn vor seinem Tod geben wollte?«

»Ja, das war alles. Hören Sie, ich muss wieder rein. Und ich möchte nicht, dass Sie noch mal herkommen.« Als sie die Hand auf die Türklinke legte, platschten die ersten Regentropfen auf die Zementstufen und hinterließen große dunkle Flecken.

Als Wesley später zu mir kam – in einer schwarzledernen Pilotenjacke und mit dunkelblauer Schirmmütze – umspielte ein Lächeln seine Mundwinkel.

»Was gibt es Neues?«, fragte ich, als wir uns in die Küche zurückzogen, die inzwischen schon ein so gewohnter Konferenzraum für ihn war, dass er sich wieder auf denselben Stuhl setzte.

»Wir haben Stevens nicht brechen können, aber ich glaube, wir haben ihn ziemlich angeknackst«, berichtete er. »Ihr Trick mit der Laboranforderung im Sortierkasten hat funktioniert: Ihr Verwaltungsmann hat allen Grund, wegen der Ergebnisse der DNa-Tests bei dem Embryo nervös zu sein.«

»Meine Vermutung war also richtig: Er hatte ein Verhältnis mit Susan.« Ich stellte fest, dass ich nicht über die Untreue meiner Assistentin entrüstet war, sondern nur enttäuscht über ihren Geschmack.

»Stevens gab die Affäre zu, leugnete jedoch alles andere.«

»Zum Beispiel zu wissen, woher Susan die dreieinhalbtausend Dollar hatte.«

»Richtig. Aber wir sind noch nicht fertig mit ihm. Einer von Marinos Informanten hat in der Gegend, in der Susan erschossen wurde, einen schwarzen Jeep mit einem silbernen Stern auf der Hülle des Reservereifens gesehen. Und der Zeitpunkt passt.«

»Stevens hat sie nicht umgebracht, Benton.«

»Nein, das hat er nicht. Ich teile Ihre Ansicht, dass er ein Feigling ist. Ich glaube, nach dem Mord an Jennifer Deighton bekam er Fracksausen. Er überließ es Susan, das Geld in Empfang zu nehmen, und wollte sich anschließend mit ihr treffen, um seinen Anteil zu kassieren.«

»Aber da war sie schon tot«, sagte ich.

Wesley nickte. »Ich denke, der Kurier hat sie erschossen und das Geld behalten. Kurz darauf erschien Stevens an der verabredeten Stelle, dem Durchgang an der Strawberry Street. Susan sitzt vornübergesunken im Wagen, er erkennt nicht gleich, was mit ihr los ist, und richtet sie auf.«

»Und macht sich schleunigst aus dem Staub.«

»Wenn er sich vor dem Treffen erfrischte, hatte er den Red-Duft an den Händen – und als er Susan aufrichtete, übertrug er ihn auf sie. Wir werden ihn schon noch kleinkriegen«, schloss Benton zuversichtlich.

»Ich habe auch Neuigkeiten.« Ich berichtete ihm von meinem Besuch bei Helen Grimes und davon, was sie mir über Mrs. Waddells letzten Besuch bei ihrem Sohn erzählt hatte. »Jeder Todeskandidat hat einen Wunsch frei«, sagte ich. »Meiner Ansicht nach erbat sich Waddell die Erlaubnis, das Jesusbild mit in den Tod nehmen zu dürfen. Donahue entsprach diesem Ansuchen zwar offiziell, hatte jedoch den Verdacht, dass es mit dem Bild etwas auf sich haben, der Text darauf vielleicht eine verschlüsselte Nachricht sein könnte. Aufgrund dieser Befürchtung wollte er nicht, dass das Bild die Gefängnismauern verließ. Und jetzt kommen die Quittungen ins Spiel.«

Benton sah mich fragend an.

»Ich denke, Donahue beauftragte jemanden, die Kuverts auszutauschen, und der Betreffende machte einen Fehler. Ich könnte mir vorstellen, dass er bei den Spesenrechnungen ebenso verfährt wie wir: Wenn wir viel unterwegs sind, lassen wir, um den Papierkrieg nicht unnötig zu vergrößern, mehrere Fahrten zusammenkommen, bis wir abrechnen. Ich nehme an, unser Mann hatte seine Belege vom 28. November in einem Kuvert auf dem Schreibtisch liegen. Um Donahues Anweisung auszuführen, nimmt er ein anderes, steckt irgendetwas Nichtssagendes hinein, klebt es zu und schreibt dann Waddells Text *Streng vertraulich. Bitte mit mir begraben!* darauf.«

»Aber aus Versehen auf das Kuvert, das die Quittungen enthält«, stieg Wesley in meine Theorie ein.

»Genau.«

»Doch das entdeckt er erst später, als er seine Spesenabrechnung machen will und statt seiner Belege das in dem Umschlag findet, was er Waddell hatte unterschieben wollen.«

Ich nickte. »Wenn ich dieser Mann wäre, würde ich unbedingt in Erfahrung bringen wollen, ob der Umschlag bei der Obduktion geöffnet wurde und der Inhalt möglicherweise Anlass zu Nachforschungen gegeben hat. Also wende ich mich an meinen Kontaktmann, Ben Stevens, der Geld dafür erhielt, dass er nach Waddells Einlieferung die Abnahme der Fingerabdrücke verhinderte. Stevens kann die Frage nicht beantworten und wendet sich an Susan. Doch die weiß es auch nicht, da Fielding den Umschlag in sein Büro mitnahm und erst dort öffnete, wonach er den Inhalt fotokopierte und die Originale mit Waddells Kleidung rausschickte.«

»Hätte Stevens sich nicht einfach die Akte holen können?«

»Einfach nicht, er hätte meinen Kommodenschrank aufbrechen müssen.«

»Dann war seine einzige Möglichkeit, in Ihren Computer einzudringen.«

»Wenn er nicht Fielding oder mich fragen wollte – und das vermied er tunlichst, denn er hätte sein Interesse an diesem Detail nicht plausibel begründen können.«

»Kennt er sich gut genug in der Materie aus, um in Ihr Verzeichnis einbrechen zu können?«

»Meines Wissens nicht«, antwortete ich, »aber Susan hat mehrere Computerkurse besucht, und ich fand UNIX-Handbücher in ihrem Büro.«

Das Telefon klingelte.

Nicholas Grueman hielt sich nicht mit Einleitungsfloskeln auf, sondern kam sofort zum Wesentlichen. »Dr. Scarpetta, Sie haben am 12. November Wertpapiere im Wert von zehntausend Dollar verkauft, aber ich finde in Ihren Unterlagen keinen Hinweis darauf, dass Sie das Geld auf eines Ihrer Konten eingezahlt haben.«

»Den können Sie auch nicht finden. Ich habe es nicht eingezahlt.«

»Sondern?«

»Ich erwarb in der Innenstadtfiliale der Signet Bank einen Barscheck auf einen entsprechenden Betrag in britischen Pfund.«

»Und auf welchen Empfänger ausgestellt?«, fragte mein ehemaliger Professor.

»Mr. Grueman, die Transaktion war rein privater Natur. Sie hatte nicht das Geringste mit meinem Beruf zu tun.«

»Kommen Sie, Dr. Scarpetta! Sie wissen, dass das kein Argument ist.«

Ich schwieg.

»Es muss Ihnen doch klar sein, dass Sie darüber befragt werden. Glauben Sie, es macht einen guten Eindruck, wenn Sie sich weigern, den Adressaten dieser hohen Summe anzugeben, die sie, kurz bevor Susan Story dreieinhalbtausend Dollar auf ihr Konto einzahlte, flüssig gemacht haben?«

Ich schloss die Augen und fuhr mir mit den gespreizten Fingern durch die Haare. Wesley stand auf, trat hinter mich und legte mir die Hände auf die Schultern. »Kay, Sie müssen es ihm sagen!«

13

Wäre Grueman nur ein Theoretiker gewesen, hätte ich mein Schicksal nicht in seine Hände gelegt, doch er war vor seiner Lehrtätigkeit ein namhafter Anwalt und fungierte in der Kennedy-Ära bei Sensationsprozessen als Ankläger. Jetzt vertrat er mittellose Todeskandidaten. Ich schätzte sein Engagement, seinen messerscharfen Verstand und seine ebensolche Zunge.

Er hatte kein Interesse an einem Kuhhandel und weigerte sich strikt, Marino oder sonst jemandem auch nur die kleinste Information zu geben. Er erzählte niemandem von meiner Zehntausend-Dollar-Transaktion, die, wie er sagte, das größte Belastungsmoment gegen mich war. Sein Verhalten erinnerte mich an die Lektion, die er seinen Studenten in der allerersten Strafrechtsvorlesung eingebläut hatte: »Sagen Sie nein! Sagen Sie nein! Sagen Sie nein!« Mein alter Lehrer hielt sich eisern an diese Regel und brachte Patterson damit zur Weißglut.

Am Donnerstag, dem 6. Januar, rief Patterson mich an und bat mich zu einem Gespräch in sein Büro. »Ich bin sicher, wir können die Geschichte ohne großen Aufwand aus der Welt schaffen«, sagte er liebenswürdig. »Ich muss Ihnen nur ein paar Fragen stellen.«

Das sollte heißen, wenn ich kooperierte, könnte ich meinen Hals aus der Schlinge ziehen. Ich wunderte mich, dass Patterson annahm, ich würde diese abgedroschene Taktik nicht durchschauen. Wenn der Staatsanwalt einen Verdächtigen zu einem Gespräch bittet, dann ist er auf einem Angelausflug, bei dem er entschlossen ist, keinen einmal gefangenen Fisch wieder vom Haken zu lassen. Dasselbe gilt für die Polizei. Nach alter Grueman-Manier sagte ich nein zu Mr. Patterson und bekam am nächsten Tag eine Vorladung, die mich verpflichtete, am 20. Januar vor der Sonderjury zu erscheinen. Der Vorladung folgte eine gerichtliche Aufforderung, meine Bankunterlagen vorzulegen. Grueman berief sich zunächst auf das Fifth Amendment, das einen Verdächtigen davor bewahrt, sich selbst belasten zu müssen, und stellte den Antrag, die Aufforderung zurückzuziehen. Eine Woche später gab er klein bei, nachdem man angedroht hatte, mich wegen Missachtung des Gerichts zu belangen. Zum gleichen Zeitpunkt setzte Gouverneur Norring meinen Stellvertreter Fielding als amtierenden Chief Medical Examiner für den Staat Virginia ein.

»Da ist schon wieder ein Fernsehübertragungswagen«, rief Lucy, die im Wohnzimmer aus dem Fenster schaute. »Ich habe ihn gerade vorbeifahren sehen.«

»Komm essen!«, rief ich zurück. »Deine Suppe wird kalt.«

Schweigen. Dann: »Tante Kay!« Lucys Stimme klang aufgeregt.

»Was ist?«

»Schau mal, wer da kommt!«

Durch das Fenster über dem Spülbecken sah ich Marino aus seinem weißen Ford LTD steigen. Er zog die Hose hoch, rückte die Krawatte zurecht und blickte prüfend nach rechts und links. Während er aufs Haus zuging, wurde ich plötzlich von Rührung überwältigt.

»Ich weiß nicht, ob ich mich darüber freuen soll, Sie zu sehen«, sagte ich, als ich ihm die Tür aufmachte.

»He, nur keine Aufregung, Doc! Ich bin nicht hier, um Sie zu verhaften.«

»Bitte, kommen Sie rein!«

»Hi, Pete«, begrüßte Lucy ihn fröhlich.

»Müsstest du nicht längst wieder die Schulbank drücken?«

»Nein.«

»Was? Ihr in Südamerika habt wohl den ganzen Januar frei?«

»So ist es.« Meine Nichte nickte vergnügt. »Wegen des Winterwetters: Wenn die Temperaturen unter zwanzig Grad sinken, bekommen wir Kälteferien.«

Marino lächelte. Er sah elend aus. Ein paar Minuten später brannte ein Feuer im Wohnzimmerkamin. Lucy war zum Einkaufen gefahren.

»Wie ist es Ihnen ergangen?«, fragte ich.

»Soll ich draußen rauchen?«

Ich holte ihm einen Aschenbecher. »Marino, Sie haben Tränensäcke so groß wie Rettungsinseln, Ihr Gesicht ist puterrot, und es ist nicht so warm hier, dass Ihr Schwitzen damit zu erklären wäre.«

»Ich merke schon, Sie haben mich vermisst.« Er zog ein verknittertes Taschentuch heraus und fuhr sich damit über die Stirn. Dann zündete er sich eine Zigarette an und starrte ins Feuer. »Patterson wird alle Register ziehen, Doc. Er will Sie vernichten.«

»Soll er es doch versuchen!«

»Das wird er tun – und Sie sollten sich lieber darauf vorbereiten.«

»Er hat nichts gegen mich in der Hand, Marino.«

»Vergessen Sie die Fingerabdrücke auf dem Kuvert aus Susans Kommode nicht!«

»Die kann ich erklären.«

»Aber Sie können Ihre Erklärung nicht beweisen. Und er hat noch eine Trumpfkarte. Ich dürfte Ihnen das nicht sagen, aber ich tue es trotzdem.«

»Was für eine Trumpfkarte?«

»Erinnern Sie sich an Tom Lucero?«

»Natürlich.«

»Na ja, der Bursche kann sehr charmant sein, und er ist ein verdammt guter Polizist. Er ist zur Signet Bank gegangen und hat eines von den Schaltermädels so lange bequatscht, bis sie eine Information über Sie rausrückte. Sie sagte ihm, Sie hätten kurz vor Thanksgiving Wertpapiere für zehntausend Dollar verkauft.«

Ich sah ihn schweigend an.

»Sie können Lucero keinen Vorwurf machen, er tut nur seinen Job. Aber nun weiß Patterson, wo er einhaken kann. Er wird Sie ungespitzt in den Boden rammen, wenn Sie vor der Sonderjury erscheinen.«

Ich sagte noch immer nichts.

»Doc!« Er beugte sich vor und schaute mir in die Augen. »Meinen Sie nicht, Sie sollten sich dazu äußern?«

»Nein.«

Er stand auf, trat zum Kamin und zog den Schirm gerade so weit zurück, dass er seine Zigarette hineinwerfen konnte. »Verdammt, Doc, ich möchte nicht erleben, dass Sie unter Anklage gestellt werden!«

»Wenn ich Sie mir ansehe, wage ich es nicht, Ihnen Kaffee anzubieten. Was halten Sie von heißer Schokolade?«

»Zum Teufel mit meiner Gesundheit! Ich trinke Kaffee.«

Ich ging in die Küche. In meinem Kopf brummten die Gedanken träge wie eine Stubenfliege im Herbst. Ich war wütend und hatte niemanden, an dem ich meine Wut auslassen konnte. Ich machte entkoffeinierten Kaffee und hoffte, Marino würde den Unterschied nicht merken.

»Wie ist Ihr Blutdruck?«, fragte ich, als ich mit der Kanne ins Wohnzimmer zurückkam.

»Wenn ich ein Wasserkessel wäre, würde ich pfeifen.«

»Es wird ein böses Ende mit Ihnen nehmen. Aber ich mache mir noch aus einem anderen Grund Sorgen um Sie: Sie hätten nicht herkommen dürfen. Ich möchte nicht, dass Sie meinetwegen Probleme bekommen.«

»Die können mich alle am Arsch lecken«, fuhr er auf, »von meinem geschätzten Major über den Staatsanwalt bis zum Gouverneur!«

»Wir dürfen nicht aufgeben, Marino«, sagte ich. »Irgendjemand weiß, wer der Mörder ist. Haben Sie mit dem Wärter gesprochen, der uns durchs Gefängnis geführt hat, mit diesem Officer Roberts?«

»Ja. Hätte ich mir sparen können.«

»Ich hatte bei Ihrer Freundin Helen Grimes auch nicht viel Glück.«

»Wesley hat mir erzählt, dass Sie dort waren. Muss ja ein Erlebnis gewesen sein.«

»Hat er Ihnen auch gesagt, dass sie nicht mehr im Gefängnis arbeitet?«

»Ja, aber gearbeitet hat sie da sowieso nie, wenn sie mich fragen. Helen die Hunnin rührte sich nicht von ihrem fetten Hintern, nur wenn sie eine Besucherin abtatschen konnte, da war sie plötzlich ganz emsig. Donahue mochte sie. Fragen Sie mich nicht, warum. Nach seiner Ermordung wurde sie zum Wachturmdienst in Greensville eingeteilt – und auf einmal hatte sie ein Meniskusleiden oder so was.«

»Ich hatte gleich das Gefühl, dass sie viel mehr weiß, als sie mir verriet, und nachdem ich jetzt von Ihnen höre, dass sie Donahues Sympathie genoss, bin ich davon überzeugt.«

Marino nippte an seinem Kaffee und schaute durch die Glasschiebetüren in den Garten hinaus. Der Rasen war schneeüberzuckert, und die Flocken fielen zusehends schneller. Ich dachte an den Abend, als ich zu Jennifer Deightons Haus gerufen wurde. Auch damals schneite es, und plötzlich sah ich sie vor mir, wie sie im Morgenrock und mit Lockenwicklern auf dem Kopf in der Mitte ihres Wohnzimmers auf einem Esszimmerstuhl saß. Wenn die Vermutung zutraf, dass ihr Mörder sie dort festgehalten hatte, um eine Information aus ihr herauspressen, was hatte er wissen wollen?

»Warum kam der Mörder Ihrer Meinung nach zu Jennifer Deighton?«, fragte ich Marino.

»Ich glaube, er war auf etwas aus, das mit Waddell zusammenhing. Briefe, Gedichte – irgendwas, das er im Lauf der Jahre an sie geschickt hatte.«

»Und wie hat sich die Sache abgespielt?«

»Keine Ahnung.«

»Dann lassen Sie mich ein Szenario entwickeln. Sie war im Morgenrock und hatte Lockenwickler auf dem Kopf. Wahrscheinlich lag sie im Bett und las. Plötzlich klingelt es. Sie muss den Mann hereingelassen haben, denn es gab keine Anzeichen für ein gewaltsames Eindringen und auch keine Spuren eines Kampfes. Der Besucher fordert sie auf, ihm zu geben, was er holen soll, und sie weigert sich. Er stellt einen Esszimmerstuhl ins Wohnzimmer, zwingt Jennifer, sich hinzusetzen, und legt ihr von hinten den Arm um den Hals. Als sie nicht bereit ist, ihm zu sagen, wo sich das Gesuchte befindet, verstärkt er seinen Griff, und sie stirbt. Er schleppt sie in die Garage und setzt sie in ihren Wagen.«

»Natürlich hat er sie durch die Hintertür rausgeschafft«, sagte Marino. »Das würde erklären, dass sie nicht abgeschlossen war, als wir ankamen.«

»Möglich. Fest steht, dass Jennifer Deighton etwas wusste – denken Sie an das Fax an Grueman! –, und sie hatte Angst. Sie kannte mich offenbar aus dem Fernsehen und wollte mit mir Kontakt aufnehmen, verlor jedoch jedes Mal wieder den Mut.«

»Glauben Sie, sie war im Besitz von Papieren oder irgendetwas, das uns erklären könnte, worum es eigentlich geht?«

»Wenn ja, dann war sie sicher zu ängstlich, um Besagtes bei sich aufzubewahren. Ich glaube nicht, dass der Mörder gefunden hat, was er suchte. Sie hatte es bestimmt längst aus dem Haus geschafft.«

»Und wohin?«

»Vielleicht kann uns da ihr Exmann weiterhelfen. Hat sie nicht im November zwei Wochen bei ihm verbracht?«

»Ja.« Marino schaute mich unternehmungslustig an. »Das hat sie.«

Willie Travers hatte am Telefon eine angenehme, lebhafte Stimme, aber er wurde sehr einsilbig, als ich ihm Fragen stellen wollte.

»Mr. Travers, was kann ich tun, damit Sie mir vertrauen?«, fragte ich schließlich, der Verzweiflung nahe.

»Kommen Sie her!«

»Fort Myers Beach liegt nicht gerade um die Ecke, und ich kann im Moment sehr schlecht weg hier.«

»Ich muss Sie sehen!«

»Weshalb?«

»Ich bin eben so. Wenn ich Sie sehe, kann ich erkennen, ob Sie okay sind.«

»Wenn ich zu Ihnen komme, werden Sie mir helfen?«

»Das kommt darauf an, was für einen Eindruck Sie auf mich machen.«

Ich bestellte zwei Tickets für die Sechs-Uhr-fünfzig-Maschine. Lucy und ich würden am nächsten Morgen nach Miami fliegen. Ich wollte sie bei Dorothy abliefern und nach Fort Myers Beach fahren, obwohl ich schon jetzt den Kopf über mich schüttelte. Wer sagte, dass sich Jennifer Deightons Exmann nicht als Windei erwies?

Als ich am Samstagmorgen um vier aufstand und Lucy wecken ging, hatte es aufgehört zu schneien. Für einen Moment lauschte ich dem ruhigen Atem meiner Nichte, dann legte ich ihr leicht die Hand auf die Schulter und flüsterte in der Dunkelheit ihren Namen. Sie streckte sich und setzte sich auf. Im Flugzeug schlief sie bis Charlotte und war dann den Rest des Fluges übler Laune.

»Ich würde mir lieber ein Taxi nehmen«, sagte sie und starrte aus dem Fenster.

»Du kannst dir kein Taxi nehmen, Lucy, deine Mutter und ihr Freund holen dich ab.«

»Genau deswegen würde ich lieber ein Taxi nehmen. Von mir aus könnten sie auf mich warten, bis sie schwarz werden. Warum kann ich nicht mit dir kommen?«

»Du musst nach Hause, und ich muss auf dem schnellsten Weg nach Fort Myers Beach. Morgen früh fliege ich von dort nach Richmond zurück. Glaub mir, es wäre nicht lustig für dich.«

»Mit meiner Mutter und ihrem neuesten Schwachkopf wird es auch nicht lustig.«

»Du weißt doch gar nicht, ob er ein Schwachkopf ist. Du hast ihn nie gesehen. Wieso gibst du ihm keine Chance?«

»Ich wünschte, Mom würde Aids kriegen.«

»Um Himmels willen, Lucy, wie kannst du nur so etwas sagen!«

»Sie hätte es verdient. Ich begreife nicht, weshalb sie mit jedem ins Bett steigt, der sie ins Kino oder zum Essen einlädt. Ich begreife nicht, wie sie deine Schwester sein kann.«

»Sprich leiser!«, bat ich sie.

»Wenn sie mich wirklich vermisst hätte, würde sie mich allein abholen und nicht diesen Kerl mitschleppen.«

»Das muss nicht stimmen«, widersprach ich. »Wenn du dich eines Tages verliebst, wirst du das verstehen.«

»Wie kommst du darauf, dass ich noch nie verliebt war?« Sie funkelte mich wütend an.

»Wenn du schon mal verliebt gewesen wärst, wüsstest du, dass die Liebe sowohl das Beste als auch das Schlechteste in uns zutage fördert. Einmal sind wir großzügig und rücksichtsvoll bis zur Selbstaufgabe, dann wieder egozentrisch und streitsüchtig. Unser Leben verläuft zwischen Extremen.«

»Ich wünschte, Mom würde endlich in die Wechseljahre kommen.«

Ich unterdrückte ein Lächeln. »Da muss ich dich enttäuschen: Die Menopause macht eine Frau nicht zum Neutrum.«

Als ich am frühen Nachmittag mit heruntergeklappter Sonnenblende und voll aufgedrehter Klimaanlage den Tamiami Trail entlangfuhr, stopfte ich die Löcher, die meine Schuldgefühle in mein Gewissen gefressen hatten. Wann immer ich mit meiner Schwester oder meiner Mutter zu tun hatte, war ich irritiert und verärgert – und wann immer ich mich weigerte, mich mit ihnen einzulassen, machte ich es wie in meiner Kindheit, als ich die Kunst erlernte, wegzulaufen, ohne das Haus zu verlassen. Nach dem Tod meines Vaters kapselte ich mich ab und war ebenso schwer zu fassen wie eine Dampfschwade. Als Folge davon beschuldigten meine Mutter und meine Schwester mich der Gleichgültigkeit, und ich wuchs mit der beschämenden Gewissheit auf, dass sie recht damit hatten.

Ich kam am späten Nachmittag in Fort Myers Beach an. Das Meer verschmolz am Horizont in strahlendem Blau mit dem gleichfarbigen Himmel, die Stämme, über denen die leuchtend grünen Palmwedel in der sanften Brise raschelten, sahen aus wie stämmige Straußenbeine. Der Anstrich des Pink-Shell-Ferienhotels war zum Namen passend ausgewählt worden. Das Hauptgebäude stand mit dem Rücken zur Estero Bay, die Balkone gingen auf den Golf von Mexiko hinaus. Willie Travers wohnte in einem zur Anlage gehörenden Bungalow, aber ich war erst um zwanzig Uhr mit ihm verabredet. Ich nahm mir ein Zimmer im Hotel, riss mir buchstäblich mein Winterkostüm vom Leib, duschte und lief zehn Minuten später in Polohemd und Shorts den Strand entlang.

Nach einer Weile wurde mir bewusst, dass ich keine Ahnung hatte, wie weit ich schon gelaufen war; ich hatte jedes Zeitgefühl verloren. Ich beobachtete die auf den Wellen schaukelnden Pelikane, die den Kopf zurücklegten, wenn sie einen Fisch hinunterschluckten, und achtete darauf, nicht auf die schwabbeligen blauen Röhrenquallen zu treten, die das Meer ausgespuckt hatte. Die meisten Leute, an denen ich vorbeikam, waren alt, doch gelegentlich übertönte eine helle Kinderstimme die Brandung. Ich hob Seeigelgehäuse auf, die das Wasser glattgeschliffen hatte, und ausgelaugte Muscheln, die an flachgelutschte Pfefferminzbonbons erinnerten, und es tat mir leid, dass ich Lucy nicht mitgenommen hatte. Hier würde es ihr bestimmt gefallen.

Als der größte Teil des Strandes im Schatten lag, kehrte ich ins Hotel zurück, wusch mir den Sand von den Füßen, schlüpfte in ein Sommerkleid, stieg ins Auto und fuhr auf der Suche nach einem Restaurant den Estero Boulevard entlang. Schließlich landete ich im Skipper's Galley. Ich aß Red Snapper und trank Weißwein dazu, während der Himmel allmählich zu einem rauchigen Blau verblasste. Bald darauf trieben die Bootslaternen wie Lichtinseln durch die Dämmerung, und ich konnte das Wasser nicht mehr sehen.

Als ich Bungalow 182 erreichte, der an der Anglerpier neben dem Ködershop lag, war ich so entspannt wie lange nicht. Willie Travers öffnete die Tür, und ich hatte das Gefühl, zu einem alten Freund zu kommen.

»Der erste Programmpunkt ist körperliche Stärkung«, sagte er. »Sie haben sicher noch nicht gegessen.«

Ich widersprach ihm bedauernd.

»Dann müssen Sie eben noch einmal essen!«

»Aber ich bringe keinen Bissen mehr hinunter!«

»Ich werde Ihnen beweisen, dass Sie unrecht haben. Es gibt etwas ganz Leichtes: in Zitronenbutter gebratenen Fisch mit reichlich geschrotetem schwarzem Pfeffer und dazu selbstgebackenes Siebenkornbrot, das Sie Ihr Leben lang nicht vergessen werden. Es schmeckt jedes Mal anders, weil ich den Teig immer aufs Geratewohl zusammenmische, aber das Ergebnis hat mich noch nie enttäuscht. Außerdem gibt es noch Krautsalat und mexikanisches Bier.« Während er sprach, hatte er zwei Flaschen Dos Equis geöffnet und uns eingeschenkt. Jennifer Deightons Exmann musste an die achtzig sein. Sein Gesicht war wettergegerbt wie von der Sonne ausgedörrter Lehm, aber die leuchtend blauen Augen strahlten so lebendig wie die eines jungen Mannes, und er hatte einen schlanken, drahtigen Körper.

»Wie hat es Sie hierher verschlagen?«, fragte ich, während mein Blick über die präparierten Fische an den Wänden und die rustikale Einrichtung wanderte.

»Vor ein paar Jahren entschied ich mich, in den Ruhestand zu treten. Ich bin begeisterter Angler, und so bot ich dem Pink Shell einen Handel an: Ich würde ihren Ködershop führen, wenn sie mir eines ihrer Häuschen zu einem vernünftigen Preis vermieteten.«

»Und was haben Sie gemacht, bevor Sie sich hierher zurückzogen?«

»Das Gleiche wie jetzt.« Er lächelte. »Ich praktiziere ganzheitliche Medizin. Aber heutzutage suche ich mir meine Patienten aus, und ich habe keine Praxis mehr in der Stadt.«

»Wie definieren Sie ganzheitliche Medizin?«

»Als Behandlung des ganzen Menschen. Es kommt darauf an, ihn ins Gleichgewicht zu bringen.« Er musterte mich prüfend, stellte sein Bierglas auf den Tisch und kam zu dem Sessel herüber, in dem ich saß. »Würden Sie bitte mal aufstehen?«

Ich war in entgegenkommender Stimmung.

»Jetzt strecken Sie einen Arm aus, egal, welchen. So ist es gut. Ich werde Ihnen eine Frage stellen, und wenn Sie antworten, versuche ich, Ihren Arm, den Sie steif halten sollten, herunterzudrücken. Betrachten Sie sich als die Heldin in Ihrer Familie?«

»Nein.« Mein Arm gab unter dem Druck sofort nach und senkte sich wie eine Zugbrücke.

»Sie halten sich sehr wohl für die Heldin in Ihrer Familie.

Das verrät mir, dass Sie ziemlich streng mit sich selbst sind. Okay. Heben Sie den Arm wieder, und ich stelle Ihnen eine andere Frage: Sind Sie zufrieden mit Ihren Leistungen?«

»Ja.«

»Sehen Sie her! Ich drücke mit aller Kraft auf ihren Arm, aber er ist hart wie Stahl und rührt sich nicht. Sie sind also wirklich zufrieden mit Ihren Leistungen.« Er kehrte zu seinem Platz auf dem Sofa zurück, und auch ich setzte mich wieder.

»Ich muss gestehen, das Medizinstudium hat mich derartigen Methoden gegenüber etwas skeptisch gemacht«, sagte ich lächelnd.

»Das ist schade, denn dieses Prinzip hat absolute Gültigkeit. Sie können sich noch so lange einreden, dass Sie stark sind; wenn es nicht der Wahrheit entspricht, zeigt sich das in Ihrer Energie: sie sinkt. Leuchtet Ihnen das ein?«

»Ja«, gab ich zu.

»Einer der Gründe dafür, dass Jenny mich ein-, zweimal im Jahr besuchte, war ihr Bedürfnis, sich von mir wieder ins Gleichgewicht bringen zu lassen. Als ich sie das letzte Mal sah – um Thanksgiving herum –, war sie so aus dem Tritt, dass ich täglich mehrere Stunden mit ihr arbeiten musste.«

»Hat sie Ihnen gesagt, warum es ihr so schlechtging?«

»Es gab viele Gründe. Sie war kurz zuvor umgezogen und mochte ihre Nachbarn nicht, vor allem die von gegenüber.«

»Die Clarys«, sagte ich.

»Ja, ich glaube, so hießen sie. Jenny sagte, die Frau sei aufdringlich und der Mann ein Schürzenjäger – bis zu seinem Schlaganfall. Außerdem war Jenny ihr Horoskopdienst über den Kopf gewachsen und zehrte an ihren Kräften.«

»Was hielten Sie von dem Geschäft, das Ihre geschiedene Frau betrieb?«

»Sie hatte eine Gabe, aber sie nutzte sie zu einseitig.«

»Würden Sie sie als Hellseherin bezeichnen?«

»Nein. Ich würde Jenny überhaupt kein Etikett anheften – dazu hatte sie zu viele Begabungen.«

Plötzlich erinnerte ich mich an das weiße Blatt Papier, das, mit einem Kristall beschwert, auf ihrem Bett gelegen hatte. Ich fragte Travers, ob er wisse, was das zu bedeuten hatte, falls es überhaupt etwas bedeutete.

»Es bedeutet, dass sie sich konzentrierte.«

»Konzentrierte?«, fragte ich verdutzt. »Worauf?«

»Wenn Jenny meditieren wollte, stellte sie einen Kristall auf ein weißes Blatt, setzte sich hin, drehte den Kristall langsam um seine Achse und beobachtete, wie das Licht, das sich in den Facetten brach, über das Papier wanderte. Ich erziele die gleiche Wirkung für mich, wenn ich aufs Wasser schaue.«

»War ihr Gleichgewicht noch aus einem anderen Anlass gestört, als sie zu Ihnen kam, Mr. Travers?«

»Nennen Sie mich Willie. Ja. Und Sie wissen sicher schon, was ich sagen werde: Es ging um diesen Ronnie Waddell, dessen Hinrichtung kurz bevorstand. Er und Jenny hatten acht Jahre lang einen regen Briefwechsel unterhalten, und sie kam nicht mit dem Gedanken zurecht, dass er getötet werden sollte.«

»Ist Ihnen bekannt, ob Waddell ihr jemals etwas anvertraute, das sie in Gefahr hätte bringen können?«

»Ja. Sie bekam etwas von ihm, das sie sehr wohl in Gefahr brachte.«

Ich griff nach meinem Glas, ohne den Blick von ihm zu lösen.

»Als sie zu Thanksgiving herkam, brachte sie alle seine Briefe mit und alles andere, was er ihr im Lauf der Zeit geschickt hatte. Sie wollte, dass ich die Sachen hierbehielt.«

»Warum?«

»Um sie aus dem Haus zu haben. Und um sie in Sicherheit zu wissen.«

»Befürchtete sie, dass jemand versuchen würde, sie ihr wegzunehmen?«

»Ich weiß nur, dass sie Angst hatte. Sie erzählte mir, dass Waddell sie in der ersten Novemberwoche angerufen und gesagt habe, er sei jetzt bereit zu sterben und wolle nicht mehr gegen seine Hinrichtung ankämpfen. Offenbar war er davon überzeugt, dass ihn nichts mehr retten konnte, und er bat sie, zu der Farm in Suffolk zu fahren und etwas abzuholen. Er wollte, dass sie es bekam, und sagte, seine Mutter werde es verstehen.«

»Und was war das?«, fragte ich gespannt.

Er stand auf. »Etwas aus dem Haus der Frau, die er ermordet hatte.« Er ging ins Nebenzimmer, und als er zurückkam, stellte er einen schwarzen Aktenkoffer vor meine Füße. »Nehmen Sie ihn mit! Übergeben Sie ihn der Polizei, oder machen Sie sonst was damit!«

»Warum sind Sie plötzlich so kooperativ?«, erkundigte ich mich. »Sie hätten ihn schon vor Wochen abliefern können.«

»Mich hat niemand danach gefragt, und ich sagte Ihnen schon: Ich verhandle nicht mit Menschen, die ich nie gesehen habe. Ich muss mir ein Bild machen können. Sie würden mir einen großen Gefallen tun, wenn Sie mich von dem Ding erlösen. Der bloße Gedanke an den Koffer lässt meine Energie ins Bodenlose sinken.«

Die Dutzende von Briefen, die Ronnie Waddell aus dem Gefängnis an Jennifer Deighton geschrieben hatte, waren mit Paketgummis gebündelt und chronologisch geordnet. Ich blätterte jedoch, nachdem ich es mir an jenem Abend auf meinem Hotelbett bequem gemacht hatte, nur einige durch, denn gemessen an den anderen Dingen, die ich fand, war ihre Bedeutung verschwindend gering.

Der alte, verschrammte Aktenkoffer, dessen Messingschloss aufgebrochen war, enthielt Blöcke mit Notizen zu Prozessen, die zehn Jahre zurücklagen, Kugelschreiber und Bleistifte, eine Landkarte von Virginia, eine Blechdose mit Halspastillen, einen Inhalator, eine Tube Erkältungssalbe und außerdem einen EpiPen, einen 0,3-Milligramm-Ephedrin-Autoinjektor, den Menschen immer bei sich tragen, die lebensgefährlich allergisch gegen Bienenstiche oder bestimmte Nahrungsmittel sind. Das Etikett war mit dem Namen des Benutzers beschriftet, ferner dem Kaufdatum und der Information, dass der EpiPen fünfmal nachgefüllt werden kann. Waddell hatte den Aktenkoffer aus Robyn Naismiths Haus gestohlen, nachdem er sie an jenem schicksalhaften Morgen getötet hatte, und als er ihn später aufbrach, erkannte er, wessen Eigentum er da vor sich hatte: In jener Zeit war Joe Norring Generalstaatsanwalt von Virginia und Liebhaber der Fernsehmoderatorin.

»Waddell hatte von Anfang an keine Chance«, sagte ich zu Wesley. »Damit will ich nicht sagen, dass er Milde verdient hätte, aber sein Tod war vom Moment seiner Verhaftung an beschlossene Sache, denn Norring wusste, dass er seinen Aktenkoffer bei Robyn gelassen und die Polizei diesen nicht gefunden hatte.« Er musste den Abend bei seiner Geliebten verbracht haben, von dem beide nicht wussten, dass es ihr letzter sein sollte. »Ich kann mir lebhaft vorstellen, was in Norring vorging, als er begriff, dass der Aktenkoffer verschwunden war.«

Benton warf mir über den Rand seiner Brille einen Blick zu und schaute dann wieder auf die Unterlagen hinunter, die auf meinem Küchentisch ausgebreitet waren. »Vor ihrem Tod musste er nur geheim halten, dass er ein Verhältnis hatte, aber dann, nach dem Mord, hätte das Bekanntwerden der Affäre ihn zum Hauptverdächtigen gemacht.«

»Da hatte er ja Glück, dass Waddell den Koffer mitgehen ließ«, meinte Marino.

»Ich glaube nicht, dass er es so sah«, widersprach ich. »Wäre der Aktenkoffer am Tatort gefunden worden, hätte das ein Ende mit Schrecken bedeutet, aber nachdem er verschwunden war, musste Norring mit der Ungewissheit leben.«

Marino holte die Kaffeekanne von der Warmhalteplatte und goss uns nach. »Jemand muss etwas getan haben, um Waddells Stillschweigen sicherzustellen.«

»Möglich.« Wesley griff nach dem Sahnekännchen. »Aber es kann auch sein, dass das gar nicht nötig war: Waddell misstraute dem System der Weißen. Vielleicht fürchtete er, sich bei dem Versuch, dem Generalstaatsanwalt zu schaden, ins eigene Fleisch zu schneiden. Und als Norring dann Gouverneur war, wird Waddell kein Interesse daran gehabt haben, den Mann zu vernichten, der als Einziger sein Leben retten konnte.«

»Dennoch hat er seiner Mutter nicht aufgetragen, das Beutestück, das er bei ihr auf der Farm deponiert hatte, verschwinden zu lassen«, wandte ich ein.

»Seine Beweggründe waren nie rational zu erklären«, antwortete Wesley.

»Norring hatte zehn Jahre Zeit, seinen verdammten Aktenkoffer zu suchen«, sagte Marino. »Warum wartete er so lange damit?«

»Ich vermute, dass Norring Waddell von Anfang an beobachten ließ«, meinte Benton, »und dass diese Überwachung in den letzten Monaten intensiviert wurde. Je näher die Hinrichtung rückte, umso größer wurde die Gefahr, dass Waddell doch noch den Mund aufmachte, weil die Überzeugung in ihm wuchs, nichts mehr zu verlieren zu haben. Wahrscheinlich hatte jemand das Gespräch mitgehört, als er Jennifer Deighton im November anrief und sie bat, bei seiner Mutter auf der Farm etwas abzuholen, das er aus Robyn Naismiths Haus mitgenommen hatte, woraufhin der Gouverneur in Panik geriet.«

»Logisch.« Marino nickte. »Der zählte eins und eins zusammen und bekam ›Aktenkoffer‹ raus. Er muss das Ding in die

Hände kriegen, aber er kann niemanden zu Jennifer Deighton schicken, solange Waddell noch am Leben ist. Denn wenn ihr etwas zustieße und ihr Freund es erführe, würde der seinen Entschluss, nicht mehr mit Nicholas Grueman zu sprechen, mit Sicherheit ändern und dem Anwalt alles erzählen.«

»Benton«, sagte ich, »wissen Sie, weshalb Norring Ephedrin mit sich herumträgt?«, fragte ich.

»Leider nein.«

Während die beiden Männer weitersprachen, schaute ich nach der Lasagne im Ofen und entkorkte eine Flasche Wein. Der Prozess gegen Norring würde eine Sensation werden, falls man ihm etwas nachweisen konnte. Ich war in dieser Hinsicht jedoch nicht sonderlich optimistisch.

Meine Gäste verließen mich kurz vor elf Uhr. Ich griff zum Telefon und rief Grueman an. Er ließ mich gar nicht zu Wort kommen: »Ich weiß nicht, wie Sie das Wochenende verbracht haben. Ich für meinen Teil war in London.«

»Aber das war …«, fuhr ich auf.

»… nicht ausgemacht, ich weiß«, unterbrach er mich. »Aber ich kann nicht zulassen, dass Sie es aus sturem Beharren auf Ihrer Privatsphäre und falscher Rücksichtnahme riskieren, von Patterson erledigt zu werden. Charlie Hale muss in den Zeugenstand!«

14

Der 20. Januar war so windig wie ein Märztag, aber bedeutend kälter, obwohl die Sonne schien. »Jetzt sage ich Ihnen noch etwas, das Sie bereits wissen«, erklärte Nicholas Grueman, als wir in östlicher Richtung auf der Broad Street zum John Marshall Courthouse fuhren. »Die Journalisten werden sich aufführen wie ein Schwarm Piranhas im Blutrausch. Wir werden, den Blick zu Boden gerichtet, Seite an Seite da durchmarschieren und mit niemandem sprechen.«

»Kein Parkplatz!«, sagte ich, als ich in die Ninth Street einbog und die Straßenränder absuchte. »Ich wusste es!«

»Gehen Sie vom Gas!«, kommandierte er. »Da drüben will einer wegfahren, und falls er es in der nächsten halben Stunde schaffen sollte, aus der Lücke herauszukommen, können wir es abwarten.«

Hinter mir röhrte eine Hupe. Ich schaute auf meine Uhr und wandte mich dann Grueman zu – wie ein Sportler, der die letzten Anweisungen seines Trainers erwartet. Er trug einen langen nachtblauen Kaschmirmantel und schwarze Lederhandschuhe. Auf dem Schoß hatte er einen Aktenkoffer, dem man ansah, dass er seinen Besitzer schon in vielen Schlachten begleitet hatte. Der Stock mit dem Silberknauf lehnte an der Wagentür.

»Denken Sie daran«, ermahnte er mich, »Ihr Freund Patterson bestimmt, wer zur Vorverhandlung zugelassen wird. Also müssen wir darauf bauen, dass die Geschworenen in Ihrem Sinne intervenieren – und von Ihnen hängt es ab, ob sie das tun. Sie müssen sie auf Ihre Seite bringen, Kay, sich mit zwölf Fremden anfreunden, sobald Sie den Raum betreten. Worüber die Geschworenen auch mit Ihnen reden wollen, mauern Sie nicht! Seien Sie zugänglich!«

»Ich werde mein Bestes tun«, versprach ich.

»Braves Mädchen.« Er tätschelte lächelnd meinen Arm. Beim Betreten des Gerichtsgebäudes wurden wir von einem Beamten mit einem Scanner aufgehalten. Er filzte meine Handtasche und meinen Aktenkoffer, wie er es schon Hunderte von Malen getan hatte, wenn ich bei einem Prozess als Sachverständige vorgeladen gewesen war, aber diesmal sprach er nicht mit mir, und er vermied es, mich anzusehen. Gruemans Stock setzte den Scanner in Aktion, und mein alter Professor war ein Muster an Geduld und Höflichkeit, als er erklärte, dass man den Knauf und die Spitze nicht abnehmen könne, und versicherte, dass nichts in dem dunklen Holzstock versteckt sei.

»Was denkt der, was das ist – ein Blasrohr?«, fragte er sarkastisch, als wir in den Lift traten.

Als die Aufzugtüren im dritten Stock aufglitten, stürzten sich, wie erwartet, die Reporter auf uns. Für einen gichtgeplagten Mann bewegte mein Rechtsberater sich erstaunlich schnell. Seine Schritte wurden vom Stakkato der Stockspitze begleitet.

Der Gerichtssaal war leer, bis auf Benton Wesley, der mit einem schlanken jungen Mann in einer Ecke saß. Das musste Charlie Hale sein. Die rechte Gesichtshälfte war von feinen rosa Narben durchzogen, und als er aufstand und seine rechte Hand in die Jacketttasche steckte, bemerkte ich, dass mehrere Finger fehlten. Er trug einen schlechtsitzenden Anzug, und die Krawatte saß schief. Er schaute mich schüchtern an. Ich brachte es nicht fertig, ihn anzusprechen, setzte mich mit zitternden Knien hin, öffnete meinen Aktenkoffer und suchte Zuflucht in meinen Unterlagen.

»Sprechen wir kurz darüber, welche Geschütze der Gegner auffahren wird«, überspielte Grueman meine Verkrampftheit. »Ich nehme an, wir können davon ausgehen, dass Jason Story aussagen wird – und Officer Lucero. Und natürlich Marino. Ich weiß nicht, wen Patterson sonst noch für seine Galavorstellung verpflichtet hat.«

»Damit Sie informiert sind«, Wesley sah mich an, »ich habe mit Patterson gesprochen und ihm gesagt, dass er nichts gegen Sie in der Hand hat und dass ich das auch beim Prozess aussagen werde.«

»Wir denken, dass es nicht zum Prozess kommen wird«, sagte Grueman. »Wenn Sie nachher im Zeugenstand sind, informieren Sie die Geschworenen bitte darüber, dass Sie mit Patterson gesprochen und ihm gesagt haben, dass er nichts gegen Dr. Scarpetta in der Hand habe, er jedoch auf der Vorverhandlung bestand. Wann immer er Ihnen eine Frage stellt, die Sie bereits mit ihm erörtert haben, sagen Sie ›wie ich Ihnen schon in Ihrem Büro sagte‹ oder ›wie ich Ihnen bereits deutlich sagte, als wir uns da und da trafen‹ et cetera, et cetera. Es ist wichtig, dass die Geschworenen erfahren, dass Sie nicht nur Special Agent des FBI sind, sondern auch der Leiter des Behavioral Science Unit in Quantico, dessen Aufgabe es ist, Gewaltverbrechen zu analysieren und Persönlichkeitsprofile von Mördern zu erstellen. Sie können durchaus sagen, dass Dr. Scarpetta in keiner Weise dem Persönlichkeitsprofil des gesuchten Mörders entspricht und Sie den Verdacht als völlig absurd betrachten. Ein wichtiger Faktor ist auch, dass Sie Mark James' Mentor und engster Freund waren. Sagen Sie das alles von sich aus, denn Sie können sicher sein, dass Patterson Sie nicht danach fragen wird. Und teilen Sie den Geschworenen mit, dass Charlie Hale hier ist!«

»Und was ist, wenn sie mich nicht als Zeugen haben wollen?«, fragte Charlie Hale.

»Dann sind uns die Hände gebunden«, erwiderte Grueman. »Wie ich Ihnen schon in London erklärte, ist dies die Show des Staatsanwalts. Dr. Scarpetta hat nicht das Recht, irgendwelche Beweise vorzubringen, also müssen wir mindestens einen der

Geschworenen dahingehend beeinflussen, dass er uns durch die Hintertür reinlässt.«

»Hoffentlich klappt das«, meinte Charlie Hale.

»Sie haben den Kontoauszug und die Quittungen über die geleisteten Zahlungen dabei?«

»Ja, Sir.«

»Sehr schön. Warten Sie nicht darauf, um die Unterlagen gebeten zu werden, legen Sie sie auf den Tisch, während Sie sprechen! Der Zustand Ihrer Frau hat sich seit unserem Gespräch in London nicht verändert?«

»Nein, Sir, bis jetzt geht alles gut.«

»Denken Sie daran, dies, wenn möglich, einzuflechten«, sagte Grueman.

Ein paar Minuten später wurde ich ins Geschworenenzimmer gerufen.

»Natürlich, er will Sie zuerst.« Mein Anwalt stand mit mir auf.

»Wenn er die Verleumder *nach* Ihnen aussagen lässt, bleiben den Geschworenen deren Äußerungen besser im Gedächtnis haften als die Ihren.« Er begleitete mich zur Tür. »Ich bin hier, falls Sie mich brauchen.«

Ich trat ein, begrüßte die Geschworenen mit einem Nicken und setzte mich auf den Stuhl am Kopfende des langen Tisches. Patterson war nicht da. Er wollte mich der schweigenden Prüfung durch diese Fremden aussetzen, die mein Schicksal in der Hand hatten. Ich hielt ihren Blicken stand und tauschte mit einigen sogar ein Lächeln. Eine ernst dreinschauende junge Frau mit grell geschminkten Lippen beschloss, nicht auf den Staatsanwalt zu warten.

»Was veranlasste Sie zu der Entscheidung, sich mit Toten zu befassen anstatt mit lebenden Patienten?«, fragte sie. »Das erscheint mir merkwürdig für einen Arzt.«

»Mein intensives Interesse an den Lebenden bewog mich

dazu, mich mit Toten zu beschäftigen«, erwiderte ich. »Was ich dabei erfahre, kommt den Lebenden zugute, und indem ich dazu beitrage, Gewaltverbrechen aufzuklären, handle ich auch im Sinne der Hinterbliebenen.«

»Geht Ihnen Ihre Arbeit nicht an die Nieren?«, wollte ein alter Mann mit großen schwieligen Händen wissen. Sein Gesicht war so ernst, dass es aussah, als habe er Schmerzen.

»Natürlich tut sie das.«

»Wie lange dauerte Ihre medizinische Ausbildung nach dem High-School-Abschluss?«, erkundigte sich eine stämmige Schwarze.

»Siebzehn Jahre, wenn man die chirurgische Fachausbildung im Krankenhaus und das Jahr einschließt, in dem ich mich an der Universität weiterbildete.«

»Großer Gott!«

»Und wo waren Sie überall?«

»Zur Ausbildung, meinen Sie?«

»Ja, Ma'am.«

»Saint Michael's, Our Lady of Lourdes Academy, Cornell, Johns Hopkins, Georgetown.«

»War Ihr Vater Arzt?«

»Nein, er hatte in Miami einen kleinen Lebensmittelladen.«

»Da ist es ihm bestimmt schwergefallen, die lange Ausbildung zu bezahlen.«

»Ich hatte das Glück, Stipendien zu bekommen«, antwortete ich. »Bereits ab der High School.«

»Ich habe einen Onkel, der in Norfolk beim Bestattungsinstitut Twilight arbeitet«, sagte ein anderer.

»Oh, kommen Sie, Barry«, unterbrach ihn ein fünfter, »kein Bestattungsinstitut heißt so!«

»Ich mache keine Witze.«

»Das ist noch gar nichts. Wir haben eines in Fayetteville, das der Familie Stiff gehört. Raten Sie mal, wie das heißt!«

»Ich komm nicht drauf.«

»Sie sind also nicht von hier?« Diese Frage war wieder an mich gerichtet.

»Ich wurde in Miami geboren.«

»Dann ist der Name Scarpetta spanisch?«

»Nein, italienisch.«

»Das ist ja interessant; ich dachte, alle Italiener sind dunkelhäutig.«

»Meine Ahnen stammen aus Verona in Norditalien, wo ein Großteil der Bevölkerung unter anderem österreichische und schweizerische Vorfahren hat«, erklärte ich geduldig. »Viele von uns sind blond und blauäugig.«

»Mann, ich wette, Sie können kochen!«

»Das ist eine meiner Lieblingsbeschäftigungen.«

»Dr. Scarpetta, ich bin mir nicht ganz klar über Ihre Position«, sagte ein gutangezogener Mann, der etwa in meinem Alter zu sein schien. »Sind Sie der Chief Medical Examiner für Richmond?«

»Nein, für den ganzen Staat. Wir haben Niederlassungen in vier Bezirken: die Zentrale hier in der Stadt, eine Zweigstelle in Tidewater, Norfolk, das Western Office in Roanoke und das Northern in Alexandria.«

»Dann sitzt der Chief nur zufällig hier in Richmond?«

»Nun, es ist das Naheliegendste: Unsere Behörde ist eine staatliche und Richmond der Sitz der Legislative«, erwiderte ich gerade, als die Tür aufging und Patterson erschien.

Er war ein großer, breitschultriger, gutaussehender Schwarzer mit kurzgeschorenem Haar, das grau zu werden begann. Er trug einen dunkelblauen Zweireiher und ein blassgelbes Hemd, auf den Manschettenknöpfen waren seine Initialen zu sehen. Er war bekannt für seine ausgefallenen Krawatten, die heutige sah aus wie handbemalt. Während er die Geschworenen freundlich begrüßte, gönnte er mir nur ein knappes Nicken.

Die Frau mit dem grellen Lippenstift war, wie sich erwies, die Sprecherin der Geschworenen. Sie räusperte sich und informierte mich, dass ich das Recht habe, die Aussage zu verweigern, und alles, was ich sage, gegen mich verwendet werden könne.

»Ich habe verstanden«, sagte ich, ehe ich vereidigt wurde.

Patterson hielt sich nicht mit Einzelheiten über meine Person auf, sondern legte den Schwerpunkt seiner Ausführungen auf die Betonung der Macht, die meine Position mit sich brachte, und darauf, wie leicht es sei, diese Macht zu missbrauchen. »Und wer könnte das bezeugen?«, fragte er. »Oft war niemand da, der Dr. Scarpetta bei der Arbeit beobachtete – außer ihrer Assistentin Susan Story. Sie können sie nicht als Zeugin hören, denn sie und ihr ungeborenes Kind sind tot, meine Damen und Herren, aber Sie werden andere Zeugen hören, und diese werden Ihnen das Bild einer eiskalten, ehrgeizigen Frau zeichnen, einer Machtbesessenen, die schwerwiegende Fehler vertuschen wollte. Zuerst bezahlte sie Susan Story für ihr Schweigen, dann ermordete sie sie, um ihres Schweigens sicher zu sein.«

Patterson nahm einen Schluck Wasser und strich über das Revers seines Jacketts.

»Man hört oft das Schlagwort vom ›perfekten Verbrechen‹ – und wer wäre besser geeignet, ein solches zu begehen, als eine Frau, die ihr Leben damit verbringt, Verbrechen aufzuklären? Als Expertin weiß sie, dass es sich, wenn sie jemanden in einem Fahrzeug erschießen will, empfiehlt, eine kleinkalibrige Waffe zu benutzen, um Querschläger zu vermeiden. Als Expertin hinterlässt sie keine Spuren am Tatort, auch keine Patronenhülsen. Als Expertin würde sie niemals einen eigenen Revolver benutzen, eine Waffe, von der Freunde und Kollegen wissen, dass sie sie besitzt, sondern einen, dessen Besitz ihr nie nachgewiesen werden kann. Ja, sie könnte sich sogar eine Waffe aus dem Labor ›leihen‹, meine Damen und Herren, denn jedes Jahr werden Hunderte von Feuerwaffen konfisziert, mit denen Verbrechen verübt wurden, und einige davon werden dem staatlichen Feuerwaffenlabor gespendet. Der .22er-Revolver, mit dem Susan Story getötet wurde, hängt im Moment dortselbst an der Wand, oder er befindet sich im Schießstand, wo auch die Leichenbeschauer regelmäßig trainieren. Dr. Scarpetta schießt übrigens so gut, dass sie es mit jedem Polizeibeamten der Vereinigten Staaten aufnehmen kann, und sie hat schon einmal jemanden getötet. Allerdings muss ich zu ihren Gunsten sagen, dass sie in dem Fall, auf den ich mich hier beziehe, in Notwehr handelte.«

Ich schaute auf meine gefalteten Hände hinunter, während die Protokollführerin lautlos auf ihre Tasten einhämmerte und Patterson fortfuhr. Er war ein erfahrener Rhetoriker, wusste jedoch meistens nicht, wann er aufhören sollte. Nachdem ich auf seine Aufforderung hin das Zustandekommen meiner Fingerabdrücke auf dem Kuvert aus Susans Kommode erklärt hatte, führte er weitschweifig aus, wie unwahrscheinlich meine Version sei. Dann kam er auf das Geld zu sprechen.

»Trifft es zu, Dr. Scarpetta, dass Sie am 12. November in der Innenstadtfiliale der Signet Bank waren und zehntausend Dollar für verkaufte Wertpapiere kassierten?«

»Das trifft zu.«

Patterson zögerte einen Moment. Meine Antwort überraschte ihn sichtlich. Er hatte offenbar damit gerechnet, dass ich von meinem Recht auf Aussageverweigerung Gebrauch machen würde. »Trifft es ebenfalls zu«, fuhr er dann fort, »dass Sie die Summe nicht auf eines Ihrer Konten einzahlten?«

»Auch das trifft zu.«

»Sie verließen also, kurz bevor Ihre Assistentin dreieinhalbtausend Dollar auf ihr Konto einzahlte, die Signet Bank mit zehntausend Dollar in bar?«

»Nein, Sir, das tat ich nicht. Sie müssten bei meinen Unterlagen die Kopie eines Barschecks über siebentausenddreihundertachtzehn Pfund Sterling gefunden haben. Ich habe meine Kopie hier.« Ich öffnete meinen Aktenkoffer.

Patterson warf einen flüchtigen Blick auf die Kopie und bat die Protokollführerin, sie als Beweisstück zu kennzeichnen. »Nun, das ist ja hochinteressant. Der Barscheck war auf einen gewissen Charles Hale ausgestellt. War das eine Verschleierungsmaßnahme für die Zahlungen an Ihre Assistentin und vielleicht noch andere Personen? Handelte es sich bei diesem Charles Hale um einen Strohmann, der die englischen Pfund umgehend in Dollar zurückwechselte und das Geld weiterleitete – vielleicht an Susan Story?«

»Nein«, entgegnete ich, »und Charles Hale hat den Barscheck nicht von mir erhalten.«

»Ach nein?« Der Staatsanwalt sah mich verwirrt an. »Was haben Sie denn dann mit ihm gemacht?«

»Ich habe ihn Benton Wesley gegeben, und er sorgte dafür, dass Mr. Hale ihn bekam. Benton Wesley …«

Patterson unterbrach mich: »Die Geschichte wird immer ungeheuerlicher!«

»Mr. Patterson …«

»Wer ist Charles Hale?«

»Ich würde meine Aussage gern zu Ende bringen«, sagte ich.

»Wer ist Charles Hale?«

»Ich möchte hören, was sie zu sagen hat«, meldete sich ein Geschworener in einem karierten Blazer zu Wort.

»Bitte«, räumte der Staatsanwalt mit eisiger Miene ein.

»Wie ich schon gesagt habe, gab ich den Scheck Benton Wesley. Er ist Special Agent des FBI und Profiler bei der Behavioral Science Unit in Quantico.«

Eine Frau hob schüchtern die Hand. »Ist das der, über den ich in der Zeitung gelesen habe, den sie zu Hilfe rufen, wenn solche grausigen Morde passieren wie in Gainesville?«

»Genau der.« Ich nickte. »Ich arbeite oft mit ihm zusammen, und er war der beste Freund meines Freundes Mark James, der ebenfalls Special Agent beim FBI war.«

»Dr. Scarpetta«, mischte Patterson sich ein, »lassen Sie uns das fürs Protokoll richtigstellen: Mark James war mehr als ein Freund für Sie.«

»Was hat das hiermit zu tun?«, fragte ich scharf.

»Abgesehen davon, dass es einen eklatanten Interessenkonflikt darstellt, wenn der Chief Medical Examiner mit einem FBI-Agenten schläft, ist das Thema unerheblich. Es ging mir nur um die Korrekt...«

Jetzt unterbrach ich ihn. »Meine Beziehung zu Mark James begann während meines Jurastudiums. Es lag keinerlei Interessenkonflikt vor, und – fürs Protokoll – ich protestiere gegen das Abschweifen des Staatsanwaltes in mein Schlafzimmer!« Die Protokollführerin tippte weiter. Meine Hände waren so verkrampft, dass die Knöchel weiß hervortraten.

»Wer ist Charles Hale?«, wiederholte Patterson seine Frage. »Und warum zahlten Sie ihm eine Summe, die zehntausend Dollar entsprach?«

Zartrosa Narben blitzten durch meine Erinnerung, und zwei Finger an einer Hand, deren Narbengewebe rot glänzte, erschienen vor meinem geistigen Auge. »Er war Fahrkartenverkäufer in der Victoria Station in London«, antwortete ich.

»War?«

»Am Montag, dem 18. Februar, als die Bombe explodierte.«

Ich hörte an jenem Tag immer wieder Berichte über den Anschlag im Radio und sah die Bilder im Fernsehen, aber ich war ahnungslos, bis in der Nacht zum 19. Februar um zwei Uhr einundvierzig das Telefon klingelte. In London war es zu dieser Zeit sechs Uhr einundvierzig und Mark bereits fast vierundzwanzig Stunden tot. Wesley versuchte, mir zu erklären, was geschehen war, aber ich war aus dem Tiefschlaf hochgeschreckt und begriff zunächst überhaupt nichts.

»Das war gestern«, sagte ich zu Wesley. »Es kam gestern in den Nachrichten. Sie meinen, es ist noch einmal das Gleiche passiert?«

»Die Bombe ging gestern früh während der Stoßzeit hoch. Aber ich habe gerade erst von Marks Tod erfahren. Man hat mich vor einer Minute davon unterrichtet.«

»Sind Sie sicher? Sind Sie absolut sicher?«

»Kay, es tut mir so leid!«

»Man hat ihn zweifelsfrei identifiziert?«

»Zweifelsfrei.«

»Sie sind also sicher? Ich meine …«

»Kay ich kann in einer Stunde bei Ihnen sein.«

»Nein, nein. Danke.«

Ich hatte am ganzen Körper gezittert, aber nicht weinen können. So war ich durch mein Haus gewandert, die Hände ringend und leise stöhnend.

Patterson holte mich in die Gegenwart zurück. »Sie kannten diesen Charles Hale nicht, bevor er durch die Bombe verletzt wurde, Dr. Scarpetta?«

»Nein.«

»Dennoch gaben Sie ihm zehntausend Dollar. Warum?«

»Er und seine Frau wünschten sich schon lange sehnlichst ein Kind, konnten jedoch keines bekommen.«

»Wie erfuhren Sie denn ein so intimes Detail über Ihnen völlig Fremde?«

»Benton Wesley erzählte es mir, und ich empfahl Bourne Hall, die führende Klinik für künstliche Befruchtung. Die Krankenkasse bezahlt hierfür allerdings nichts.«

»Sie sagten, der Bombenanschlag fand im Februar statt, den Barscheck schrieben Sie aber im November aus.«

»Ich hörte erst im Herbst von diesem Problem der Hales. Mr. Hale erwähnte die Kinderlosigkeit im Lauf eines Gesprächs, als das FBI bei ihm war, um ihm Fotos zur etwaigen Identifizierung der Attentäter vorzulegen. Ich hatte Benton Wesley schon lange davor gebeten, mir Bescheid zu geben, wenn ich etwas für Mr. Hale tun könne.«

»Wenn ich Sie richtig verstehe, dann finanzierten Sie einem Ihnen völlig fremden Ehepaar eine künstliche Befruchtung.«

Pattersons Stimme klang, als hätte ich ihm soeben mitgeteilt, dass ich an Trolle glaube.

»So ist es«, bestätigte ich.

»Sind Sie eine Heilige, Dr. Scarpetta?«

»Durchaus nicht.«

»Dann erklären Sie uns doch bitte Ihr Motiv!«

»Charles Hale versuchte, Mark James zu helfen.«

»Er versuchte ihm zu helfen?« Der Staatsanwalt hatte begonnen, auf und ab zu gehen. »Beim Kauf einer Fahrkarte? Einen Zug zu erreichen? Die Herrentoilette zu finden? Wobei half er ihm?«

»Mark James war nicht gleich tot. Charles Hale lag schwerverletzt neben ihm auf dem Boden. Er versuchte, Schutt von Mark herunterzuräumen, sprach mit ihm, zog seine Jacke aus und wickelte sie um … Er bemühte sich, die Blutung zu stoppen. Er tat, was er konnte. Es gab keine Möglichkeit, Mark zu retten – aber wenigstens war er nicht allein, als er starb. Ich bin Mr. Hale ungeheuer dankbar dafür. Und ich bin froh, dass ich etwas für ihn tun konnte, etwas von Bedeutung. Nein, ich bin keine Heilige, ich habe es auch für mich getan: Als ich den Hales half, half das auch mir.«

Es war so still im Raum, als sei ich allein. Die Frau mit dem grellen Lippenstift beugte sich vor, um Patterson anzusprechen. »Ich nehme an, Charles Hale ist in England«, sagte sie, »aber ich frage mich, ob wir nicht Benton Wesley vorladen könnten.«

»Es ist nicht nötig, einen von ihnen vorzuladen«, warf ich ein. »Sie sind beide hier.«

Als die Sprecherin Patterson mitteilte, dass die Geschworenen keinen Grund für eine Anklage sähen, war ich nicht dabei, und ich war auch nicht bei Grueman, als er es erfuhr. Sobald ich meine Aussage beendet hatte, machte ich mich auf die Suche nach Marino.

»Ich sah ihn vor etwa einer halben Stunde aus der Herrentoilette kommen«, sagte der uniformierte Officer, der rauchend neben dem Trinkwasserbrunnen stand.

»Können Sie versuchen, ihn über Funk zu erreichen?«

Mit einem Achselzucken löste er sein Funkgerät vom Gürtel und bat die Zentrale, Marino anzurufen. Er meldete sich nicht.

Ich rannte die Treppe hinunter, hastete im Laufschritt zu meinem Wagen, ließ den Motor an, griff zum Telefon und rief im Hauptquartier an, das gegenüber dem Gerichtsgebäude lag. Während ein Detective im Bereitschaftsraum mir erklärte, dass Marino nicht da sei, fuhr ich auf der Suche nach dem weißen Ford LTD den rückwärtig gelegenen Parkplatz ab. Der Wagen war nicht da. Ich hielt auf einem freien reservierten Stellplatz und rief Vander an.

»Erinnern Sie sich an den Einbruch in der West Franklin? An die Fingerabdrücke, die Sie durch AFIS laufen ließen und mit denen Sie bei Waddell landeten?«

»Meinen Sie den Einbruch, bei dem auch die Eiderdaunenweste gestohlen wurde?«

»Genau.«

»Was wollen Sie wissen?«

»Haben Sie zu Ausschließungszwecken auch die Fingerabdrücke des Mannes bekommen, der die Anzeige erstattete?«

»Nein.«

»Danke, Neils.«

Als Nächstes rief ich die Funkzentrale an. »Können Sie mir sagen, ob Lieutenant Marino dienstlich unterwegs ist?«

»Einen Moment.« Ich wartete. »Ja, ist er.«

»Hören Sie, versuchen Sie bitte, ihn zu erreichen. Sagen Sie ihm, Dr. Scarpetta sei auf der Suche nach ihm. Es ist dringend.«

Nicht einmal eine Minute später bekam ich Bescheid: Er war bei der Polizeitankstelle.

»Bitte sagen Sie ihm, ich bin in zwei Minuten da!«

Die Tankstelle befand sich auf einem von Maschendraht eingezäunten Asphaltareal. Sie bestand lediglich aus Zapfsäulen, es gab keinen Tankwart, keine Toilette, keine Verkaufsautomaten. Die einzige Möglichkeit, die Windschutzscheibe zu reinigen, war, Putzmittel und Lappen selbst mitzubringen. Marino schraubte gerade seinen Tankverschluss zu, als ich hinter ihm anhielt. Er kam zu mir ans Fenster.

»Ich habe es gerade im Radio gehört.« Er grinste breit. »Wo ist Grueman? Ich würde ihm gern die Hand schütteln.«

»Er ist bei Wesley im Gericht. Was ist denn los?«

»Sie wissen es nicht?« Er starrte mich ungläubig an. »Mann, Doc, sie haben Sie vom Galgenbaum abgeschnitten! Ich habe in meiner Laufbahn bisher nur zweimal erlebt, dass die Sonderjury keine Anklage erhob.«

Ich atmete tief durch. »Wahrscheinlich sollte ich jetzt einen Luftsprung machen. Aber mir ist gar nicht danach.«

»Kann ich verstehen.«

»Marino, wie hieß der Mann, der den Diebstahl seiner Eiderdaunenweste anzeigte?«

»Sullivan. Hilton Sullivan. Warum fragen Sie?«

»Während meiner Anhörung äußerte Patterson die ungeheuerliche Vermutung, dass ich vielleicht einen Revolver aus dem Waffenlabor genommen hätte, um Susan zu erschießen, da ich zu klug sei, um meinen eigenen zu benutzen.«

»Und was hat das mit Sullivan zu tun?«

»Wann ist er in seine Eigentumswohnung eingezogen?«

»Keine Ahnung.«

»Wenn ich vorhätte, jemanden mit einem Ruger zu erschießen, wäre es ein gerissener Schachzug, den Revolver vor der Tat als gestohlen zu melden. Wenn die Waffe dann gefunden wird – falls mir die Sache zu brenzlig wurde und ich sie wegwarf –, kommen die Cops zwar aufgrund der Seriennummer auf mich, aber ich kann anhand des Polizeiprotokolls beweisen, dass der Ruger sich zur Tatzeit nicht in meinem Besitz befand.«

»Wollen Sie sagen, dass Sullivan das so gemacht hat? Dass er den Einbruch vortäuschte?«

»Ich würde die Möglichkeit zumindest in Betracht ziehen«, antwortete ich. »Er benahm sich den Ermittlungsbeamten gegenüber so ekelhaft, dass sie möglichst schnell wegkommen wollten und sich nicht damit aufhielten, zu Ausschließungszwecken seine Fingerabdrücke zu nehmen. Worauf ich hinauswill, ist Folgendes: Woher wissen Sie, dass die Fingerabdrücke des angeblichen Einbrechers nicht von Sullivan selbst stammen?«

»Laut AFIS waren sie mit denen von Waddell identisch.«

»Eben.«

»Wenn Sie recht haben, warum hat Sullivan dann auf die Eiderdaunengeschichte in der Zeitung hin bei Lucero angerufen?«

»Ich glaube, Benton hat recht: Der Bursche macht sich einen Spaß daraus, mit der Polizei zu spielen. Es reizt ihn, am Abgrund entlangzubalancieren.«

»Verdammt! Lassen Sie mich mal telefonieren!« Marino ging zur Beifahrertür hinüber, stieg ein, rief die Auskunft an und bekam die Nummer des Hausmeisters des Gebäudes, in dem Sullivan wohnte. Als der Mann an den Apparat kam, fragte er ihn, wann Sullivan die Wohnung gekauft habe.

»Was? Wem denn dann?«, erkundigte sich Marino. Er kritzelte etwas auf seinen Notizblock. »Auf welcher Seite liegt die Wohnung? Okay. Was für einen Wagen fährt er? Danke.«

Marino legte auf und sah mich an. »Die Wohnung gehört dem Kerl überhaupt nicht. Er hat sie gemietet und ist erst Anfang Dezember eingezogen. Am Sechsten hat er die erste Miete bezahlt.« Beim Aussteigen fügte er hinzu: »Er fährt einen dunkelblauen Chevy-Van, einen alten, der hinten keine Fenster hat.«

Wir fuhren hintereinander zum Hauptquartier, und ich stellte meinen Wagen auf Marinos Parkplatz. Kurz darauf rasten wir über die Broad Street in Richtung Franklin.

»Hoffentlich hat der Hausmeister ihn nicht gewarnt!« Wir hielten vor einem achtstöckigen Ziegelgebäude. »Seine Wohnung liegt nach hinten raus, also kann er uns von ihr aus nicht kommen sehen.« Er griff unter den Sitz und zog seine Neunmillimeter heraus – als Ergänzung zu dem .357er im Schulterholster. Er steckte die Pistole hinten in den Gürtel und ein Ersatzmagazin in die Jackentasche, dann machte er die Wagentür auf.

»Wenn Sie einen Krieg erwarten, bleibe ich lieber hier«, sagte ich.

»Wenn es Krieg gibt, leihe ich Ihnen meinen .357er, und dann zeigen Sie, was Sie können. Bleiben Sie auf alle Fälle hinter mir!«

Als wir die Stufen zum Hauseingang hinaufgestiegen waren, klingelte Marino. Ein älterer Mann mit buschigen grauen Augenbrauen machte auf und stellte sich als der Hausmeister vor.

»Wissen Sie, ob er zu Hause ist?«, fragte Marino.

»Keine Ahnung.«

»Wir werden nachsehen.«

»Wie ich schon sagte, die Wohnung liegt nach hinten raus.« Der Hausmeister deutete nach Osten. »Gehen Sie den Korridor runter und nehmen Sie den ersten Quergang nach links. Es ist die Eckwohnung. Nummer siebzehn.«

Das Gebäude strahlte eine verblasste Vornehmheit aus – wie ein altes Hotel, in dem niemand mehr gern wohnt, weil die Tapeten vergilbt und die Möbel abgenutzt sind. Ich bemerkte Brandlöcher in dem dunkelroten Teppichbelag. Die Wandtäfelung war fast schwarz gebeizt. An der Tür zu Hilton Sullivans Wohnung klebte eine kleine Siebzehn aus Messing. Es gab keinen Spion. Als Marino klopfte, hörten wir Schritte herankommen.

»Wer ist da?«, fragte ein helle Stimme.

»Kundendienst«, antwortete Marino. »Ich muss die Filter in Ihren Heizkörpern auswechseln.«

Die Tür ging auf, und als ich die leuchtend blauen Augen sah, schnappte ich unwillkürlich nach Luft. Hilton Sullivan wollte die Tür zuschlagen, doch Marino hatte den Fuß dazwischen. »In Deckung!«, brüllte er mich an, als er seinen Revolver herausriss und sich so weit wie möglich zurücklehnte.

Ich drückte mich an die Wand. Marino trat die Tür auf und stürmte in die Wohnung. Voller Angst wartete ich auf die Geräusche eines Gerangels oder auf Schüsse. Die Zeit tröpfelte dahin. Dann hörte ich, wie Marino etwas in sein Funkgerät sprach. Als er wieder auftauchte, war sein Gesicht dunkelrot vor Zorn.

»Er ist mir entwischt: War aus dem Fenster wie der Blitz. Verdammter Mistkerl! Sein Van steht noch draußen auf dem Parkplatz, er ist also zu Fuß unterwegs. Ich habe die Streifenwagen in der Umgebung alarmieren lassen.« Er atmete schwer.

»Ich hielt ihn für eine Frau«, sagte ich leise.

Marino starrte mich an. »Was?«

»Als ich Helen Grimes aufsuchte, war er bei ihr. Während wir uns vor der Tür unterhielten, schaute er einmal kurz über ihre Schulter heraus. Ich hielt ihn für eine Frau.«

»Sullivan war bei Helen Grimes?«

»Da bin ich ganz sicher.«

»Verdammt! Wie passt denn das zusammen?«

Als wir uns in der Wohnung genauer umsahen, erkannten wir den Zusammenhang. Die Räume waren elegant eingerichtet mit antiken Möbeln und kostbaren Teppichen, die jedoch nicht Sullivan gehörten. Laut Aussage des Hausmeisters hatte er die Wohnung möbliert gemietet. Jazzmusik klang aus dem Schlafzimmer herüber, wo wir auf dem Bett Sullivans blaue Daunenweste neben einer ordentlich zusammengelegten ausgebleichten Jeans fanden, auf der ein akkurat gefaltetes beiges Cordsamthemd lag. Davor standen Laufschuhe, in denen Socken steckten. Auf der Mahagonikommode lagen eine grüne Schirmmütze, eine Sonnenbrille und ein blaues Uniformhemd, an dessen Brusttasche Helen Grimes' Namensschildchen befestigt war. Unter dem Hemd befand sich ein großer Umschlag mit Fotos, die Marino durchsah, während ich mich weiter umschaute.

»Grundgütiger!«, stieß er alle paar Sekunden hervor.

Auf mehr als einem Dutzend Fotos waren Sullivan nackt und gefesselt und Helen Grimes als seine sadistische Wärterin abgelichtet. Häufigstes Motiv war Sullivan auf einem Stuhl sitzend, während sie die Rolle der Verhörenden spielte, wobei sie ihm von hinten den Arm um den Hals legte oder ihn züchtigte. Er war ein ausgesprochen gutaussehender, blonder junger Mann mit einem schlanken Körper, der aber verriet, dass er dennoch über beachtliche Kräfte verfügte. Wir fanden auch ein Foto von Robyn Naismith, das ihre blutige Leiche, an den Fernsehapparat in ihrem Wohnzimmer gelehnt, zeigte, und ein zweites von ihr auf einem Stahltisch im Leichenschauhaus. Aber was mich mehr als diese beiden Bilder entsetzte, war Sullivans Gesicht auf den anderen: Es war völlig ausdruckslos – wie tot.

»Dies war wahrscheinlich der Grund für Donahues Sympathie für dieses Monster«, meinte Marino und schob die Fotos in den Umschlag zurück. »Donahues Frau erzählte mir, Fotografieren sei die große Leidenschaft ihres Mannes gewesen.«

»Helen Grimes muss wissen, wer Hilton Sullivan wirklich ist«, sagte ich.

Draußen kam Sirenengeheul näher. Marino schaute aus dem Fenster auf den Parkplatz hinaus. »Gut, da kommt Lucero.« Ich untersuchte die Daunenweste auf dem Bett und entdeckte eine winzige Feder, die aus einer Nahtstelle herausspitzte.

Weitere Polizeiwagen trafen ein. Autotüren wurden zugeschlagen.

»Wir sind schon weg«, sagte Marino zu Lucero, als dieser die Wohnung betrat. »Stellen Sie den blauen Van da draußen sicher.« Er wandte sich an mich. »Los, Doc, wir fahren zu Helen Grimes.«

Helen Grimes war äußerst unkooperativ.

Als wir eine Dreiviertelstunde später bei ihr ankamen, fanden wir die Haustür unverschlossen und gingen hinein. Die Heizung lief auf Hochtouren, und ich erkannte den Geruch sofort.

»Mein Gott!«, sagte Marino, als er ins Schlafzimmer trat.

Die kopflose Leiche der ehemaligen Gefängniswärterin saß, mit ihrer Uniform bekleidet, auf einem Stuhl an der Wand. Drei Tage später fand der Farmer von gegenüber auf einem seiner Felder eine Bowlingtasche, und danach wünschte er sich, er hätte sie nicht geöffnet.

Epilog

Der Garten hinter dem Haus meiner Mutter lag halb im Schatten und zur Hälfte in der sanften Spätnachmittagssonne. Zu beiden Seiten der Fliegentür, die zur Küche führte, blühten in verschwenderischer Fülle leuchtend rote Malven. Der Limonenbaum am Zaun bog sich unter der Last seiner Früchte, während alle in der Nachbarschaft kahl und verdorrt waren – ein Phänomen, das ich nicht verstand, denn ich hatte nicht gewusst, dass man Pflanzen durch Kritik zu Höchstleistungen anspornen konnte. Ich hatte immer gedacht, man müsse liebevoll mit ihnen sprechen.

»Katie!«, rief meine Mutter aus dem Küchenfenster. Ich hörte Wasser ins Spülbecken trommeln. Es hatte keinen Sinn zu antworten, sie würde kein Wort verstehen.

Lucy eliminierte meine Dame mit einem Turm. »Weißt du«, sagte ich, »ich habe es seit jeher gehasst, mit dir Schach zu spielen.«

»Warum tust du es dann immer wieder?«

»Du zwingst mich doch jedes Mal dazu, und ein Spiel ist dir nie genug.«

»Das liegt daran, dass ich dir noch eine Chance geben möchte. Aber du nutzt sie nie.«

Wir saßen einander am Terrassentisch gegenüber. Das Eis in unseren Limonadengläsern war geschmolzen, und ich hatte das Gefühl, im Gesicht etwas zu viel Sonne erwischt zu haben.

»Katie? Fährst du nachher mit Lucy Wein holen?«, fragte meine Mutter aus der Küche. Ich konnte sie nur als hin und her huschenden Schatten erkennen.

Schranktüren wurden geöffnet und geschlossen. Dann schrillte das Telefon. Gleich darauf ging die Fliegentür auf, und meine Mutter brachte mir schweigend den schnurlosen Apparat.

»Hier ist Benton. Ich ersehe aus der Zeitung, dass Sie herrliches Wetter haben. Hier regnet es bei gemütlichen sieben Grad.«

»Wecken Sie nicht mein Heimweh!«

»Kay, ich glaube, wir haben ihn. Nachdem wir die Gefängnisunterlagen durchgegangen sind und mit einer Menge Leuten gesprochen haben, scheint es, als handle es sich bei Hilton Sullivan um den dreiunddreißigjährigen Temple Brooks Gault aus Albany, Georgia. Der Vater hat dort eine Pekannussplantage. Es ist reichlich Geld da. Gault hat ein Faible für Messer, Schusswaffen, Kampfsport und sadistische Pornographie. Er ist kontaktgestört, unberechenbar und ausgesprochen narzisstisch und eitel. Er färbt sich beispielsweise die Haare: Wir fanden das Zeug in seiner Wohnung. Aber es gibt Dinge, die nicht ins Bild passen.«

»Nämlich?«

»Er fährt einen alten Van, der früher einem Amtsrichter gehörte. Es sieht nicht so aus, als hätte Gault den Wagen jemals gewaschen oder innen gereinigt – nicht einmal nach der Attacke auf Eddie Heath, die er offenbar dort verübte. Wir haben ein paar aussagekräftige Spuren gefunden, unter anderem Blut, dessen Gruppe der Eddies entspricht. Das war unvorsichtig. Andererseits beseitigte er äußerst durchdacht die Bissspuren.«

»Wieso saß er im Gefängnis?«

»Wegen Totschlags. Vor zweieinhalb Jahren erschlug er in einem Wutanfall einen Mann in einer Bar. Das war in Abingdon, Virginia. Gault hat übrigens den Schwarzen Gürtel.« Lucy stellte die Schachfiguren wieder auf.

»Und wie geht es jetzt weiter?«, fragte ich.

»Das weiß ich auch nicht«, sagte Wesley. »Als ich sagte, wir haben ihn, meinte ich, dass wir seine Identität kennen. Wir wissen aber nicht, wo er sich aufhält. Seine Impulsivität stellt uns vor ein großes Problem, denn wir können seinen Aktionen keinen folgerichtigen Plan zuordnen.«

»Ich verstehe.«

»Seien Sie auf alle Fälle auf der Hut!«

Bei so jemandem nutzt das gar nichts, dachte ich.

»Wir müssen alle auf der Hut sein.«

»Ich verstehe«, sagte ich noch einmal.

»Ich glaube, nebenbei gesagt, nicht, dass Norring Gault selbst ausgesucht hat. Er wollte seinen verdammten Aktenkoffer zurückhaben, gab Donahue wahrscheinlich das nötige Geld und bat ihn, sich um die Angelegenheit zu kümmern. Wir werden den Gouverneur nicht festnageln können, er ist zu vorsichtig gewesen. Aber wir haben etwas anderes erreicht.«

»Wir?«

»Grueman und ich. Zuerst habe ich mit Norring geredet, dann Ihr alter Professor. Er erzählte mir, dass der Gouverneur reichlich unbehaglich dreinschaute, als die Nacht zur Sprache kam, in der Norring sich im Krankenhaus in Henrico County behandeln ließ.«

Bei der Durchsicht alter Zeitungsausschnitte und durch Gespräche mit Kontaktpersonen in verschiedenen Notaufnahmestationen hatte ich entdeckt, dass Norring in der Nacht vor Robyns Tod in der Ambulanz des Henrico Doctor's Hospital behandelt worden war, nachdem er sich zuvor selbst eine Ephedrininjektion in den linken Oberschenkel gemacht hatte. Offenbar hatte er eine starke allergische Reaktion auf ein chinesisches Gericht gezeigt. Die dazugehörenden Kartons hatte die Polizei, wie ich mich erinnerte, im Protokoll gelesen zu haben, in Robyns Abfalleimer gefunden. Nach dem Essen spürte der Gouverneur einen anaphylaktischen Schock kommen, setzte sich eine Spritze und fuhr in die Klinik, und in der Hektik vergaß er seinen Aktenkoffer. Jedenfalls lag das nahe.

»Sie sagten, Sie hätten etwas erreicht«, hakte ich noch einmal nach.

»Allerdings: Der Gouverneur hat aus gesundheitlichen Gründen beschlossen, zurückzutreten und sich eine weniger stressige Tätigkeit zu suchen – irgendwo an der Westküste. Sie haben also nichts mehr mit ihm zu tun. Und mit Ben Stevens auch nicht. Meinen Informationen nach ist er oben in Michigan, in Detroit.«

»Haben Sie ihm gedroht? Ist er deshalb weggegangen?«

»Kay, ich bedrohe niemals jemanden.«

»Benton, Sie sind einer der bedrohlichsten Menschen, die ich kenne.«

»Soll das heißen, dass Sie nicht mit mir zusammenarbeiten werden?«

Lucy trommelte mit den Fingern auf die Tischplatte und schaute mich ungeduldig an.

»Mit Ihnen zusammenarbeiten?«, fragte ich.

»Ja, das ist der eigentliche Grund meines Anrufs. Wir hätten Sie gern als Beraterin bei der Behavioral Science Unit. Nur ein paar Tage pro Monat – in der Regel sollte das ausreichen. Natürlich wird es auch Zeiten geben, in denen es turbulent zugeht und wir Sie öfter brauchen. Es wäre Ihre Aufgabe, die medizinischen und forensischen Details einzelner Fälle durchzusehen und uns bei der Ausarbeitung der Persönlichkeitsprofile zu unterstützen. Ihre Interpretationen wären von großem Nutzen für uns. Und außerdem geht, wie Sie vielleicht wissen, Dr. Elsevier, der in den letzten fünf Jahren als beratender Forensiker für uns tätig war, am 1. Juni in den Ruhestand.«

Lucy goss ihren Limonadenrest auf den Rasen, stand auf und streckte sich.

»Benton, darüber muss ich nachdenken. Mein Institut gleicht einem Scherbenhaufen. Geben Sie mir Zeit, eine neue Assistentin und einen Verwaltungsmann einzustellen und alles wieder in Schwung zu bringen! Wann müssen Sie meine Antwort haben?«

»Was halten Sie von März?«

»In Ordnung. Lucy lässt Sie grüßen.«

Als ich auflegte, schaute Lucy mich missmutig an. »Warum sagst du so was, wenn es gar nicht stimmt? Ich habe ihn nicht grüßen lassen.«

»Aber nur, weil du nicht dazu gekommen bist.« Ich stand auf. »Ich habe dir angesehen, dass du ihn unbedingt grüßen lassen wolltest.«

»Katie!« Meine Mutter erschien wieder am Fenster. »Du solltest allmählich reinkommen. Du bist schon den ganzen Nachmittag draußen. Hast du wenigstens einen Sunblocker benutzt?«

»Wir haben im Schatten gesessen, Grandma«, antwortete Lucy statt meiner. »Erinnerst du dich? Hier draußen steht ein Riesenbaum.«

»Wann wollte deine Mutter herüberkommen?«, erkundigte sich meine Mutter bei ihrer Enkelin.

»Sobald sie und Wie-immer-er-auch-heißt mit dem Bumsen fertig sind.«

»Lucy!«, flüsterte ich.

Meine Mutter verschwand vom Fenster, und wieder trommelte Wasser ins Spülbecken.

Meine Nichte gähnte und ging bis zum Gartenzaun, um die letzten Sonnenstrahlen einzufangen. Sie wandte sich ihnen zu und schloss die Augen.

»Du wirst es tun, nicht wahr, Tante Kay?«

»Was?«

»Worum Mr. Wesley dich gebeten hat.«

Ich begann das Schachspiel zusammenzuräumen.

»Dein Schweigen reicht mir als Antwort«, sagte Lucy. »Ich kenne dich: Du wirst es tun.«

»Komm, fahren wir den Wein holen.«

»Ich begleite dich bloß, wenn ich auch welchen zu trinken kriege.«

»Nur, wenn du heute Abend nirgendwo mehr hinfährst.«

Sie legte den Arm um meine Taille, und wir gingen ins Haus.

Kay Scarpetta

Patricia Cornwells Kay-Scarpetta-Reihe hat der Kriminalliteratur in den vergangenen zwei Jahrzehnten eine neue Richtung gegeben. Mit *Post Mortem* erschien 1990 zum ersten Mal ein Roman, der die Tür zur Gerichtsmedizin öffnete und den Schwerpunkt auf diesen bis dahin vernachlässigten Bereich der Ermittlungen legte. Abläufe, Geräusche und Gerüche wurden erstmalig so plastisch beschrieben, dass die Geschehnisse im Autopsiesaal auch für den medizinischen Laien lebendig wurden. Bei ihrer jahrelangen Tätigkeit als Computerexpertin in der Forensik lernte Patricia Cornwell die Leiterin der Gerichtsmedizin des Staates Virginia, Dr. Marcella Fierro, kennen, die als Beraterin großen Einfluss auf die realistische Darstellung in den Romanen nahm. Waren der Gerichtsmediziner und seine Arbeit in der klassischen Detektivstory nur am Rande erwähnt worden, so konnte der Leser nun in allen Details nachvollziehen, welche Erkenntnisse der tote Körper eines Ermordeten offenbart.

Neben diesem neuen Erzählansatz bietet die Romanreihe aufgrund der einzigartig detaillierten Recherche von Patricia Cornwell auch eine ungewöhnliche Dokumentation der technischen Veränderungen in der Gerichtsmedizin und den Kriminallaboren. Ein einfaches Beispiel für diese Fortschritte ist die Identifikation von Fingerabdrücken, die Kay Scarpetta zu Beginn der Reihe noch verschicken muss, damit sie per Hand mit archivierten Abdrücken verglichen werden können. In den späteren Romanen hingegen ist es selbstverständlich, dass nicht nur die Gerichtsmedizin von Virginia, sondern auch jede andere für die Verbrechensbekämpfung zuständige staatliche Stelle in den USA Zugang zu einem nationalen Computerarchiv hat.

Die Entwicklung der DNA-Spurensicherung – die in der jüngsten Vergangenheit auch in Deutschland mehrfach dazu beitrug, dass reale Kriminalfälle nach vielen Jahren endlich abgeschlossen werden konnten – lässt sich über die Kay-Scarpetta-Romane ebenfalls schrittweise verfolgen. Ein weiterer faszinierender Aspekt sind die Dialoge der Mediziner in den kriminaltechnischen Laboren über die Verwendbarkeit von Untersuchungsergebnissen vor Gericht. In den Vereinigten Staaten ist es durch das Prinzip des Geschworenengerichts besonders wichtig, dass es Wissenschaftlern und Medizinern gelingt, eine neue, spektakuläre Methode und die daraus gewonnenen beweiskräftigen Erkenntnisse auch für den Laien nachvollziehbar zu erklären.

Vor allem aber die Wahl der Hauptfigur macht diese Buchreihe zu etwas Außergewöhnlichem. Patricia Cornwells Protagonistin arbeitet in einem Beruf und einer Position, die bis dahin hauptsächlich Männern vorbehalten waren. Und obwohl Kay Scarpetta von ihrer Arbeit fast schon besessen ist, gelingt es der Autorin trotzdem, der Gerichtsmedizinerin im privaten Umfeld eine reizvolle Verletzlichkeit zu verleihen.

*

Als älteste Tochter einer italienischstämmigen Familie wird Kay Scarpetta in Miami, Florida, geboren. Ihre gesamte Kindheit wird durch die Krankheit des Vaters geprägt, der an Leukämie stirbt, als Kay zwölf ist. Während die Mutter den kleinen Lebensmittelladen der Familie weiterführt, ist Kay für den Haushalt und ihre jüngere Schwester Dorothy verantwortlich. Vielleicht liegt es an dieser Aufsichtspflicht, dass sie die kleine Schwester schon von Geburt an als egozentrisch und unersättlich empfindet. Nur an zwei Dinge ihrer Kindheit hat Kay schöne Erinnerungen: das gemeinsame Essen mit der Familie und das Lernen in der Klosterschule. Wenn es dem Vater gut genug geht, dass er zusammen mit seiner Frau und den beiden Töchtern in der Küche sitzen kann, dann verbringt die Familie Stunden damit, die italienischen Gerichte der Mutter zu verspeisen und dabei über die Dinge zu reden, die sie bewegen. In der Schule wiederum kann Kay die schwere Krankheit ihres Vaters verdrängen und in der Bibliothek ihren unendlichen Wissensdurst befriedigen.

Da ihre Eltern nie mit den Kindern über den gesundheitlichen Zustand des Vaters sprechen, fasst Kay Scarpetta schon früh den Entschluss, Medizin zu studieren. Sie will mehr über die Funktionen des menschlichen Körpers erfahren und die Ursachen von Krankheiten erforschen und beheben. Schon mit fünfzehn Jahren studiert sie *Henry Gray's Anatomy of the Human Body*, ein medizinisches Standardwerk über die menschliche Anatomie. Angesichts solchen Eifers ist es nicht weiter verwunderlich, dass Kay die High School als Klassenbeste abschließt.

Über Stipendien ist es ihr möglich, das Medizinstudium an der Johns Hopkins University in Baltimore, Maryland, und das daran anschließende Jurastudium an der Georgetown University in Washington, D.C., zu finanzieren. Vor allem während des Medizinstudiums hat Kay Scarpetta mit Vorurteilen gegenüber ihr als Frau, die Forensikerin werden will, zu kämpfen. Auch während des Jurastudiums hat sie es nicht leicht. Sie fühlt sich in Washington, der Stadt des Reichtums und der Macht, deplatziert, bis sie den charismatischen Studenten Mark James kennenlernt. Für die junge Medizinerin ist es Liebe auf den ersten Blick. Umso mehr schmerzt sie nach zwei Jahren leidenschaftlicher Beziehung die Entdeckung, dass Mark sie mit anderen Frauen betrügt.

Im letzten Jahr an der Georgetown University verlobt sich Kay mit Tony Benedetti, den sie nach dem gescheiterten Verhältnis mit Mark als einen sicheren Hafen empfindet. Doch nach sechs Jahren endet die Ehe mit der Scheidung, denn Tony möchte, dass Kay ihre Zeit mit den traditionellen Pflichten einer Ehefrau verbringt, statt zu arbeiten. Nach der Trennung von ihrem Mann nimmt die ehrgeizige Medizinerin die Position als Stellvertreterin des Chief Medical Examiner von Dade County, Florida, an. Hier sammelt Kay die Erfahrungen, die sie nur wenig später dazu befähigen, als erste Frau in den USA die Leitung der Gerichtsmedizin des Staates Virginia zu übernehmen.

Ihre Tätigkeit als Leitende Gerichtsmedizinerin erfordert es, dass Kay Scarpetta viel Zeit im Verwaltungsbereich zubringt, auch wenn ihre fähigen Mitarbeiter ihr einige Aufgaben abnehmen, so dass sie immer noch jeden Tag selbst im Autopsiesaal stehen kann. Trotz des respektvollen und aufmerksamen Umgangs mit den Verstorbenen sind die täglichen Untersuchungen in erster Linie Routine.

Zwar fühlt sich Kay Scarpetta von jedem Toten berührt, doch nur wenige belasten ihr Leben nachhaltig. Da ist zum Beispiel die Leiche des jungen Eddie Heath, deren Anblick die Gerichtsmedizinerin wohl nie aus ihrer Erinnerung tilgen kann. Der Dreizehnjährige wurde von seiner Mutter losgeschickt, um im nächsten Supermarkt eine Suppe zum Abendessen zu kaufen. Stunden später wird seine Leiche nackt und verstümmelt neben einem Müllcontainer aufgefunden. Die Spurensuche nach Eddie Heath' Mörder führt die Gerichtsmedizinerin zu einem der gewalttätigsten Verbrecher ihrer Laufbahn. Weitere Menschen müssen sterben, und auch Kay Scarpetta und ihre Nichte Lucy geraten in das Visier des Täters, bevor dieser Monate später nach einer aufsehenerregenden Jagd in New York gestellt wird.

Aufgrund ihrer exponierten Position und ihres überaus guten Rufes als Gerichtsmedizinerin wird Kay Scarpetta regelmäßig um Hilfe gebeten, wenn es darum geht, besonders raffinierte Serienmörder zu fassen. Und je mehr ihre Meinung bei den Ermittlungsbehörden geschätzt wird, desto stärker interessieren sich auch psychopathische Mörder für die erfolgreiche Medizinerin. Nicht wenige Killer reizt es, ihren Intellekt mit dem Kay Scarpettas zu messen und eine Konfrontation mit der Person zu suchen, die aufgrund der Obduktion den detailliertesten Eindruck von den grauenhaften Taten erhält. Auch auf den sich selbst als »loup-garou« (Werwolf) bezeichnenden Mörder Jean-Baptiste Chandonne übt die Gerichtsmedizinerin einen ganz besonderen Reiz aus, die wiederum an der Widersprüchlichkeit der verschiedenen Spuren auf den entsetzlich verstümmelten Frauenleichen fast verzweifelt. Diese Fixierung der Täter auf die erfolgreiche und attraktive Frau, die versucht, ihnen das Handwerk zu legen, bringt Kay Scarpetta und die Menschen, die ihr nahestehen, nicht selten in Lebensgefahr und verursacht bei der sonst so professionellen Forensikerin jahrelang entsetzliche Albträume.

So erfolgreich Kay Scarpetta in ihrem Beruf ist, so ereignisarm verläuft ihr Privatleben. Es fällt ihr nicht leicht, anderen Menschen zu vertrauen. Auch mit ihrer Familie versteht sich Kay nicht besonders gut, und sie ist froh, dass sie so weit von Mutter und Schwester entfernt lebt. Einzig ihre Nichte Lucy ist Kay Scarpetta ans Herz gewachsen und wird von ihr in den Schulferien gern in ihr Haus in Richmond eingeladen. Für Lucy stellt Kay die dringend benötigte Ersatzmutter dar. Ihre Mutter Dorothy ist zwar eine preisgekrönte Kinderbuchautorin, zieht aber die Gesellschaft von Männern der ihrer Tochter vor. Kay hingegen hat es immer bedauert, dass sie keine Kinder bekam, und genießt es, für ihre Nichte da zu sein – trotz aller Unsicherheiten im Umgang mit einem Kind. Doch die erwachsene Lucy stellt Kay Scarpetta auch vor Herausforderungen.

Nachdem das Mädchen schon als Kind eine erstaunliche Begabung bei allem zeigte, was mit Computern zu tun hat, bekommt Lucy bereits als Teenager die Chance, im Rahmen eines Praktikums beim FBI in Quantico an innovativen Programmen mitzuarbeiten. Diese ersten Entwicklungen resultieren in einer festen Anstellung beim FBI und der Beschäftigung mit künstlicher Intelligenz. Aber eine reine Forschungstätigkeit befriedigt die energische junge Frau nicht, weshalb sie in den aktiven Dienst wechselt.

Für Kay Scarpetta ist Lucys Arbeit beim FBI ein ständiger Quell der Sorge. Auf der einen Seite ist sie stolz auf ihre tüchtige und überaus intelligente Nichte, der es sogar gelingt, bei dieser Behörde als erste Frau die Prüfung zur Hubschrauberpilotin zu bestehen. Doch andererseits ist so das einzige Familienmitglied, das Kay wirklich am Herzen liegt, Tag für Tag großen Gefahren ausgesetzt. Auch kann sich die Gerichtsmedizinerin nicht an den Gedanken gewöhnen, dass ihr Vorbild dazu geführt hat, dass Lucy sich in Bereichen beweisen will, die traditionell eher Männern vorbehalten sind. Doch die Fähigkeiten ihrer Nichte helfen Kay Scarpetta auch immer wieder bei ihren Ermittlungen, und je länger Lucy im Berufsleben steht, desto partnerschaftlicher wird das Verhältnis der beiden Frauen zueinander.

Freundschaften entstehen bei einem derart von der Arbeit eingespannten Menschen in erster Linie über die gemeinsam zu lösenden Fälle. So ist es auch nicht verwunderlich, dass die wenigen Personen, die Kay Scarpetta nahestehen, beruflich mit ihr verbunden sind. Als Leitende Gerichtsmedizinerin des Staates Virginia arbeitet sie häufig mit Pete Marino zusammen und verfolgt im Laufe ihrer gemeinsamen Tätigkeit seinen Aufstieg vom Detective zum Captain der Kriminalpolizei von Richmond. Bei ihren ersten Begegnungen fühlt sich Kay Scarpetta von dem oftmals aggressiven Marino ziemlich eingeschüchtert. Erst im Laufe ihrer jahrelangen Zusammenarbeit entwickeln die beiden nicht nur Respekt füreinander, sondern sind sich zunehmend freundschaftlich verbunden. Kay gelingt es, hinter Marinos Maske aus Vorurteilen und ungehobeltem Verhalten die fürsorglichen und freundlichen Seiten des Polizisten zu entdecken. Pete Marino ist es auch, den sie darum bittet, Lucy den Umgang mit Waffen beizubringen.

Manchmal scheint die Freundschaft mit Pete Marino jedoch fast auf einer Hassliebe zu basieren. Der Polizist wird nur schwer damit fertig, dass ihm Kay an Ausbildung und Ansehen überlegen ist, ein Minderwertigkeitsgefühl, das nicht zuletzt auf seine Kindheit in einem Armenviertel in New Jersey zurückzuführen ist. Außerdem übt die Gerichtsmedizinerin eine unwiderstehliche Anziehungskraft auf ihn aus, auch wenn ihm schmerzhaft bewusst ist, dass Kay nicht mehr als eine rein freundschaftliche Beziehung zu ihm wünscht. Diese Zwiespältigkeit führt – neben einigen persönlichen Tiefschlägen – dazu, dass Marino sich der Forensikerin gegenüber oft unmöglich verhält. Sein ruppiges Benehmen kann Kay Scarpetta nur tolerieren, weil sie sich immer wieder seine positiven Seiten ins Gedächtnis ruft.

Während sich die Beziehung zu Pete Marino unter Schwierigkeiten entwickelt, wird das Verhältnis zu dem FBI-Agenten Benton Wesley von Beginn an von Respekt, beruflicher Wertschätzung und einer unterschwelligen sexuellen Anziehung geprägt. Der Vater von drei Kindern hat Psychologie studiert und nach einer kurzen Laufbahn als Direktor einer High School beim FBI angefangen. Nach dem aktiven Einsatz hat sich Benton auf die Tätigkeit als Profiler spezialisiert. Er ist es auch, der Kay Scarpetta als beratende Gerichtsmedizinerin für die Behavioral Science Unit des FBI gewinnt.

Für Lucy übernimmt Benton Wesley ebenfalls eine wichtige Rolle. Er ermöglicht es Kays Nichte, ihr Praktikum beim FBI zu machen, und begleitet Lucys Karriere auch später als Mentor. Neben der beruflichen Verbindung entwickelt sich der Psychologe zur einzigen Vaterfigur, die die junge Frau je hatte. Schon bei ihrer ersten Begegnung ist Benton von Lucys Intelligenz und Zielstrebigkeit beeindruckt, während ihn ihre Bedürftigkeit nach Menschen, die sie lieben und akzeptieren, erschüttert. Für Kay und Lucy wird Benton Wesley im Laufe der Zeit zur wichtigsten Stütze in einem Berufsalltag, der beide Frauen oft an die Grenzen ihrer Belastbarkeit bringt.

Abstand von ihrem harten Arbeitsalltag und den grauenhaften Erinnerungen an ihre schlimmsten Fälle findet Kay Scarpetta, wenn sie sich mit klassischer Musik vor dem Kaminfeuer entspannt. Aber auch in ihrer perfekt eingerichteten Küche kommt Kay zur Ruhe, wenn sie dort ihre italienischen Köstlichkeiten zubereitet. An diesem gemütlichen Ort findet Kay auch nach extrem stressigen oder lebensgefährlichen Situationen wieder ihre innere Mitte. Neben gutem Essen und den wenigen Menschen, denen sie vertraut, sind Kay Scarpetta nur noch ihr Haus und ihr Garten wirklich wichtig. Schon als Kind hat sie bei ihren Verkaufstouren mit dem Obstkarren in den Villenvierteln von Miami davon geträumt, in einem so schönen Zuhause zu leben. Durch harte Arbeit und den geschickten Umgang mit Geld gelang es Kay, ihren Traum zu verwirklichen und nicht nur ein Heim nach ihren eigenen Vorstellungen bauen zu lassen, sondern dieses auch mit einem wunderschönen, duftenden Garten zu umgeben.

So stolz Kay Scarpetta darauf ist, aus der Gerichtsmedizin des Staates Virginia die erfolgreichste Institution des Landes gemacht zu haben, so sehr zermürben sie die politischen Aspekte ihres Berufes. Als Kay sich nicht nur mit einer schlimmen persönlichen Krise, sondern auch mit Intrigen und boshaften Machtspielen rund um ihren Arbeitsplatz auseinandersetzen muss, gibt sie nach fast zwanzig Jahren ihre Tätigkeit in Richmond auf. Auch wenn sie quasi zur Kündigung gezwungen wird, fühlt sich die Gerichtsmedizinerin nach diesem gravierenden Schritt in ihrem Leben regelrecht befreit. Kay Scarpetta geht es bei ihrer Arbeit immer nur darum, den Menschen zu dienen, den Toten eine Stimme zu geben und für die Hinterbliebenen Antworten zu finden. Ohne die mit ihrem Amt verbundene Bürokratie hofft Kay, dass sie sich mehr auf diese Bereiche ihrer Tätigkeit konzentrieren und so wieder mehr Befriedigung in ihrer Arbeit finden kann.

Von Richmond zieht Kay nach Delray Beach in Florida und beschäftigt sich von nun an damit, in den USA und anderen Ländern Vorträge über rechtsmedizinische Themen zu halten, als Gastdozentin Kurse an der National Forensic Academy zu geben und als Beraterin tätig zu sein. Selbst die Umstände ihres Weggangs aus Richmond können dem Ruf Kay Scarpettas als führende Gerichtsmedizinerin nicht schaden. Wenig später nimmt sie die Stelle als Leiterin der National Forensic Academy an, während Pete Marino als Ausbilder an der Academy und als Ermittler für das Gerichtsmedizinische Institut von Broward County beschäftigt wird. Doch der Hurrican Wilma im Jahr 2005 zwingt Kay dazu, noch einmal umzuziehen. Dieses Mal beschließt sie, ganz neu anzufangen und sich beruflich nicht mehr an größere Institutionen zu binden. In Charleston, South Carolina, eröffnet Kay eine private forensische Praxis, in der sie für Leichenbeschauer, die keinen Zugang zu rechtsmedizinischen Institutionen und Laboren haben, Untersuchungen vornimmt.

Doch auch dieser Ort wird nicht ihre letzte Station auf der Suche nach privater und beruflicher Erfüllung bleiben.

20 Jahre Kay Scarpetta: Alle Fälle erstmals in chronologischer Reihenfolge

Band 1: *Post Mortem*

Wie alles begann – der erste Fall für Kay Scarpetta: »Ein grandioses, spannungsgeladenes Debüt, in dem sogar die wissenschaftlichen Details packend beschrieben sind.« *The Times*

Band 2: *Flucht*

Kay Scarpetta folgt den Spuren ... »Mit *Flucht* avanciert Kay Scarpetta zur interessantesten Detektivfigur, die zurzeit im Kriminalroman unterwegs ist.«
Süddeutsche Zeitung

| Hoffmann und Campe |

Band 3: *Das fünfte Paar*

»... ein hervorragend geschriebener Roman, dessen Personen beim Lesen zunehmend Gestalt annehmen und die man so schnell nicht vergisst.« *Zeitbühne*

Band 4: *Phantom*

Ausgezeichnet mit dem Gold Dagger Award – »Zartbesaitete werden an manchen Stellen erblassen ... Gänsehaut vom Feinsten!« *Bild am Sonntag*

Band 5: *Body Farm*

»Ein überaus spannender Krimi für alle, denen bei der minutiösen Beschreibung von sezierten Leichen nicht die Knie weich werden.« *Brigitte*

Band 6: *Die Tote ohne Namen*
Band 7: *Schuld*
Band 8: *Verderben*
Band 9: *Brandherd*
Band 10: *Blinder Passagier*
Band 11: *Das Revier*
Band 12: *Dämonen*
Band 13: *Staub*
Band 14: *Defekt*
Band 15: *Totenbuch*